EL COMPROMISO DEL CABALLERO DE LAS CRUZADAS

CLAIRE DELACROIX

Traducido por
LAUREN IZQUIERDO

DEBORAH A. COOKE

LOS CAMPEONES DE SANTA EUFEMIA

Los Campeones de Santa Eufemia sigue a un grupo de caballeros a quienes se les ha confiado un tesoro en Jerusalén que ellos deben entregar de manera segura a París. En el camino encuentran aventuras y peligros, además de romance. Dado que las historias se superponen y se construyen unas sobre otras, deben leerse en orden.

1. La novia del caballero de las Cruzadas

2. El corazón del caballero de las Cruzadas

3. El beso del caballero de las Cruzadas

4. El juramento del caballero de las Cruzadas

5. El compromiso del caballero de las Cruzadas

EL COMPROMISO DEL CABALLERO DE LAS CRUZADAS

LUNES 24 DE AGOSTO DE 1187

DÍA DE SAN OUEN Y SAN BARTOLOMÉ

CAPÍTULO 1

*P*arís

Radegunde estaba inclinada contra la puerta de madera de la habitación de su señora, escuchando las risas desde el interior de la habitación. La alegría de la dama Ysmaine fue seguida por el retumbar de la risa de su señor marido, y la combinación hizo sonreír a Radegunde.

Ella estaba tremendamente feliz de que su señora hubiera encontrado la felicidad después de todas las pruebas que había soportado. Viuda dos veces pero todavía doncella, Ysmaine se había embarcado en una peregrinación a Jerusalén con Radegunde a su lado, solo para ser robada por los hombres contratados para defenderla. Las dos mujeres habían quedado sin dinero. Tal era la voluntad de la dama que habían continuado hasta la Ciudad Santa. Aunque había sido un viaje difícil, habían llegado allí después de un año de penurias.

Radegunde tuvo que creer que la peregrinación había logrado su objetivo, ya que la dama Ysmaine había sido levantada de sus rodillas en la Iglesia del Santo Sepulcro por Gaston, un caballero templario que había abandonado la orden militar para regresar a Francia y reclamar su posesión heredada. A Radegunde le había gustado el caballero desde el principio, porque vio el mérito de la dama Ysmaine incluso cuando estaba en su peor momento y vestida con harapos. Él había sido amable y, aunque Radegunde estaba molesta por la negativa de él a consultar con su esposa en su viaje hacia el oeste, al final todo había salido bien. Radegunde tuvo claro en esa noche que la pareja compartía un matrimonio afectuoso, y uno que solo podría volverse más ardiente en los próximos años.

Si bien ella estaba feliz por su dama, no podía haber más marcado contraste con su propia vida. Radegunde no tenía hombre ni perspectiva de amor verdadero. Peor aún, casi dos años de aventuras habían hecho palidecer su vida anterior en comparación. Mientras la dama Ysmaine se embarcaba en la vida para la que la habían educado y lo hacía con entusiasmo, Radegunde tenía poco entusiasmo por su inevitable destino.

Ella sabía que su deber era acompañar a su dama a su nueva morada y que allí sin duda se casaría con algún cervecero u otro campesino que su señor considerara un buen hombre. Radegunde no tenía ninguna duda de que Gaston vería el valor de un hombre correctamente, pero el resto de su vida la pasaría a millas de su lugar de nacimiento. En lugar de aventuras y viajes, su vida se volvería monótona, como lo había sido antes de que la dama Ysmaine decidiera visitar Jerusalén. Radegunde dudaba que el amor estuviera en su futuro, simplemente deber y quizás, consuelo.

Eso la dejó muy triste.

Radegunde supuso que Châmont-sur-Maine era ligeramente diferente de Valeroy, pero no lo suficiente para satisfacerla. Ella podía regresar a la casa de su familia en lugar de seguir sirviendo a Ysmaine, pero eso tenía aún menos atractivo. En Valeroy, estaría al mando de su madre y sus hermanos, y su destino no sería muy diferente al de la dama Ysmaine.

Ella no estaría al mando de su propio futuro, de cualquier manera. Una vez, una vida cómoda casada con un buen hombre la habría complacido mucho.

Ahora Radegunde anhelaba más. Mucho más. Ella podría haber

muerto varias veces en su peregrinaje, lo que solo aumentó su determinación de saborear todos y cada uno de los momentos de su vida, por mucho que fuera. Quería viajar lejos, a pesar de que había caído tan enferma en Jerusalén. Quería bailar y enamorarse de un hombre igualmente descontento con una vida rutinaria. También deseaba encontrar esa alegría en la cama que su dama parecía disfrutar con su marido, o incluso gritar de placer como lo había hecho la cortesana Christina en Venecia. Ella deseaba despertarse cada día, viva con la promesa de una nueva experiencia.

Esa noche, Radegunde se sentía particularmente inquieta. Había sido un día para recordar, sin duda. ¡Ella había ayudado a salvar el sagrado relicario de Santa Eufemia! En el último momento, el tesoro casi había sido arrebatado. Ella había cabalgado a toda velocidad por las calles de París, confiada con el tesoro invaluable ella misma, para lograr el objetivo de su grupo. Ella había cabalgado como el viento, rápido al lado del templario Wulfe en su enorme caballo mientras él gritaba que se despejara el camino. Había sido más emocionante que cualquier cosa que hubiera hecho, una hazaña digna de ser incluida en la historia de un juglar.

Luego se le permitió besar el relicario durante la misa en el Templo de París.

Retirarse contenta ahora era imposible. De hecho, su señor y su dama celebraban el triunfo de la manera más íntima. Radegunde no deseaba dormir tranquilamente fuera de su puerta. ¡No esta noche! Ella anhelaba juergas y celebraciones.

Un beso robado.

¡Baile!

Algún acto imprudente cometido en compañía de un hombre seductor.

Ella cerró los ojos, sabiendo exactamente a qué hombre elegiría. Sí, el caballero Fergus tenía un compañero incondicional, un tal Duncan MacDonald, un guerrero cuya espada se balanceaba bien y estaba bien forjada. Duncan se perdía de poco, y sus ojos a menudo brillaban con humor. A Radegunde le gustaba cómo sonreía, cómo tenía un poco de plata en las sienes, cómo seguía sus consejos y parecía anticiparse siempre a aquellos asuntos que sorprendían a los demás.

Era un hombre acostumbrado a la aventura, y uno que sería un excelente compañero al enfrentarse a semejante peligro.

Lamentablemente, él parecía estar enamorado de Christina, la cortesana que se había unido a su grupo en Venecia pero los había abandonado antes en París. La dama Ysmaine estaba convencida de que Christina y el templario Wulfe debían estar juntos a salvo esta noche.

Radegunde no había podido entender la reacción de Duncan a eso antes de que el grupo se separara. Fergus había aceptado alojamiento en el Templo de París con sus escuderos y Duncan, mientras que Gaston había alquilado una habitación en una posada para él, su dama, su escudero, Bartolomé y Radegunde.

¿Volvería ella a ver a Duncan? Radegunde supuso que no y se sintió decepcionada al darse cuenta. Fergus cabalgó de regreso a Escocia para sus propias nupcias, y seguramente Duncan se quedaría con él.

De hecho, Radegunde no tenía que esperar a que su vida volviera a ser aburrida. Ya lo era.

Aun así, no podía ni quería quedarse sola.

Bartolomé estaba en los establos de la posada junto con los caballos. Quizás hablaría con ella. Quizás le contara más cosas de Châmont-sur-Maine.

Y sus cerveceros.

Radegunde arrugó la nariz, reconociendo un compromiso cuando lo escuchaba. Aunque Bartolomé era más taciturno que la mayoría de los hombres, era mejor compañía que ninguna.

La hora no era tan tarde, aunque estaba oscuro. Radegunde había olido el invierno en la frescura del aire de la tarde. Aunque se quedaron en una posada y se decía que París estaba lleno de vicio, ella tenía su pequeño cuchillo de comer y no tenía miedo de defenderse. Sacó el cuchillo de su cinturón y bajó las escaleras en sombras con cautela, aunque dudaba que muchos estuvieran despiertos. La posada atendía a los viajeros y sabía muy bien que, después de un día de paseo y una comida caliente, un colchón caliente podía resultar muy tentador.

Radegunde estaba en el último tramo de escaleras, cuando se dio cuenta de que todavía había alguien despierto en la cocina a oscuras. La entrada a esa habitación estaba al pie de las escaleras y a la derecha. Había una puerta frente a las escaleras y sabía que esa puerta conducía al pequeño patio entre la posada y sus establos.

Agarró la empuñadura de su cuchillo, atenta, pero procedió al mismo ritmo constante. Había poco que ganar dejando que quienquiera que fuera supiera que ella era consciente de su presencia. Después de todo, no había luz en la cocina. Parecía que quienquiera que estaba allí no deseaba ser descubierto.

El corazón de Radegunde dio un salto cuando llegó al penúltimo escalón. ¿Podía oír el aliento de otro? ¿Estaba siendo vigilada?

Supuso que estaba teniendo la aventura que deseaba.

Radegunde bajó los últimos escalones con valentía y alcanzó la manija de la puerta con la mano libre. Solo logró levantar el pestillo antes de escuchar un movimiento. Un hombre la agarró por detrás mientras ella intentaba girar en sus manos y gritar.

Ella logró emitir solo un pequeño sonido antes de que él le tapara la boca con una mano carnosa para silenciarla. Él cerró su otro brazo alrededor de ella, atrapando sus brazos contra su costado. Cuando ella se retorció en su agarre, la levantó del suelo. Para su consternación, él era mucho más grande y fuerte que ella.

Y podía sentir su erección contra sus nalgas.

Sí, conocía bastante bien sus intenciones, pero él no la encontraría como una presa fácil. Radegunde se estremeció deliberadamente, como aterrorizada, y se dejó flotar. Que se crea triunfante.

Él lo hizo.

"La buena suerte es mía esta noche", le susurró al oído, su tono de regodeo. "Porque el premio más fino está un paso justo a mi alcance". Se rió entre dientes incluso cuando su agarre se aflojó un poco.

Radegunde esperaba que se volviera aún más descuidado. Sintió sus dedos acariciar su mejilla. "Quizás nuestros pensamientos sean uno. Quizás viniste a buscarme."

Radegunde reprimió su repulsión. Olía sucio y había cerveza en su aliento. Supuso que él era el hombre que la había observado desde las sombras de los establos cuando llegó el grupo, porque ni siquiera entonces le había gustado su aspecto.

"No debes temer que te quedarás sin dormir una vez que nos hayamos saboreado el uno al otro", le prometió y la llevó a la cocina.

Pero Radegunde había oído hablar lo suficiente de sus planes.

Ella le mordió la mano en el mismo momento en que empujó su talón hacia arriba y hacia su ingle. Ella apuñaló hacia atrás con el cuchillo y, aunque era pequeño, lo enterró en su torso con tanta fuerza que él aulló de dolor. Soltó su agarre mientras tropezaba de regreso a la cocina. Radegunde giró el cuchillo antes de que ella se soltara de su agarre.

"¡Perra!" gritó, evidentemente sorprendido de que ella pudiera rechazar sus encantos.

Radegunde abrió la puerta del patio. Antes de que pudiera atravesarla, su atacante rugió y se abalanzó sobre ella. Ella se giró para mirarlo y levantó su cuchillo de nuevo, más que dispuesta a estropearle la cara por abusar tanto de ella. En cambio, la agarraron por detrás nuevamente. Alguien agarró un puñado de su kirtle y la arrojó al patio.

¡Era Duncan!

Radegunde casi gritó de alegría. No había otro hombre al que se hubiera alegrado más de ver. Sí, había algo en Duncan, en su mirada verde y llana, que enviaba un escalofrío a Radegunde y doblemente en esa situación.

Duncan le dio un puñetazo en la cara al sorprendido agresor, y Radegunde se sintió muy complacida al ver que la sangre brotaba de la nariz de ese hombre. Él saltó hacia Duncan con indignación en sus ojos, pero Duncan pateó ágilmente los pies del hombre debajo de él. El agresor cayó pesadamente al suelo y se golpeó la cabeza con fuerza contra el umbral de piedra. Cuando abrió los ojos, Duncan estaba sentado sobre su pecho, con una cuchilla en su garganta.

Era tan rápido como ella creía y no tuvo miedo de hacer lo que tenía que hacer.

Radegunde decidió que le debía un beso a Duncan por su valentía esa noche.

Si no más.

"Hazte a un lado", gruñó su atacante. "La muchacha es mía. Yo la vi primero."

Duncan se rió. "Deberías desear que fuera así. Esta muchacha ha sido mía estos tres meses, desde que la vi por primera vez en Ultramar."

Los labios de Radegunde se abrieron en estado de shock y su corazón saltó de alegría. ¿De verdad? ¿Sus pensamientos son iguales a los mismos?

Antes de que ella pudiera tener demasiadas esperanzas, Duncan le lanzó una rápida mirada que podría haber sido de complicidad. Sí, ella vio su pensamiento. Un hombre así nunca creería que una mujer tiene derecho a que no la molesten y mucho menos a elegir a su amante. Él solo la abandonaría si creyera que ella ya había sido reclamada por otro.

Radegunde no dijo nada.

Por el momento.

Su corazón dio un vuelco ante la posibilidad de que hubiera algo de verdad en las palabras de Duncan.

"Ella vino a mi encuentro", insistió el villano.

"Ella vino a mi encuentro", corrigió Duncan. "Como estaba previsto."

Los ojos del hombre se agrandaron ante las palabras de Duncan, pero se abrieron aún más cuando Duncan cortó una fina línea en su garganta.

"Te aconsejaría que no toques lo que es mío", murmuró Duncan mientras movía el cuchillo con infinita lentitud. Su espada debe haber estado afilada. La herida no era profunda, pero sangraba fácilmente, dejando una línea de gotas rojas en la carne del agresor.

Estaba claro que el patán había perdido todo su valor porque suplicaba incoherentemente misericordia.

"Si la miras de nuevo, probarás mi espada de verdad", juró Duncan, con intimidación en su tono. El otro hombre asintió levemente, luego Duncan se puso de pie. Miró al villano caído, que contenía el aliento y miró a Radegunde.

Duncan le dio una patada en la ingle de nuevo, luego lo empujó de regreso a la cocina y cerró la puerta detrás de él.

Radegunde quería gritar de felicidad. Ese demonio no molestaría a ninguna otra mujer esa noche. Duncan se acercó a Radegunde, sus ojos brillando con tal satisfacción que su corazón tronó. Él limpió la hoja de su espada en su abrigo, lo puso en la vaina y le ofreció la mano.

"Un placer, muchacha", dijo en voz alta. "Me alegro de que hayas venido a verme esta noche".

"Como yo", asintió Radegunde, aunque ella no habló en beneficio del hombre caído. Colocó la mano de Duncan en su cintura y acortó la distancia entre ellos, viendo la sorpresa iluminar sus ojos. "Te agradezco tu ayuda", susurró ella, luego se estiró hasta la punta de los pies y lo besó de lleno en los labios.

Esa noche, ella tendría todo lo que deseaba.

Tendría que ser suficiente para el resto de sus días y noches.

Esa noche, ella tendría a Duncan MacDonald.

Radegunde probó la sorpresa de Duncan y deseó poseer la habilidad de la cortesana Christina para seducir a un hombre. El entusiasmo debería bastar. Ella entrelazó sus manos en el cabello de Duncan, se inclinó contra él e inclinó su boca sobre la de él.

Cuando él se quedó paralizado, ella temió que él negara su toque y se alejara. Ella temía que él realmente deseara solo a Christina y que sus encantos fueran insuficientes. Pero luego él hizo un sonido con la garganta no muy diferente a un gruñido de satisfacción, la atrapó con fuerza y la besó profundamente. El corazón de Radegunde tronó de placer.

El beso de Duncan estuvo perfecto, más espléndido incluso de lo que ella había esperado, lo que decía mucho.

DUNCAN no le había mentido a Radegunde.

De hecho, le había confesado más de lo que había querido.

Oh, la había apreciado a primera vista en el Templo de Jerusalén, incluso cuando estaba pálida y delgada. Ella había estado muy enferma cuando su grupo se marchó, y él estaba preocupado por su bienestar. Alguien tan enfermo debería dormir en la cama, no cruzar Palestina a todo galope. Él había sido escéptico de que ella se recuperara del todo. Pero Radegunde y su dama Ysmaine estaban decididas a no frenar el grupo, y Duncan quedó impresionado por la resistencia de ambas.

Estaba claro que Radegunde tenía una disposición saludable, ya que había recuperado su color y su fuerza con notable rapidez. Cuando la chispa reapareció en sus ojos oscuros, él se vio en apuros para ocultar su interés en la hermosa doncella con sus modales animados. Parecía una persona que podía encontrar la alegría en cualquier circunstancia, y él encontraba su alegría de lo más cautivadora.

Después de todo, él solía ver la sombra, aunque no siempre había estado tan inclinado a ello. Él conocía bastante bien el motivo del cambio de su propio carácter, y cualquier pensamiento en Gwyneth era un recordatorio suficiente de lo poco que tenía para ofrecer a alguien como Radegunde.

Duncan no tenía derecho a fomentar el afecto de ninguna doncella, ni a dar a entender que su futuro era diferente al que él sabía que era. A Fergus no le habría importado que Duncan volviera a casarse, pero Duncan sabía que ninguna mujer merecía una media disposición.

Ciertamente no Radegunde.

Pero ahora ella lo asaltaba con un beso que lo confundía. El deseo se desplegó dentro de él, llenándolo con una necesidad que no había sentido en años. Ella era tan suave y acogedora, tan vital, que él podría haberse perdido fácilmente en su abrazo.

No ayudó que Duncan se sintiera tan aliviado por haber llegado a tiempo.

Que ella sintiera lo mismo tenía que ser el ímpetu detrás de su beso y él lo sabía bien, pero el beso se volvió incendiario.

De hecho, había pasado mucho tiempo desde que Duncan había sido impetuoso, pero no podía encontrar fallas en el cambio. Los dedos de Radegunde estaban en su cabello, sus pechos llenos aplastados contra su pecho y sus labios eran suaves y dulces. Él supo de inmediato que ella nunca había besado a un hombre así antes, pero aprendía rápidamente, imitándolo con tal ardor que le prendió la sangre. Él se encontró acercándola más, levantándola contra sí mismo, deleitándose con su boca y deseando más de lo que tenía derecho a tomar. Habría sido demasiado fácil llevarla a los establos y presentarle los placeres que un hombre y una mujer podrían compartir juntos, y Duncan no tenía ninguna duda de que una noche con Radegunde sería una maravilla.

Sin embargo, al mismo tiempo, se sentía protector de su inocencia. Ella no conocía el fuego que encendía y él no se aprovecharía de eso.

Duncan tomó los hombros de Radegunde en sus manos y rompió el beso con desgana, poniendo distancia entre ellos. Incluso eso no disminuyó su ardor, porque ella se veía desaliñada y tentadora. Fue su evidente placer lo que apretó todo dentro de él. Sus labios estaban colorados e hinchados, sus ojos brillaban con alegría, y Duncan sabía que nunca había visto a una mujer más irresistible.

"¿Qué estás haciendo afuera?" —preguntó, hablando con severidad para que le recordara el decoro. "Deberías estar en una cama segura en la habitación de tu dama."

Radegunde hizo una mueca, su expresión impenitente. De

hecho, su mirada se aferró a sus labios, y se lamió los suyos una vez rápidamente de una manera que hizo poco por disminuir el deseo de Duncan por ella. "Se están acostando juntos, y son casi tan ruidosos como lo fueron Wulfe y Christina en Venecia. En esta noche, no puedo retirarme obedientemente y escuchar eso."

Duncan luchó contra una sonrisa, porque podía simpatizar con su punto de vista. Una vez más, sin embargo, se esforzó por hablar de asuntos más prácticos que su ardiente beso. "Lo hiciste bien en este día", dijo él. "El relicario no se habría salvado sin tus esfuerzos y los de tu dama".

Ella sonrió, luego lo miró con una apreciación que hizo que su corazón se detuviera. "Disfruté mucho la aventura". La sonrisa de Radegunde se calentócuando lo miró. "Aunque no me importaría tener una recompensa similar a la que mi señora disfruta esta noche."

Duncan dio un paso atrás, sabiendo que ya estaba tentado a ofrecerle eso. Él no podía creer que ella hubiera hablado con tanta audacia, pero claro, había notado antes que Radegunde era franca. De hecho, ese rasgo era parte de lo que él admiraba de ella. No había engaño con esa doncella: hablaba como pensaba y él era un hombre enamorado de la honestidad.

Honestidad habría tenido él, aunque estaba seguro de que atenuaría su reacción hacia ella. "¿Y entonces viniste a buscar a Bartolomé?" El tono de Duncan era severo, porque le irritaba el orgullo de que esa hermosa doncella buscara el afecto de un hombre más joven que él. Sin embargo, su inevitable confesión ayudaría a su determinación.

Pero Radegunde se rió. "Lo hice, pero no para una celebración tan alegre como esa. Era la única persona que podía imaginar que podría estar cerca, y mi estado de ánimo era tal que incluso su compañía sería mejor que nada."

Duncan se sorprendió por sus palabras y su tono. "¿No estás atraída por él?" Él habría imaginado que Radegunde se habría enamorado del escudero de Gaston, un joven apuesto y ni siquiera una década mayor que ella. Hubiera sido natural que hubiera atracción entre ellos dos, y tal vez hubiera sido apropiado que hicieran una unión.

Evidentemente, Radegunde no veía el asunto de la misma manera. "Oh, él es como mis hermanos", dijo ella con desdén. "No tengo ninguna duda de que se imagina que sabe lo que es mejor para todas las mujeres que lo rodean. ¿Y qué ha visto del mundo para instruirme? No, tendré un hombre experimentado en los caminos del mundo, uno más preparado para enseñarme mucho." Su sonrisa era cómplice y envió un nuevo calor a través de Duncan.

Ella se refería a él.

Radegunde echó un vistazo a los establos y luego se inclinó para confiar en un susurro travieso. "Además, no estoy segura de que a Bartolomé le gusten las mujeres."

"¿Qué es eso?" Si ella hubiese sido mayor o un hombre, Duncan habría estado seguro de su significado. Tal como estaban las cosas, se sorprendió a sí mismo preguntándose cuánto del mundo conocía Radegunde.

"Siempre está hablando con Laurent." Ella se refería al escudero que Fergus había contratado en Jerusalén. Duncan sabía bastante bien que Laurent era verdaderamente una muchacha sarracena, que había tratado de escapar de un matrimonio arreglado por su familia, pero parecía que Radegunde no lo sabía. Ella negó con la cabeza, su desdén claro. "No solo favorece a los muchachos, sino que también le gustan los inmundos".

"No puedes estar seguro de su gusto", respondió Duncan con cuidado.

"¿No?" Ella le dirigió una mirada desafiante. "Entonces, ¿por qué Bartolomé ennegreció el ojo de Kerr cuando Kerr se burló de Laurent diciéndole que era tan pequeño y débil como una muchacha?" Ella se encogió de hombros, sin ver el secreto en su observación. "Sólo dos veces lo he visto conmovido por la ira, una por los comentarios de Kerr y otra por la sugerencia de mi señora de que prepare un ungüento curativo para su señor marido.". Ella arrugó la nariz. "Había un joyero con el mismo apetito en Valeroy."

"Hay pocas mujeres que Bartolomé podría defender", señaló Duncan. "Porque el templo no da la bienvenida a las mujeres dentro de sus muros, y él ha servido allí con Gaston durante muchos años."

"Entonces esperaría que él estuviera fascinado con las mujeres, no que nos mirara con sospecha". Ella sacudió su cabeza. "No, son muchachos para él". Sus ojos brillaron con picardía. Quizá ese joyero esté todavía en Valeroy. Podría presentarlos."

Duncan optó por no notar que el joven también podría haber descubierto las sospechas sobre las mujeres en el Templo. No podía empezar a pensar en una respuesta a su sugerencia de una presentación, así que habló de Bartolomé y Gaston, porque estaba seguro de que no había nada entre los dos hombres salvo el respeto. "Tengo entendido que Gaston lo ha criado como un hombre podría criar a su propio hijo. Es una buena medida de su naturaleza que sea leal a ese caballero, y tal lealtad podría explicar sus dudas sobre las intenciones de su dama. Ella usó un veneno en su bálsamo."

"Suficientemente cierto." Radegunde le sonrió. "¿Me atrevo a esperar que hayas venido a esta posada en mi busca?" bromeó ella, claramente enamorada de la idea. Duncan se encontró sonriendo, porque era un cambio bienvenido coquetear con una linda doncella. "Pensé que tenías la intención de quedarte en el Templo con Fergus."

Duncan suspiró con fingida paciencia, y estaba claro que a ella le divertía. "Los años viviendo bajo la austeridad de las Reglas han demostrado ser suficientes. Pensé en encontrar un bocado aquí y algo de consuelo. Me alegro de haber venido a la cocina en busca de un bocado para comer."

El deleite de Radegunde estaba claro. Puso sus manos sobre el pecho de Duncan y se las arregló para parecer dulce y tímida. El corazón le dio un vuelco ante su proximidad, aunque se obligó a no tocarla. "¿Y si te ofreciera un bocado?" susurró ella y Duncan se sintió tentado como nunca antes.

CAPÍTULO 2

"*Ya* has dado demasiado", dijo Duncan con brusquedad, cuando hubiera preferido haber aceptado todo lo que Radegunde le ofrecía, y más. Él le agarró las manos y las apartó. Aunque estaba tentado, él sabía lo que podía llevarse y lo que no. "No puedes entregar más. No es tuyo para dar."

Era un argumento equivocado, él lo vio de inmediato, ya que sus labios carnosos se tensaron. "Entonces, ¿de quién es para darlo?" Radegunde extendió una mano en su frustración. ¿Dejo que mi madre decida qué patán del pueblo me aceptará como suya? ¿O Gaston tiene derecho a entregarme a un hombre de su propiedad, como se da una barra de pan o una cría de gallinas?

"Sabes que Gaston hace lo correcto, aunque seguramente consultará con su esposa." Duncan habló con suavidad, pero los ojos de Radegunde brillaron con fuego seductor. Él se sintió fascinado por su reacción.

Ella atrapó su camisa en dos puños y se inclinó más cerca, sus labios peligrosamente cerca de los de él. Él no pudo encontrar dentro de sí mismo dejarla a un lado de nuevo, sino que simplemente la miró a los ojos.

"¿Y si no quiero ese destino?" Ella susurró. "¿Qué pasa si no quiero volver a la vida que conocí antes de nuestra peregrinación?"

"Estarás a salvo en Châmont-sur-Maine..."

"Sí, porque nunca viajaré más allá de Valeroy, donde me crié, por el resto de mi vida". La aversión de Radegunde por ese hecho era evidente. —Creí que lo entenderías, Duncan. No deseo tener un hogar para un cervecero y tener sus hijos, cuidarlos y un jardín y mi señora hasta que muera. Deseo ver otros lugares... "

"La dama Ysmaine puede volver a embarcarse en un peregrinaje, o Gaston puede necesitar visitar otras propiedades."

Los ojos de Radegunde brillaron. "Quiero vivir, Duncan. ¡Quiero saborear todos los días y sentir todo lo que se pueda sentir, y ver a toda la cristiandad! Incluso me gustaría conocer las tierras de los sarracenos."

"Has estado en Jerusalén", él se sintió obligado a señalar.

"Me refiero a sus tierras más allá, donde se dice que viaja Prester John." Sus ojos se iluminaron. "¡Donde hay dragones!" Ella lo miró a los ojos con expresión triste. "Pero nada de eso sucederá".

Él no pudo soportar su decepción, aunque sospechaba que tenía razón. Qué poder tenía esa doncella sobre él, pues él anhelaba ofrecerle la vida que deseaba, aunque sabía que era una locura.

Se recordó a sí mismo que ella podría haber sido su hija.

Su sobrina o su prima.

Él era demasiado mayor para Radegunde y tenía poco que concederle. Sin embargo, su reacción hacia ella estaba lejos de ser paternal.

Hacía mucho tiempo que él no deseaba ser más joven.

Había pasado más tiempo desde que anhelaba ofrecer más de lo que podía dar.

—Debes esperar lo mejor, muchacha —sugirió Duncan con falsa alegría, aunque no creía que el futuro fuera diferente de su predicción.

"No." Radegunde negó con la cabeza con determinación. "Dentro de una semana, volveré a la vida que conocí antes de nuestra peregrinación, y seguramente estaré atrapada allí durante todos mis días y noches. No puedo cambiar eso y lo sé bien. Pero llenaría el tiempo entre aquí y Châmont-sur-Maine con aventuras y romance, con la esperanza de que los recuerdos sean suficientes para sostenerme."

Duncan estaba intrigado por su determinación de hacer cambios donde pudiera. Había una mezcla de extravagancia y practicidad en su elección que a él le encantó. "¿Qué vas a hacer?"

"Primero, bailaré", dijo Radegunde con determinación. "Celebraré nuestro triunfo bailando esta noche".

"¿Aquí?" Duncan hizo un gesto hacia el patio, pensando que estaba lejos de ser un escenario de celebración.

"¡No!" Ella lo miró con ojos brillantes. "Pasamos una fiesta en nuestro camino por la ciudad."

"Una celebración de las fiestas de San Bartolomé y San Ouen". Duncan recordaba bien la multitud ante la catedral de Notre Dame.

"¿Me llevarás allí? ¿Bailarás conmigo, Duncan? Sin esperar su respuesta, continuó apresuradamente. "No tengo ninguna duda de que mi señor y mi señora se quedarán aquí un día o dos, porque están muy decididos a concebir un hijo. Yo podría sentarme fuera de su puerta y atenderlos, o podría reclamar este tiempo como mío. La dama Ysmaine entendería que necesito una probada más del mundo antes de volverme aburrida y obediente."

Duncan no podía imaginar que Radegunde pudiera volverse aburrida o completamente obediente.

"Allí no", dijo él. "Tales festividades son demasiado peligrosas."

"¿No es eso parte de su atractivo?"

Su tono imprudente alimentó su protección de nuevo. "No te veré a salvo de un asaltante solo para ser presa de otro."

Radegunde lo consideró, claramente decepcionada por su respuesta. "Quizás iré a bailar sola, si no me llevas."

"Tienes más sentido común que eso, muchacha", reprendió Duncan. "En una ciudad llena de putas, no debes caminar sola por las calles."

"Quizás no debería caminar sola por las calles", bromeó ella. Él la miró con el ceño fruncido, luchando contra el impulso de devolverle la sonrisa, pero sus modales no tuvieron ningún efecto visible en su estado de ánimo. "Bailaré esta noche, Duncan, y preferiría bailar contigo".

"¿Será esa la suma de tu celebración?"

"No, te seduciría después". Ella sonrió. "O tal vez tú me seducirás". Una vez más, ella puso una mano sobre su pecho y se inclinó más cerca. "¿Prefieres renunciar al baile?" susurró ella con malicia. "Me rendiría a ti, Duncan. De hecho, aprendería qué es lo que hizo gritar a Christina con tanto vigor, y apuesto a que eres un hombre que sabe."

La sugerencia despertó tanto a Duncan que se sintió menos coherente de lo que solía. "Tu cervecero…" empezó a protestar, porque creía que debía hacerlo.

"Puede necesitar instrucción o estímulo." Radegunde se mostró despectiva. "Muéstrame lo que podría estar perdiendo, Duncan."

"Pero…"

"Nadie lo sabrá. No lo diré, y fingiré inocencia en la noche en cuestión."

"¡Radegunde!"

Ella se rió de su sorpresa. "Mi novio no será inocente. Lo que es salsa para el ganso debería ser salsa para el ganso."

Duncan se volvió. "No haré eso. Ningún hombre de honor lo haría… "

Entonces llévame a bailar, Duncan. Te lo ruego."

Duncan debería haberse negado y lo sabía, pero cuando Radegunde lo miró como si fuera el mejor hombre de toda la cristiandad, no pudo negarle una petición tan simple.

Después de todo, parecía un compromiso razonable y era una elección mucho más prudente que llevarla a su cama, aunque esa idea tenía un atractivo impío. También podía entender su impulso de celebrar su parte en la victoria de ese día. Las secuelas del éxito eran un momento de júbilo, no de un retiro dócil a la cama.

Sí, él había venido a la posada porque sentía una inquietud similar.

Bailar puede ser la mejor solución.

—No le dirás a nadie —insistió Duncan con brusquedad, pero ella se rió con tal alegría que él se encontró sonriendo en lugar de ser severo. "Harás lo que te indique, no sea que haya más problemas, y solo iremos a la taberna local…" continuó él, pero Radegunde se arrojó a sus brazos y lo besó para que se callara de nuevo.

Rayos, pero la mujer aprendía el arte de la seducción con asombrosa velocidad. Su entusiasmo era casi abrumador, y a Duncan le resultó más que difícil aferrarse a sus sentidos y poner distancia entre ellos nuevamente.

—Te doy las gracias, Duncan —declaró ella cuando hizo cantar su sangre—. "Nunca olvidaré esto, te lo prometo".

"No habrá nada que recordar si no sigues las instrucciones. Debo asegurarme de que regreses sana y salva a tu ama, y esta es una ciudad llena de vicios."

"Sí, Duncan."

Ella era dócil ahora que había ganado su objetivo, tan complacida que él no podía olvidar la tentación de su otra oferta. Cuanto antes estuvieran en una taberna y rodeados de extraños, mejor. Duncan la llevó a los establos para contarle a Bartolomé sus planes. Él tenía que asegurarse de que el joven los dejara entrar en el patio a su regreso, y Bartolomé accedió de buena gana a hacerlo.

Cuando salieron de la posada, Radegunde llena de anticipación a su lado, Duncan supo que él tampoco olvidaría nunca esa noche.

Mucho menos a la doncella que lo hacía volver a sentirse impulsivo.

~

¡UNA NOCHE!

La mano de Duncan era áspera y cálida alrededor de la de Radegunde y su corazón latía de alegría. ¡Ella lo había convencido! Y aunque él la protegía, había mucho en su beso que la hizo esperar que pudiera persuadirlo de hacer algo más que bailar con ella.

Sí, ella no había abandonado su otra esperanza. Ser seducida por Duncan sería una maravilla, ella estaba segura de ello, y una acción que bien merecía el sacrificio de su virginidad. ¿Conseguiría convencerlo? Ciertamente ella tenía la intención de intentarlo.

Radegunde se alegró de estar usando las botas viejas de su dama, porque las calles estaban lo suficientemente embarradas como para recordar los comentarios de su madre sobre el fango de París. El pequeño sendero fuera de la posada era de tierra, y ella se alegró cuando llegaron a la avenida más ancha que conducía al Templo. Estaba en medio de ser pavimentada con piedras y era mucho más limpia por eso.

Su kirtle se había desvanecido después de su viaje hacia el este, y ella pensó que no parecería ser un objetivo rico. Aun así, Duncan se quitó la capa y se la echó sobre los hombros antes de llegar a la calle más ancha, quizás para asegurarse de que ella no ofreciera tentación a otro hombre. Ella inhaló profundamente, porque la capa llevaba el agradable aroma de su piel y sintió que se embarcaba en una aventura prohibida.

Él todavía llevaba su cota de malla y el abrigo oscuro que había llevado desde que ella lo conoció. No llevaba ninguna insignia, aunque las vainas de su cinturón decían todo lo que cualquiera necesitaba saber. Llevaba los guantes metidos en el cinturón y también llevaba botas. Él caminó hacia el Templo con determinación, y Radegunde se alegró de ser lo suficientemente alta como para poder igualar su paso.

"La calle de los juglares está más adelante", le dijo él. "Me di cuenta de que había una taberna en la esquina y escuché música".

Radegunde sabía que tenía que aprovechar cada momento en la compañía de Duncan. Quería saberlo todo sobre él, porque ella sabía qué pensaría en él, y en esa noche, siempre.

"Cuéntame un secreto, Duncan", le pidió ella y él la miró con obvia sorpresa.

"¿Un secreto?"

Radegunde sabía bastante bien que Duncan no era rápido con las confesiones y que le gustaba guardar para sí todo lo que sabía. "Sí, algo que solo tú sabes", insistió ella. "Compártelo conmigo."

Duncan negó con la cabeza. "Hay pocas cosas conocidas por una sola persona, muchacha. Me pregunto si realmente hay alguno"

Radegunde dudaba que ese fuera el caso, cuando la persona en cuestión era Duncan, pero reconoció la inutilidad de presionarlo. "Entonces confíame algo que poca gente sepa".

Él frunció los labios, considerando esto. "¿Será este un inter-cambio justo?"

"Por supuesto. Nada menos servirá."

Duncan asintió y ella se preguntó qué admitiría. "Te equivocas en que Bartolomé prefiere a los muchachos." Él levantó un dedo cuando ella habría discutido. "Porque Laurent es en realidad una muchacha llamada Leila".

Radegunde se echó a reír y vio de inmediato que su compañero se alegraba de haberla sorprendido. "¿De verdad?" Ante el asenti-miento de Duncan, ella se rió de nuevo. "¿Soy la última en saber ese secreto?"

Su sonrisa fue rápida. "No eres la primero, sin duda".

"¿Cuándo lo supiste?"

Él se encogió de hombros. "En Jerusalén, antes de que se uniera a nuestro grupo".

Radegunde estaba fascinada. "¿Por qué se unió a nuestro grupo? Parece como si pudiera ser sarracena."

"Ella lo es, a mi entender. Se había arreglado un matrimonio para ella y no deseaba casarse con el hombre en cuestión. Le rogó a Bartolomé que la dejara acompañar al grupo. Él dijo que no podía, pero mi señor Fergus escuchó eso e intervino.

Radegunde exhaló asombrada. Nunca había escuchado a Duncan pronunciar tantas palabras seguidas, y se maravilló de su propia habilidad para sacarle secretos.

Sin embargo, no podía dejar de notar que él no compartía su propio secreto.

Él se dio cuenta de que Duncan esperaba su reacción. "Ojalá lo hubiera sabido. Debería haber hablado más con ella."

"Creo que desconfía de la amistad".

"Su francés es muy bueno".

"Sí, por lo que tengo entendido, ella ha ayudado a Bartolomé en los establos del Templo de Jerusalén durante algún tiempo. Se dice que tiene un don con los caballos."

"¿Lo tiene?"

Él la miró de reojo. "Sí, lo tiene. Me impresionó mucho su intuición cuando compramos ese caballo en Venecia. Yo mismo sé algo de caballos, pero ella vio una debilidad en el que yo favorecía, y una debilidad que podría habernos costado caro."

Radegunde estaba intrigada. "¿Cómo es eso?"

Duncan explicó. "El caballo no habría podido hacer el viaje a esa velocidad. Si nos hubiéramos visto obligados a abandonarlo, el dinero se habría perdido y los otros caballos se habrían cargado con más peso."

"Lo que habría ralentizado nuestro ritmo aún más."

La miró de nuevo. "Estás sonriendo. ¿Qué hay de divertido en este cuento? "

"Nada. Simplemente admiro que tomaras el consejo de una muchacha."

"Recibiré el consejo de cualquier alma que sepa más de un asunto que yo."

"Y eso también lo admiro". Radegunde le dio un apretón en los dedos, y le gustó cómo recuperaba el aliento. Ella se acercó más, asegurándose de que su pecho estuviera presionado contra su brazo, y notó el brillo en sus ojos. Sí, Duncan estaba tan consciente de ella como ella de él, y Radegunde encontraba una nueva promesa en su esperanza de aventura más allá de una noche de baile en París. "¿Cuándo viste el tesoro por primera vez?" preguntó ella.

"¿No es eso otro secreto?"

"No, porque sé que debiste haberlo mirado."

Él le dio una mirada escéptica pero ella sonrió y él cumplió con su pedido. "En Jerusalén, por supuesto. Lo vi antes de partir, cuando estábamos esperando a Gaston."

"¿Porque tenías curiosidad?"

La expresión de Duncan era sofocante. "Como sabré por qué arriesgo mi vida, mejor resolveré cuán vigorosa será mi defensa de cualquier paquete encomendado."

Radegunde asintió con la cabeza. "Busqué en Venecia por la misma razón, cuando intercambiamos los paquetes."

"Eso fue inteligente", reconoció Duncan. "Nadie sabía que lo habías hecho."

"¡Lo sé!" Ella se rió de él. "Ni siquiera tú, el más observador de toda el grupo".

"Ni siquiera yo", reconoció él con pesar.

Radegunde se mordió el labio, porque adivinó la razón de eso. Duncan había estado abiertamente interesado en Christina, la cortesana, y ella se había unido a su grupo casi al mismo tiempo que Radegunde e Ysmaine habían tomado el relicario. Ella no estaba segura de si debía mencionarlo, porque temía que la conversación fallara.

Pero Duncan continuó. "Y disfrazar el relicario como el vientre maduro de su dama fue aún más inteligente". Él sacudió la cabeza. "En verdad, deberíamos haberles confiado el paquete a ambas desde el principio."

Radegunde sonrió ante su elogio. "Pero ahora está seguro y la aventura ha terminado".

"La misión está cumplida", corrigió Duncan en voz baja. "La aventura continúa mientras tomes aliento."

Radegunde decidió no discutir sobre eso. "¿Crees que Christina está a salvo?"

Duncan consideró esto. "Creo que Wulfe haría todo lo que esté en su poder para asegurarse de eso, y él es un luchador formidable".

No era una respuesta absoluta, pero Radegunde supuso que no

podía haberla. Envalentonada por el hecho de que Duncan le hablara tanto, se atrevió a preguntar lo que realmente deseaba saber. "Pensé que la admirabas más que nada. ¿Por eso te perdiste mi cambio del paquete?

Él le dirigió una mirada ardiente y luego volvió a ocultar sus pensamientos. "¿Y cuándo voy a tener un secreto a cambio?" preguntó él a la ligera.

Radegunde no se sorprendió realmente de que él cambiara de tema. "Tendrá que ser breve, ya que estamos cerca."

"Podrías deberme una bendición".

Radegunde se estiró para susurrarle al oído, esforzándose por ser tan valiente como una cortesana. "Si te debo una bendición, Duncan MacDonald, no será simplemente un secreto."

Una vez más, su mirada se iluminó. "Un secreto será suficiente", insistió él, pero su voz era más ronca de lo que había sido. Ella lo vio tragar y notó cómo su mirada la recorría. Se atrevió a tener la esperanza de tener éxito en tentarlo.

Aun así, ella le señaló con un dedo juguetón. "Mejor, confiaré un secreto sobre mí misma, en lugar de esconderme detrás de las confidencias de los demás".

"¿De verdad?" Duncan parecía contener una sonrisa.

Radegunde supo precisamente cómo sorprenderlo. "Sí, y aquí está. Mi señor Gaston es el primer hombre que he visto completamente desnudo."

Duncan parpadeó sorprendido y luego la miró.

Radegunde sintió que sus labios se arqueaban. "Y tiene unas piernas muy finas."

Duncan tosió, aunque sabía que él también disimuló su risa. "¿Y qué sabrías sobre un hombre que tiene piernas finas?"

"Oh, mi madre admira a los hombres con piernas finas, o eso siempre ha insistido. En Valeroy, hay mercenarios escoceses empleados por el señor. Llevan largos de lana a cuadros envueltos alrededor de sus caderas con un extremo echado sobre el hombro, así como botas y chalecos. A menudo tienen el pelo largo y la barba, pero son sus piernas las que mi madre declara encontrar más atractivas. Confieso que me ha pasado su cariño."

Duncan se rió un poco ante esto. "¿Y tu padre?"

"Él también tenía piernas finas, según mi madre. Ella dice que lo dejó acostarse con ella para poder entrelazar sus piernas con las de él por la noche."

Duncan tosió de nuevo. "¿Y qué dice tu padre de esto?"

Radegunde hizo una mueca, porque esa herida no se curaba todavía. "Está muerto", dijo ella rotundamente, deseando ser más experta en cambiar de tema.

Duncan se volvió para observarla, entonces, con simpatía en sus ojos. Sabía que él había percibido el calor en su reacción. "Lo siento, Radegunde".

Por mucho que agradeciera su compasión, Radegunde no deseaba insistir en esta pérdida. "Te doy las gracias, pero no importa", dijo ella rápidamente. "Tengo cuatro hermanos y no necesitábamos otro hombre en nuestra morada."

Duncan frunció el ceño y ella se preguntó si sus palabras habían sido demasiado duras.

Hubo un incómodo silencio entre ellos. Radegunde temía que su confesión hubiera destruido la amabilidad de la velada hasta el momento. De hecho, ella debería haber estudiado las artes de Christina más de cerca, ¡porque ella hizo un lío poco común de esta conversación!

Para su alivio, tuvo un pensamiento repentino y se volvió hacia Duncan. "Pero espera. Tú eres escocés, ¿no es así?

"Sí, lo soy, y algunos dirían que también un mercenario". Él hablaba con orgullo indisimulado.

Radegunde apoyó una mano en su cadera. "Entonces, ¿dónde está tu tabardo?"

"En mi equipaje. Pensé que era prudente parecerme más a otros hombres cuando viajáramos hacia el sur. Hay quienes no aprecian a mis parientes."

Radegunde fingió decepción. "Supongo que es demasiado, entonces, esperar que pueda echar un vistazo a tus piernas."

Duncan se rió entre dientes. "¿Para determinar si están suficientemente bien o no? Eres una chica atrevida, sin duda," acusó él, pero su tono era burlón. "No debería animarte a pensar así, no sea que tu madre tenga palabras para mí".

"Nunca la conocerás".

"¿Está ella muerta?"

Radegunde negó con la cabeza.

"Entonces puede que te sorprendas, muchacha".

Antes de que pudiera preguntarle a qué se refería, Duncan la atrajo hacia la multitud reunida fuera de la taberna que había sido su destino. La música se oía por la calle junto con las risas y ella escuchó los pies de los bailarines dentro. Sus propios pies le picaban. "Ahora, ¿qué será? ¿Una copa de vino? ¿Hazaña de malabarista? ¿O un cuento de juglar?

"Un baile", dijo Radegunde con firmeza. "Y luego quizás una copa de vino".

"Una copa de vino es todo lo que tendrás".

"No debes temer que me emborrache", reprendió Radegunde. "Seguramente se adelgazará más allá de lo imaginable".

"Ahí está", murmuró.

Ella consideró a los festejantes de ambos lados, y su entusiasmo aumentó cuando entraron en la taberna. Más de un hombre la examinó detenidamente y la mano de Radegunde volvió a caer sobre su cuchillo. Ella estaba preparada para defender su honor.

Pero Duncan la rodeó con el brazo y la atrajo hacia su costado en un abrazo que parecía afectuoso. Radegunde lo encontró emocionante. "Recuerda que te he reclamado para esta noche", murmuró él y sus palabras hicieron que su sangre se calentara. "Así será más seguro".

"Sí", asintió Radegunde y le concedió una cálida sonrisa. Su elección podría asegurar que ella tuviera su otro deseo esa noche. De hecho, esa podría ser la razón de su sugerencia. ¿Podrían sus pensamientos ser uno solo? Radegunde se atrevió a tener tantas esperanzas.

Ella se giró en sus brazos y notó su sorpresa con una sonrisa. "La ilusión debe mantenerse bien", murmuró ella, luego besó su garganta. Ella podía sentir su pulso saltar bajo sus labios.

—Tentadora —susurró Duncan, su voz deliciosamente ronca. "No sabes lo que haces".

"Al contrario, soy hija de una curandera", replicó Radegunde. "Sé exactamente lo que hago, Duncan". Ella se apartó para observarlo. "La única pregunta que queda es ¿qué vas a hacer tú?" Ella rozó sus labios con los de él una vez más y se alegró de sentirlo recuperar el aliento.

Luego inclinó su boca sobre la de ella, su beso tan exigente y posesivo que ofreció toda la aventura que Radegunde podría desear.

Y más.

Cuando levantó la cabeza, la compañía gritó y estamparon su aprobación. Radegunde solo vio el brillo verde de los ojos de Duncan y sintió la dura pared de su pecho contra sus senos. Su brazo estaba encerrado alrededor de su cintura y le sonrió. "Ya te lo he dicho, muchacha", murmuró solo para sus oídos. "Bailaré contigo, y nada más".

Radegunde sonrió, no muy convencida de que bailar sería la suma de todo lo que hicieran esa noche.

MARTES 25 DE AGOSTO DE 1187

DÍA DE SANTA EBBA Y DEL MÁRTIR SAN EUSEBIO DE ROMA

CAPÍTULO 3

No era propio de Duncan olvidarse de sí mismo, del mismo modo que no era propio de él simplemente disfrutar de una velada con una mujer bonita. Los años en Palestina habían estado llenos de desafíos, trabajos forzados y la compañía de hombres muy parecidos a él. Sólo ahora veía que la carga de cuidar de Fergus había sido más pesada de lo que se había imaginado.

¿Cuánto tiempo había pasado desde que había bailado y cantado? ¿Cuánto tiempo había pasado desde que había coqueteado con una doncella tan vivaz como Radegunde? Esa noche, Duncan se sentía libre y sin restricciones, y el cambio era muy bienvenido.

Una parte de eso era sin duda la influencia de su alegre compañera. Radegunde tenía un entusiasmo por la vida que lo hacía más feliz de lo que solía ser, y su belleza era del tipo que él apreciaba más. Su belleza provenía de un buen corazón y una naturaleza que le daba una vitalidad bienvenida. Sin embargo, ella no era tonta, porque él vio que ella tomaba nota de cada hombre con un brillo peligroso en sus ojos y siempre estaba al tanto de quienes la rodeaban. Su mano caía con frecuencia a su cuchillo, y supo que ella podría defenderse si era necesario.

De hecho, ella podría haber derrotado al patán de la cocina, incluso si él no se hubiera encontrado con su batalla.

De hecho, era una novedad conocer a una mujer que podía valerse por sí misma. La dama Ysmaine era más fuerte de lo que la mayoría imaginaba, pero Duncan supuso que un factor importante en la supervivencia de esa noble había sido el consejo de su pragmática doncella.

Una doncella cuyos ojos oscuros brillaban tan tentadoramente en su placer que Duncan deseaba verla sonreír durante todos sus días y noches.

Bailaron al son del violinista, bailaron hasta que les dolieron los pies y tuvieron que detenerse para recuperar el aliento. Radegunde estaba tan exuberante como él podría haber esperado y una excelente compañera.

Él le dio más consideración de la que creía que debería a su impulsiva oferta. Sí, estaba dulcemente curvada y bailaba como un demonio, tan llena de vigor que él sabía que una noche en su cama sería de lo más satisfactorio.

De hecho, probablemente no habría sueño en absoluto.

Cantaron junto con los juglares que dirigían canciones familiares; aunque a Duncan no le sorprendió que Radegunde tuviera una voz fina y rica, le sorprendió que supiera la letra de algunas de las cancioncillas más vulgares. Ella se rió de su reacción, lo que significaba que, sin saberlo, había revelado sus pensamientos, su travieso disfrute de eso lo tentó a compartir aún más.

Tomaron vino, a expensas de Duncan, y él le concedió un centavo para darle una propina a un malabarista cuyas hazañas hicieron que sus ojos se agrandaran. Le compró un pastel de carne caliente de un carro de panadero, cuando finalmente salieron de la taberna y ella insistió en compartirlo con él mientras caminaban de regreso a la posada.

El cielo era índigo y las estrellas brillaban en lo alto. Las contraventanas estaban cerradas contra la noche en todas las moradas por las que pasaban, y la música de la taberna se desvanecía constantemente detrás de ellos. El gran París podría haber sido el suyo a esa hora. Una vez que el pastel de carne se hubo terminado y las migas se quitaron, Radegunde puso su mano en la suya una vez más, como si no perteneciera a ningún otro lugar, y Duncan experimentó una agradable satisfacción.

Él se sentía más liviano y más joven, aunque sabía que el peso de sus cargas volvería a sus hombros muy pronto. Sin embargo, era más que reconfortante tener un indulto.

Había otro detalle que tenían en común. Por delante estaba el deber y la responsabilidad tanto para él como para Radegunde. Él viajaría de regreso a Escocia con su caballero, presenciaría el matrimonio de Fergus e Isobel, tal vez aceptaría con agrado la rutina del empleo como hombre de armas en Killairic. Aunque Duncan había anhelado su hogar todos esos años en el extranjero, sus perspectivas de futuro parecían algo sombrías después de esta noche.

Porque estaría solo. Era su elección, por supuesto, porque sabía que no tenía nada que ofrecer a una mujer como Radegunde, pero en este momento, la encontró una opción menos atractiva que antes.

Ella llenó su mente de tentadoras posibilidades.

Las posibilidades que Duncan sabía no podrían llegar a ser. Él debía asegurarse de que ella no tuviera expectativas de él, más allá de una noche de baile y un beso o dos. Su futuro aún estaba ante ella, y él no sería quien lo corrompiera.

"¿No te divertiste?" Preguntó Radegunde, y se dio cuenta de que ella lo había estado observando de cerca. "Rezo para no obligarte a entregar tu descanso sin ganancia."

Duncan no tuvo que forzar su sonrisa. "Fue una buena noche, incluso si conoces canciones que no hubiera esperado que cantaras."

Radegunde se rió. Duncan había esperado que ella hiciera lo mismo y el sonido lo hizo sonreír.

"Sabía que estabas sorprendido". Ella se apoyó contra su costado de la manera más amigable y tentadora. De hecho, Duncan, desearía haber sabido lo gratificante que es sorprenderte. Debería haber comenzado a hacerlo mucho antes." Ella sacudió su cabeza. "He perdido semanas en las que podría haberte atormentado".

"Eres una moza traviesa", acusó él.

Su sonrisa era traviesa. "Lo intento".

"¿Te lastimaste?" Cuando ella no respondió, le hizo un gesto hacia su pie. "Estás cojeando". Él temía no haberla observado con la suficiente atención.

Radegunde se encogió de hombros. "Nunca había bailado tanto en una noche. Quizás bailé demasiado, pero nunca me arrepentiré." Ella le sonrió. "Fue maravilloso, Duncan, y te agradezco por llevarme".

Él no podía hacer nada más que mirarla, atrapado como estaba por su encanto. "De nada", reconoció él y lo dijo en serio. "Aunque no estoy seguro de haber tenido realmente una opción".

Ella se rió de nuevo mientras giraban por el camino que conducía a la posada. "Pero yo tenía razón. Fue un final apropiado tanto para el día como para el viaje."

Duncan deliberadamente no mencionó su sugerencia anterior de otra forma de terminar este día. "¿Y entonces estás preparada para continuar a casa con tus deberes?"

"¡Lejos de eso! Pero será como debe ser." Radegunde se puso seria cuando la puerta de la posada apareció delante, y su voz se suavizó. Aunque él sabía que ella debía estar decepcionada de que sus juergas hubieran terminado, sus siguientes palabras lo sorprendieron. "Supongo que tiene poco sentido atormentarte, ya que estás decidido a ser un hombre de honor esta noche."

Duncan la observó. "Me sorprende que renuncies a tu misión con tanta facilidad".

Radegunde le sonrió. "¿Eso es para animarme?"

"No, porque no puede haber nada más entre nosotros, pero no esperaba que te convencieras tan fácilmente."

Radegunde inspeccionó el tranquilo callejón. "Pero como es probable que esta sea la última vez que te vea, el asunto quedará ahí". Una vez más, ella le lanzó una sonrisa juguetona. "¿Te arrepentirás más tarde de la oportunidad perdida, Duncan?"

Él no había considerado la separación de sus caminos hasta este momento y descubrió que compartía su reacción.

Ya lamentaba su elección, pero tenía que pensar en su futuro.

"Puede que tengas razón. Esto puede ser una despedida", dijo Duncan, sabiendo que su respuesta era vaga. Se había hablado en el templo antes de irse, y no estaba seguro de que habrían decidido Fergus y el Gran Maestre en su ausencia.

Radegunde, por supuesto, no dejó de notar que no era definitivo. Ella volvió esa brillante mirada hacia él. "Crees que puede que no sea así".

"Es posible que Gaston lleve a su dama a las nupcias de Fergus en Escocia".

Radegunde negó con la cabeza. "No si ella concibe a su hijo, y ellos persiguen ese objetivo con mucho entusiasmo".

"¿Crees que él es protector?"

"Sé que protege a su esposa, como lo hacen todos los hombres de mérito. Mi señora tendrá dificultades para salir de su habitación una vez que confiese que está embarazada, y dudo que ese día esté muy lejos." Radegunde se enderezó y la resolución iluminó sus ojos. "Con toda probabilidad, tendré una batalla justa para asegurarme de que se le permita salir de la cama."

Duncan sonrió ante su ferocidad. "Apuesto a que es Gaston quien tendrá la batalla, porque tendrá que competir contigo".

Radegunde sonrió. "¡Lo hará!"

"¿No le temes?"

Ella se burló. "¡Por supuesto no! Es un hombre cuyo corazón es sincero, y uno que nunca levantará la mano contra una mujer. Podría ser de lo más impertinente y él no haría más que mirarme con desaprobación. Ella sonrió. "Sobre todo si mi intención es garantizar el bienestar de su esposa."

"¿Crees que está enamorado entonces?" Preguntó Duncan,

preguntándose si habían llegado a la misma conclusión sobre la perfección del matrimonio.

"Creo que no hay dos almas que se adapten mejor entre sí". Radegunde habló sin lugar a dudas.

Entonces permanecerás al servicio de la dama Ysmaine.

"Sospecho que sí. Ella es buena conmigo, más amable que la mayoría por lo que escuché. No tengo ningún medio de comparación porque ella es la única dama a la que he servido."

Duncan se esforzó por encontrar algo bueno en la situación. Quizá ella te vea casada con un buen hombre.

Radegunde arrugó la nariz. "No estropees eso esta noche, Duncan", reprendió ella. "Más vale que me sirvas una taza de vinagre después de una comida suntuosa."

"Me disculpo."

"No necesitas hacerlo. Sé que es una locura por mi parte desear casarme por amor y anhelar aventuras, pero lo olvidaría un poco más, por favor."

"La dama Ysmaine puede permitirte elegir a tu esposo".

"Ella podría." Radegunde cambió de tema con una deliberación que Duncan no dejó de notar. "Espero que mi señora tenga muchos hijos, y el primero pronto."

Duncan no podía olvidar por completo su propio pasado. "Espero que se encuentre una buena partera cuando llegue el momento", murmuró con ardor.

Para su sorpresa, Radegunde no tomó nota en particular de su comentario. Él había visto que ella era perceptiva, y pensó en retrospectiva que había habido demasiado pesar en su tono, pero ella rechazó su preocupación.

"No hay nada que temer. Mi madre vendrá a la dama Ysmaine. Estoy segura de ello."

"¿Tu madre es partera?"

"Sí, y la mejor que se puede encontrar", insistió Radegunde con orgullo. "Ella trajo a la dama Ysmaine y a todas sus hermanas al mundo, así como a la mayor parte del pueblo de Valeroy". Su voz bajó. "Ella siempre quiso enseñarme, y supongo que ahora lo hará".

"No suenas muy entusiasmada".

"Es una gran responsabilidad traer a los niños al mundo, porque la llegada de un bebé es un evento que no siempre se desarrolla según lo planeado", dijo Radegunde, con una actitud más solemne de lo que él nunca le había visto. Duncan solo pudo estar de acuerdo, aunque estaba intrigado de que ella compartiera su punto de vista. Ella le lanzó una mirada y él supo que su comentario anterior no había pasado desapercibido. "Como creo que sabes."

Duncan desvió la mirada y frunció el ceño. Él se sentía expuesto, incluso cuando tenía la extraña necesidad de confiar en su compañera.

Radegunde continuó en voz baja. "Hay una gran confianza entre la madre y la partera, pero debe equilibrarse con la verdad para garantizar una mayor bondad."

"¿Cómo es eso?"

"Para explicarte eso, tendría que confesarte otro secreto", respondió ella, con un tono burlón. "Aunque no uno de los míos".

"Quizás otro trato sería oportuno", se encontró sugiriendo Duncan. "Otro intercambio de secretos".

"Pero este debe restablecer el equilibrio", insistió Radegunde, con ese desafío en sus ojos. "Te conté un secreto sobre mí y tú sobre alguien más. Esta vez, contaré un secreto de otro y tú confesarás uno de ti mismo."

Duncan se resistió.

Ella le señaló con un dedo, tan impávido que él sabía que ella había anticipado su reacción. "Veo que no aceptarás mis términos, Duncan, así que no apostaremos."

Duncan se sintió inquieto, porque sus sentimientos estaban muy mezclados. Por un lado, habría agradecido la oportunidad de compartir sus secretos con alguien tan comprensivo como Radegunde. Por otro lado, estaba acostumbrado a seguir sus propios consejos y, lo que es peor, temía que ella le diera mucha importancia a esa confianza.

No deseaba alentar ninguna idea que ella pudiera tener.

Pero todavía no deseaba separarse de ella.

Radegunde levantó una mano para golpear la puerta. "Sin apuestas ni seducción", dijo ella, luego dio un sincero suspiro. "Al menos he tenido mi baile".

Duncan no pudo resistir el impulso de responder. "¿Y si aceptara tu trato?"

La sonrisa de Radegunde era todo lo que podía haber esperado. "¿Cuál?"

"El secreto, por supuesto."

"¡Por supuesto!" Ella le tocó el brazo y negó con la cabeza, evidentemente no tan disgustada como eso. "Entonces agradeceré tu confianza", dijo ella antes de inclinarse más cerca. "Y puedes estar seguro de que nunca lo compartiré con nadie".

Era como si ella leyera sus miedos más profundos y lo hiciera fácilmente. Ella estaba a un paso de él, con la espalda contra la puerta de la posada y las mejillas enrojecidas. Él bajó la mirada a su boca, preguntándose si ella leería el pensamiento en particular que lo consumía en este momento, y vio sus labios curvarse conscientemente. Efectivamente, sus ojos brillaban de nuevo.

"¿Aceptas mi otra apuesta también, Duncan?" Ella susurró. "¿O debo convencerte del mérito de esa oferta?"

"Aceptaría un beso y nada más."

"¿Por qué no más? ¿No me encuentras atractiva?

"Muy atractiva", confesó él. "Pero no proyectaría una sombra sobre tu futuro."

"Sabía que eras un hombre de honor", susurró ella, luego se acercó más. Pero considera esto, Duncan. Soy hija de una curandera. No me mancharás de placer, porque nadie sabrá jamás lo que hemos hecho." Su voz bajó aún más. "Excepto yo, y saborearé el recuerdo para siempre."

Esta vez, ella miró sus labios. Duncan se sintió tentado, porque sabía que sus pensamientos eran uno solo. Un beso y nada más, pero lo convertiría en un beso para recordar. Un beso para calentar sus noches y alimentar sus sueños. Un beso con el que ella podría desafiar a su cervecero a hacerlo mejor, y un beso que lo perseguiría a él para siempre.

Él tomó su nuca en su mano, su mejilla lucía hermosa y suave contra su mano áspera. Le clavó los dedos en el pelo y sintió que la trenza se soltaba. Radegunde le sonrió, tan confiada e inocente que su pecho se apretó.

Rayos, pero ¿qué habría dado por no haber dejado cicatrices en ese momento?

Duncan se inclinó y rozó con su boca la de Radegunde, saboreando su aliento y saboreando su dulzura, luego reclamó sus labios, levantándola contra él e inclinando su boca sobre la de ella. Si hubiera podido poseerla con un beso, lo habría hecho con ese, y no hizo ningún intento por disimular su interés. Si Duncan había pensado que Radegunde podría asustarse por su pasión, ciertamente se había equivocado.

Porque la dama se puso de puntillas, le rodeó el cuello con los brazos y le devolvió el beso con vigor.

Los besos de Duncan se volvían cada vez más embriagadores. De hecho, Radegunde estaba convencida de que podía darse un festín con ellos y nada más, tan intenso era el placer que le concedía. Cada beso podría haber sido una probada del cielo.

Radegunde solo quería más. Ella se arqueó contra él y le abrió la boca, invitándolo a participar de todo lo que ella tenía para ofrecer. Ella lo escuchó gemir. Sintió que su rodilla se deslizaba entre sus muslos y su agarre se apretaba sobre ella...

Entonces escuchó el cerrojo deslizándose en el lado más alejado de la puerta.

Ella saltó al oír el sonido, y Duncan retrocedió, acomodándola a su lado.

"Pensé que tenías la intención de llamar", se quejó Bartolomé. Sonaba a la vez somnoliento y gruñón. Abrió la puerta y les dio a ambos una vista minuciosa mientras entraban al patio. Radegunde sintió que el color se le subía a las mejillas, pero Bartolomé no mostró interés en su reacción.

Duncan podía tener razón sobre Laurent, pero ella no estaba convencida de que él tuviera razón sobre Bartolomé.

"Quería llamar, pero fuiste más rápido que yo", dijo Duncan.

"¿Más rápido? Te escuché fuera de la puerta durante tanto tiempo que pensé que habías olvidado cómo llamar", se quejó Bartolomé. "¡Cualquier alma viviente mostraría más prisa!"

Radegunde se dio cuenta de que el escudero no había adivinado lo que estaban haciendo. ¡No era observador, sin duda! Duncan cerró la puerta detrás de ellos y puso el cerrojo. Todo estaba en silencio en el patio.

"No he dormido todavía", respondió Bartolomé, luego bostezó con fuerza. Se pasó una mano por el cabello, dejándolo erizado, y los miró con evidente cansancio. "Pensé que era mejor que algún alma se mantuviera en vigilia. Quizás puedas hacer lo mismo ahora."

Sin esperar a que Duncan hiciera más que asentir, Bartolomé regresó al otro extremo de los establos. Radegunde lo escuchó acomodarse en el heno y, momentos después, comenzó a roncar suavemente.

Radegunde observó la puerta de la posada y pensó en el hombre que la había agredido antes. "Me quedaré contigo", le dijo a Duncan.

"Mantendremos sólo una de tus apuestas", insistió él.

"Muy bien", estuvo de acuerdo ella, no queriendo arriesgarse a otro asalto por parte de ese bruto en la cocina.

Duncan volvió a tomarla de la mano, pero esta vez la escoltó hasta el extremo opuesto de los establos de donde estaba Bartolomé. El heno era espeso y dulce, y el lugar que eligió tenía una buena vista de la puerta. Le quitó la capa de los hombros y la extendió sobre la paja, creando un lugar para que se sentaran juntos. Su capa era lo suficientemente gruesa como para evitar que el heno picara. Radegunde se sentó y Duncan la recogió sobre sus hombros.

¿Quería sentarse separado de ella?

"Será mejor que nos sentemos cerca", le informó ella. "Para que nadie escuche tu secreto".

"No sea que Bartolomé se despierte de nuevo", coincidió Duncan. Se sentó a su lado, el peso de su brazo sobre sus hombros y el calor de su muslo contra el suyo. Radegunde tiró de los extremos de la capa sobre ambos y se acurrucó más cerca. "Tentadora", murmuró de nuevo, pero ella le sonrió.

"Bien podría quedarme dormida, y estaría caliente".

Su mirada brillante se aferró a la de ella y ella apenas pudo respirar ante sus modales intensos. Me aseguraré de que así sea, muchacha. No debes temer lo contrario"

Ella se atrevió a apoyar la mejilla en su pecho, pero la pose era menos cómoda de lo que podría haber sido ideal. Duncan la levantó y la giró para que se sentara en su regazo, luego envolvió sus brazos y la capa alrededor de ella. Radegunde le sonrió con satisfacción. "Me gusta esto mucho esto, señor." Ella rodó sus nalgas contra él. "Como, creo yo, que te gusta a ti".

Él le dirigió una mirada sombría. —Dime tu secreto —gruñó él y ella se rió de sus modales bruscos.

"Es el secreto de otro, como mencioné antes."

"Es una historia de confianza entre madre y partera", le recordó Duncan.

"De hecho, lo es. Mi madre, como dije, trajo a la dama Ysmaine y a todas sus hermanas al mundo. Tenía apenas dieciséis veranos cuando la dama Richildis dio a luz a la dama Ysmaine, y estaba muy preocupada de que ella fuera la responsable del primer bebé del señor Amaury. Mi madre dijo que el señor Amaury estaba muy ansioso por tener un hijo,"

"Como muchos hombres lo están, mejor para asegurar la soberanía de su propiedad para el futuro".

"Sí, es una inclinación fundada en el buen sentido, pero mi madre no estaba segura de qué esperar de él cuando el bebé naciera como una niña." Radegunde exhaló un suspiro. Sin embargo, es un buen hombre, el señor Amaury. Ella dijo que hubo un atisbo de decepción antes de que se llevara a su hija, pero en un abrir y cerrar de ojos, había perdido su corazón en la verdad." Radegunde miró hacia arriba para encontrar a Duncan sonriendo.

"Me gusta mucho este cuento. Es difícil que no te agrade un hombre tan enamorado de un bebé, ya sea niño o niña."

"Sí, implica una bondad en su naturaleza. El señor Amaury es a la vez gentil y fuerte".

"Un buen equilibrio en un hombre."

"Así es, y uno que hace que sus súbditos lo amen. De modo que mi madre admiraba tanto al señor Amaury que ella deseaba que tuviera el hijo que deseaba. Evidentemente, la dama Richildis también deseaba esto, porque volvió a quedar embarazada a toda velocidad".

"Sin embargo, ella dio a luz a otra hija, por lo que se dice".

"De hecho ella lo hizo. Y mi madre dijo que el arrepentimiento era solo un poco más en los ojos del señor Amaury antes de que perdiera su corazón de nuevo."

"Algo debe haber cambiado para que esto sea una historia de confianza", adivinó Duncan.

"Era el tercer hijo. La dama Richildis estaba enferma con este bebé y pasó mucho tiempo en su cama. Mi madre dijo que también llevaba al niño de manera diferente, y aunque no lo comentó en voz alta, sabía que tanto ella como la pareja esperaban que esto fuera una señal de que la dama Richildis llevaba un niño."

"Uno escucha tal especulación".

"Porque hay mérito en ello. No había pasado mucho tiempo entre los embarazos y eso no le gustó a mi madre. Ella temía que la dama Richildis aún no se hubiera recuperado de la llegada de Jehanne. Cuando la señora estuvo tan enferma, mi madre temió lo peor."

Estoy seguro de que no le dijo nada al señor Amaury.

"Nada más que insistir en que la dama Richildis durmiera tanto como deseara. El señor se puso a caminar de un lado a otro. Hubo poca fiesta en el salón durante la Semana Santa, porque la dama estaba acostada en su cama. A pesar de todos los esfuerzos para asegurar que el bebé creciera a tamaño completo, llegó demasiado pronto. Mi madre fue llamada por la dama Richildis en medio de la noche, según su relato, cuando el viento era maligno. Ella llegó al torreón y encontró a la dama gritando de dolor y la sangre fluía demasiado rápido. Parecía que el trabajo había comenzado rápidamente, que era agudo y feroz, que nada podía salir bien. El señor Amaury tenía miedo, aunque mi madre no dijo nada para alimentar sus temores, porque era un hombre de gran ingenio."

"¿Estaba al revés?" Preguntó Duncan y Radegunde le sonrió, complacida de que hubiera entendido.

"Sí. Y aunque mi madre hizo girar al niño y quitó el cordón, incluso en su prisa, había intervenido demasiado tarde. El bebé estaba muerto cuando emergió al mundo y supo por su condición que lo había estado antes de que comenzara el parto. El hijo de la dama había muerto en el útero, por lo que llegó demasiado pronto."

Duncan esperó, con la mirada fija en ella, y Radegunde supo que había adivinado la verdad de lo que había hecho su madre.

Mejor, sabía que él no culpaba a su madre por su elección.

Radegunde continuó, muy animada por la expresión de Duncan. "Mi madre vio de inmediato que el bebé era un niño. A la dama Richildis no le iba bien en ese momento, y el señor Amaury estaba muy angustiado por el estado de su esposa. Mi madre temía que saber que el bebé muerto era el hijo que deseaba sería demasiado para el señor."

"Ella ocultó la verdad", dijo Duncan, sin sorpresa en su tono.

"Ella lo envolvió rápidamente, tan rápido que nadie más vio la verdad, lo llamó niña y lo confió a una criada. Luego atendió a la dama. Tomó hasta el amanecer para asegurarse de que la dama sobreviviría, y aún estaba muy debilitada."

"¿Y el señor?"

"El señor Amaury lloró y oró, y nunca se apartó del lado de su esposa. Cuando la dama Richildis finalmente durmió tranquilamente, mi madre sacó al bebé de la habitación. Ella misma lavó y preparó al bebé para el entierro. Sopesó el mérito de decirles la verdad, pero aun así temía que la dama no se recuperara si se agregaba tal decepción a su corazón."

"Ella los protegió, cuando estaban en su punto más débil. No es un mal impulso."

"Para cuando quedó claro que la dama Richildis se recuperaría, mi madre pensó que la verdad sería cruel. Ella también creía que aún podían tener un hijo."

"¿Y el niño fue enterrado sin que ellos supieran su sexo?"

Radegunde asintió. "Sólo pudieron vislumbrar el rostro del niño antes de que su ataúd fuera sellado para siempre". Ella tragó, sus lágrimas brotaron ante este último detalle. "Lo llamaron Elena".

Duncan asintió. "Ella pensó que elegía el bien mayor".

Radegunde asintió, parpadeando para contener las lágrimas. Ella nunca podría oír hablar de un bebé muerto sin llorar.

"¿Pero nunca hubo un hijo?" adivinó.

Ella negó con la cabeza, sus lágrimas cayeron porque a esas buenas personas se les había negado lo que más deseaban. —Cuatro hijas más, la última después de que mi madre aconsejara a la dama Richildis que se detuviera, para que no perdiera la vida. Solo el embarazo del séptimo fue tan difícil."

"¿Porque solo ese era un niño?"

Ella se encogió de hombros. "Quizás. Mi madre les dijo que podría haber sido la raíz de la enfermedad del niño."

"¿Y cuándo fue esto?" Duncan miró a Radegunde con expresión inescrutable.

"Justo después de yo nacer. La hermana menor, Constantia, nació cuando yo tenía diez años. El suyo fue el primer parto en el que ayudé a mi madre."

Duncan le tocó la mejilla con un dedo y se secó una lágrima. "Y, sin embargo, lloras por un niño que nunca has visto, por una pareja que tiene muchas bendiciones en la mano."

"Porque son buenos y me agradan mucho. Hay una lección en esto, Duncan, que incluso aquellos que parecen tener todas las ventajas pueden carecer de algo que más desean."

Su mirada era intensa, tan penetrante que ella pensó que podía ver sus propios pensamientos. Su voz era baja y ella sabía que esta pregunta era importante para él. "Entonces, tienes el ejemplo de tu madre. ¿Mentirías por otro?

Radegunde respiró hondo. "Durante años, pensé que no. Después de todo, es una mentira y una ruptura de la confianza entre ellos. Durante años, pensé que mi madre había elegido mal." Ella se mordió el labio. Pero ahora veo al señor Gaston, casado sólo por semanas con mi señora, y comprendo cómo él estaría igualmente desgarrado. Yo no había comprendido con qué vehemencia un señor podía desear un hijo, incluso cuando amara a su esposa. Entiendo que podría romperle el corazón perder a ambos en una noche." Radegunde tragó. "Ahora veo que si temo un resultado así, también podría engañar al marido."

"No sería mejor perder esposa e hija", dijo Duncan, con una nota curiosa en su voz. Radegunde lo estudió, maravillándose de que su relato lo afectara tanto. Después de todo, él nunca había conocido al señor y la dama.

"Pero cuando un hombre desea tanto un hijo para asegurar todo lo que ha ganado en su mano y proteger el futuro, entiendo que la pérdida sería mayor."

Duncan se inclinó y le besó la frente con suavidad. Sintió una lágrima caer sobre su mejilla y se preguntó quién la había derramado. "Tu corazón es amable, muchacha", murmuró él, sus palabras roncas. "Que nadie te diga lo contrario". Luego la levantó y la acomodó en la paja, rodeándola con la capa de forma segura. Duerme, Radegunde. Duerme, porque el amanecer y el deber no están tan lejos."

"¿Pero tú?"

"Haré guardia. No debes temer por tu seguridad."

Para su decepción, él se movió para sentarse en el borde de los establos, de espaldas a ella y con la mirada fija en el patio. Algo había cambiado en su manera de hablar con su relato, aunque ella no pudo nombrar la razón. Había tensión en sus hombros y una nueva distancia entre ellos.

¿Estaba él decepcionado de que ella viera mérito en la elección de su madre?

"¿Me equivoco?" Radegunde preguntó suavemente. "¿Sería mayor la pérdida?"

"La pérdida de su esposa o su bebé podría haberlo arruinado. La pérdida de ambos, independientemente del sexo del niño, podría haber destrozado su corazón para siempre ", respondió Duncan, sus palabras pronunciadas con tanta suavidad que Radegunde apenas las escuchó.

Él podría haber sido un extraño para ella, y no solo porque estaba de espaldas a ella. Radegunde sospechaba que su relato le había recordado algún incidente que hubiera preferido olvidar. ¿Duncan había presenciado la muerte de un niño en la casa de su señor feudal? ¿La desaparición de una mujer al dar a luz? La perspectiva de eso aterrorizó a Radegunde, porque sabía que no era tan infrecuente y también que era poco lo que podía hacer la partera cuando todo iba mal. Ella podría haber pedido su parte de la apuesta, pero la postura rígida de Duncan la mantuvo en silencio.

Ella lo había presionado demasiado esta noche.

Radegunde se acurrucó en su capa e inhaló profundamente su olor. No se arrepentiría de lo que habían hecho esta noche, ni del tiempo en su compañía. De hecho, al día siguiente haría todo lo necesario para enmendarlo.

Sin embargo, en la relativa paz de los establos y con Duncan vigilándola como un ángel de la guarda, Radegunde no podía mantener los ojos abiertos.

Fue solo unos momentos antes de que se durmiera.

~

A DUNCAN no le sorprendió que Gwyneth lo obsesionara esa noche.

No durmió, porque conocía el poder que ella tenía sobre sus sueños. Aun así, vio su silueta en las sombras del patio. Escuchó el sonido de sus pasos en la calle más allá de las puertas. Estaba seguro de haber discernido su risa cuando los sirvientes comenzaron su día en la cocina, y él cerró los ojos ante el grito de un gallo en una propiedad cercana.

Gwyneth y sus gallinas.

Rayos, pero podía verla persiguiéndolos, con los pies descalzos pálidos contra el suelo. Él podía escuchar a las gallinas mientras ella tomaba sus huevos, y las lágrimas punzaban en sus ojos al recordar la forma en que ella solía asegurarles a los pájaros que todo estaría bien. Él podía oler el mar y sentir el viento y su garganta estaba apretada con el recuerdo de ella envuelta alrededor de él, su aliento en su oído.

Habían pasado veinte años y todavía el dolor casi podía desgarrarlo por la mitad.

Él esperó hasta que la atractiva Radegunde durmiera detrás de él, el sonido profundo y uniforme de su respiración decía la verdad de su agotamiento. Luego, Duncan metió la mano en el fondo de su bolso y sacó la pequeña bolsa de seda que la propia Gwyneth había confeccionado con restos de la falda de su dama. Quitó con cuidado la trenza de cabello rojo dorado, radiante como el cobre al sol, la apretó entre los dedos y la tocó con los labios con su suavidad.

No podía haber otra, sin importar lo alegre que fuera una muchacha. No podía haber otra, aunque ella podría arrojar luz del sol en su corazón de nuevo.

Él no despojaría tanto la memoria de su amada, que lo había dado todo por su amor.

Ésa no era la hazaña de un hombre de honor, y Duncan MacDonald lo sabía bien.

CAPÍTULO 4

Gaston se despertó la primera mañana después de su llegada a París con una poderosa sensación de bienestar. Su grupo no solo había entregado de manera segura el tesoro al Templo en París, sino que su nueva esposa había sido clave para su éxito. Él sabía que había sido un bribón al desconfiar en absoluto de Ysmaine, y más aún al haber evitado confiar en ella, pero se había pasado la noche tratando de reparar sus errores. Estaba acostumbrado a no depender de nadie, pero Gaston ya podía ver el beneficio que se derivaría de una unión como la que defendía Ysmaine.

La observó dormir durante largos momentos, apreciando tanto su belleza como su agudo ingenio, sintiéndose más que bendecido de que ella fuera verdaderamente su esposa. Su muñeca se había roto en la batalla con Everard, pero él había llamado a un boticario que la había atado y confiaba en que sanaría bien, siempre y cuando la dama no la usara. Gaston pretendía asegurarse de eso. Por mucho que le hubiera gustado quedarse en la cama o despertar a Ysmaine con placer, el deber volvió a llamarlo.

Gaston se levantó con un nuevo propósito, esforzándose por no perturbar el merecido descanso de su esposa. Falló en eso, porque Ysmaine se movió tan pronto como él dejó el calor de su cama, sus pestañas revoloteando. "¿A dónde vas, señor?" murmuró ella, incluso mientras sonreía a modo de invitación.

"Debo asegurarme de que Wulfe regresara sano y salvo al Templo", murmuró él y la arropó debajo de las mantas.

Ysmaine arqueó una ceja. "¿Seguramente Wulfe puede valerse por sí mismo?"

"No tengo ninguna duda de que puede, pero me gustaría estar seguro".

"Dime que tu lealtad a la orden no es aún más fuerte que tu lealtad hacia mí, señor", bromeó ella.

Gaston sonrió, porque escuchó la preocupación detrás de su broma. "No, no lo es. Sin embargo, me temo que lo abandoné, y espero que todo se haya resuelto en ventaja."

Ysmaine lo miró. "Tu misión está completa, Gaston."

"Lo está. Simplemente quisiera confirmar que todo está como debería ser. Un paseo hasta el temple será el último. Te lo prometo."

Ella parecía escéptica.

"Duerme", instó Gaston. "Te has ganado tu tiempo libre y algo más".

Ysmaine pudo haber obedecido, pero se sentó de repente, su mirada volando hacia la puerta. "¡Me olvidé de Radegunde!" dijo ella, llevándose una mano a los labios con horror. "Espero que no le haya sucedido nada malo en el pasillo."

Gaston también se había olvidado de la criada. Ya estaba vestido en este punto y caminó hacia la puerta. La abrió y se sintió consternado al descubrir que allí no había ninguna doncella durmiendo en el colchón. "Quizás durmió en los establos", dijo él, haciendo un gesto a Ysmaine para que permaneciera en cama.

Ella no lo hizo, sino que se acercó a él en camisola y el cabello le caía suelto sobre los hombros. "Ella podría haber buscado a Bartolomé para asegurar su bienestar. Oh, Gaston, ¿cómo pude haber sido tan desconsiderada? Dijo ella, incluso mientras se miraba a sí misma y agarraba su brazo. Ella olía la dulzura del sueño y su propio aroma seductor. Gaston sintió el impulso de abrazar a su esposa y regresar a la cama, dejando al caballero y a la doncella solos.

"Creo que hice lo mejor que pude para distraerte, señora mía", dijo Gaston, y fue recompensado con su rápida sonrisa. "No temas. Esta posada tiene fama de ser buena. Por eso la elegí. Quizás ya haya ido a buscar agua caliente, porque es muy obediente."

Ysmaine hizo una mueca. Pero aun así, Gaston. Nunca debería perdonarme si ella pagara un precio por mi supervisión."

Él le besó la frente antes de salir de la habitación. "Lo cual es la única prueba de que no somos tan diferentes en nuestros objetivos como ese. Temes por Radegunde y yo por Wulfe."

La sonrisa de Ysmaine era triste. "No, no tan diferente como eso. Dime cuando la encuentres, por favor."

Él asintió con la cabeza. "Echa el cerrojo a la puerta detrás de mí".

Gaston bajó las escaleras solo después de escuchar el pestillo caer. Los sirvientes se movían en la cocina y uno acababa de entrar al patio desde la calle, cargado con hogazas de pan recién hecho. El olor le hizo gruñir el estómago. Para su alivio, Duncan estaba sentado frente a los establos, con la mirada atenta. Detrás de él, en el heno, envuelta en la capa de Duncan, Gaston vio a una mujer que dormía. Él conocía su identidad, porque la oscura maraña del cabello de Radegunde se derramaba por la capucha.

Sonrió abiertamente al guerrero en su alivio. Me temo que mi señora se olvidó anoche del consuelo de su doncella. Te agradezco que hayas visto que no la abordaran en este lugar."

Duncan asintió con la cabeza en reconocimiento. "Lo fue, pero mi llegada fue oportuna".

Gaston se asustó. "¿Estaba herida?"

Duncan negó con la cabeza. "Ella es una muchacha valiente. No dudo que ella podría haber defendido su virtud en mi ausencia, pero me alegré de ser de ayuda de todos modos."

Aunque Duncan rara vez se mostraba arrogante, esta mañana parecía inusualmente sombrío y parecía como si no hubiera dormido en absoluto. Gaston podría haberle dado las gracias de nuevo, pero el guerrero tosió y se puso de pie, lanzando una mirada a la doncella.

Radegunde se movió entonces, tal vez por el sonido de sus voces. Cuando vio a Gaston, se puso de pie apresuradamente, haciendo una reverencia ante él. El color manchó sus mejillas al darse cuenta de su desorden, y su mirada se dirigió repetidamente a Duncan.

Ese hombre la ignoró cuidadosamente, y eso pareció desconcertar a la criada.

—Buenos días, señor —le dijo Radegunde a Gaston. "¿Mi señora está despierta?"

"Sí, y muy preocupada por ti. Debo disculparme contigo, Radegunde, por mi participación en tu abandono fuera de la habitación."

Ella sonrió. "Me alegro de que usted y mi señora tengan un matrimonio tan bueno, señor. Eso es lo que importa."

"Yo diría que tu seguridad y comodidad también son motivo de preocupación. Te juro que la situación no se repetirá."

"Gracias, señor". Radegunde se sonrojó más profundamente y su mirada se posó en Duncan una vez más. Aun así, ese hombre no la vió, pero Gaston notó que estaba un poco más rígido.

¿Qué había pasado entre esta pareja la noche anterior?

Él supuso que no era una historia que tuviera derecho a conocer.

Radegunde le hizo una reverencia de nuevo, pero esta vez levantó la barbilla cuando se enderezó. "Si me disculpa, mi señor, me ocuparé de mi señora."

"Por supuesto." Gaston observó cómo Duncan se interesaba profundamente por sus botas, lo que le aseguraba que no hubiera posibilidad de que su mirada chocara con la de Radegunde.

Ella se quitó la capa, se la quitó de los hombros y se la ofreció a Duncan. —Gracias —dijo ella, y a Gaston le pareció que había un desafío en su tono.

Si es así, Duncan no lo tomó. Murmuró una respuesta cortés y aceptó la capa sin mirarla.

Radegunde esperó, mirando fijamente al hombre mayor, y el aire pareció crujir entre ellos. Gaston se preguntó quién había rechazado las atenciones del otro.

Entonces Radegunde se alejó, su barbilla en el aire y sus ojos brillando con una molestia que respondió a la pregunta tácita de Gaston. Sólo cuando subió un balde de agua por las escaleras con su habitual energía alegre, Duncan la observó.

Había un anhelo en su expresión que a Gaston le intrigaba.

Aun así, todo lo que había pasado entre ellos estaba hecho y no era de su incumbencia. Gaston centró sus pensamientos en asuntos más urgentes.

De hecho, la presencia de Duncan le dio una idea.

"Regreso al Templo esta mañana", le informó al otro hombre. "Para verificar que Wulfe regresó sano y salvo y que Christina fue encontrada. ¿Irías conmigo?"

"Sí." Duncan se puso su capa, su expresión inescrutable. "Necesito descubrir los planes de mi señor Fergus para nuestro viaje al norte."

Gaston buscó a Bartolomé en los establos e intercambió algunas palabras con el escudero, asegurándose de que cuidara de las dos mujeres, luego se fue con Duncan, decidido a ver muchas de sus responsabilidades puestas en reposo ese día.

Necesitaba saber más de lo que había sucedido en su propiedad mientras no estaba. Sin duda, el padre de Ysmaine tendría algunas noticias, pero mientras estuviera en París, y con la ayuda de Duncan, Gaston vería si había aún más que aprender.

¿CUÁNTO HABÍA ADIVINADO GASTON?

Duncan se sintió incómodo de que el caballero hubiera descubierto a Radegunde durmiendo con su capa, al igual que le molestaba que la feliz pareja hubiera olvidado a la doncella en su placer. Él quería acusar a Gaston para asegurarse de que Radegunde no volviera a quedar tan indefensa, incluso cuando comprendía con qué facilidad un hombre podía olvidarse de sí mismo cuando era bienvenido en la cama. Él quería explicar que había dejado intacta a la criada, pero consideró que él habría dudado de que otro hombre hubiera contado algo así.

La necesidad de explicar tal situación lo haría sonar como una falsedad.

Caminaba con dificultad junto a Gaston, cansado y descontento, dolorido de nuevo por la pérdida de Gwyneth, lamentando que el único camino honorable fuera negar a Radegunde y su atractivo.

Los dos hombres regresaron al camino más grande desde el patio de la posada sin intercambiar una palabra más. La ciudad ya comenzaba a hacer bullicio, muchos cargaban pan recién hecho, otros tiraban cubos de basura, y más aún tiraban caballos o llevaban carros al centro de la ciudad para su comercio diario.

Gaston se aclaró la garganta una vez que estuvieron en la carretera más grande. Me pregunto si podrías hacerme un favor este día, Duncan, si tus obligaciones con Fergus lo permiten.

"¿Yo?" Duncan se sorprendió por esta solicitud. "¿No se lo pedirías a Bartolomé?"

"Lo dejaría para que vigilara a mi esposa y su doncella", dijo Gaston, lo cual fue una idea tranquilizadora. "Si Wulfe no regresa al Templo, tengo la intención de seguir el rastro que tomamos ayer y buscarlo. Quizás haya resultado herido o necesite ayuda. No dejaría a mi esposa y a su doncella indefensas en la posada, sin tener en cuenta lo que ocurrió anoche.

—Dudo que el Templario necesite tu ayuda, señor. Wulfe es muy feroz en la batalla."

Gaston hizo una mueca. "No debería haberlo dejado para continuar la lucha solo. Everard podría haber tenido aliados."

—Tu deber era para con tu esposa, señor, y ella resultó herida. No deberías culparte a ti mismo." Duncan se aclaró la garganta. "O Wulfe continúa persiguiendo a su presa, o lo ha logrado, pero ve pocas razones para regresar y contarte todo su éxito."

Pero debería volver al templo y hacer un informe. Él está en deuda con la orden, después de todo."

Duncan frunció los labios, recordando demasiado bien la pasión entre Wulfe y Christina. También recordó el desafío del caballero al Gran Maestre del Templo de París y no estaba seguro de que Wulfe regresara para ser reprendido y disciplinado, no si tuviera otra opción disponible.

Gaston, por supuesto, no se habría desviado de su obligación, por muy desagradable que pudiera resultarle. Eran hombres diferentes, sin duda.

Duncan pensó que era una falta de tacto sugerir que un caballero jurado de la orden podría optar por quedarse con una cortesana en lugar de presentarse para la disciplina.

"Él podría haber elegido regresar a Ultramar con toda prisa en su lugar", sugirió Duncan. "Estaba muy decidido a ayudar en la defensa de la Ciudad Santa."

"Quizás." Gaston frunció el ceño. "Aun así, me gustaría estar seguro de su bienestar".

Duncan asintió. —Podría estar en el Temple esta mañana, señor.

"Podría estarlo, y si es así, mi curiosidad quedará satisfecha".

"Pero si no es así, me pedirías que te acompañe para averiguar más". Duncan consideró prudente viajar en pareja por esa ciudad. "Si mi señor Fergus puede perdonarme este día, me alegraría hacer lo mismo."

Gaston negó con la cabeza. "No, Duncan, confundes lo que quiero decir".

"¿Lo hago, señor?"

"Quiero que me busques información, por favor, independientemente de si busco a Wulfe o no."

Duncan no entendía y estaba seguro de que estaba claro por su expresión.

Gaston hizo un gesto hacia el corazón de la ciudad. "Solía haber una taberna cerca del Palais Royale donde los mercenarios intercambiaban noticias de barones que ofrecían empleo. Lo recuerdo de años pasados y ayer lo pasamos de nuevo. Si esa taberna no es donde se comparten tales cuentos, allí sabrán de la favorita actual. Tus compatriotas son muy favorecidos aquí por su valor en la batalla, por lo que nadie pensará dos veces en que preguntes por un empleo".

Duncan frunció el ceño, preguntándose si Gaston conocía algún detalle que él desconocía. "Pero no estoy buscando empleo, señor", dijo con cuidado, esperando que fuera cierto.

"No, pero deseo confirmar si un tal Millard de Saint-Roux está buscando contratar mercenarios." Los ojos de Gaston brillaron. "Podrías fingir ser alguien más, Duncan".

Duncan sonrió comprendiendo. Y querrías que escuchara su nombre. Entiendo."

Incluso sugiérelo como un rumor, si es necesario.

"¿Quién es este noble, señor?"

"El marido de mi sobrina. La misiva que me informaba de la muerte de mi hermano incluía también las noticias de sus nupcias."

Este Millard podría haber esperado que Gaston no regresara de Ultramar para reclamar Châmont-sur-Maine, mejor podría reclamarlo para sí mismo. O podría estar haciendo preparativos para una confrontación, en caso de que regrese el heredero legal. La curiosidad de Gaston tenía sentido para Duncan.

"Qué coincidencia", reflexionó él.

"Quizás." Gaston se encogió de hombros y luego lanzó una mirada a Duncan que no insinuaba la misma indiferencia que su gesto. De hecho, su voz se endureció. "O tal vez no".

"¿Conoces a este caballero, señor?" Preguntó Duncan, adivinando que la reacción de su compañero tenía sus raíces en experiencias pasadas.

"Lo conocí hace muchos años, cuando entrenamos para nuestras espuelas", admitió Gaston. "No éramos buenos amigos, esa posibilidad fue eliminada por la animosidad entre nuestros padres, pero no me sorprendió realmente que nunca se embarcara en una cruzada."

"¿Qué asunto se interpuso entre sus padres?"

"No sé. Mi padre y yo no éramos cercanos. Prodigó atención a su hijo mayor y heredero, como era apropiado."

Duncan no creía que fuera particularmente apropiado que un padre favoreciera a un hijo sobre otro, pero el suyo lo había hecho y sabía que era común. Se negó a expresar una opinión. "Quizás simplemente no se agradaban entre sí".

Gaston se encontró con la mirada fija de Duncan. O quizás había más en la historia que eso. Ambos eran mercenarios, Duncan, lo sé.

"Y quieres saber más antes de llegar a Châmont-sur-Maine".

"En verdad, quisiera saber más antes de llegar a Valeroy. Quiero buscar el consejo del padre de Ysmaine, porque su tenencia no está tan lejos de la que llega a mi mano."

"Y más noticias garantizarán una historia más completa", dijo Duncan con un movimiento de cabeza.

Gaston frunció el ceño. "Las cosas rara vez eran sencillas cuando era niño, aunque no sabía todo lo que sucedía", confió. "Châmont-sur-Maine se encuentra justo al norte de Angers, con un pie en Anjou y el otro en Bretaña. Mi padre recibió la custodia de Geoffrey de Anjou, como recompensa por su servicio leal, y con la expectativa de que defendiera la frontera para los angevinos." Gaston se encontró con la mirada de Duncan. "Hubo momentos en los que pensó que era más importante aliarse con los señores bretones, con miras al resultado final. Debo dirigirme con cuidado, como lo hizo él antes que yo. Yo quisiera saber todo lo que puedas averiguar de los acontecimientos recientes a lo largo de la Marcha Bretona."

Duncan asintió de nuevo. No estaba de más que ayudar a Gaston en esto aseguraría que estuviera lejos de Radegunde por el día. Se dio cuenta de que Gaston esperaba su respuesta. —Me complacería hacer lo mismo, señor, siempre que mi señor Fergus pueda prescindir de mis servicios.

～

ADEMÁS DE LA irritación de los modales de Duncan esa mañana, el futuro que temía Radegunde estaba más cerca de lo que esperaba. De hecho, acababa de traer agua caliente para que su dama se bañara cuando se enteró de la verdad.

Aunque el día anterior había temido enormemente su futuro, era el último asunto que pesaba sobre sus pensamientos esta mañana. Estaba consumida por preguntas sobre Duncan. ¿Por qué había sido él tan indiferente esta mañana? Podrían haber sido extraños y haber olvidado su hermosa noche de baile, sin importar esos besos ardientes. ¿Era tan difícil creer que conocía su propia mente? Todo lo que deseaba era una noche de afecto, ni más ni menos, y a Radegunde le molestaba que evidentemente hubiera elegido al único hombre que no estaba dispuesto a cumplir su deseo.

Un hombre de honor, tal como había dicho.

Ella supuso que eso significaba que su plan tenía pocas esperanzas de éxito. Le dolía el tobillo, pero lo ignoró, esforzándose por no cojear en absoluto. Seguramente el baile merecía un poco de dolor.

Tan decepcionada como estaba con Duncan, Radegunde tenía deberes que cumplir. Su primer paso hacia la habitación de su ama la hizo redactar una lista de tareas para ver completadas este día. Sin duda, la dama Ysmaine desearía ir a la iglesia y debía vestirse adecuadamente. Su atuendo estaba sucio por su largo viaje, y se necesitarían todas las habilidades de Radegunde para ver cómo todo se arreglaba con rapidez. La muñeca vendada de la dama debería revisarse y sus botas necesitarían un pulido...

"¡Radegunde!" declaró la dama al verla. Radegunde notó que el cabello de su ama estaba suelto y necesitaba un buen peinado. Su muñeca lesionada dificultaría que la dama Ysmaine realizara muchas hazañas ella misma, aunque a menudo se peinaba. "Me disculpo por lo de anoche. Debería haberte dado la bienvenida a la habitación después de que mi señor marido tuviera su placer. La dama Ysmaine se sonrojó de la manera más hermosa. "Pero en verdad, no te habría convocado mucho antes."

"Entiendo, mi señora", Radegunde vertió agua caliente en un cuenco para su ama. El vapor se elevó cuando ella fue a buscar la esponja que su dama prefería de las alforjas. También tenían un buen trozo de jabón, que el comerciante Joscelin le había dado a su dama como tributo y regalo. Sin duda, él tenía la intención de atraer su futuro comercio, pero era una buena táctica. El jabón era fino y olía a rosas, con pétalos incrustados. Si hubiera poseído una sola moneda, Radegunde se habría comprado una pieza para dársela a su madre antes de que dejaran a Provins y Joscelin.

De todos modos, se lo diría a su madre.

Ese día no había camisa limpia para su ama, porque habían estado cabalgando a toda velocidad desde el paso de San Bernardo. Si Radegunde hubiera tenido acceso a la cámara anoche, podría haber lavado una, pero para ese día, la dama Ysmaine tendría que usar la que estaba menos sucia.

Radegunde lavaría las camisas restantes y las colgaría al sol del patio esa mañana. Aunque el sol no estaba tan caliente como antes, todavía se secarían para el anochecer. El kirtle que su dama había preferido para montar en los últimos días necesitaba una buena sacudida, y había una costura que necesitaba una puntada o dos. Las hebillas de los cinturones deberían ser pulidas y las medias remendadas, la piel de la capucha de su dama debía cepillarse y la habitación misma tenía que ser barrida. Ella iría a buscar pan fresco para la dama Ysmaine tan pronto como se vistiera, y recibiría instrucciones mientras su señora desayunaba.

También, ella podría desear leche tibia. Radegunde trabajaba con determinación, anticipándose a las peticiones de su dama incluso mientras ordenaba la ropa y arreglaba las cosas. Abrió las contraventanas para dejar pasar la luz del sol una vez que su dama se puso la camisola más limpia, y removió las últimas brasas del brasero para que la dama Ysmaine pudiera calentarse mientras Radegunde le trenzaba el cabello.

"¿Dónde dormiste, Radegunde?"

"En los establos, mi señora. Pensé que era más prudente estar cerca de Bartolomé."

"Y eso es de buen sentido", dijo la dama con aprobación. Ella miró hacia arriba. "¿Y hiciste algo más que dormir con Bartolomé?"

"¿Mi señora?" Radegunde no tuvo que fingir su sorpresa.

"Es un joven finamente trabajado", dijo Ysmaine, sin censura en su tono. Y Gaston quiere nombrarlo caballero. Hay alguna sugerencia de que tiene la intención de regresar a la propiedad donde nació, pero me pregunto si simplemente busca una mejor razón para permanecer al servicio de Gaston." Ella sonrió. "Una esposa podría ser la razón que necesita."

¡Otra alma más que quería entrelazar su camino con el de Bartolomé! "Apenas hablé con Bartolomé, mi señora, porque deseaba dormir."

"¿Y te decepcionó?"

"No, mi señora." No Bartolomé, al menos.

La dama se giró en el taburete para estudiar a Radegunde. "¿No lo encuentras atractivo?"

"Me recuerda a mis hermanos, mi señora. Más un niño que un hombre." Ella cuadró los hombros y declaró su inclinación. "Si y cuando me case, será con un hombre de verdad".

El brillo en los ojos de su dama hizo que Radegunde se preguntara cuántas opciones tendría.

Entiendo, Radegunde. ¿Quieres permanecer a mi servicio o te quedarías en Valeroy con tu madre?

"No tengo ningún deseo de quedarme en Valeroy, mi señora."

"Excelente. Entonces te buscaré un hombre en Châmont-sur-Maine." La dama Ysmaine sonrió. "Tendré que encontrar otro candidato que sea un poco mayor entonces. Quisiera que estuvieras satisfecha con tu marido.'

"Gracias, mi señora."

De hecho, no quiero que te pierdas la maravilla que compartí con mi señor esposo anoche, Radegunde. Verdaderamente estoy contenta esta mañana."

"Porque hay cariño entre ustedes", se atrevió a decir Radegunde. "Por eso me quisiera casar por amor, mi señora".

"¿Por amor?" la dama Ysmaine se rió en voz alta. ¡Nadie se casa por amor, Radegunde, ni siquiera en los cuentos de los trovadores! Los matrimonios deben forjarse con sentido común, y luego crecerá el amor entre marido y mujer." Ella se puso de pie, tan contenta con su plan como no lo estaba Radegunde. Te encontraré un hombre, mayor que Bartolomé, de buena posición y buen temperamento, un hombre con un oficio que pueda velar por tu bienestar y que esté formado con la suficiente delicadeza para que estés feliz de tener a sus hijos. ¡No temas!"

"Pero mi señora..."

"Radegunde, si tuvieras un esposo y te unieras a él en la cama cada noche, no debería temer por tu bienestar por la noche. Tiene sentido que te cases más temprano que tarde." La dama Ysmaine sonrió mientras se ataba la falda. "No necesitas imaginar que tomaré una mala decisión por ti. Tengo buen ojo para un marido."

Radegunde no pudo devolverle la sonrisa a su dama. "Sí, mi señora."

"Estás preocupada", dijo la dama Ysmaine, su actitud pensativa. "¿Deseas aprobar la elección, entonces?"

"Sí, si no hacerla".

"No seas tonta, Radegunde." La dama desdeñó esta idea. Pero cederé esto: no diré nada cuando encuentre un hombre adecuado. Primero te lo sugeriré, y si no encuentras tentadora la perspectiva de un matrimonio con él, continuaremos buscando otro. ¿Es ese un trato justo? "

Era mucho más de lo que Ysmaine estaba obligada a darle, y Radegunde lo reconoció, aunque también sabía que era mucho menos de lo que deseaba. "Gracias, mi señora."

La dama la miró con atención. "¿Hay algún hombre al que ya favorezcas?" preguntó ella suavemente.

Una parte de Radegunde estuvo tentada de declarar el nombre de Duncan, pero sabía que sería inútil. Él no solo respondía al señor Fergus, sino que había dejado en claro su falta de intención. "No hay nadie, mi señora", dijo ella.

"¿De verdad? Pareces distraída esta mañana."

"Pero pienso en todo lo que hay que hacer, mi señora. ¿Quiere visitar iglesias en esta ciudad?

"¡Sí quiero!" El rostro de la dama Ysmaine se iluminó de placer. "Me gustaría regresar a Notre Dame para orar por Christina y Wulfe, y visitaría Saint Julien-le-Pauvre. Gaston dice que está muy bien y que me acompañará. En este día, tiene recados y quiere que me quede cerca de la posada. Pensé en dar limosna en Les Innocents, si Bartolomé se puede permitir que acompañarme hasta allí."

"Entonces necesitarás el otro kirtle", dijo Radegunde. Y tu manto para que no te de frío. Las mejores medias... "

Y mis botas, Radegunde. Las calles de esta ciudad no exigen menos."

¿Quiere pan esta mañana, mi señora? Es fresco."

"Sí, y si hay miel o leche, eso sería bienvenido".

"¿O ambos?"

La dama Ysmaine sonrió. "O ambos. Gracias, Radegunde."

Radegunde se detuvo frente a la puerta para trenzarse el pelo y cepillarse los restos de paja de su kirtle. El terror cerró una mano fría alrededor de su corazón, porque el futuro que quería evitar ya se acercaba.

Peor aún, era poco lo que podía hacer para detener su progreso. Ella estaría casada para el Yule, sin duda.

Y no con Duncan MacDonald, que era el detalle más decepcionante de todos. Radegunde levantó la barbilla y cuadró los hombros. Si él no la deseaba, y parecía que no la deseaba, entonces esa era la pérdida de Duncan.

~

WULFE NO HABÍA APARECIDO en el Templo, por lo que Gaston decidió volver sobre los pasos del otro caballero. Duncan caminaría con él hasta la isla, luego sus caminos se separarían. Gaston envió a un escudero a buscar su caballo de la posada mientras Duncan se cambiaba de ropa.

En cierto modo, Duncan esperaba con ansias el sonido de sus compatriotas, si no la tosca compañía de mercenarios. Un sorbo de cerveza tampoco le haría daño.

También se sentía bien volver a ponerse un atuendo familiar.

Duncan se ciñó el tabardo alrededor de la cintura, sonriendo un poco por haberlo llevado hasta Ultramar y viceversa. Se ató el jubón de cuero hervido sobre la camisola, mirando la cota de malla que él no estaría triste de dejar a un lado para siempre. Pesaba, pero había salvado su lamentable pellejo más de una vez. Hizo una mueca y se lo puso de nuevo, haciendo señas a Hamish para que le atase la parte de atrás.

"Marcará tu camisola," dijo el escudero y Duncan asintió ante la verdad de eso.

"Pero en este burgo, no estaría sin él", reconoció. En una taberna de mercenarios, podrías alegrarte de su carga.

Escuchó unos pasos y se volvió para encontrar a Fergus apoyado al final del establo.

Ese caballero sonrió. "¿Tan cerca de casa como eso?" bromeó, y Duncan se imaginó que el acento del joven se hacía más fuerte con cada viaje hacia el norte.

"Suficientemente cerca. ¿Me necesitas este día?

Fergus negó con la cabeza. "El Gran Maestre ha enviado una citación para que me una a él en su habitación para la comida del mediodía."

"¿Por qué?"

Los ojos de Fergus brillaron. "Quizás se sienta hospitalario. Ciertamente, doy la bienvenida a su invitación."

"De lo contrario, deberías comer con los hermanos en el refectorio y estar condenado a guardar silencio durante la comida", concluyó Duncan. "Dime que no soy el único listo para estar en casa".

"No lo eres y lo sabes bien", respondió Fergus con fervor. Su expresión se suavizó y Duncan supo que el caballero pensaba en su prometida. Reprimió el impulso de hacer una mueca, porque no compartía la admiración de Fergus por la bella Isobel. De hecho, Duncan sabía que el padre de Fergus compartía sus propias dudas sobre el corazón de la doncella y esas dudas habían contribuido a la decisión del hombre mayor de enviar a Fergus al extranjero para el servicio militar.

Por un lado, Duncan esperaba que la verdad de la naturaleza de Isobel se hubiera revelado durante los últimos años. Por otro lado, no deseaba ver a Fergus decepcionado. Su afecto por Isobel era decidido y cualquier herida en su corazón sería duradera.

¿No sería peor para él casarse con una mujer indigna de él?

Duncan también temía que se compartiera la noticia de la muerte de Kerr en Killairic. Ese escudero había sido pariente de Isobel, un miembro de su grupo a pedido de ella, aunque dudaba que ella recordara ese detalle cuando se conociera su muerte. Sospechaba que ella era el tipo de mujer que culpaba a los demás por los resultados de sus propias decisiones. Duncan esperaba que no le pidieran que le contara el destino del muchacho.

"¿Cuándo partimos entonces?" Duncan preguntó con brusquedad, muy consciente de que el establo del Templo debía estar lleno de oídos atentos.

"Tan pronto como el Gran Maestre me libere." Fergus se enderezó con evidente entusiasmo. "Podría ser este mismo día."

—Puede que por eso lo convoquen a su junta, mi señor —sugirió Hamish.

"Y este podría ser mi último día para ver la legendaria ciudad de París", dijo Duncan con entusiasmo. "Volveré a la hora de la cena, sin duda."

"¿No te llevarás otro contigo?" Preguntó Fergus.

—Puedo arreglármelas solo, muchacho —se burló Duncan, esperando que el caballero no asignara a ninguno de los muchachos para que lo acompañara. No quería verse obligado a protegerlos en una taberna de tan mala reputación como temía que pudiera ser su destino.

"Yo iría contigo", ofreció Hamish.

Duncan le revolvió el pelo. "Debes asegurarte de que nuestro señor Fergus se vea lo mejor posible para esta comida del mediodía. ¿Ya le has lustrado las botas? ¿te aseguraste de que su camisola esté limpia y la empuñadura de su espada pulida?

Los ojos de Hamish se agrandaron y se zambulló en el cubículo para comenzar esas mismas tareas.

—Ten cuidado —le aconsejó Fergus a Duncan en voz baja.

Duncan sostuvo la mirada del otro hombre, preguntándose cuánto veía. El muchacho había nacido en el caul, pero si Fergus tenía la Vista, escondía bien su habilidad.

"Y tú", murmuró en respuesta, tomando la advertencia al pie de la letra. "Porque no estaré aquí para protegerte las espaldas."

El joven asintió con la cabeza, su expresión era tan solemne que Duncan tuvo que preguntarse qué esperaba que sucediera en esa reunión.

Su propia tarea estaba clara ese día, sin duda.

Duncan se echó el extremo del abrigo por encima del hombro y salió de los establos para encontrarse con Gaston. El caballero estaba sentado en su caballo moteado, esperándolo. Duncan sabía que el caballero no avanzaría mucho más rápido a caballo que a pie, dada la congestión en esas calles.

Sí, las multitudes y el hedor combinados eran suficientes para hacer que un hombre añorara su hogar.

CAPÍTULO 5

Gaston tenía razón sobre la taberna. Estaba lleno de hombres rudos, cuyo lenguaje era aún más rudo. El hedor a sudor bien añejo era intenso y apenas lo atenuaba el olor a carne asada y cerveza derramada. El aire estaba tan lleno de humo y olía a fuego que los ojos de Duncan se llenaron de lágrimas en cuanto cruzó el umbral. Una vez dentro, era imposible saber si era de día o de noche en la calle más allá, salvo cuando un alma abría la puerta.

La cerveza fluía, las monedas sonaban en la mesa alta donde se vertía y las copas se dejaban vacías a un ritmo regular. Los troncos del suelo estaban sucios y sin duda llenos de alimañas, aunque a los otros hombres no parecía importarles. Cantaban canciones onscenas, gritaban en reconocimiento a los camaradas encontrados, pateaban y jugaban a los dados con un gusto inigualable. Hacía calor en la taberna y había algo reconfortante en la familiaridad de las voces de tantos escoceses y en la vista de tantos cuadros escoceses.

Sin embargo, el fuego debería haber olido a turba.

Duncan no podía evitar imaginar que la madre de Radegunde tuviera el desafío de encontrar el mejor par de piernas del establecimiento. Pidió una taza de cerveza, saludó al hombre que estaba a su lado en gaélico y demostró ser uno de ellos con asombrosa rapidez.

Las noticias fluyeron rápidas y fluidas. Su nuevo amigo era más alto incluso que Duncan y corpulento, su cabello tan rojo como una llama y su barba abundante. Podría haber sido un oso para su tamaño, y su risa era tan abundante como su apetito por la cerveza y los chismes.

Cuando Duncan dijo que buscaba empleo, el hombre le rodeó los hombros con un brazo y lo guió por la taberna, haciendo las presentaciones. Hablaba de Duncan como si fueran parientes perdidos.

Mientras tanto, Duncan recopilaba noticias, sin saber qué sería de utilidad para Gaston. La reina de Francia se había retirado a su habitación en el Palais Royale, bastante embarazada. La especulación era desenfrenada sobre el género del bebé, ya que el rey necesitaba un hijo y se hacían muchas apuestas en la taberna. La reina tenía la misma edad que la dama Ysmaine, aunque los hombres apostaban por su supervivencia, así como por sus perspectivas de tener más hijos, su género y número. Duncan solo podía asumir que algunos de sus compatriotas tenían la intención de permanecer en Francia durante años o nunca verían el resultado de esas apuestas.

Había pocos informes de las pérdidas en Ultramar, y Duncan estaba intrigado por la precisión de algunos cuentos y la salvaje fabricación de otros. Él podría haberles explicado claramente la naturaleza de Saladino y el número de hombres perdidos en Hattin, pero prefirió disfrazar su reciente regreso de Palestina.

De hecho, él había ido a la taberna a escuchar.

Había dudas de que el tratado celebrado en junio anterior entre Felipe Augusto y Henry II en Berry se mantuviera, a pesar de que los territorios de Issoudun y Fréteval habían sido cedidos a Felipe. Lo que el rey francés realmente deseaba era la rendición del ducado de Bretaña, y Duncan escuchaba atentamente estas noticias porque su ruta iba en esa dirección.

El ducado había llegado a Geoffrey II, hijo de Henry II, a través del matrimonio forzoso con la heredera Constanza de Bretaña. Las coronas de Inglaterra y Francia insistían en que cada una tenía soberanía sobre Bretaña —aunque se sabía que los propios bretones disputaban ambas reclamaciones— y ambos reyes habían deseado que el ducado estuviera bajo su control. Después de que Constanza entregara al hijo de Geoffrey el invierno anterior, Henry II había establecido el ducado de Bretaña sobre el bebé. Philip había invadido Berry en protesta y también en alianza con los otros hijos de Henry, Ricardo y John.

Cuando Duncan escuchó eso, pudo creer que la tregua sería frágil. Parecía que la habilidad de Gaston como diplomático sería bienvenida al asumir su propiedad heredada.

Hubo un considerable movimiento de cabeza por la desaparición de Geoffrey II. Duncan recordó que los hijos mayores de Henry II, tanto Henry el joven rey como Geoffrey, habían estado muy involucrados en los torneos y habían gastado una cantidad considerable de dinero en su búsqueda. Él sabía que Henry, el joven rey, había muerto después de dedicarse a la guerra real y luchar contra su hermano Ricardo y su padre en el Limousin. Duncan se sorprendió al saber que Geoffrey había muerto el año anterior después de haber sido pisoteado en un torneo. En su opinión, era una forma tonta de morir fingiendo la guerra cuando había batallas con mérito que librar.

Pero la guerra real no era tan atractiva como las batallas del torneo.

Sin embargo, había más. Geoffrey había muerto en París a causa de sus heridas y Philip Augusto lo había llorado públicamente.

El rey de Francia y oponente de Henry II, el propio padre de Geoffrey.

"Un torneo", se burló un hombre. "Una excusa, más bien".

Duncan intentó disimular su interés. ¿No tenía Châmont-sur-Maine un pie en Anjou y otro en Bretaña? Gaston necesitaría saber todo lo posible sobre esa situación.

"Así es", coincidió otro. "El torneo fue para ocultar la negociación de otra alianza entre los hijos de Philip y Henry, y una que sin duda no le sentaría bien a Henry".

"Son un grupo rebelde, sin duda".

"Mocosos ingratos".

"Es culpa del rey mismo. Todos esos hijos criados para la guerra, y ninguno de ellos recibió la autoridad que desea."

"La única autoridad que cada uno desea es la de su padre".

Quizás, naturalmente, a los mercenarios les cautivaba mucho la perspectiva de más guerra. Tenían poco interés en la sugerencia de que el rey francés pudiera liderar una cruzada después de la derrota en Hattin. Les fascinaba más la cuestión de qué rivalidades podrían reavivarse en Francia con la partida del rey y, sin duda, de algunos de sus barones más poderosos. Se acordó que la oportunidad estaría madura para una aumento de hostilidades entre Felipe y Henry, especialmente porque los dos hijos supervivientes de Henry parecían estar aliados con el rey francés. Abundaba la especulación sobre qué barones se quedarían atrás y cuáles atacarían qué territorios. A Duncan le daba vueltas la cabeza con el rápido flujo de nombres y posesiones, porque estaba menos familiarizado con la nobleza de Francia que ese grupo.

Cuando se le preguntó, Duncan le dijo a su camarada que acababa de dejar el empleo de un barón en los países bajos, pero que era vago sobre la ubicación.

Su vecino le dio un codazo. "¿Hay mano de obra en los países bajos?"

"No tanto como un hombre podría esperar", dijo Duncan con gravedad. Él sacudió la cabeza y se hizo eco de una preocupación común a los mercenarios. "Y hay problemas para garantizar que se le pague a uno de manera oportuna."

Hubo mucha lástima por este tema, que devastaba a muchos de los hombres presentes. Entonces hablaron de qué señores y barones pagaban puntualmente y la reputación de los angevinos se sacudió.

"Hay quienes nunca recibieron lo que les correspondía por servir al joven rey en esa última incursión. ¡Han pasado años! "

Las cabezas se sacudieron por esa propiedad desvergonzada de los mercenarios, y se habló mucho sobre las inclinaciones tanto de Henry como de sus hijos.

"¿Qué hay de esos barones cerca de París?" Duncan se aventuró a preguntar. "¿Desafiarán a Philip, si él cabalga a la cruzada?"

"Si el rey viaja a Ultramar, hay quienes podrían vigilar su dominio".

"¡Angevinos!" gritó un hombre. "¡Preparados para aprovechar cualquier oportunidad!"

"Tendrán tiempo", insistió otro. "No podría estar ausente menos de dos años".

"Escuché que Philip pretendía encerrar la ciudad de París con un muro."

"Torretas y torres", coincidió otro. "Todo hecho de piedra".

"Siente el aliento de los Angevinos en su cuello".

"Le quedará poco dinero cuando termine".

"¡Entonces, insiste en que te paguen ahora!"

"¡Y gasta lo que tengas mientras puedas!" Hubo risas y mucha compra de cerveza. Se aumentaron las apuestas en los juegos de dados, y Duncan recordaba bastante bien lo que era no estar seguro de despertar al día siguiente. Había hambre en ese grupo y sabía que nacía de la necesidad de aprovechar al máximo cada momento.

Todos los presentes sabían muy bien que tal vez no volviera a haber otra noche así para ellos. Él veía heridas cuando miraba más de cerca, dedos perdidos y parches que cubrían ojos perdidos, cicatrices y heridas y el resultado de la guerra que nadie discutía tan abiertamente como el dinero. La mayoría de esos hombres morirían comparativamente jóvenes y la mayoría moriría en la violencia.

Él sintió un repentino y profundo alivio por no ser de su profesión. Todo lo que tenía que hacer era llevar a Fergus a salvo a casa para pagar su deuda con el padre de ese caballero, luego podría vivir sus días en paz.

Y en soledad. La perspectiva no era tan atractiva como debería haber sido, y bebió su cerveza y luego pidió otra. Las noticias de la guerra le hicieron recordar todo lo que había dejado atrás y se preguntó si todo era tan conflictivo en su lugar de nacimiento como lo había sido antes.

No es que ya fuera su preocupación.

El hecho era que Duncan aún no sabía lo que Gaston deseaba saber y se volvió hacia su compañero.

"Pero un muro así no se puede construir de la noche a la mañana, incluso con la voluntad de un rey", dijo en un tono malhumorado, como si protestara por el giro de la conversación. "Encontraría mano de obra por aquí, y cerca, si pudiera ser manejada".

Siguió una discusión sobre varios duques y barones, pero Duncan no escuchó el nombre de Millard de Saint-Roux. Él estaba tratando de decidir cómo podría deslizar el nombre de manera inocua en la conversación, cuando su corpulento compañero se inclinó más cerca.

"Podrías cabalgar hacia el oeste", confió ese hombre suavemente en gaélico. "Hacia Bretaña".

"¿Sí?"

El hombre miró a los demás, que habían empezado a discutir sobre un juego de dados y no parecían estar escuchando. "He oído decir que hay un barón que busca guerreros valientes, para defender mejor su posesión contra algún caballero que cree que hará un reclamo en su contra."

"¿Quién tiene razón?"

"El que gane su primer enfrentamiento", respondió su nuevo amigo con el pragmatismo de un mercenario. "Porque no dudo que sólo uno de ellos se marchará". Bajó la voz de nuevo. "Se rumorea que el desafío proviene de alguien con mucha experiencia en batallas".

¿Y el barón? ¿Tiene mucha experiencia en la batalla? "

Una vez más, su compañero sonrió. "Creo que no, o no necesitaría espadas alquiladas".

"¿Y él paga?"

El pelirrojo hizo una mueca. "Esa es la consideración. Hay

quienes no confían en él, pero pocos que lo conocen. La propiedad parece haber estado en paz durante mucho tiempo, a pesar de sus vecinos."

"¿A pesar de?"

El hombre sonrió. "Es en la Marcha Bretona, vigilia en la frontera entre Anjou y Bretaña. Puedes estar seguro de que hay mucho interés en el hombre que sostendrá ese sello en su mano para siempre.

Duncan evitó ese tema. "Si ha estado en paz, uno esperaría que fuera próspero, entonces".

"Posiblemente."

"¿Tú crees?"

El otro hombre hizo una mueca de nuevo. "No me gusta su olor, sin duda. La historia parece perder un detalle o dos, que podrían ser pertinentes."

"¿Quizás el caballero que regresó es el barón legítimo?"

El pelirrojo sonrió. "Hay a quienes no les importaría, siempre y cuando se les pague. Me alegra tener cierta capacidad para esperar una mejor oportunidad." Vació su taza. "Me pregunto quién es el favorito de Henry y quién de Philip." Sacudió la cabeza. "Si vas, amigo, ten cuidado con los arreglos."

Duncan fingió considerar este consejo mientras terminaba su cerveza. "Mi inclinación es sospechar que un hombre que podría intentar robar una propiedad también podría negarse a pagar el salario adeudado."

"¡Has aprendido a ser cauteloso en los países bajos!"

"Una cosa es ser engañado una vez. Otra muy distinta es dejarse engañar de nuevo."

"Sí, veo que pensamos como uno, amigo mío". Los modales del otro hombre se volvieron más amables. "Dime de dónde eres. Bien podría saber sobre tu gente o conocerlos."

"Una isla tan pequeña que hace que Orkney parezca París", mintió Duncan y su compañero se rió de buena gana. Levantó un dedo. Pero dime primero el nombre de este barón, no sea que me olvide de preguntarte más tarde. Yo sería cauteloso. ¿Dijiste que estaba al oeste de París?

"Sí. La propiedad es Châmont-sur-Maine", dijo su compañero con autoridad. "El barón es Millard de Saint-Roux".

Duncan repitió el nombre, como si fuera a memorizarlo. En realidad, no tenía por qué hacer tal cosa. Hizo una mueca. "Sin embargo, al otro lado del territorio de Anjou. No estoy seguro de querer atravesar esas propiedades en estos días."

"Hay eso, sin duda", coincidió su camarada. "Ahora, háblame de esta isla".

Duncan inventó una historia, sabiendo que había descubierto las mismas noticias que Gaston había buscado. Tenía que irse, pero no demasiado rápido, para contarle mejor a Gaston todo lo que había aprendido. Tomó otra taza de cerveza para disimular el momento de su partida, luego hubo un grito de alegría cuando las putas irrumpieron en la taberna y comenzaron a deslizarse entre la multitud, en busca de un empleo propio.

Eran de exuberantes curvas, atrevidas en sus caricias con bienvenida en sus sonrisas. Ninguno de ellas era desagradable a la vista y sus precios asombraban a Duncan. Pero entonces, esa ciudad estaba llena a rebosar con las de su tipo y probablemente era bastante competitiva. Una lo miró, sus ojos oscuros brillaban con intención sensual, pero Duncan se sorprendió al no encontrar interés en eso. Ella pareció tomar eso como un desafío, ya que lo apuntó, se echó sobre su hombro y besó su mejilla. Sus pechos se frotaban contra él, sin duda por diseño, y sus dedos estaban en su cabello.

Duncan se liberó con esfuerzo. Le habían recordado su futuro en compañía de esos hombres que no podían confiar en tener uno. Cuando regresara a Escocia, Duncan sabía que solo quedaba una acción sin hacer que podría perseguirlo.

No sería el rechazo de los encantos de esta puta.

No, sería el fracaso en reclamar un último beso de la seductora Radegunde. Apuró su taza, le deseó lo mejor a su compañero y salió de la taberna con la intención de recoger esa misma ficha.

Después de todo, tenía que decirle a Gaston lo que había averiguado y sin duda vería a Radegunde en la posada.

No cabía duda de la identidad del recién llegado. Sí, era escocés, pero en una taberna llena de escoceses, todavía había algo en este que llamó la atención. Tenía una postura que a Murdoch le recordaba a Domnall. Una decisión en sus movimientos. Una expectativa de autoridad.

La sangre de los reyes saldría.

Cuando este hombre se volvió, no podía haber ningún error. El conjunto de sus ojos, la línea de su boca, incluso la inclinación de su barbilla, todo recordaba a su padre.

Murdoch finalmente había encontrado al hijo desaparecido de Domnall, después de su larga cacería.

Domnall estaría complacido. Él no había aprobado la desaparición de su hijo del medio, aunque no aprobaba las decisiones de ese hijo. Ya no era suficiente repudiar a Duncan y garantizar que Duncan nunca tuviera una migaja de la mesa de su padre. En estos tiempos, Domnall se aseguraría de que su hijo menor, Guthred, se quedara con un título claro, por lo que había enviado a Murdoch para ver a Duncan muerto.

Murdoch había seguido a Duncan hacia el sur y luego hacia el oeste, el rastro intermitente lo había llevado finalmente a Killairic. Había llegado a esa fortaleza apenas seis meses antes, mucho después de que el hijo del señor partiera hacia Jerusalén, con Duncan como su defensor, pero no mucho antes de su regreso anticipado. Murdoch podría haber esperado en Killairic, pero el anciano —señor y padre de Fergus— había hecho demasiadas preguntas. Murdoch prefirió evitar sospechas.

Murdoch podría haberse quedado en Londres, pero no confiaba en que el grupo viajaría por ahí. París era el lugar para esperar el regreso de Duncan. Murdoch pensó que la ciudad era una parada necesaria en su ruta hacia el norte, y los escoceses se encontraban fácilmente en este burgo. Además, estar en París ofrecía la ventaja de completar su misión antes de que su presa pusiera un pie en suelo escocés.

Los escoceses morían en Francia, después de todo, en cantidades asombrosas. ¿Qué era uno más?

No podría haber susurros de su crimen asociado con Domnall o Guthred, no si iban a hacer una oferta exitosa por el trono escocés.

Murdoch parecía estar tan borracho que se había quedado dormido, pero mientras tanto, escuchaba con avidez la conversación de Duncan con los otros mercenarios.

¿Por qué Duncan preguntaba por ser empleado como mercenario? Podría haberle servido bien a su padre en esa función, pero se había negado a hacer lo mismo. ¿Había dejado el servicio de Fergus de Killairic? Si es así, ¿por qué?

Quizás sería prudente que Murdoch aprendiera un poco más antes de dar el golpe fatal.

Cuando Duncan se fue, Murdoch terminó su cerveza, se subió la capucha de su capa y siguió a su víctima prevista. Nunca se habían conocido, pero Duncan tenía fama de ser astuto.

Y Murdoch no tenía la intención de fallar.

La dama Ysmaine y su esposo compartían la cena en su habitación y la oscuridad caía. Radegunde había limpiado, lavado y doblado, y todavía se movía por la habitación mientras cenaban.

Ella no pudo evitar escuchar su conversación y supo que ellos también lo sabían. La pareja había hablado del fallido esfuerzo de Gaston por encontrar noticias sobre Wulfe o Christina, y Radegunde sabía que estaban preocupados por ambos. A ella le parecía inútil perseguir al caballero en este punto, porque no había forma de saber su dirección y, de hecho, tenía que imaginar que Wulfe habría regresado al Templo en busca de ayuda si hubiera creído que la necesitaba. Para ella, la implicación era clara de que Wulfe había tenido éxito, pero no veía ninguna razón para comunicarlo a sus antiguos compañeros. Evidentemente, era el tipo de hombre acostumbrado a completar sus misiones solo.

Radegunde habría apostado a que Everard estaba muerto, que Wulfe y Christina celebraban su reencuentro con entusiasmo y que no tenían ningún deseo de que los encontraran o los molestaran. Solo entonces Wulfe llegaría al Templo para ser disciplinado por el Gran Maestro por su desafío. Ella no podía culparlo por retrasar ese momento.

Sin embargo, nadie le pidió consejo. En cambio, su dama le pidió a su esposo que considerara quién podría ser un buen esposo para Radegunde.

Dios en el cielo. ¡Ella podría casarse incluso antes de que llegaran a Châmont-sur-Maine!

Para alivio de Radegunde, Gaston no había estado en casa en años, por lo que no conocía mucho a sus súbditos. Él también sugirió a Bartolomé, pero al menos su dama lo disuadió de esa idea. La dama Ysmaine comenzó entonces a especular sobre los hombres elegibles que habían estado en Valeroy antes de su partida.

"Si puedo ser tan atrevida, mi señora", se atrevió a intervenir Radegunde. "Ninguno de ellos me tentaría".

"Demasiado joven", dijo la señora, sonriéndole a su esposo. "Radegunde preferiría que un hombre le pidiera matrimonio."

Gaston pareció divertirse con esta idea, pero simplemente bebió un sorbo de vino.

"Radegunde, no se puede esperar el amor a primera vista, como se promueve en los cuentos del trovador", reprendió Ysmaine.

"Incluso ellos no recomiendan que el matrimonio se haga por un capricho así," señaló Gaston.

Ysmaine asintió y repitió su convicción. "Un buen matrimonio se basa en el sentido común".

El señor puso su mano sobre la de su dama. "Y proporciona una buena tierra para que crezca el afecto", estuvo de acuerdo. Se miraron el uno al otro, claramente muy enamorados el uno del otro y convencidos del mérito de su plan.

Radegunde no pudo soportar escuchar más. Ella suplicó que la disculparan y los dejó con su discusión. Dadas sus expresiones, tenía pocas dudas de que su atención pronto se centraría en asuntos más íntimos que sus perspectivas maritales.

Ella sabía que tenían buenas intenciones y se lo recordaba a sí misma con cada paso que daba. Llevó la escoba que había tomado prestada de regreso a la cocina, dirigiendo una mirada furiosa al hombre que la había abordado la noche anterior y todavía la miraba desde el otro lado de la cocina. Se dirigió al patio para vaciar el cubo de agua sucia, luego se detuvo para volver a peinarse y limpiarse la cara.

Estaba dolorida por sus esfuerzos del día, pero estaba contenta de haber tenido un trabajo honesto que hacer. Tampoco sería del todo malo descansar su tobillo. Esta noche dormiría bien, sin duda, y dormiría en la habitación de la dama. ¿Cuánto tiempo debería esperar antes de volver a golpear la puerta esta noche? Ella sabía que la dama la admitiría de inmediato, pero no deseaba interferir con el deseo de la pareja de concebir un hijo.

Bartolomé estaba cepillando los caballos y parecía estar sumido en sus pensamientos. De hecho, ella no deseaba alentar suposiciones conversando con él, pero al menos su presencia mantenía al malvado en la cocina.

Radegunde giró el cubo y se sentó sobre él, considerando las pocas estrellas visibles en el cielo mientras se enfrentaba a la verdad. La vida que deseaba evadir ya estaba sobre ella. No había salido de esa posada durante el día, sino que se había quedado atrás cuando su dama fue a dar limosna. Había mucho que hacer, pero Radegunde no pudo evitar anhelar ver más de esa gran ciudad.

Sobre todo porque era posible que nunca regresara.

Ella se preguntó si dejaría la posada antes de viajar a Valeroy, siempre que fuera posible. Allí, estaría aún más confinada y sin duda pronto se casaría. Radegunde se sentía inquieta, pero no había alternativas sensatas. Si huía del servicio de su dama, podría morir de hambre o resultar herida. Necesitaba la protección y la seguridad que le ofrecía la casa de Gaston.

Aun así, no pudo sofocar su deseo de aventura.

Radegunde supuso que tendría que aprender a hacerlo, y darse cuenta de ello la hizo sentir vieja. Se puso de pie y volvió a su trabajo. Sacudió los camisones secos de su dama y se los echó sobre el brazo, luego llenó el cubo con agua fresca y se dirigió a las escaleras.

Vio a Bartolomé mirar hacia la puerta y sus rasgos se iluminaron al reconocerlo. Radegunde se volvió, preguntándose quién había llegado, solo para encontrar a Duncan parado en la entrada a la calle.

Llevando su tabardo.

Su boca se secó cuando su mirada recorrió sus piernas, que lucían bien, de hecho, y luego volvió al brillo de humor en sus ojos. Se veía tan atractivo que Radegunde se olvidó de enojarse con él, con la única esperanza de que hubiera cambiado de opinión y regresara para estar con ella esta noche.

"¿Está Gaston aquí?" preguntó.

Radegunde tuvo un momento para esperar que su reacción a principios de este día se debiera a la presencia de Gaston.

Pero Duncan había hablado con Bartolomé, no con ella. "Tengo noticias para él", dijo a modo de explicación y era posible que ella no hubiera estado parada ante él en absoluto. ¿Estaba realmente tan desinteresado en su presencia?

Bartolomé abandonó la maleza y el caballo y se sacudió las manos. "Sí, está en la habitación de su dama. Yo lo traeré por ti."

"No los molestaría', dijo Duncan.

"Ellos disfrutan de su comida todavía", dijo Radegunde, esperando llamar su atención. Bartolomé asintió y pasó junto a ella, subiendo varias escaleras a la vez.

Entonces la mirada de Duncan se encontró con la de ella y ella vio ese brillo de interés en sus ojos una vez más. Fue suficiente para hacer latir su corazón.

Si mantendría el asunto en privado, eso solo podría ser una buena señal. Radegunde dejó el cubo y luego se volvió para mirar a Duncan de lleno.

"¿Encontraron a Wulfe y Christina?"

Sacudió la cabeza. "No que yo sepa".

"Entonces, ¿estas no son las noticias que le llevas al señor Gaston?"

Duncan volvió a negar con la cabeza. "No creo que vuelvan".

"No apuesto a que el Templario pensaría en informar a nadie de su fracaso o éxito. Parece más acostumbrado a no depender de nadie."

"No fallará", dijo Duncan con convicción. "Hará lo que sea necesario para defender a Christina".

"¿Cómo lo sabes?"

Los ojos de Duncan brillaron. "Él iba a vender su caballo en Venecia, a comprar dos menores, para que ella tuviera un caballo para salir de la ciudad".

Radegunde parpadeó asombrado. "¿Su caballo?" Ningún caballero entregaría su caballo voluntariamente.

Duncan asintió incluso mientras le sonreía.

"¡Entonces está realmente enamorado!"

"Eso creo." Los modales de Duncan se volvieron pensativos.

¿Es esto lo que viniste a decirle al señor Gaston? Tales noticias podrían convencerlo de que se preocupe menos por su compañero caballero."

"No era eso, pero tienes razón. Debería decírselo. El afecto de tal poder cambia mucho."

Sus miradas se aferraron y Radegunde sintió que su carne se calentaba. "Y aquí esperaba que pudieras haber regresado por mí, no para hablar con el señor Gaston".

"Quizás mi objetivo era hacer ambas cosas". Duncan sonrió, solo un poco, pero fue suficiente para hacer que su corazón saltara. "¿Me creerías si te dijera eso?"

Muy animada, Radegunde dio un paso más hacia él. "Casi me ha congelado esta mañana, señor".

Duncan hizo una mueca. "No dormí, pero estaba embrujado de todos modos."

"¿Por sueños?"

"Por recuerdos". Entonces él se veía abatido, y Radegunde deseó haber podido disipar su preocupación.

Ella se atrevió a adivinar. "¿De lo que has hecho?"

"De lo que no he hecho". Duncan habló con determinación y luego se acercó un paso. "Y así no perderé una oportunidad". Su corazón comenzó a acelerarse pero él levantó una mano. "Todavía no aceptaría lo que me ofreces, pero tomaría un último beso, si me lo entregas".

"¿Por qué?"

"Porque me han recordado que la vida es incierta y que un hombre debe vivir para morir sin remordimientos".

"¿Quieres morir?"

"Nadie tiene la intención de morir, muchacha", dijo Duncan, su voz tan ronca que ella se preguntó cuáles habían sido esos recuerdos inquietantes. Sus miradas se aferraron cuando la luz se desvaneció aún más, y ella dio otro paso hacia él.

Ella sonrió, haciendo que su tono fuera juguetón, porque él era demasiado solemne. "¿Sólo un beso, Duncan?"

"Sólo un beso".

"Y tú con piernas tan finas", bromeó. "Mi madre se desesperará por mí y mis artimañas".

"Ella no necesita hacer eso", respondió él, con los ojos brillantes. Radegunde sonrió, decidido a aprovechar al máximo su concesión, y acortó la distancia entre ellos. A ella le gustó cómo él la miraba con tanta atención.

Quizás ella podría convencerlo de que hiciera más.

Ella sonrió ante la perspectiva, luego, de repente, olió la cerveza y se detuvo. "¡Has estado bebiendo!"

"He estado en una taberna, es cierto..."

Radegunde se inclinó hacia él. Olió el humo y la carne asada, luego el inconfundible aroma de un empalagoso perfume dulce.

"¡Oh! ¡Has estado con putas! "

Duncan pareció sobresaltarse. "No precisamente", comenzó a discutir.

Radegunde no estaba dispuesta a escuchar ninguna defensa. Ella estaba indignada. "¡Por eso solo querrías un beso, porque le has dado el resto a una puta!" Ella sacudió su cabeza. "No, no lo diste. Le pagaste para que te lo quitara."

Él extendió una mano en apelación. "Radegunde, ves más de lo que es la verdad..."

"Huelo la verdad", replicó ella, retirándose rápidamente. "¿Cómo te atreves a volver a mí y pedir un beso después de haberte acostado con una puta? No empeore las cosas diciéndome una falsedad, Duncan MacDonald.

Los ojos de Duncan brillaron. "¡No digo mentiras, muchacha!"

"Yo digo que sí. Y digo que no eres el tipo de hombre que yo creía que eras —declaró Radegunde con tono acalorado. No sabía si estaba más decepcionada de sí misma por juzgar mal a Duncan o de él por tomar esa decisión. "Pensé que eras un hombre de mérito, uno de honor y principios. Fuiste tú quien insistió en no aceptar lo que te ofrecía... "

"No acepté lo que me ofreciste, por supuesto, al igual que en este día, no acepté lo que me ofrecieron".

"¡Mentiroso! Hueles a putas, y solo hay una manera de que eso suceda."

Duncan abrió la boca para discutir, pero Radegunde había escuchado lo suficiente. Ella lanzó un puñetazo, tal como le había enseñado su hermano Michel. Su puño se estrelló contra la nariz de Duncan y él se tambaleó hacia atrás, más conmocionado que herido.

La sangre brotó de sus fosas nasales y jadeó, pero a Radegunde no le importó.

Ella bajó la voz. Eres un bribón y un tonto, Duncan MacDonald. ¡Rechazaste lo que te ofrecí por afecto y luego le compraste lo mismo a una puta! Espero que te deje con una viruela, porque esa elección no merece menos."

Él se estaba tapando la nariz y la miró por encima de la mano. "Yo no hice tal acto".

"Mentiroso", replicó ella. "Maldito y canalla".

Sus ojos brillaron. "¿Y este es tu tributo para mí, por defender honorablemente tu virginidad?"

"Yo elegiría si me deshago de ella o no".

"¿Y si concibieras un hijo?" Duncan exigió acaloradamente. "¿Entonces qué, Radegunde? ¿Cómo convencerás a tu novio de que eres una doncella? ¿En qué se convertirá tu vida? "Él la señaló con un dedo en el aire. "¡No dejo muchachas abandonadas!"

"¡Me arriesgaría!"

"¡Yo no lo haría!" rugió él, más enfurecido de lo que ella nunca lo había visto. ¿Crees que me alegraría verte en compañía de las mujeres en la taberna este día? ¿Y si Gaston te echa de su propiedad? ¿Qué pasa si pierdes a tu patrona?

"¡No lo haré!"

"No se puede saber con certeza, y es posible que te enteres demasiado tarde".

"¡Tienes una mala vista de mi señor y mi señora!"

"¡Quiénes se olvidaron de tu seguridad anoche!"

Eso era cierto. Radegunde no pudo defenderlos de ese cargo. Ella y Duncan se miraron fijamente, incluso cuando escuchó el sonido de botas bajando las escaleras y el murmullo de voces masculinas acercándose.

Duncan hizo una mueca y sus ojos se llenaron de un calor poco común. "No me acosté con una puta este día, muchacha, pero incluso si lo hubiera hecho, no es una estrategia tan tonta", dijo con silenciosa insistencia. "Un intervalo con una puta es un simple intercambio, una moneda por placer, sin un vínculo duradero y sin un niño que recuerde el hecho".

Radegunde negó con la cabeza ante esta mezquina excusa. "Esperaba lo mejor de ti".

"No debes esperar nada de mí, como dejé claro".

"Te ofrecí todo lo que tengo, sin repercusiones, sin ataduras, sin dinero, porque te admiraba como hombre. No debes temer una repetición de esa oferta, Duncan. Ella cogió su balde con tanta rapidez que el agua se derramó sobre el borde. "De hecho, señor, puedes ir al infierno".

Con eso, giró y subió las escaleras hacia la habitación de su dama, con la sangre hirviendo. Pasó junto a Gaston y Bartolomé, sin duda alguna de que ambos habían escuchado todo el intercambio y no le importaba lo más mínimo.

Ella entraría en la habitación de su dama y no volvería a salir esta noche.

Si eso significaba que nunca volviera a ver a Duncan MacDonald, Radegunde se dijo que estaba bien.

Incluso si ella no lo creía.

MARTES 1 DE SEPTIEMBRE DE 1187

DÍA DE SAN DRITHELM Y SAN GILES DE PROVENZA

CAPÍTULO 6

Duncan tuvo tiempo de sobra para lamentar su error con Radegunde.

También tuvo pocas oportunidades de arreglar las cosas.

Mucho menos disculparse.

Hubo muchas discusiones durante los días que permanecieron en París y mucho debate en las cámaras privadas del Templo. Gaston estaba dispuesto a reconocer la posibilidad de que el marido de su sobrina, Millard, simplemente viera que Châmont-sur-Maine fuera defendido en su beneficio por mercenarios, y no asumía que esas fuerzas se utilizarían para evitar que reclamara su legado. Duncan podía ver la cautela del ex templario y respetaba que la experiencia pasada de Gaston como diplomático y negociador influyera en sus decisiones. Sin embargo, la determinación en los ojos de ese hombre demostraba que esperaba lo mejor y estaba preparado para lo peor.

Otro legado de Ultramar, sin duda.

Se decidió que nadie buscaría a Wulfe. A instancias de Duncan, y consejo de Radegunde, Fergus les confió al Gran Maestre y a Gaston que Wulfe tenía la intención de vender su caballo para asegurarse de que Christina pudiera dejar Venecia en su compañía.

Ambos caballeros se sorprendieron de que Wulfe incluso hubiera considerado tal sacrificio y concluyeron que revelaba mucho sobre la admiración de ese hombre por Christina, así como su determinación de defenderla. A todos les recordó el desafío de Wulfe al Gran Maestre, una elección que había parecido impetuosa en ese momento, pero que podría ser otro indicio de su intención amorosa.

Parecía que el futuro de Wulfe no estaba ni en París ni con la orden.

Teniendo en cuenta lo que Duncan había averiguado en la taberna, Gaston decidió no avisar a Valeroy ni a Châmont-sur-Maine de la llegada pendiente del grupo. Se decía que Ysmaine deseaba sorprender a su familia, pero Duncan supuso que Gaston deseaba mantener en secreto las noticias de su propio regreso durante el mayor tiempo posible.

Finalmente, Fergus y el Gran Maestre temían asumir que el relicario estaba a salvo sin la seguridad de que Everard hubiera sido llevado ante la justicia. Se pensó mucho en la mejor ubicación para asegurarlo, ya que era el premio del tesoro de los Templarios.

El Gran Maestre no deseaba ser recordado como el que había perdido el tesoro. También conocía la mente del rey y confirmó el rumor que Duncan había escuchado en la taberna: si Jerusalén se perdía, el rey tenía la intención de liderar otra cruzada. En su ausencia, y la ausencia de los muchos caballeros y barones que lo acompañarían, ¿qué tan segura sería la ciudad de París? El Gran Maestre también había visto un plano para las murallas que Felipe pensaba construir en defensa de la ciudad. El Templo quedaría fuera de su protección, y aunque reconocía que era prudente, Duncan vio que el Gran Maestre esperaba problemas.

Todos juraron guardar el secreto sobre el verdadero estado de las cosas en Palestina. La pérdida en Hattin era conocida pero no su horror total, y el Gran Maestre se quedaría con la ventaja de la información adicional.

Estas preocupaciones se debatieron a fondo, y todas las perspectivas se presentaron con una minuciosidad y atención a los matices que le pusieron los dientes a Duncan de punta. ¡Él decidiría su plan y se embarcaría en él!

En última instancia, se concluyó que Fergus debía acompañar a Gaston a Châmont-sur-Maine, supuestamente para presenciar el nombramiento de Bartolomé, pero realmente para sumar su apoyo al legítimo reclamo de Gaston sobre su legado. El Gran Maestre asignó a seis caballeros templarios para que se unieran a su grupo, supuestamente una guardia de honor para uno de los suyos que regresaba a casa, pero también una provisión de poder.

El Gran Maestre también ordenó a Fergus que se llevara el relicario en secreto con él a Escocia, para asegurarlo y defenderlo, y estar preparado para devolverlo cuando lo llamara el Gran Maestre del Temple en París. Parecía que el escudero Laurent todavía tendría una alforja que defender, aunque Fergus escondería el verdadero tesoro en el equipaje de Duncan.

Bebieron juntos por el éxito de todas esas empresas en su última noche en París, y Duncan se sintió aliviado.

¡Finalmente, dejarían de hablar y cabalgarían!

Había una tenue luz del sol la mañana en que finalmente se acercaron a Valeroy, después de cinco largos días de cabalgar. La luz y el frío en el aire eran un recordatorio de la llegada del invierno e hicieron que Duncan considerara probable que llegaran a Escocia en la nieve. El patio de la posada de Sablé-sur-Sarthe se llenó de un alegre bullicio de actividad mientras los muchachos sacaban a los caballos de los establos y cargaban el equipaje. Los sementales pateaban y los caballos relinchaban, todos los caballos estaban preparados para el paseo del día. Salieron temprano, porque la dama Ysmaine deseaba llegar a su casa a tiempo para la comida del mediodía. Duncan tenía claro que una nueva vivacidad había infectado al grupo ante la perspectiva de llegar a Valeroy.

Sin embargo, él anhelaba hablar con Radegunde.

El rastrillo se levantó con un grito y las puertas se abrieron, justo cuando la dama Ysmaine apareció en el patio al lado de su marido. Gaston la ayudó a montar y Duncan supo que volvería a montar a la izquierda de su marido. Radegunde cabalgaría a la izquierda de su dama como lo había hecho todos los días. Los seguían los caballos con el equipaje, con los caballeros templarios y Bartolomé rodeándolos. Fergus y Duncan iban en la retaguardia del grupo, mientras los escuderos se mezclaban con los caballos cargados de equipaje en medio de la procesión.

El resto del grupo montó mientras se pagaba y agradecía al portero.

Duncan era muy consciente del tesoro en su propia alforja, su bulto chocando contra la parte posterior de su muslo. Había mantenido su distancia de Radegunde esa semana, esperando que su ira se desvaneciera, pero estaba cada vez más deseoso de un momento para hablar con ella a solas. Se sintió animado por la única mirada rápida que Radegunde le dirigió mientras montaba en su caballo. Ella estaba consciente de él, sin duda, pero no inició ninguna conversación.

Ella le dejaba el asunto a él, y ese día, él comenzaría su discusión. Se dijo a sí mismo que simplemente no deseaba separarse demasiado, pero sabía que eso era solo una parte de la verdad.

Le debía un secreto y Duncan se encargaría de pagar esa deuda.

También, él quería un beso.

Curiosamente, era Radegunde quien había comenzado a perseguir sus sueños en esas noches desde que habían discutido en París. Ella llenaba sus pensamientos con una demanda creciente. ¿Expulsaría ella a Gwyneth para siempre? Duncan no podía creer eso. Pero estaba claro que ella tenía algún derecho a reclamar su atención, y él tendría ese beso.

A Radegunde le habían concedido una capa nueva en París, o una nueva para ella, y un par de botas mejores. La capa no era tan fina como la de su dama, pero el tono verde favorecía el color de

Radegunde. Como de costumbre, su cabello estaba trenzado y se colocó la capucha por encima, después de esa mirada penetrante en dirección a Duncan.

Si nada más, él la haría sonreír este día.

Salieron del patio de la posada en parejas, atravesaron lo último de la ciudad y tomaron el camino a Valeroy. El camino era lo suficientemente ancho y en tan buen estado que podían viajar de dos a tres de frente. Duncan pudo ver que el territorio de Anjou era quizás un premio que valía la pena una batalla, porque la tierra estaba floreciendo y una buena parte de ella estaba labrada. La niebla se aferraba a los valles a esa hora, pero los bosques aún estaban verdes. Tenía una impresión de opulencia.

Duncan se atrevió a esperar que los pensamientos de Radegunde fueran como los suyos cuando dejó caer su caballo, asegurándose de que hubiera un espacio a su lado.

Él no le dio a ninguna otra alma la oportunidad de reclamar ese lugar. Instó a su caballo hacia adelante y no se perdió la rápida sonrisa de satisfacción de Radegunde.

"Te debo un secreto, muchacha", dijo él en voz baja. "Y no lo he olvidado".

"Yo tampoco", respondió ella. "Aunque como los días han pasado en silencio, temo cobrarlo alguna vez".

Duncan sonrió. "¿De qué otra manera puedo convencerte de que soy verdaderamente un hombre de honor que con la entrega de un secreto?"

"Me sorprende que te importe", sostuvo ella. "Ya que hay un montón de putas en este mundo para darte besos y consuelo". Había poco calor en sus palabras y eso lo animó.

"Pero ninguna que me intrigue tanto".

"Hmm," dijo ella, su tono escéptico, pero para su alivio, ese brillo iluminó sus ojos oscuros de nuevo. "Quizás solo busques otro secreto de mí."

"Creo, muchacha, que entre nosotros dos, podríamos conocer la verdad completa de cada miembro de este grupo".

Radegunde sonrió entonces, solo un poco, luego lo miró a la cara e hizo una mueca. "Lamento haberte golpeado. Estaba molesta."

"Me busqué eso".

"¿Cómo está tu nariz?"

Él la tocó con la yema de un dedo. Todavía estaba un poco hinchada. Un lado había progresado de un púrpura maduro a un verde amarillento, sin ser los tonos que él favorecía. "Tierno todavía, porque lo golpeaste bien".

Radegunde sonrió abiertamente entonces, una visión que hizo que su corazón saltara. "Mi hermano me enseñó cómo".

"¿El mayor?"

"Michel". Ella miró el camino por delante y se encogió de hombros. "De hecho, eso es algo bueno de regresar a Valeroy. Volveré a ver a mi madre y a mis hermanos."

"¿Sólo una cosa buena?"

Ella arrugó la nariz. Mi señor y mi dama quieren que me case con prisa, Duncan. Su tono fue cuidadosamente neutral cuando continuó, como si temiera que la pareja pudiera escuchar sus palabras. "Mi señora cree que el matrimonio debe ser realizado por consideraciones prácticas, y que sólo después crece el afecto".

"Porque esa ha sido su experiencia".

"Sólo uno de cada tres matrimonios", señaló Radegunde en un susurro. "Ella nunca habría amado a ninguno de los dos primeros maridos, y esas parejas fueron igual de ventajosas, pero ella está convencida de su razonamiento".

"Puede que te vaya bien", se sintió obligado a decir, aunque él también tenía sus dudas.

Ella pareció sacudirse. "De cualquier manera, no hay nada que hacer al respecto, aparte de huir de su servicio y morir de hambre en el bosque entre los criminales. Reservaré esa opción para un posible cónyuge realmente terrible." Entonces ella le dirigió una sonrisa brillante, y le gustó que no se detuviera en asuntos que no podía cambiar. Tendré tu secreto, Duncan, y espero que venga acompañado de un cuento. Será una larga mañana en la silla de montar, sin duda."

"Quizás entonces no sea el mejor lugar para la confesión de un secreto."

Radegunde lo señaló con un dedo. "Particularmente porque ya accediste a ofrecer uno propio, no uno de alguien más".

Entonces te contaré una historia y guardaré el secreto para un momento cuando estemos a solas. Quizás esta noche en Valeroy encontremos un momento así."

"¡Ah!" Radegunde se burló, esos ojos bailando en un desafío. "¡No me encontraré sola con un hombre, salvo con un hombre de honor!"

"Entonces debo convencerte de mi mérito, está claro". Él inspeccionó el grupo, sabiendo que solo una historia serviría. "Alabado sea que tengo la oportunidad de persuadirte".

Radegunde se echó a reír, no tan en contra de él como ella podría hacerle creer.

"Entonces, este es tu hogar para ti y la dama Ysmaine", dijo él, muy consciente de que media docena de almas podían escuchar fácilmente su conversación. "Cuéntamelo, si quieres."

"Con mucho gusto", estuvo de acuerdo Radegunde, y le gustó que ella no guardara rencor. "Cabalgamos hacia el límite occidental de Anjou".

"En poder del rey inglés, el angevino Henry II". Duncan se había sorprendido al comprobar lo cerca que estaban las posesiones del rey inglés de la heredad del rey francés: en el tercer día de viaje desde París, habían pasado a Anjou. No es de extrañar que las cosas entre la pareja de reyes fueran tan incómodas.

"Lo mismo", asintió Radegunde. "Al este está la heredad de la monarquía francesa y el palacio de Felipe Augusto en París". Ella levantó una mano para señalar. "Al oeste, la Marcha Bretona, aunque estas tierras han sido disputadas y han sido juramentadas tanto a París como a Anjou en diferentes momentos".

"¿Y los bretones? ¿A quién favorecen? "

Radegunde sonrió. "Ellos preferirían no responder a ninguno de los dos, sospecho, sino declarar a su propio rey como soberano."

La situación le recordó a Duncan a Escocia.

"Como ejemplo, pronto pasaremos por Chateau-Gontier, un castillo de cierta reputación en estos asuntos".

"¿De verdad? ¿Cómo es eso?"

"Hace más de cien años, hubo un duque bretón llamado Conan II. Su padre murió cuando él era menor de edad y su tío gobernó Bretaña como regente. De hecho, mantuvo a Conan encarcelado, aunque los partidarios del verdadero duque lo vieron liberado. Aun así, su tío mantuvo el sello. Incluso cuando Conan alcanzó la mayoría de edad en 1054, su tío no le entregó el sello al joven. Se dice que temía otorgarle a Conan alguna autoridad, ya que Conan tenía un derecho legítimo al ducado de Normandía y al de Bretaña."

"¿Veo la influencia de los grandes nobles decididos a asegurar su ventaja?" Duncan preguntó a la ligera.

Quizá sea así, porque el tío estaba aliado con Guillermo de Normandía, el antepasado de los reyes angevinos. Sin embargo, en 1056, Conan ganó ventaja y vio a su tío encarcelado cuando reclamó por la fuerza el sello que era su derecho de nacimiento."

"Y lo que le habían hecho a él, le hicieron a su tío".

Radegunde se encogió de hombros. "Aparentemente sí. William no carecía de aspiraciones propias."

"Sin duda, invadió Inglaterra en 1066".

"Sí, y antes de partir de Normandía, advirtió a sus barones vecinos que no atacaran sus tierras, porque llevaba la bendición del Papa en su búsqueda."

Duncan se rió entre dientes. "Adivinaré qué salió de eso".

Los ojos de Radegunde brillaron de la manera más seductora. "Sí, Conan envió un mensaje de que no se le disuadiría de reclamar lo que él creía que era suyo, y marchó sobre Pouancé en ausencia de William." Ella levantó una mano y señaló hacia el oeste. "No está tan lejos. Creo que puedes ver la bandera en la torreta."

Duncan entrecerró los ojos y asintió con la cabeza, aunque no pudo discernir el color del estandarte.

"Desde que se puede recordar, Pouancé fue una ciudad en la Marcha Bretona, que se extendía por la frontera, con tierras a cada lado de la división. He oído que se llama la puerta de Bretaña."

Como Châmont-sur-Maine, pensó Duncan.

"Conan lo reclamó y luego reclamó Segré, cabalgando constantemente hacia el este, y finalmente, descansó en Château-Gontier, aún más al este".

"Y así parece que hizo incursiones en las propiedades de William".

Una luz amaneció en los ojos de Radegunde. "Pero William había sido advertido de la intención de Conan, como recordarás, y por el propio Conan."

Incluso atrevido.

"Así que hubo algunos que no se sorprendieron cuando encontraron a Conan muerto en ese torreón".

"¡Muerto! ¿Golpeado mientras dormía?

"No tan directo como eso. Se dice que murió de veneno." Radegunde levantó su mano enguantada. "Que sus guantes de cuero fueron tratados con veneno semanas antes". Se pasó un dedo por los labios para ilustrar su punto. "Sin saberlo, después de sus conquistas, se limpió la boca, tal vez al final del día."

"Qué inteligente", tuvo que reconocer Duncan.

"Qué malvado", corrigió Radegunde. "La trampa tendida y el perpetrador desapareció mucho antes de que saltara. Nunca se resolvió quién pudo haber preparado los guantes de esa manera y, de hecho, pronto desaparecieron. Pero Conan estaba muerto y las posesiones que había tomado por la fuerza fueron rápidamente reclamadas por las fuerzas de William."

A continuación, me dirás que William reclamó las propiedades de Conan.

Radegunde se rió. No es así, porque al bretón no le importaba caer bajo el pulgar de ningún rey. No, el ducado de Bretaña pasó a manos de la hermana de Conan, Hawise, y ella decidió casarse con Hoel, duque de Cornouaille. Juntos, unieron toda Bretaña, estableciendo la casa de Kernev, que gobernó el ducado de Bretaña durante casi cien años."

"¿Y luego?"

"Y entonces te reirás, porque el heredero se llamaba Conan y el padrastro que le negaría su legado se llamaba Odo".

Duncan arqueó una ceja. "Parece un territorio que necesita más nombres."

Radegunde se rió. "Podría ser así. Pero gran parte del resto de la historia sigue siendo similar, porque hubo desacuerdo con Henry II, y Constanza, la hija de Conan, se casó con Geoffrey, el hijo de Henry". Ella bajó la voz a un susurro. "Y Henry obligó a Conan a abdicar y convertir a su hija en condesa, inmediatamente después de su matrimonio con Geoffrey".

"Quien se tituló Duque de Bretaña, y quien murió en París, después de haber sido pisoteado por caballos en un torneo, hace un año", proporcionó Duncan.

"¿Él lo hizo?"

—Sí, me enteré de ello en París. Constanza estaba embarazada a su muerte, pero dio a luz a un hijo en marzo pasado, que ahora es duque de Bretaña."

"Esas son malas noticias", reflexionó Radegunde. "Habrá tiempos inciertos por delante".

"No tan incierto como eso. Constanza se casará de nuevo, sin duda, y con prisa", pronosticó Duncan y Radegunde asintió con la cabeza. "¿Es bien conocida esta historia del veneno?" preguntó, con una nota más alegre, porque los problemas de sus superiores no eran de su incumbencia.

"Mi madre me lo contó, porque encontró la historia intrigante".

"Como curandera y partera".

"Por supuesto." Radegunde sonrió. "Y ella me pidió que nunca me limpiara la boca con una mano enguantada, aunque en verdad, no hay alma que busque verme muerta".

"¡Ni siquiera digas eso en voz alta!" Duncan reprendió, porque la idea le hizo temblar de terror.

"Cuéntame un cuento también", invitó ella, y él no pudo resistir la oportunidad.

~

RADEGUNDE SE SENTÍA MÁS que aliviada de que Duncan finalmente le hablara. En cuatro días de montar a caballo, casi había perdido la esperanza de que él volviera a hacerlo.

Ella agarró las riendas de su caballo y escuchó con placer el bajo retumbar de su voz. Pensar en Duncan contando una historia, y hacerlo para su entretenimiento, era muy gratificante. Antes de llegar a París, le había creído incapaz de pronunciar dos frases seguidas, y ahora le iba a contar una historia completa.

"Una vez, hubo un hombre", comenzó él y ella no pudo resistir el impulso de burlarse de él.

"Un hombre de honor, sin duda."

"Él pensaba que era uno de ellos, sin duda". Duncan fingió una mueca de dolor. "Aunque le he ser oído llamado bribón y necio".

Radegunde se rió, tanto porque recordaba sus palabras como porque compartiría algo de su propia historia con ella. Ella estaba muy complacida con ese cumplido. "Todos somos tontos en algún momento".

"Por supuesto. Este hombre en particular dejó todo lo que conocía y buscó aventuras".

"¡Ah! Ya me agrada mucho."

Compartieron una sonrisa. Quizás tengas algo en común con él.

"Quizás más de lo que él sabe". Esa conciencia volvió a surgir entre ellos, y Radegunde notó que sus mejillas se calentaban. Ella no podía apartar la mirada de la admiración en los ojos de Duncan y deseaba de nuevo la oportunidad de entregarse a él más que con meras palabras. Dejó que su mirada cayera a sus labios y se detuviera allí, y él contuvo el aliento de la manera más satisfactoria.

"Sin embargo, este hombre fue descuidado con su ventaja".

"¿Qué ventaja?"

"La más grande de todas: su vida".

"¿Por qué?"

"Él pensaba que no valía nada".

"¿Pero por qué?"

Duncan le dirigió una mirada penetrante. "Ese es otro cuento".

Radegunde resolvió en ese momento recoger también la segunda historia, pero sonrió. "Y así, fue imprudente. ¿Cuál fue el resultado de eso? "

"Cayó en una compañía de mercenarios, más por necesidad de dinero para mantenerse que de sed de violencia. Y así luchó con ellos, empleado donde lo encontraban y luchando por el bando que pagara más. No tenían en cuenta la noción del bien y el mal, y dado que él había visto que el mundo era caprichoso en sus favores, a este hombre le convenía ignorar también esos detalles. El peleaba. Ganaba monedas. Comía y bebía cuando podía. Se dormía y luego se levantaba para hacer lo mismo. No era vida para un hombre pensante, pero él había dejado de pensar."

Radegunde se mordió el labio, preguntándose qué haría que Duncan olvidara tanto su propia naturaleza.

"Un día, este grupo llegó a una tierra fronteriza, muy parecida a esta Marcha Bretona de la que me hablas" Duncan señaló hacia el oeste. "Un lugar donde las alianzas cambiaban constantemente y siempre había una batalla por encontrar. Luchó duro en este lugar y fue tan afortunado como puede ser un hombre así, ya que ganó una buena cantidad de dinero. Fue entonces cuando se recordó a sí mismo y a su propia naturaleza, y comenzó a reconsiderar la vida que había hecho suya. Pensó en quedarse en un lugar y vivir sus días en paz. Como resultado, dejó de divertirse con sus compañeros en las tabernas y guardó cuidadosamente su dinero. Se mantuvo callado al respecto, pero en una compañía así, hay pocos secretos."

"Quizás una puta lo traicionó", se atrevió a sugerir Radegunde.

"Quizás lo hizo", reconoció Duncan. "Porque se sabía que se

consolaba con esas mujeres de vez en cuando, para ver satisfechas sus necesidades."

"Sin embargo, no dejó atrás a ningún bastardo".

Él la miró de reojo, su expresión evaluativa. "Quizás. Porque sé que fue agredido por sus compañeros una noche, cuando dormía profundamente, y que le robaron. Cuando se despertó y trató de defender su dinero, se encontró nuevamente en medio de una batalla. A pesar de la desventaja de los números, no estaba preparado para entregar todo lo que había ganado con su propia espada. Luchó duro y tontamente, aunque no tenía verdaderas posibilidades de éxito. Conocía a estos hombres lo suficientemente bien como para comprender que matarían por su dinero." Duncan hizo una pausa.

"¿Y fue asesinado?" Radegunde finalmente preguntó. Ella pensó que conocía la respuesta y no se sorprendió cuando Duncan negó con la cabeza.

"No lo fue, pero no por su propio valor. Intervino un caballero, porque había oído el ruido, y él mismo era un guerrero temible. El caballero despachó a dos de los asaltantes, luego los demás se dispersaron. Una vez que se enteró de que los asaltantes y la víctima habían sido camaradas, el caballero no permitió que los ladrones huyeran tan fácilmente. Cazó a otros dos y los mató por su falta de fe. Luego le devolvió el dinero robado al tonto."

"El caballero le salvó la vida".

"De hecho, lo hizo. Y el tonto recordó su ingenio lo suficientemente bien como para comprender que estaba en deuda con el caballero. Hizo una profunda reverencia y besó las botas del caballero, jurándole lealtad y prometiendo servirle bien." Duncan tragó. "Y tal fue la gracia del caballero que decretó que el tonto sólo le serviría hasta que la deuda fuera pagada en especie."

"Hasta que el tonto le salvó la vida al caballero."

"Así es. Pasaron los años y el tonto aprendió mucho en la morada del caballero, y le sirvió bien. Se convirtió en un guerrero y un hombre íntegro. Sin embargo, la vida del caballero nunca estuvo en peligro, y el guerrero estaba molesto por no poder pagar la deuda."

"¿Él quería dejar el servicio del caballero?"

Duncan negó con la cabeza. "No particularmente. Era simplemente una deuda pendiente y le gustaba que se pagaran sus deudas."

"Me gusta mucho", declaró Radegunde. "Esa es una filosofía sólida. ¿Qué pasó?"

"El caballero tenía un hijo, uno que heredaría todo lo que el caballero había construido como propio. Él temía por el futuro de su hijo, porque su dominio estaba en esa traicionera frontera. Entonces, le ordenó a su hijo que sirviera dos años con los Templarios en Ultramar, para aprender mejor cómo defenderse a sí mismo y a su propiedad. Y le ordenó al guerrero que escoltara al hijo a Jerusalén y de regreso, para proteger a su hijo en lugar de él mismo. El guerrero sabía que daría su vida, si era necesario, para pagar la deuda que tenía."

"Él entendió que la deuda había pasado de padres a hijos"

"Así es como él veía el asunto, sin duda".

Radegunde miró a Fergus. "¿Y cuando el hijo regresó a casa, sano y salvo? ¿Qué le pasó al guerrero?

Duncan sonrió. "No sé. Apostaría a que el caballero tenía otra misión para él."

Y así sería hasta que se pagara la deuda. Radegunde comprendió que Duncan no podía prometer ninguna acción en su propio futuro, ya que no era él quien mandaba. Mientras estuviera en deuda con el padre de Fergus, haría lo que se le ordenara.

"Creo que este guerrero parece ser un hombre de honor", dijo ella.

Duncan le sonrió con evidente satisfacción. "Estoy encantado de escucharlo."

Ella le devolvió la sonrisa a él. "Incluso me atrevería a pasar un intervalo a solas con un hombre así, porque no se puede dudar de su naturaleza".

"¿Incluso por la noche?" Él fingió tal sorpresa que Radegunde se rió en voz alta.

"Aun así, mi confianza es considerable".

Duncan sonrió abiertamente. "Entonces puedes encontrarlo merecedor, muchacha."

"Yo debería esperar eso", dijo ella. "Porque todavía me debe un secreto". Duncan se rió entre dientes y Radegunde estaba más impaciente de lo que había estado por llegar a Valeroy.

No pasó mucho tiempo cuando levantó una mano y le señaló las conocidas torres a Duncan. "¡Valeroy!" susurró ella, su corazón latía con alegría, y lo vio inspeccionar el torreón con evidente aprobación.

Era una hermosa fortaleza, y le sorprendió el vigor de su placer de estar de nuevo en casa. ¿Era porque podía mostrarle sus placeres a Duncan? ¿O era la promesa de esa noche a solas en su compañía? Radegunde, sin duda, conocía muchos lugares para encontrar un poco de privacidad en Valeroy.

CAPÍTULO 7

*L*a dama Ysmaine despidió a Radegunde casi tan pronto como su equipaje fue llevado a la habitación que compartiría con Gaston. Su propia madre, la dama Richildis, estaba todavía del brazo de su hija mayor, y las hermanas menores de la dama Ysmaine llenaron la habitación con su charla. Ya Sibilla y Melissande habían tirado de las alforjas, curiosas por ver las nuevas adquisiciones de su hermana. Juetta y Constantia parecían estar un poco impresionadas por el regreso de Ysmaine, o tal vez fue la visión de Gaston llegando a la puerta lo que las hizo retirarse tan apresuradamente.

"¡Ve!" la dama Ysmaine le dijo a Radegunde con una sonrisa. Tu madre se alegrará tanto de verte como la mía.

"Y tenemos suficiente ayuda para desempacar", dijo la dama Richildis con una sonrisa indulgente. "De verdad, Ysmaine, deberías haber comprado más para ocuparnos mejor".

"Ella no se dignó comprar más", dijo Gaston, dándole a su esposa una sonrisa afectuosa. "Tu hija es muy moderada".

La dama Richildis estaba claramente complacida con este comentario. "La señora de la mansión debe tener cuidado con el dinero", dijo. "Porque el tesoro no siempre puede estar lleno".

"¡Ve!" La dama Ysmaine le susurró de nuevo a Radegunde, su deleite lo suficiente como para hacer creer a Radegunde que nadie la echaría de menos. Ella hizo una reverencia y besó la mano de su dama, luego se volvió para huir escaleras abajo.

"¡No te olvides de llevarle una barra de pan de las cocinas a tu madre!" Le gritó la dama Richildis detrás de ella.

Radegunde regresó a la puerta, contenta de que la dama hubiera recordado su obsequio habitual. "Gracias, mi señora. Eso es muy amable."

"Es un hábito y uno bueno", dijo la dama Richildis, luego agitó las yemas de los dedos. "Vete, mientras el pan aún esté caliente".

"Sí, mi señora." Radegunde sonrió mientras se alejaba apresuradamente, su corazón palpitaba de alegría por estar en casa y la promesa de la atención de Duncan más tarde.

"Y no dejes que te vuelva a ver aquí antes del mediodía del día siguiente", llamó la dama Ysmaine.

"Una muchacha muy leal", declaró la dama Richildis, y Radegunde escuchó sus palabras.

"La compañera más leal que cualquier mujer podría tener", afirmó la dama Ysmaine. "Espero que no te importe que venga a Châmont-sur-Maine conmigo".

"No tendrás ningún argumento de mi parte", respondió la dama Richildis, con humor en su voz.

Radegunde se preguntó por eso. ¿La dama Richildis creía que la madre de Radegunde insistiría en que se quedara en Valeroy?

Radegunde sabía que no sería así. Bajó corriendo las escaleras y atravesó el salón, deteniéndose sólo para hacer una rápida reverencia al señor Amaury, que parecía divertido por su prisa. Luego caminó por el pasillo hacia las cocinas. El cocinero, el panadero y el salsero le resultaban familiares y exclamaron a modo de saludo al verla. La abrazaron y besaron, y apenas se escapó del relato inmediato de sus aventuras. "Me han pedido que visite a mi madre a toda prisa, y la dama Richildis dice que debería llevarle una barra de pan fresco."

"Tendrás que hablar con el nuevo guerrero del sargento de armas", dijo el cocinero. Su expresión era severa pero había un brillo en sus ojos.

"¿Qué nuevo guerrero?"

El salsero frunció los labios. "Un joven muy autoritario".

"Y alguien que tiene un interés activo en defender los tesoros de la casa de su señor", agregó el panadero.

Radegunde estaba segura de que debía conocer a ese hombre, pero no conocía a caballeros ni guerreros.

"De hecho, se toma muy en serio sus responsabilidades", coincidió el cocinero.

"¿No es conocido en estas partes?" preguntó el panadero y no pudo detener por completo su sonrisa.

Estaba claro que se burlaban de ella, aunque Radegunde no podía imaginarse quién podría ser. "Dime dónde encontrarlo y preguntaré", dijo. "Aunque la dama Richildis ya le dio el mando".

El panadero se rió entre dientes justo cuando Radegunde se dio cuenta de que alguien estaba detrás de ella. El cocinero hizo un gesto giratorio con un dedo.

"Yo decidiré quién se lleva el pan de esta cocina", dijo un hombre, su voz más profunda de lo que ella recordaba pero aún muy amada. Radegunde soltó un grito ahogado y sólo pudo vislumbrar la satisfacción del cocinero, panadero y salsero antes de girar. Todos sus hermanos compartían su color, tenían cabello oscuro y ondulado y ojos oscuros, pero solo Michel era más alto que ella.

"¡Michel!" Radegunde ululó al ver a su hermano mayor y luego se arrojó a sus brazos. A los veinte veranos, él había crecido completamente y ella sintió cómo se había vuelto más fuerte en su ausencia. Él la abrazó con fuerza y la hizo girar, besándola en ambas mejillas cuando volvió a ponerla de pie. "¡Mírate!" declaró ella, sacudiendo su tabardo. "Con la librea del señor y sirviendo en su salón. ¿Cómo puedes ser más alto y lucir aún más valiente de lo que recuerdo? "

"Mírate," Michel imitó, cepillando su kirtle a su vez. "Todo el camino a casa desde Ultramar, el polvo de Jerusalén en tus zapatos.

¿Cómo puedes estar más delgada y hablar con más valentía que antes?"Se sonrieron el uno al otro, porque siempre habían sido cercanos. Él tocó su mejilla con las yemas de los dedos. "Te ves bien, Radegunde".

"Como tú". Ella le hizo un gesto de nuevo. "¿Cómo pasó esto?"

"¡Como si fuera una broma o un truco!" Michel cruzó los brazos sobre el pecho y fingió mirarla con el ceño fruncido. "Te agradezco tu confianza, hermana".

"¿Pero luchar en el ejército del señor?"

"Para ser entrenado en el ejército del señor", corrigió su hermano. "El señor Amaury es bueno conmigo, de hecho."

"Estoy seguro de que debes merecer su confianza".

"¡Existe el respaldo que esperaba!"

Radegunde apoyó una mano en su cadera. "Y con esta buena fortuna, ¿ya estás casado?"

"¡Suenas como mamá!" Él la besó en la frente y luego dio un paso atrás. "Mamá se habrá enterado de la llegada del grupo, así que será mejor que llegues pronto a su puerta". Michel arqueó las cejas con fingido horror. "No responderé ante ella por demorarte."

Radegunde se volvió y descubrió que el panadero le había envuelto una hogaza de pan recién hecho en una servilleta. Él se lo tendió y ella le dio las gracias cuando lo aceptó, luego caminó por la cocina hacia el jardín. Una vez fuera de la puerta, echó a correr, cada paso la hacía más emocionada de volver a ver a su familia.

Quizás la aventura se apreciaba mejor cuando uno podía regresar a casa al final.

Era un pensamiento a considerar.

MATHILDE ESTABA de pie en el jardín frente a su cabaña, con los brazos cruzados sobre el pecho mientras inspeccionaba el camino hacia el torreón. Radegunde pudo ver a distancia que su madre parecía expectante y no mucho mayor que antes.

Especialmente cuando sonrió al ver que su hija regresaba.

"¡Radegunde!"

Se abrazaron con fuerza y Radegunde se sorprendió al encontrar lágrimas en las mejillas de su madre cuando se apartaron para examinarse. "¿Pensaste que no volvería?"

Su madre habló sin rodeos, como era su costumbre. "Temía que no tuvieras elección".

Radegunde lo entendía, porque sabía que su madre a menudo veía presagios del futuro. "¿Soñaste con nosotros?"

Mathilde se estremeció. "Los primeros seis meses después de tu partida, tuve pesadillas terribles". Ella desvió la mirada. "Después de eso, fue difícil dormir". Ella agarró la mano de Radegunde con fuerza. —Entra, niña, y cuéntame todo. El señor Amaury ya nos envió un regalo a todos para que pudiéramos celebrar tu regreso."

"La dama Richildis envió a otro, con este pan fresco".

"Y es bienvenido, de hecho. ¡Ven!"

Radegunde se detuvo ante el umbral y escuchó a sus hermanos menores dentro. "Fuimos asaltados por los hombres que el señor contrató para protegernos", confesó ella, sus palabras cayeron precipitadamente. Quería admitir rápidamente lo peor. Dejó que su voz se suavizara, porque sabía que a su madre le resultaría difícil este detalle. Thibaud fue asesinado en nuestra defensa, mamá.

"Yo temía eso". Mathilde suspiró y luego se pasó una mano por la frente. "Vi su muerte, una y otra vez. Dios en el cielo, pero esperaba que fuera más amable de lo que soñé.". Para alivio de Radegunde, su madre no pareció esperar una respuesta. En cambio, volvió a abrazar a Radegunde y sus siguientes palabras fueron roncas. "Era un buen hombre, un hombre leal que lo daría todo al servicio del señor Amaury. Ah, niña, soy egoísta, porque temía que no hubiera sido suficiente."

"He aprendido mucho, mamá", susurró Radegunde. "Ningún ladrón volverá a sorprenderme fácilmente".

Mathilde volvió a observar a su hija y Radegunde se preguntó cuánto veía su madre en sus ojos. Llevas más secretos, lo que significa que tienes la confianza de la dama Ysmaine. Eso es bueno, porque asegurará tu futuro en su hogar." Ella sonrió con cariño. "No es para ti una vida de pueblo. No, mi única hija dormiría en el salón de un noble,"

"¡No te vuelvas a burlar de eso!" Radegunde protestó.

"Tenías sólo cuatro veranos cuando me informaste que dormirías en un buen salón y comerías venado todas las semanas una vez que crecieras y te casaras."

"Todavía me gusta el venado".

"Y apuesto a que ha tenido poco de eso en los últimos dos años."

"Poco en verdad".

Su madre sonrió y abrió la puerta, y fue solo entonces que Radegunde olió la carne y escuchó de lo que hablaban sus hermanos menores. "El señor Amaury envió un trozo de venado asado."

"¡Es realmente generoso!"

Trajiste a su hija a casa, Radegunde. Estoy segura de que su gratitud se extiende más allá de un regalo." Mathilde sonrió. "Aunque la carne es bienvenida."

"¡Radegunde!" gritó Jacques, luego los tres muchachos la asaltaron en un saludo muy afectuoso. "¡Mira! Pan fresco del salón."

"No lo comas todavía", aconsejó Mathilde con severidad.

Yves y Ogier se apiñaron a su alrededor, exigiendo ruidosamente la historia de sus aventuras. ¿Cómo se habían vuelto todos tan altos? De hecho, Jacques a los quince veranos era casi tan alto como Michel, aunque todavía no tan ancho. Yves a los diez veranos y Ogier a los ocho eran mucho más grandes, aunque sus ojos todavía bailaban con picardía. La cabaña estaba muy como antes, limpia y ordenada, aunque ese día estaba llena del aroma divino de ese venado.

"Vi a Michel en el torreón", logró decirle Radegunde a su madre antes de que cualquier palabra que dijera se ahogara por completo.

"Hablaremos más tarde, una vez que estos rufianes estén alimentados". Su madre le sonrió y miró a los muchachos. "¿Quién puso la mesa? No veo servilletas. Jacques, corta el pan. Yves, trae los cuencos y cucharas, y Ogier, lávate las manos.

—Háblanos de Ultramar, Radegunde —suplicó Yves cuando se sentaron a la mesa y sus tazones estuvieron llenos. Radegunde primero dio un mordisco a la carne de venado, cerró los ojos en éxtasis y luego comenzó su relato con su empobrecida llegada a Jerusalén. Su madre se recostó, sus ojos brillaban, para escuchar, y Radegunde no dudaba que su madre escuchaba tanto lo que decía como lo que no.

No CABÍA duda de que el joven al que se le concedió la responsabilidad de mostrarle a Duncan el espacio sobre los establos estaba relacionado con Radegunde. Su cabello era tan rebelde y sus ojos tan oscuros como los de ella, sin duda, pero había una mayor semejanza en la alegría de su expresión. Duncan vio que en la casa del señor Amaury confiaba mucho en este Michel y concluyó que su familia había residido durante mucho tiempo en la propiedad.

"¿Tienes algún otro requisito para tu comodidad?" preguntó el joven cortésmente.

"No, este alojamiento me vendrá bien y me gusta estar cerca de los caballos," reconoció Duncan. "Sólo te pediría algunas noticias".

"¿Señor?"

"Llámame Duncan, muchacho."

"Sí, Duncan."

"Eso es mejor. La criada que atiende a la dama Ysmaine y llegó a nuestro grupo este día. ¿Sería pariente tuya?

"¿Hay alguna razón por la que lo pregunta, señor?"

Duncan se encogió de hombros. "Creo que veo un parecido, no más que eso".

Michel sonrió ampliamente y había mucho en esa expresión para recordar a Radegunde. "Ella es mi hermana, señor, mi única hermana. Mi madre estará encantada de verla regresar."

"No tengo ninguna duda de eso".

Michel se puso serio. "Es más que una preocupación de una madre, señor".

"¿De verdad?"

"Por supuesto. Mi madre a menudo sueña con eventos futuros o sabe de cosas lejanas."

Duncan se enderezó y se volvió hacia el joven. "¿Sí?"

"Sí. Tuvo pesadillas después de que el grupo de la dama Ysmaine se fue y ha estado muy atemorizada."

Duncan asintió, familiarizado con esos poderes. "En casa, diríamos que tiene la vista".

"Sí, señor." Michel frunció el ceño y se corrigió. "Duncan".

"Su viaje, por lo que tengo entendido, no fue fácil", dijo Duncan con cuidado. "Aunque nuestros caminos se unieron solo en Jerusalén hace varios meses."

"La señora se fue con un grupo de hombres para defenderla".

"Tengo entendido que fue traicionada, como puede suceder".

Ahora era Michel quien miraba ávidamente a Duncan.

Sin duda, en algún momento te contarán la historia completa, pero he oído el nombre de Thibaud mencionado por la dama Ysmaine con mucho dolor y pesar.

Los hombros de Michel se hundieron. "Odo dijo que la dama le dijo lo mismo en las puertas. Esperaba que la hubiera escuchado incorrectamente. Thibaud era un buen hombre, un hombre de armas al servicio del señor Amaury y de mucha confianza".

Duncan asintió y miró al suelo con el ceño fruncido. Probablemente ya había mucha especulación tanto en el torreón como en la aldea. "Me temo que se rindió todo para defender a la hija de su señor."

"Yo lo haría, señor."

Duncan arqueó una ceja.

"Duncan", corrigió Michel, un rubor subiendo por su cuello. "Te agradezco por contarme esto. Todos queríamos mucho a Thibaud."

"Sin duda, se cantará una misa para él aquí en Valeroy".

"Si no una docena. El señor Amaury no deja tal asunto desatendido".

Duncan sonrió. "Entonces es un señor digno de servir".

"Eso es", dijo Michel con entusiasmo. "¿Quieres unirte a la comida en el salón?"

"Sí, muchacho, pero yo me lavaría primero".

"Por supuesto. Déjame mostrarte el camino." Michel hizo un gesto y Duncan lo siguió, notando la abundancia de los establos de Valeroy y el poder de sus defensas. "Ojalá pudiera ver la llegada de Radegunde a nuestra casa", dijo el joven con nostalgia. "Mi madre estará encantada".

"Me lo puedo imaginar".

"Y el señor Amaury envió carne de venado a nuestra morada, porque conoce la afición de Radegunde por la carne."

"Un barón muy generoso". Duncan era muy consciente de que su propia anticipación de unirse a la compañía para la comida había disminuido mucho. Radegunde no estaría presente y se encontró deseando que él también pudiera presenciar su regreso a casa. "¿Entonces tu madre vive en el pueblo?" preguntó él, esperando que su curiosidad no fuera notable.

"Sí, ella tiene la última cabaña en el lado distante, la más cercana a los bosques del señor Amaury", dijo Michel fácilmente.

"Eso sería conveniente para ella", dijo Duncan y el joven le lanzó una mirada de desconcierto. "Radegunde dijo que su madre era a la vez partera y curandera. Supongo que hay plantas útiles en el bosque."

El alivio tocó los rasgos de Michel. "Hablas bien en eso." El joven le mostró a Duncan dónde podría encontrar todo lo que necesitaba, y sus modales impidieron que Duncan preguntara más.

No pudo evitar pensar que el lado distante de la aldea, cerca del bosque, dejaría a Radegunde con una larga caminata a su regreso. Dudaba que se quedara con su madre por la noche, porque la dama Ysmaine podría necesitar sus servicios y Radegunde era muy leal.

Cuando llegó al vestíbulo, Duncan estaba resuelto. Encontraría la morada de esta madre cuando cayera la noche y se aseguraría de que Radegunde fuera escoltada a salvo de regreso al salón.

Le daría la oportunidad de pagar su deuda de un secreto con ella.

Y si esa alegre muchacha se sentía inclinada a entregarle un beso para mantenerlo caliente esta noche a cambio, Duncan no tendría ningún problema con eso.

~

ERA TARDE cuando Mathilde le puso una taza de cerveza a Radegunde y luego se sentó frente a su hija con una segunda taza para ella. Una sola vela de cera ardía en la mesa entre ellas y los muchachos ya roncaban en el desván de arriba. La oscuridad de la noche se deslizó entre las contraventanas y Radegunde pudo oír el canto de los grillos.

"Llega el invierno", dijo, como siempre hacía su madre cuando los grillos se volvían más ruidosos al final de cada verano.

"Y la cosecha", coincidió Mathilde y sonrió. "Es un año de abundancia y bendición, sin duda". Bebió un sorbo de cerveza. "Y entonces la dama Ysmaine está casada con un caballero que estuvo al servicio de los Templarios".

"Sí. El señor Gaston es un buen hombre ", dijo Radegunde, luego reprimió una sonrisa al recordar la reacción de Duncan a su comentario travieso. Su madre arqueó una ceja. "Con piernas finas".

"¿Y cómo sabrías tal cosa?"

"Lo vi desnudo en Venecia. Lo arrojaron al canal y lo llevaron a la casa inconsciente. Mi señora lo desnudó para verlo abrigado y para asegurarse de que la herida fuera tratada."

"¿Y lo fue?"

"Lo habían golpeado por la espalda. Lavamos la herida y ella se sentó a vigilar por él".

"Tiene buena memoria, pero su abuela podría haber sido una curandera si no hubiera sido la esposa de un noble". Levantó su taza de cerveza y miró por encima del borde a Radegunde. "Y hay una aventura que no compartiste".

"¿La hay?"

"Te has enamorado, hija mía".

Radegunde sintió que se sonrojaba.

"¿Es un buen hombre?"

"Creo que sí." Radegunde sonrió. "Lo sorprendí cuando le hablé de las piernas del señor Gaston".

Su madre se rió de eso. "¿Y qué hay de sus piernas?"

"Muy bien".

Se rieron juntas y Radegunde sintió una nueva comunión con su madre. "¿Puede pelear?"

"Sí, es rápido con una espada cuando está justificado".

"¿Y su naturaleza?"

"Noble en verdad". Radegunde suspiró y guardó silencio.

Por supuesto, Mathilde se ocupó del meollo del asunto. "Sin embargo, no lo traes a mi encuentro", dijo en voz baja. "¿No ve el mérito de mi única hija?"

"Él promete no tomar más de lo que tiene derecho", admitió. Y creo que todavía está en deuda con su señor feudal. Regresa a Escocia en su servicio."

"Ah." Mathilde hizo girar la cerveza en su taza, sus pensamientos disfrazados de Radegunde. "En mi opinión, dice mucho de un hombre si está tan preocupado por el honor".

Radegunde asintió a regañadientes.

Su madre se enderezó y sonrió, cambiando de tema para que pudieran volver a conversar fácilmente. Y pronto irás con la dama Ysmaine a su nueva morada, por supuesto. ¿Está lejos? No me dijiste el nombre de la propiedad de su marido."

Radegunde se alegró mucho de hablar de asuntos más felices. El señor Gaston asumirá la custodia de su herencia, Châmont-sur-Maine. No está lejos, mamá. De hecho, creo que la dama Ysmaine espera que tú la ayudes en la llegada de cualquier hijo que tenga…
"

"¿Châmont-sur-Maine?" preguntó su madre, interrumpiéndola. Su tono era anormalmente agudo.

"Sí." Radegunde se sorprendió por la reacción de su madre. "Su hermano mayor Bayard murió y él es heredero. Dejó la orden de los Templarios para asumir su título."

Mathilde se puso de pie y caminó a lo ancho de la cabaña.

Radegunde estaba confundida. ¿Son estas malas noticias, mamá? ¿Algo salió mal en esa propiedad? "

Mathilde hizo un gesto con la mano y caminó más rápido. Aunque la agitación de su madre era clara, Radegunde no podía explicarlo. Sin embargo, sabía que no debía preguntar más, porque evidentemente su madre estaba decidiendo cuánto confiarle a ella.

Lo mejor era simplemente esperar.

Cuando su madre volvió a sentarse frente a ella, apuró la taza de cerveza. Se encontró con la mirada fija de Radegunde. "Esto es una cuestión de secretos, y es una confianza que no es mía para compartir. Debes pedirle permiso a la dama Ysmaine para visitar a la madre del señor Gaston".

Radegunde parpadeó. "Ella me habló de su intención de hacer lo mismo."

"¿Cuándo?"

"Ella ha dicho poco de eso desde entonces. Su muñeca se rompió en París y creo que la herida la fatiga, aunque no se queja. Sospecho que primero viajaremos a Châmont-sur-Maine... "

"No", interrumpió su madre. "Alguien debe saber lo que sabe Eudaline antes de partir de Valeroy". Mathilde se inclinó sobre la mesa. La dama Eudaline fue la tercera esposa de Fulk y dio a luz a Gaston. Cuando atendí a la dama Richildis para el nacimiento de su segundo hijo, Jehanne, Fulk acababa de morir." Se inclinó hacia atrás, sus ojos se movían de un lado a otro mientras recordaba el pasado. "Era cerca de Pascua, una Pascua temprana ese año, y el viento era muy frío. Hubo mucha charla en el salón del señor Amaury, porque Châmont-sur-Maine está lo suficientemente cerca como para que su señor sea considerado un vecino. Pensé poco en eso, porque los ancianos a menudo mueren justo antes de que el invierno más repugnante se convierta en primavera."

"¿Pero no fue tan simple como eso?"

"No estoy segura. Hubo mucha agitación. Sin duda, mi mayor preocupación era la dama y el bebé, y entonces no me preocupé demasiado de asuntos distantes.". Ella miró a Radegunde y sonrió. "Acababas de nacer, el día después de la Epifanía, y te había traído conmigo para amamantarte mejor cuando fuera necesario".

"Suena muy ocupado".

"Lo fue, pero solo pasaron unos días antes de que la viuda de Fulk, Eudaline, se retirara a un convento".

"¿La conocías?"

"Había oído hablar de ella. Una mujer muy franca, según todos los informes, ciertamente no inclinada a la reflexión tranquila."

"¿Parecía poco probable que ella eligiera el convento, entonces?"

"Uno nunca puede dar cuenta de las elecciones de las viudas y las mujeres nobles, pero parecía extraño. Entonces el señor Bayard asumió el señorío y se casó, y todos pensaron bien de él, por lo que parecía que cualquier sospecha debía ser infundada".

¿Sospecha?

Radegunde se inclinó hacia adelante. "El señor Gaston, creo, estaba muy asombrado de que su hermano muriera".

La mirada de su madre estaba nivelada. "Sí. También lo estuvieron muchos otros."

"Pero cómo..."

La madre de Radegunde la interrumpió. Diles a la dama Ysmaine y a la dama Richildis que te aconsejo que busques a la dama Eudaline. Dado que la dama Ysmaine ha resultado herida, será mejor que descanse y que tú te encargues de esta tarea. No sé el convento que eligió Eudaline, o no lo recuerdo, pero la dama Richildis lo sabrá. Sea lo que sea lo que Eudaline sepa o sospeche, lo mejor sería que la dama Ysmaine se enterara antes de que ella y su nuevo esposo lleguen a la propiedad de su padre."

Era malditamente misterioso, pero Mathilde no quiso dar más detalles. Insistió de nuevo en que no podía hacer eso.

Fue solo cuando Radegunde se levantó de la mesa para retirarse que su madre agregó un consejo más. —Llévate a tu hombre —dijo Mathilde con silenciosa urgencia. "No importa qué habilidades hayas aprendido, Radegunde, es posible que necesites un hombre que sea rápido con una espada."

"¿Qué sabes?"

Mathilde sonrió. "Hay bandidos en estas partes. Cualquier alma que viaje sola no puede mostrar demasiado cuidado."

Esa no era la plenitud de la verdad, y Radegunde lo sabía, al igual que reconocía que su madre no daría más explicaciones.

Tendría que visitar Eudaline para obtener más información.

Si esa mujer optaba por confiar en ella.

Pero primero tenía que idear una forma para que Duncan la acompañara.

Ella pudo haber besado a su madre y haberse retirado, pero se oyó un grito fuera de la cabaña. Algo pesado había caído al suelo. Su mirada voló a la de Mathilde, quien tomó un cuchillo y abrió de golpe la puerta de la cabaña, su postura intrépida.

"¿Quién viene?" gritó en la oscuridad.

Radegunde estaba detrás de su madre, sosteniendo la vela en alto. La luz no penetraba mucho en las sombras. Podía escuchar música distante desde el torreón y las luces ardían intensamente desde esa estructura. Había pocas linternas encendidas en el pueblo, porque muchos habían ido al salón del señor para celebrar el regreso de su hija.

Entrecerró los ojos, pensando que veía una figura que se agachaba en el bosque, pero desapareció tan rápido que no estaba segura. Entonces vio la silueta de una figura caída en el camino, el camino que conducía a la puerta de su madre.

Mathilde hizo ademán de salir de la cabaña.

—Podría ser un truco, mamá —aconsejó Radegunde, deteniendo a su madre con un toque—.

Ella dejó la vela y tomó el cuchillo de su madre antes de salir sigilosamente de la cabaña. Mathilde permaneció en el umbral. Radegunde se esforzó por escuchar cualquier sonido mientras se arrastraba hacia la figura inmóvil, pero solo escuchó el más mínimo crujido de pasos que huían y el trueno de su corazón. Se acercó más, preguntándose si la persona en el camino estaba realmente herida o tenía la intención de engañarla. Ella levantó su cuchillo mientras se acercaba.

Era un hombre, acostado boca abajo, con el rostro oculto. En la oscuridad, era difícil estar seguro, pero Radegunde temía que reconociera sus botas y su abrigo.

"¡Mamá!" gritó, incluso mientras lo acomodaba en su espalda con una mano.

Era Duncan. Se dio la vuelta sin resistencia y ella pudo ver la mancha oscura en su camisola y su chaleco incluso sin luz. Algo brillaba en el suelo, y ella se dio cuenta de que él había sacado su espada y luego la había dejado caer.

Porque lo habían agredido. Para consternación de Radegunde, había abandonado su cota de malla esta noche, sin duda creyendo que la aldea de Valeroy estaba a salvo.

"¡No!" susurró ella y cayó de rodillas a su lado. Su madre estuvo allí en un momento, su expresión revelaba su preocupación. Tocó la mancha oscura y apartó los dedos, y Radegunde vio que estaban manchados de rojo con sangre. Radegunde apretó los dedos contra la garganta de Duncan y, para su alivio, aún podía sentir su pulso.

"Lo conoces", dijo Mathilde, sin ninguna duda en su voz.

"Parece que no es tan rápido con una espada como yo había creído", admitió Radegunde.

Su madre le dedicó la más mínima mirada, luego desató la camisa de Duncan y abrió su camisola en busca de la herida. Estaba en su hombro y se veía profunda, pero su madre pasó los dedos por la herida y la tensión en su expresión disminuyó.

"Puede que no sea tan malo como parece", murmuró y Radegunde esperaba que fuera así. "Vamos a llevarlo adentro". Lo levantaron juntas y lo llevaron a la cabaña. Una vez allí, Radegunde vio su palidez y volvió a temer por él. Su madre la despachó con un gesto y Radegunde regresó por su espada.

Ella regresó a la cabaña y encontró a su madre desatando la camisa de Duncan y sacándola de él. Ella rasgó su camisola para revelar la herida y un pequeño cuadrado rojo cayó al suelo. Ambas mujeres lo miraron y Radegunde lo recogió mientras su madre examinaba la herida de Duncan.

No era un cuadrado, sino una bolsita, hecha con sutiles puntadas y cerrada con cordón. Estaba hecho de fina seda, seda adecuada para la falda de una reina.

La curiosidad de Radegunde no conocía límites, pero dejó el tesoro a un lado por el momento. Fue a buscar y llevarle a su madre, trayendo agua, hierbas y ropa.

Cuando Mathilde finalmente la instó a que se apartara y Duncan parecía estar durmiendo, no pudo resistirse. Se asomó dentro de la pequeña bolsa roja y al principio pensó que estaba vacía. Luego se dio cuenta de que había un hilo largo y delgado dentro de él.

No, eran tres cabellos de oro rojizo trenzados en una fina trenza y enrollados con cuidado dentro de la bolsa de seda.

La boca de Radegunde se secó. Llevaba un mechón de cabello de una dama.

El bolso de seda le hizo concluir que la mujer en cuestión era una mujer noble.

Que Duncan llevara ese tesoro tan cerca solo podía significar que era de una dama que amaba. De hecho, parecía un regalo, hecho por la dama para el hombre que tenía su propio corazón, una ficha y un talismán para llevarlo a casa sano y salvo.

Él había dicho que no prometería lo que no pudiera dar.

Ella sintió el peso de la mirada de su madre sobre ella y vio a Mathilde mirar de su rostro al bolso de seda y su contenido de gasa. Una sombra tocó la expresión de Mathilde y volvió su atención al hombre herido.

Ella no tuvo que decir una palabra. Radegunde entendió la

conclusión de su madre y la compartió. Duncan era un hombre de honor en verdad, y uno que revelaba sus secretos con cuidado. Ella se encontró deseando que éste hubiera permanecido oculto.

Demasiado tarde recordó su promesa de confesar un secreto propio. ¿Era este el que había querido entregarle? ¿O el mechón de pelo era solo una parte de la historia?

Radegunde solo podía esperar que Duncan tuviera la oportunidad de contarle más.

MIÉRCOLES 2 DE SEPTIEMBRE DE 1187

DÍA DE SANTA MARGARITA Y SAN ANTONINO

CAPÍTULO 8

*D*uncan se despertó sin tener una idea clara de dónde estaba. Estaba en una choza, según su mejor conjetura, junto a la chimenea. El fuego se había reducido a brasas que brillaban en las sombras y arrojaban un calor agradable. La oscuridad se acumulaba en los rincones y las contraventanas estaban cerradas, por lo que era de noche. Olió estofado de venado y le dolía el hombro.

Levantó una mano para revisar la herida, pero alguien lo agarró por la muñeca.

"Quieto", dijo una mujer, su instrucción firme a pesar de toda la suavidad de su voz. Su agarre era fuerte, y solo entonces se dio cuenta de que su camisa había desaparecido, al igual que su cinturón y cuchillo. Él hizo por incorporarse ante esto, pero ella plantó el peso de su mano en el medio de su pecho. Estás a salvo aquí. No empeores la lesión."

Él se recostó con desgana y la examinó. El cabello de la mujer había sido oscuro y ahora estaba muy enredado con plata. Estaba trenzado hacia atrás de su rostro, lo que mostraba la marca de la experiencia. Su mirada era firme, su confianza tan familiar como su forma y tono. Dado su destino anterior, supuso que ella era la madre de Radegunde.

La curandera y la partera.

Duncan exhaló, aliviado por esto. Debía estar dentro de su casa. ¿Dónde estaba Radegunde? Una mirada rápida reveló que estaba sentada detrás de su madre, más profundamente envuelta en sombras, y lo miraba con avidez. Ella estaba extrañamente silenciosa y él se preguntó por eso.

Duncan se sintió aliviado de que ella no hubiera intentado regresar al salón. Las mujeres deben haberlo descubierto y lo habían llevado adentro. Se obligó a relajarse, porque estaba entre los aliados.

"Mejor", reconoció la madre de Radegunde entre dientes.

Duncan supuso que ella tenía la misma edad que él. Fue un recordatorio inoportuno de su propia locura al alentar la atención de Radegunde. Había sido una irresponsabilidad incluso el venir en busca de ese beso, y mucho menos el planear compartir un secreto. Los secretos unían a las personas y él no tenía derecho a forjar tal vínculo con Radegunde. Hacer eso, cuando estaba destinada a casarse con otro, podría interferir con su felicidad.

No había nada como el sabor de la muerte para aclarar el pensamiento de un hombre, sin duda. Duncan había salido ileso, en general, en Ultramar. Había pasado mucho tiempo desde que había sido asaltado de esta manera, y aún más desde que había temido por su propia supervivencia.

Pero sus días no eran interminables, y sus medios para ganarse la vida no estaban exentos de riesgos. Él no debería sentirse tentado a tomar más de Radegunde. Otro beso no mitigaría su propio deseo, solo lo tentaría más. Frunció el ceño con impaciencia porque lo quería todo y despreció su propio egoísmo en ese momento.

¡Él debía pensar en el futuro de Radegunde, no en el suyo! Ese era el proceder de un hombre honorable. ¿Y si él la despojaba, luego lo mataban y ella se quedaba sola con un hijo bastardo que criar? Él no mancharía tanto su futuro para saciar su propio deseo. Sería reprobable.

Duncan hizo ademán de incorporarse de nuevo, a pesar de la advertencia de la sanadora. Ella lo dejó hacer lo que quisiera, sentándose sobre sus talones para mirarlo mientras se apoyaba contra la pared al lado de la chimenea. "No me detengas esta vez", señaló y ella sonrió.

"A un hombre sólo se le pueden dar buenos consejos. No se le puede obligar a tomarlos. Tengo una edad en la que ya no arrojo mis palabras al viento." Entonces se puso de pie y él vio a Radegunde con más claridad cuando su madre se hizo a un lado.

Su corazón se hundió porque su tesoro más preciado, la bolsa de seda roja, estaba en su mano. Ese era el motivo de su silencio.

Ella deseaba una respuesta, sin duda, y él no podría negar su solicitud.

De hecho, ¿no debería aprovechar esta oportunidad para destruir su interés en él, por un bien mayor?

Duncan frunció el ceño nuevamente y tocó tentativamente la herida en su hombro. El sangrado se había detenido y había una costra recién formada en la herida. Aunque no podía verla, podía sentir que la piel no estaba inflamada, al menos no todavía. También sintió que su movimiento había resultado en un nuevo hilo de sangre de la esquina de la herida.

La madre de Radegunde se detuvo ante él y le ofreció un paño húmedo. Podía oler la acritud de las hierbas y le dirigió una mirada interrogante. "Soy una sanadora, Duncan MacDonald", dijo ella con cierta aspereza. "Esta compresa acelerará la curación de su herida, al igual que seguir mi consejo".

Él aceptó la tela y la apretó contra la herida, haciendo una mueca de dolor por la presión. "Y te agradezco por ambos. ¿Está limpia la herida? ¿Qué tan profunda?"

"Debes haberte movido en el último momento", dijo ella, luego se arrodilló a su lado para ajustar la posición de la compresa. Él siguió su guía esta vez, haciendo una mueca cuando ella presionó más fuerte contra la herida. "Estás sentado", señaló. Duncan contuvo el aliento y aplicó la misma presión, ya que no estaba dispuesto a permanecer en acostado boca arriba sin su cuchillo en la mano, independientemente de la ubicación.

Sus cejas se arquearon y se sentó con una leve sonrisa. "Los guerreros son todos iguales", reflexionó, pero no había censura en su tono. "Soy Mathilde".

"La madre de Radegunde", dijo él y ella asintió. "Ella me ha hablado de tus habilidades y te agradezco tu ayuda en esto". Duncan sabía muy bien que Radegunde escuchaba, la pregunta que deseaba hacer brillaba bastante en sus ojos.

"Debes haber escuchado a tu agresor y te giraste", especuló Mathilde.

"Escuché algo. Un paso. El chasquido de una ramita. No lo recuerdo con precisión, pero sentí la presencia de otro. Saqué mi espada y comencé a girar."

Duncan frunció el ceño, deseando haber tenido más cuidado.

"Tu espada estaba a tu lado y no tenía sangre". Mathilde se la ofreció, así como su cinturón. Duncan comprobó el arma y luego la devolvió a su vaina con una mano. Él sabía que tenía que mantener la presión sobre su herida. Miró el cinturón, deseando poder ponérselo, y vio la sonrisa fugaz de Mathilde.

Entonces, ella no lo ayudaría en esta tarea. Podía adivinar bastante bien que Radegunde tampoco lo haría.

Hasta que satisficiera su curiosidad.

Duncan suspiró. "Ojalá le hubiera infligido una herida a él también".

"¿Sabes quién fue?" Preguntó Radegunde. "¿O quién podría haber sido?"

"No. Pensé que este pueblo estaba seguro." Levantó la tela y se sintió aliviado al ver que tenía poca sangre. Mathilde miró la herida y asintió con la cabeza para que pudiera dejar la compresa a un lado.

"Hemos sido acosados por bandidos estos últimos años", dijo ella mientras enjuagaba el paño, y él sintió que elegía sus palabras con cuidado. "La villanía ha sido peor desde la desaparición del señor Bayard en Châmont-sur-Maine, cuando el sello pasó a su esposa".

"¿Incluso a esta distancia? No pensé que la propiedad fuera tan cercana."

Mathilde asintió con gravedad. "Hay quienes notan que Angers, y por lo tanto Châmont-sur-Maine, que protege su flanco norte, son la puerta de entrada a Bretaña. Con el rey Henry decidido a hacer de Bretaña su posesión, hay muchos en esas tierras que verían desafiada su voluntad."

"Muchos perciben debilidad en el señorío de una mujer",

—Sí, y la dama Marie no es tan feroz por naturaleza como algunas mujeres nobles. He escuchado rumores de que se puede comprar justicia en sus tribunales." La opinión de Mathilde al respecto era muy clara. Y aún más rumores de que rara vez se la ve. Es bueno que el señor Gaston regrese de Ultramar para reclamar su propiedad. Un caballero de su experiencia no tolerará semejantes tonterías en sus dominios." Ella miró a Duncan con ojos brillantes. "¿Por qué llegaste tan tarde afuera?"

"Pensé en Radegunde regresando al salón sola y tenía la intención de escoltarla".

Radegunde se enderezó un poco, con esperanza en su expresión, y se dio cuenta de su propia locura al admitir tal verdad.

"Así que no estás tan convencido de la seguridad de Valeroy", señaló su madre.

—Quizá no —se vio obligado a reconocer Duncan.

Mathilde cruzó los brazos sobre el pecho. "¿Y cuáles son, señor, tus propias intenciones hacia mi hija?" Ella parecía que compartía una actitud franca con su hija, o que Radegunde había adquirido ese rasgo de honestidad.

Duncan respiró hondo y luego hizo la declaración que sabía que debía hacer. "Ninguna", dijo él con seguridad. "La defendería como miembro de nuestro grupo, nada más".

Mathilde arqueó una ceja y hubo un silencio cargado en la cabaña por un momento.

Entonces Radegunde se puso en pie de un salto, su indignación clara. "¡Ninguna!" repitió ella con desdén y era evidente que su silencio había llegado a su fin. Incluso sabiendo que había elegido correctamente, hizo poco para evitar que Duncan hiciera una mueca de dolor ante su reacción.

Mathilde los miró a ambos con abierta curiosidad.

Radegunde cruzó la cabaña con pasos furiosos y le arrojó la bolsa de seda roja. "Supongo que es por eso". Ella apoyó las manos en las caderas y lo miró.

"Estarías en lo cierto, muchacha." Duncan recogió la bolsa y la tocó para verificar que el contenido aún estuviera allí. Él podía sentir el rizo de la fina trenza incluso a través de la seda y se sintió aliviado al encontrar la ficha intacta. Solo se dio cuenta después de haberlo hecho, de modo que su preocupación y tal vez incluso su reverencia por ese cabello sería clara para estas dos mujeres observadoras.

No dudaba de que Radegunde hubiera mirado dentro.

"¿Quién es ella?" exigió. Luego acercó un taburete para sentarse frente a él, como si tuviera la intención de esperar el tiempo que le tomara hacer su confesión. Su madre se retiró, pero Duncan sabía que Mathilde también escuchaba. "Me debes un secreto, Duncan", continuó Radegunde con determinación cuando no dijo nada. "Me quedaré con este". Ella lo fulminó con la mirada. "Y lo tendré ahora".

Él sabía que era una petición justa y, de hecho, podría asegurarse de que ella perdiera el interés por él.

¿Era por eso que se mostrabas tan reacio a decir la verdad?

—Duncan, dime —suplicó Radegunde.

Duncan mantuvo la mirada fija en la bolsa de seda. "Mi esposa", admitió, luego lanzó una mirada hacia arriba para descubrir que Radegunde no estaba sorprendida. "Es el cabello de mi esposa".

Su ira se había desvanecido, para ser reemplazada por una cautela que lo sorprendió. "Y la amas", concluyó la doncella. "Por eso llevas tal talismán. Supongo que es de esperar que hayas perdido el corazón por la mujer con la que te casaste. Ella cuadró los hombros, como si aprovechara las noticias al máximo. "¿Cuál es su nombre?"

"Gwyneth".

Y te espera en Escocia.

Este era el momento de la decisión de Duncan. Sería sencillo dejar que Radegunde creyera que Gwyneth aún respiraba. Él sabía que ella tenía un código moral firme y sabía que no intentaría tentarlo a romper su voto matrimonial. Habría sido la elección más sabia y Duncan lo sabía bien.

Pero una parte de él no deseaba engañar a esta seductora doncella, y mucho menos destruir su interés por él. Después de todo, solo ella en todos estos años había borrado el recuerdo de Gwyneth de sus pensamientos. Esa parte de él susurraba que había evadido la muerte y que debería aprovechar al máximo la vida, por mucho que durara.

"Gwyneth está muerta", confesó Duncan, al ver que la esperanza iluminaba inmediatamente los ojos de Radegunde. "Ella ha estado muerta estos veinte años, y es sólo su tumba lo que me espera en Escocia."

"¡Muerta!" Radegunde susurró y vio lágrimas de simpatía brillar en sus ojos. "Oh Duncan, lo siento mucho".

¡Cuánta compasión ella tenía por los demás! Su reacción lo humilló. "Como yo"

"Sin embargo, veinte años es mucho tiempo", señaló Mathilde en voz baja, revelando dónde había aprendido Radegunde su talento para nombrar la verdad.

"Sí." Radegunde lo estudió. "¿Por qué honras tanto su memoria?"

"Porque la amaba", confesó él, sosteniendo su mirada clara. "Porque ella era alegre y hermosa." Él tragó saliva, dándose cuenta de que la vivacidad de Gwyneth era una cualidad que compartía Radegunde. Él no podía ser responsable de que dos mujeres así abandonaran esta tierra demasiado pronto. "Pero sobre todo porque su muerte fue culpa mía".

—Bueno, entonces —murmuró Mathilde.

Radegunde no se inmutó.

Por supuesto que no lo hizo. Duncan debería haber anticipado su reacción.

"No puedo imaginar que la hayas dejado indefensa", dijo ella, tan decidida a pensar bien en él que su determinación de tratarla con dignidad se redobló.

"No, no lo hice. No fue la violencia lo que la reclamó." Él se encontró acariciando la bolsa de seda con el pulgar y supo que Radegunde había notado su gesto.

Ella se inclinó hacia delante y le cubrió la mano con la suya. "¿Me hablarás de ella?" Su interés era claro y apretó el pecho de Duncan, junto con la comprensión de que Radegunde deseaba escuchar la historia para poder absolverlo de cualquier responsabilidad que sintiera por la desaparición de Gwyneth.

Ella estaba equivocada, por supuesto, porque no sabía la verdad, pero una calidez se extendió a través de él de todos modos.

—No eres un asesino, Duncan —susurró ella, confirmando sus sospechas.

Él se burló. "Me gano mi camino con una espada, muchacha."

Ella rechazó esta protesta. "Quiero decir que no eres un hombre violento. Tu trabajo no es de importancia en esto. Hay hombres que matan porque es una tarea necesaria y hay otros que disfrutan de la hazaña. No eres de este segunda clase."

Era bastante cierto que a él no le gustaba la matanza.

"Háblame de Gwyneth, por favor", volvió a preguntar Radegunde. "Me gustaría saber de la mujer que reclamó tan bien tu corazón".

La súplica en su voz y en sus ojos era una invitación que Duncan MacDonald no podía rechazar.

Este era el poder de Radegunde. Ella podía convencerlo tan fácilmente de que abandonara lo que sabía que debía hacer y, lo que era peor, sucumbiría a su atractivo sin remordimientos.

En este momento, Duncan no pudo hacer nada más que cumplir con su pedido.

Sin embargo, eso no significaba que tuviera que confesar todo el relato.

~

RADEGUNDE OBSERVÓ A DUNCAN fruncir el ceño ante la bolsa de seda. Ella esperaba que él reuniera sus pensamientos y encontrara un lugar por dónde empezar, porque no estaba realmente convencida de que él compartiera la verdad de su pasado con ella tan fácilmente.

Quizás él tenía la intención de advertirle.

Quizás pretendía asustarla.

Él sabía poco de ella si creía que podía convencerla tan fácilmente de que abandonara cualquier decisión. Su madre se ocupó de avivar el fuego. El cielo se aclaraba y los hermanos de Radegunde se movían. Ella sabía que su madre comenzaba su día y se aseguraba de que los niños pudieran desayunar, pero también era consciente de que Mathilde estaba escuchando.

Sí, ella había visto a su madre evaluar las piernas de Duncan y notó la forma en que sus ojos brillaron después.

Su hombre. Así era como Mathilde había llamado a Duncan, y Radegunde esperaba con todo su corazón que él llegara a serlo. Su madre, como siempre, se había ocupado de su corazón y Radegunde se dio cuenta de que una sola noche con Duncan ya no sería suficiente.

De hecho, era un inconveniente desear a un hombre que se mantendría alejado de ella.

Porque todavía amaba a su difunta esposa. Aun así, Radegunde admiraba su código de honor y su lealtad a Gwyneth. Ella no creyó ni por un momento que él realmente fuera responsable de la muerte de esa mujer, y esperaba que si convencía a Duncan de eso, él podría mirarla más favorablemente.

Él se aclaró la garganta. "Nos conocimos cuando éramos niños. Su familia vivía en el mismo pueblo que la mía. Las mujeres de su familia criaban gallinas y vendían los huevos, luego la carne. Su padre era el panadero del pueblo. Los niños tenían el cabello rojizo de su padre, todos ellos."

"El mismo tono que el cabello de Christina", dijo Radegunde, sintiendo la necesidad de llamar su atención sobre la cortesana.

"Era más ardiente", dijo él. "Como si cada uno llevara una corona de llamas. Se sabía que eran apasionados y su padre tenía mal genio, sin duda. Se enfurecía con un hombre que no pagaba por su pan, pero una vez que su furia había terminado, se calmaba de nuevo y a menudo le daba pan al hombre. La madre de Gwyneth decía que era como una tempestad que se agota antes de causar daño. Él solía burlarse de ella diciéndole que su tempestad la mantenía cálida por la noche y ella se sonrojaba." Él se encontró con la mirada de Radegunde. "Había nueve hijos en su familia y Gwyneth era la hija del medio. Ella no compartía el temperamento de su padre, pero tenía su pasión, sin duda."

Radegunde tragó saliva. ¿Había sido su esposa tan lujuriosa que solo el toque experimentado de una puta sería suficiente en su ausencia?

"Era Beltane, la primera celebración de la primavera y la noche antes del Maying. Yo era un hombre por ley, pero demasiado joven para serlo en verdad. Yo sólo había visto diecisiete veranos, como ella. Los fuegos se encendieron y enviaron chispas al claro cielo nocturno. Fue una noche potente, llena de deseo, oportunidades y alegría. Fue la primera vez que nos tocamos, como lo hacen el hombre y la mujer, la primera vez que fuimos más que compañeros. Nunca lo olvidaré."

Radegunde se preguntó si había sido una tonta al preguntar por esa historia. El anhelo en la voz de Duncan hizo que le doliera el corazón. "¿Y qué hay de malo en eso?" se las arregló para susurrar.

Duncan le dirigió una mirada feroz. "Ella estaba comprometida con otro. No tenía derecho a tocarla y ella no tenía derecho a entregarme lo que debería haberle guardado a él. Pero el impulso nos condujo a ambos en falso. Nos rendimos a la tentación y ni siquiera tuvimos el ingenio para disfrazar lo que habíamos hecho."

Radegunde intercambió una mirada con su madre.

"No pensamos en nada más que en el placer que nos dimos y fue un pobre maestro. Así fue que llegó la mañana y aún estábamos juntos. Incluso entonces, podríamos haber ocultado nuestra acción, pero estaba demasiado orgulloso para eso. La noche había sido demasiado maravillosa para mí como para fingir que no importaba. No podía permitir que Gwyneth se casara con otro. La llevé al centro del pueblo y tomé sus manos entre las mías a la antigua, e intercambiamos votos ante todos los que vinieron a presenciarlo."

"Una vieja costumbre", murmuró Mathilde.

Radegunde miró a su madre.

"Una promesa de un año y un día de fidelidad", le dijo su madre en voz baja. "Un compromiso que se puede renunciar o renovar. ¿Te comprometiste de nuevo con tu Gwyneth?

Duncan negó con la cabeza y Radegunde sintió una chispa de esperanza. "No, porque ella estaba muerta para entonces", admitió él, extinguiendo su esperanza tan pronto como se encendió. "El hombre a quien ella estaba prometida se adelantó esa mañana y me desafió, porque yo había tomado lo que le correspondía. Luchamos y no fue un duelo noble. Éramos jóvenes y fuertes y no nos importaba lo que hubiera que hacer para ganar. Lo derroté."

"¿Y cedió?" dijo Mathilde.

"Ese día", reconoció Duncan. "Pero cuando Gwyneth estaba embarazada con el niño que habíamos forjado en Beltane, su furia creció de nuevo. Me atacó cuando dejé la aldea para hacer un recado para nuestro señor, y luchamos en el bosque, donde nadie pudo presenciar la batalla.".

"Pensó en atacarte, sin ser observado", dijo Radegunde.

"Tal vez sea así, pero el suyo fue el cadáver dejado en el bosque". Duncan hizo una mueca. "Una vez fuimos amigos. Sentí la plenitud de mi error cuando él no se movió más, y juré entonces cambiar mis caminos y no volver a ser movido a tal hecho."

Entonces hizo una pausa, su garganta se movió, luego negó con la cabeza. "Pero no importó. Me había equivocado y fui castigado por mi acto. El señor de la propiedad me absolvió de mi crimen, porque me había defendido de un ataque que él decretó no provocado, pero su justicia no fue suficiente. Fue Gwyneth quien pagó el precio de mi pecado." Duncan levantó la mirada. "Murió antes de que pudiéramos renovar nuestros votos, murió en el nacimiento del hijo que habíamos forjado en Beltane." Él lanzó un suspiro. "Su risa alegre fue silenciada para siempre debido a mi deseo rebelde."

"Seguramente ella también tenía alguno", dijo Mathilde.

"Yo fui impetuoso. Fui impulsivo. Era mi responsabilidad ser un hombre de honor, y no lo fui. Maté al hombre que tenía derecho sobre ella, al hombre que había sido mi amigo, y cuando el amo me concedió el perdón, el Señor cobró su propio precio." Duncan frunció los labios. "Los traicioné a los dos, y juré en su tumba que nunca más me rendiría a los impulsos."

La cabaña se quedó en silencio por un momento, el fuego de la chimenea crepitaba.

"¿Y el bebé?" Preguntó Mathilde, antes de que Radegunde pudiera hacerlo.

Muerto también. Nacida muerta, después de mucho trabajo de su parte."

Su propia garganta estaba apretada y sintió lágrimas deslizarse por sus mejillas. "Por eso te convertiste en mercenario", susurró Radegunde. "Te fuiste de casa porque ella murió".

"No había futuro para mí en ese lugar". Duncan la observó durante un largo momento, como si se maravillara de sus lágrimas. "Lloras por aquellos que nunca conociste".

"Porque los amabas", susurró ella. "Y porque siempre lloro por los bebés que no respiran por primera vez. Mucho perdido antes de que haya comenzado." Ella se dio la vuelta y se secó las lágrimas, consciente de que Duncan la miraba en silencio.

Momentos después, continuó su relato. "Para cuando el año y un día pasaron, yo estaba lejos de casa, solo y ganándome el camino con mi espada, decidido a no volver a estar en deuda con un hombre o una mujer." Su tono se volvió brusco y parecía demacrado. "Podría haber continuado de esa manera si mi vida no hubiera sido salvada por ese caballero."

"Y luego no tuviste más remedio que entrelazar tu vida con la de él", dijo Radegunde.

La pérdida de Gwyneth había sido la razón por la que Duncan había perdido la esperanza y vagado desesperado, la razón por la que el caballero que era el padre de Fergus lo había salvado, la razón por la que le debía una bendición a ese caballero y a su familia. Si Radegunde hubiera sido de otra naturaleza, podría haber llorado por ella y por Duncan, por el futuro que no compartirían porque él todavía amaba a su esposa.

Pero no era su naturaleza lamentar lo que no podía cambiar.

Ella tenía la costumbre de cambiar lo que pudiera. Radegunde se aclaró la garganta y se secó las lágrimas, con la intención de argumentar contra la convicción de culpabilidad de Duncan.

"No la mataste", insistió ella.

"Sí, lo hice".

"El parto es un peligro al que se enfrentan todas las mujeres, y dudo que cualquiera que se entregue a un hombre con admiración o amor lo considere un riesgo que no vale la pena correr."

Pero Duncan negó con la cabeza. "No puedes conocer su pensamiento, muchacha".

"No puedo creer que una mujer se arrepienta de la mayor parte de un año a tu lado."

Sus ojos se entrecerraron cuando se encontró con su mirada. "No puedes saberlo"

"Y no estoy de acuerdo en que el impulso y el deseo fueran todos tuyos. Eso no le da crédito a Gwyneth y sus elecciones", continuó Radegunde. Quizás ella no deseaba casarse con el hombre al que la habían prometido. Quizás seducirte era la única forma de cambiar su propio destino."

Duncan pareció sorprenderse por esto.

Puede que ella haya vislumbrado su verdad. Yo no me habría casado con un hombre que eligiera resolver las disputas con violencia."

Duncan abrió la boca, frunció el ceño y volvió a cerrarla. Lanzó a Radegunde una mirada rebelde. "Tú ves todo como eliges verlo".

"¿No es esa también tu elección?" replicó ella y escuchó a su madre reír. Dime esto, ¿te culpó ella? ¿Rechinó los dientes con desesperación por lo que le habías infligido, o estaba feliz a tu lado? Radegunde escuchó el desafío en su propia voz y notó cómo Duncan miraba hacia otro lado. "¿Qué dijo al final?"

Los labios de Duncan se tensaron y su mirada se cruzó con la de ella. Podía sentir bastante bien su determinación de convencerla. "Que ella me amaría para siempre, y yo juré que haría lo mismo".

Radegunde vio que quería que ella creyera que su corazón estaba entregado y más allá de la recuperación, enterrado con la mujer que lo había reclamado por primera vez. Pero, ¿qué clase de mujer esperaría que el hombre que amaba viviera solo en su ausencia? Todo el que amara como Radegunde creería que la gente debería amar.

Siguiendo un impulso, se inclinó más hacia Duncan.

"¿Y qué dijo Gwyneth a eso?" preguntó ella. "¿Realmente ella deseaba que tú, su amado, pasara todos sus días y noches solo?"

Duncan parecía desconcertado. Sus labios se tensaron y la parte de atrás de su cuello se puso colorada. Sí, era un buen hombre, un hombre que no decía mentiras con facilidad, y ella lo había atrapado. "No importa lo que ella dijo", dijo él con brusquedad, y Radegunde supo que tenía razón.

"Yo digo que sí".

¡Se estaba muriendo, muchacha! ¡Ella no sabía lo que decía! "

Radegunde se burló. "No se puede escoger y elegir. O crees todo lo que ella dijo en su lecho de muerte o nada de eso. No puedes examinarlo y creer las palabras que más te convengan, mientras descartas el resto."

Mathilde reprimió una sonrisa y se alejó. Radegunde sintió la diversión de su madre más que la vio, pero fue testigo de la mirada penetrante que Duncan dirigió a su madre.

"Por supuesto, ella insistiría en que me casara de nuevo y fuera feliz. Gwyneth era generosa por naturaleza... "

"Y entonces trataste de verte asesinado, y luego viviste durante veinte años como si te hubieran matado", dijo Radegunde, interrumpiendo su protesta. Apostaría a que tu Gwyneth tendrá palabras para ti la próxima vez que se reúnan. Cualquier hombre mío que se comportara así se ganaría una justa reprimenda de mi parte.".

"¡Tú no entiendes!"

"Entiendo, Duncan MacDonald". Radegunde se puso de pie y lo señaló con un dedo. "Tienes miedo. Has amado y has perdido y el dolor te ha dejado con el miedo de volver a amar. Pensé que eras un guerrero valiente además de un hombre de honor, que no temía vivir su vida y saborear cada momento como si fuera el último. Deseo vivir mi vida al máximo y deseo que un hombre tome mi mano en la suya y que sea mi pareja en eso." Ella se encogió de hombros, incitándolo un poco más, porque sus ojos eran tan oscuros como un cielo tormentoso. "Pensé que ese hombre eras tú, pero parece que me equivoqué".

"¡Radegunde!" comenzó él furioso, pero ella se acercó a la puerta de su madre, sabiendo que él no estaba lo suficientemente sano para seguirla.

Ella giró en el umbral para enfrentarse a él. "Te desafío, Duncan, a que cambies mi punto de vista sobre ti, si me equivoco en el asunto". Radegunde no le dio tiempo para responder. Besó a su madre y salió de la cabaña, sabiendo que él la miraba furioso, echando humo.

Su paso era ligero porque estaba segura de que Duncan aceptaría su desafío.

DUNCAN SE DIO cuenta de que quería aceptar el desafío de Radegunde con un vigor que lo sorprendió a él mismo.

Su argumento era demasiado razonable. Ya él había llorado a Gwyneth durante bastante tiempo. Se había comportado como un hombre que pasa por su vida en lugar de saborearla. No sería inadecuado para él tomar otra esposa, especialmente después de haber cumplido con su deber para con el padre de Fergus. Aun así, creía que no debería ser Radegunde, por muy atractiva que fuera, debido a la diferencia de edad entre ellos.

El regalo que le concedió Radegunde era un despertar, pero no cambiaba su resolución de negar su deseo por ella.

Duncan había logrado convencer a Mathilde de que enviara a los dos muchachos mayores tras su hermana, aunque a la luz del día no imaginaba que hubiera mucho riesgo. Aun así, la vería a salvo, y sabía que Mathilde compartía su preocupación por su hija. Se sentó en silencio junto al fuego y consideró su curso.

¿Por qué lo habían agredido? Según los cálculos de Mathilde, algún bandido habría pensado que llevaba objetos de valor. Sin embargo, contarle a Radegunde sobre su pasado le había evocado recuerdos y asuntos que habían quedado sin resolver, y eso lo inquietaba.

¿Lo acechaba el pasado?

Quizás el demonio hubiera querido sus armas o cualquier moneda. Duncan no podía explicar el hecho de que su espada hubiera quedado a su lado en el suelo, porque era una hoja fina y de una calidad que la mayoría de los hombres estarían encantados de poseer. También, su bolso todavía estaba lleno, pero tal vez Mathilde y Radegunde habían molestado al ladrón antes de que pudiera completar su crimen.

¿Había él estado simplemente en el lugar equivocado en el momento equivocado? ¿O lo habían atacado? ¿Por qué? Duncan negó con la cabeza, luchando contra la respuesta que no deseaba aceptar, luego miró hacia arriba para darse cuenta de que Mathilde lo miraba fijamente.

Él estaba desconcertado al darse cuenta de que su mirada estaba fija en su rostro, no en su herida. De hecho, su expresión era decidida y ella no parecía parpadear. Él no era un hombre que se dejara intimidar fácilmente, pero algo se enfrió dentro de él mientras era el centro de atención de esa mujer. Ella era más que una curandera, más que la madre de Radegunde, y había hecho más incluso que haberle enseñado a Radegunde cómo guardar secretos.

Entonces él recordó la confesión de Michel de que su madre tenía la Vista.

Duncan temía lo que ella pudiera percibir de él.

O en el futuro de Radegunde.

Ella sirvió cerveza en un par de tazas y empujó una hacia él. Duncan no tenía intención de beberla. Se movió para unirse a ella en la mesa por cortesía, haciendo una pequeña mueca de dolor cuando se sentó frente a ella. Dejó la jarra entre ellos. "¿Habrá honestidad entre nosotros, Duncan MacDonald?"

"¿Por qué no debería haberla?"

"Por supuesto." Mathilde pareció aprobarlo. "Mi hija habla bien de ti, de tu lealtad a tu señor y de tu habilidad con la espada".

"Ella es una buena muchacha".

Un destello se encendió en las profundidades de sus ojos oscuros. "¿Muchacha? Si piensas en descartar a mi hija como una joven tonta, entonces eres menos observador de lo que imagino."

"Ella posee una alegría bienvenida".

Mathilde ladeó la cabeza, invitando a más.

"Y es muy perspicaz".

Duncan se sintió acorralado cuando Mathilde arqueó una ceja.

"Y de hecho, es una doncella muy atractiva".

"¿Doncella?"

"Doncella." Sus miradas se mantuvieron durante un largo momento.

Luego Mathilde se sentó y tomó un sorbo de cerveza, su mirada evaluativa. "Pensé que tu negación tenía más razón que orgullo". Cuando Duncan negó con la cabeza, ella dejó la taza a un lado. Quizá no estés tan tentado como imaginaba. Quizás no veas la plenitud de su mérito."

"Lo que veo es una mujer que merece mucho más de lo que yo puedo concederle", respondió Duncan.

"¿Cómo es eso?" Mathilde desafió. "Tu esposa e hijo están muertos por tu propia admisión. ¿A menos que tengas otra?"

Duncan negó con la cabeza. "Radegunde debería estar casada con un hombre que no solo la tenga en alta estima, sino que le entregue su corazón por completo. Tiene un temperamento demasiado alegre para verse obligada a satisfacerse con menos."

Mathilde inhaló y asintió. "Ya veo. Debido a que tu esposa murió al dar a luz a tu hijo, te niegas a entregar tu afecto nuevamente."

"¡No me corresponde entregarme!"

"¿No? Si el deseo fuera todo lo que impulsara tus elecciones, ya habrías tenido a Radegunde y estarías satisfecho. Ella debe tener razón. Debes tener miedo."

El temperamento de Duncan estalló ante eso. "Ella se merece algo mejor".

"Ella te desea".

"Ella me olvidará".

"Porque es joven, por lo que su interés debe ser un capricho pasajero." Mathilde se rió de buena gana ante la idea, luego se recuperó con la cerveza y le brillaron los ojos. "Déjame decirte algo de mi Radegunde, algo que evidentemente no has aprendido por ti mismo. Ves su alegría y piensas que es sencilla."

"No." Duncan se encontró tomando un trago de cerveza.

Entonces, crees que su vida ha sido sencilla. Crees que siempre ha sido bendecida y, como tantos que hemos conocido y servido de tan buena fortuna, temes que no tenga determinación."

"No entiendo tu punto", protestó Duncan, aunque creía que sí.

"Los nobles a los que servimos, han alcanzado la mayoría de edad con todas las ventajas. Sus vidas son comparativamente fáciles y, por lo tanto, su voluntad es como una telaraña. Así como una simple hoja en el viento destroza una fina telaraña, su voluntad puede romperse con un solo golpe de mala suerte. Crees que la alegría de Radegunde es el resultado de que nunca se le puso a prueba." Mathilde negó con la cabeza. Pero no. Su corazón alegre fue un regalo de Dios para ella para poder superar mejor la adversidad."

Duncan estaba intrigado.

"No es para Radegunde la conquista fácil". Mathilde saludó a Duncan con su taza, evidentemente incluyéndolo en esa categoría. "Ella nació en la noche más fría del invierno, en el momento más oscuro de mi propia vida." Ella se quedó mirando las profundidades de la taza, perdida en los recuerdos, y esta vez, fue Duncan quien levantó la jarra y llenó sus tazas. "Llegó temprano y yo estaba sola. Era pequeña, tan pequeña, y no lloraba como lo hacen tan a menudo los bebés." Mathilde se mordió el labio. "Temí por su vida, por primera vez pero no por última vez."

Duncan estaba absorto. Él quería saber más de Radegunde.

Si no todo lo que había que saber.

"Debería haber aprendido esa noche todo lo que necesitaba saber de esta niña". Mathilde levantó la mirada. "Ella nunca lloró, ni entonces ni en ningún otro momento. Llegué a comprender que ella no le veía ningún sentido. Llorar era inútil. Un desperdicio de fuerzas cuando tenía pocas. Esperó con una paciencia y una confianza poco comunes. Ella sonrió cuando la levanté para alimentarla, sonrió con tal resplandor que el sol mismo no se podía comparar. Ella ganó con encanto lo que otros bebés exigían con sus llantos. En tan solo un mes, todos en esta aldea habrían hecho cualquier cosa por ella."

Duncan se encontró sonriendo ante esta historia. Él bien podía entender ese impulso.

Mathilde enarcó las cejas. "Cuando ella cumplió un año, estábamos perdidos en la verdad."

Duncan se rió entre dientes.

Mathilde lo señaló con un dedo. Pero aquí está el meollo del asunto, Duncan. Nada fue fácil para mi Radegunde. No solo era pequeña para su edad, no solo se las arregló para contraer todas las enfermedades conocidas, no solo se quedó al borde de la muerte una y otra vez, sino que... "

"¿Pero ella siempre se recuperó?"

"Claramente, porque ella estaba en esta mesa hace unos momentos. La clave, sin embargo, es que ella es persistente más allá de todo. Es su naturaleza identificar lo que puede cambiar y poner su voluntad en esa búsqueda."

"Su voluntad es formidable".

"No has visto ni la mitad. Su pie no estaba bien, desde el principio. Se giraba, de modo que el peso caía sobre el exterior. Estaba bastante bien formado, pero retorcido. Temí que ella nunca caminaría bien, pero Radegunde llegó honestamente por su determinación. Su padre construyó un arnés para ese pie, uno que la obligaba a caminar correctamente. Sé que le daba dolor, pero él la ayudaba todas las noches."

Duncan pensó en Radegunde cojeando en París y lamentó haber bailado tanto con ella, en su ignorancia.

Pero luego, apostó a que ella pensaba que era un intercambio justo por la noche de baile que deseaba, incluso si le causaba dolor más tarde. Su corazón se apretó de admiración.

Y algo más.

"¿Qué es?"

"La llevé a bailar a París, a petición suya, y ahora sé por qué cojeaba. No debería haberla complacido tanto."

"Te invito a que intentes detenerla". Mathilde señaló el espacio detrás de ella. "Ella y su padre iban y venían a través de esta misma choza, noche tras noche. Al principio, ella no podía dar tres pasos, pero ninguno se rindió. Maldita pareja obstinada —dijo con cariño. "Pronto ella hizo uno bien, luego dos, luego estaban contando docenas cada noche. Cuando ella tuvo cuatro años, caminaba sin el arnés."

"Y nunca una lágrima".

"Nunca una lágrima". Mathilde sonrió. "¿Qué propósito tendría? Sabíamos que el pie le causaba dolor. Ella sabía que no podíamos hacer nada para eliminar el dolor. Ella eligió un curso para ver cómo cambiaban sus circunstancias."

Duncan levantó su taza para saludar a la doncella en cuestión, y tanto él como Mathilde apuraron sus tazas. Sólo entonces se dio cuenta de que algo que Mathilde le había dicho no tenía sentido.

"¿Qué?" Mathilde instó, notando el cambio de expresión. Él tenía que recordar la capacidad de percepción de ese par.

"Dijiste que estabas sola cuando nació Radegunde".

"Sí, su padre se había ido". Mathilde parecía fascinada por su taza. Duncan sentía que ella le decía solo una parte de la verdad. "Después de que ella nació, él regresó, creo que para mirarla, pero ella le robó el corazón y él se quedó."

"Ella dijo que él estaba muerto".

"¿Sí?"

"Pero tienes hijos, más jóvenes que Radegunde".

Mathilde respiró hondo y sus ojos brillaron con un fuego familiar. "Se fue de nuevo, y luego regresó a intervalos". Ella sostuvo la mirada de Duncan con desafío. "¿Te imaginas que mis hijos tienen padres diferentes? Porque no lo hacen."

Duncan podía creer eso, porque el parecido entre los hermanos era fuerte, aunque ni Michel ni Radegunde tenían los ojos verdes de Mathilde.

"No lo entiendo", admitió él. "Radegunde hablaba como si apenas conociera a su padre. Comprendí que había muerto sin que ella lo conociera."

"Lo sé." Mathilde suspiró. "Y ahí yace un cuento. Cuando te vea la próxima vez, comprenderás mucho más."

"¿No todo?" No pudo evitar bromear él.

Mathilde sonrió. "Solo Dios mismo lo sabe todo, Duncan". Ella vació su taza y la dejó a un lado, su actitud indicando a Duncan que debía permanecer sentado. "Pero Dios en Su sabiduría le otorgó a Radegunde un corazón alegre para que pudiera enfrentar mejor los desafíos que tenía ante sí. Considera el poder de esa alegría antes de decidir que ella no tiene la fortaleza para estar contigo."

"Hay demasiados años entre nosotros", protestó Duncan. "Pasaría demasiado tiempo sola después de mi muerte."

Mathilde se burló. "¿Y quién eres tú para estar tan seguro de que morirás primero? ¿No sobreviviste a tu esposa?

Duncan hizo una mueca.

"¿Y qué hay de los bebés que le darías? Incluso si ella te sobrevive, esos niños calentarán su corazón y garantizarán su bienestar, porque serán tus hijos."

"Pero..."

—No te equivoques, Duncan. Demuestra tu mérito que esta pérdida te haya marcado y que mantuvieras un voto verdadero. Pero eso no debería impedirte abrir tu corazón a otra, darle la bienvenida a Radegunde, en caso de que la desees como ella te desea. Mi propia madre solía decir que se nos concedía la vida para que la viviéramos bien." Ella arqueó una ceja. ¿Habría querido tu Gwyneth que estuvieras siempre solo? Sospecho que Radegunde dice la verdad y que la idea la entristecería."

Duncan no pudo pronunciar una palabra, porque sabía que era así.

Mathilde sonrió plenamente. —No hay telarañas para tu especie, Duncan, como tampoco las hay para Radegunde. Ella sería una compañera valiente, sea lo que sea que te depare el futuro. Estás vivo como ella. Háganse felices uno al otro".

Él escuchó una advertencia en su tono y la observó. "¿Qué te muestra tu don del futuro?" preguntó él en voz baja. "Tu hijo Michel me dijo que soñabas con lo que podría ser, un regalo que yo llamaría la Vista."

Los modales de Mathilde se volvieron tímidos. Duncan reconoció la evasión por lo que era: a menudo había visto a Fergus evitar una pregunta de la misma manera. Giró la taza en la marca húmeda del tablero, evitando su mirada. "No puedo hablar de eso". Ella tragó. "No estaría bien".

"Se ha dicho que el abuso de la Vista significa su pérdida", dijo él y Mathilde sonrió.

"Hay más en común en nuestras creencias de lo que cabría esperar, dadas las distancias entre nuestros países".

Ahí estaba eso. Duncan recordó los relatos de Radegunde sobre la Marcha bretona y sus desafiantes señores fronterizos y supo que compartían muchas convicciones.

"Te diré esto, Duncan MacDonald", dijo Mathilde con una voz que lo hizo temblar. "Tu pasado no está tan olvidado como quisieras". Ella levantó la mirada hacia él. "Y todavía eres el hijo de tu padre".

Duncan contuvo el aliento ante ese recordatorio.

¿Podía ella realmente ver lo que él había dejado atrás? Lo había abandonado de buena gana. ¿No era eso suficiente?

Duncan sintió que una sombra pasaba por encima de él. Temía entonces que el asaltante de la noche anterior lo hubiera estado persiguiendo y no fuera un bandido en el bosque.

"Te agradezco tu ayuda y tus consejos", dijo él, sus palabras fueron sinceras. "¿Puedes decirme qué puedo hacer por ti a cambio?" Él anticipó plenamente que ella insistiría en que viera feliz a su hija, pero Mathilde lo sorprendió.

Le he dicho a Radegunde que debe buscar a la madre del señor Gaston, la dama Eudaline, en nombre de la dama Ysmaine y su esposo, y hacerlo antes de que el grupo viaje a Châmont-sur-Maine. Le he dicho que suplique a la dama Ysmaine que la envíe a la abadía donde vive la dama Eudaline, y que lo haga sin demora.

"¿Por qué?"

Es una cuestión de secretos, Duncan, y este no es mío para compartirlo. Solo tengo sospechas. La dama Eudaline sabe la verdad, pero creo que el señor Gaston debería saber más antes de su regreso a casa.

"Ya veo." A Duncan le resultó fácil recordar las dudas de Gaston sobre Millard de Saint-Roux y las intenciones de ese hombre. ¿Había surgido esas dudas del consejo de su madre?

"Podría ser una cuestión de su supervivencia", agregó Mathilde, tomando su pausa por desgana.

"Por supuesto." Duncan frunció el ceño. "La dama Ysmaine resultó herida en París..."

"Eso me dice Radegunde y la visitaré este día para asegurarme de que el hueso se colocara correctamente. También le aconsejaré que descanse durante varios días antes de seguir cabalgando."

"Independientemente de su condición", adivinó Duncan.

La sonrisa de Mathilde fue fugaz. "Su familia no protestará, y luego ella puede enviar a Radegunde en esta misión". Ella se puso seria. "Quiero que acompañes a Radegunde".

"Mi camino no es mío para elegir", le recordó Duncan gentilmente, pero Mathilde se limitó a sonreír.

"Puedes influir en la elección del caballero que acompañas, y lo sabes tan bien como yo". Ella se inclinó más cerca. Radegunde te necesitará. He soñado con esto y por eso te lo pido."

El corazón de Duncan dio un vuelco. "¿Qué soñaste?"

"Había peligro, peligro que solo pueden conquistar juntos." Mathilde se quedó sin aliento y Duncan pensó que sus ojos se empañaban de lágrimas, antes de parpadear rápidamente y negar con la cabeza. "Y más." Ella tragó. "Cuando conozcas al hombre salvaje del bosque, dile que lo extraño". La comisura de su boca se levantó. "Él cree lo contrario, pero sé que sus hermosas piernas no están estropeadas, y su corazón es tan sincero como siempre."

"¿Hay un hombre salvaje en el bosque?"

"Hay muchos, pero reconocerás a este por qué y quién es".

Duncan lo entendió. "Es el padre de Radegunde", murmuró él.

—Hombre malditamente terco —dijo Mathilde, sin estar ni de acuerdo ni en desacuerdo.

"Yo se lo diré", juró.

"Sí. Lo sé."

Sus miradas se mantuvieron durante un largo momento, y Duncan comprendió que le estaban pasando una confianza. Él asintió levemente, aceptando la carga de asegurar la defensa de Radegunde, cualquiera que fuera el peligro que su madre viera en el viaje por delante.

Mathilde se levantó y reunió los artículos en una canasta. "Quiero que descanses junto al fuego este día, incluso mientras yo voy con la dama Ysmaine. No tengas miedo de dormir. Necesitas que la herida se cure rápidamente, y Ogier te cuidará hasta que los otros muchachos regresen. Incluso los bandidos en estos tiempos no son lo suficientemente audaces para atacar a la luz del día."

Duncan no estaba tan seguro de eso, aunque sabía que su consejo sobre su herida era bueno. Él asintió con la cabeza, decidido a permanecer despierto este día y regresar a la fortaleza a toda prisa. "Pídele al señor Amaury que envíe a un hombre para que vigile tu cabaña", sugirió. "Tu casa está cerca del bosque, y estoy seguro de que él garantizaría tu defensa."

Mathilde sonrió y se puso la capa. Sus dos hijos mayores regresaron en ese momento y ella les asignó tareas en la cabaña y el jardín antes de irse.

"Terminen su trabajo y les contaré una historia de Ultramar, muchachos", ofreció él y los muchachos aceptaron con entusiasmo, completando sus quehaceres a toda prisa.

No pasó mucho tiempo antes de que se sentaran con él ante el fuego, la anticipación iluminando sus ojos. Duncan se sintió reconfortado por la sencilla hospitalidad de la casa de Mathilde y la compañía de sus hijos. Pensó en Radegunde, una choza muy parecida a ésa, y sus propios hijos, y supo que se había negado a sí mismo el más simple y satisfactorio de los placeres, por el recuerdo de Gwyneth.

Fue entonces cuando supo que aceptaría el desafío de Radegunde.

Pero bajo sus propios términos. No podía haber impulso ni satisfacción fugaz. Habría un vínculo entre ellos, aunque fuera menor de lo que ella deseaba.

Un hombre de honor no podía ofrecer menos.

SÁBADO 5 DE SEPTIEMBRE DE 1187

DÍA DE SAN QUINTÍN

CAPÍTULO 9

Radegunde estaba de mal humor.

No había una buena causa para ello, o eso se decía a sí misma. Hacía buen tiempo. La muñeca de la dama Ysmaine se curaba admirablemente y su madre había dicho que el hueso estaba bien asentado. El salón de Valeroy estaba lleno de alegría, los muchos placeres de la cosecha amplificados por el regreso de la dama Ysmaine y las noticias de su buen matrimonio. Había un banquete en el salón cada noche y ella veía a menudo a su hermano, Michel. También había convivencia en las cocinas y apreciaba la familiaridad de la rutina en Valeroy.

Era bueno tener la certeza de una comida caliente todos los días y un colchón seco cada noche, saber que las puertas estaban defendidas y que uno estaba entre amigos y aliados. En verdad, Radegunde apreciaba más todas esas cosas desde que había estado sin ellas.

Aun así, sabía que volvería a estar inquieta por la aventura y ya se preguntaba cuándo partirían hacia Châmont-sur-Maine.

Ella estaba molesta, sin duda, y sabía que era porque no había visto a Duncan durante tres días. Ella no había estado ociosa, pero se sorprendió a sí misma esforzándose por verlo, como una tonta enamorada, y se despreció a sí misma por su debilidad.

Él no había aceptado su desafío.

Fue una decepción increíble. Radegunde estaba segura de que lo entendía bien y había adivinado que su desafío lo provocaría a actuar.

Ella no podía creer que se había equivocado. Estaba segura de que lo encontraría a su lado al final del primer día. Ella estaba convencida de que él le pediría que hablara con él, si no que se uniera a él por la noche para ese momento privado que le había ofrecido. Había pensado que él podría enviarle un regalo o un recado con su hermano.

Pero no hubo nada.

Ella podría haber llegado a la conclusión de que Duncan se había marchado, pero todavía había oído rumores de su presencia.

Realmente él no debía desearla, ni siquiera por simple placer. Lo guardaba todo por una mujer muerta, más tonta que él, y ella estaba molesta con él por negarlo para ambos. Sí, era noble llorar a su esposa y a su hijo perdido. Era correcto y bueno no comprometerse con nada cuando su futuro no estaba al mando de él y, sin embargo, Radegunde anhelaba algo más que los pocos besos que habían compartido.

Peor aún, ella pensaba que solo deseaba compartir una noche con Duncan, simplemente para saber cómo era, pero reconoció la verdad en la acusación de su madre. Ella amaba a Duncan. Era un detalle aterrador saberlo, porque Radegunde sospechaba que de eso solo saldría la miseria, si su afecto no era mutuo.

Ella se sintió toda enredada. No era propio de Radegunde estar indecisa o preocuparse por lo que no podía cambiar, pero ella estaba preocupada por Duncan. Había momentos en el transcurso de cada día en los que ella deseaba verlo por encima de todo, que se burlara de ella o la llamara muchacha, que le sonriera o la besara. Ella trataba de verlo en la puerta o en los establos, en el patio o en consulta con Fergus. En esos momentos, estaba convencida de que podía acabar sus reservas con su toque, convencerlo de que cambiara de opinión, tal vez incluso seducirlo por completo. En esos momentos era imposible creer que la evadía.

Pero en la oscuridad de la noche, cuando despreciaba su propia debilidad al anhelar lo que no podía tener, Radegunde deseaba que él se fuera para siempre. Ella daba vueltas y vueltas en su camastro, encontrando imposible dormir, el recuerdo de esos preciosos besos calentando su piel. Ella solo quería que la tentación desapareciera en esas horas, aunque temía que eso le destrozara el corazón.

Cada mañana, se levantaba aún más cansada que el día anterior. Era en esos momentos cuando le deseaba felicidad a Duncan, dondequiera que fuera y costara lo que costara para ella. Por la mañana, casi podía llorar por sí misma y por su propia locura, pero luego quedaba trabajo por hacer.

¿Era ella tan impotente para controlar sus propios sentimientos? Parecía que sí, lo que hacía poco por mejorar su temperamento. Radegunde estaba muy molesta consigo misma. ¡El amor era un estado fastidioso, sin duda!

Fue la tercera mañana después del asalto a Duncan cuando el señor Gaston regresó a la habitación que compartía con su esposa mientras Radegunde todavía estaba trenzando el cabello de la dama Ysmaine.

Todavía era temprano y el torreón apenas comenzaba a despertar. Gaston, sin embargo, se había levantado horas antes. Dejó un par de cestas tejidas en el suelo junto a la puerta.

"Irás este día a la abadía", instruyó a Radegunde. "Porque el clima es bueno y podrás regresar antes del anochecer".

"Sí, mi señor." Radegunde mantuvo su expresión tranquila, pero se alegró de la oportunidad de dejar Valeroy, incluso por un día.

—Y como se ha comentado, no revelarás que has llegado en mi nombre —le recordó Gaston. "La dama Richildis ha hablado de su deseo de enviar saludos a su vieja amiga, Eudaline, y tú dirás que has llegado en su nombre".

"No es una gran mentira", señaló Ysmaine.

"Es posible que los de la abadía aún no se hayan enterado de nuestras nupcias", respondió él. "Se supone que están retirados del mundo".

"Eso no significa que sus sirvientes lo estén, mi señor," Radegunde se sintió obligada a notar.

"No es tan lejos", observó Ysmaine, como lo había hecho antes. "Un simple viaje de tres horas".

Gaston respondió con calma, como era su costumbre. "Eso solo proporciona otra razón para que Radegunde se vaya antes".

"Podría haber ido ayer, o incluso el día anterior".

"Pero quisiera que estuvieras defendida," insistió el señor. "He oído historias semejantes de bandidos en libertad y no permitiré que cabalgues sola. Duncan está lo suficientemente sano para acompañarte ahora y Fergus le ha otorgado su permiso para que lo haga."

Radegunde se enderezó, consciente de que su dama la miraba. ¿Un día de viaje sola con Duncan como compañía? Estaba segura de que no podría soportarlo y, sin embargo, no deseaba nada más. Su corazón palpitaba como un pájaro enjaulado y dejó caer un alfiler. "Michel podría ir conmigo", sugirió ella, su voz un poco más alta de lo normal.

"Es menos probable que reconozcan a Duncan", continuó Gaston. Y quisiera que dijeras a la menor cantidad posible de dónde has venido. Aquellos que noten su paso pueden pensar que son visitantes de Anjou, lo que me vendría mejor."

Entonces, ¿cómo sabrá la dama Eudaline que vengo de parte tuya?

El señor Gaston sonrió. "Hay una misiva con saludos de la dama Richildis, en caso de que la canasta sea robada o examinada antes de que mi madre la reciba. Los regalos dentro parecen inocuos pero revelarán mi mano a mi madre." Él ofreció un pequeño rollo de vitela, asegurado con un sello de cera roja. "Esconde esto, Radegunde, y entrégaselo a mi madre solo cuando estés sola y sin ser observada."

Era de un tamaño que Radegunde podía esconder entre sus

pechos y supuso que esa era su intención. La dama Ysmaine asintió con la cabeza y se puso de pie. "Te ayudaré a ocultarlo", dijo ella. "Dale la espalda a mi señor esposo."

Radegunde hizo lo que le ordenaron, evadiendo la mirada perceptiva de su dama.

Gaston prosiguió. Bien podría ella concederte alguna prenda a cambio. Ocúltalo también."

"Sí, mi señor."

El señor Gaston volvió a sopesar las cestas. Duncan te espera en los establos. Veré los regalos asegurados y diré que provienen de la dama Richildis."

"Sí, mi señor."

"¿Estás segura de que deseas correr el riesgo, Radegunde?" Preguntó la dama Ysmaine.

Muchos se habían sentido conmovidos porque Duncan había sido atacado tan cerca de la fortaleza de Valeroy, y la guardia había sido doblada en la muralla de centinelas. Dos hombres estaban de centinela en la cabaña de Mathilde, lo que tranquilizó enormemente la preocupación de Radegunde por la seguridad de su madre y sus hermanos. No había habido otros incidentes, lo que fue un alivio para todos.

"Podría enviar otro, si prefieres no ir", agregó la señora.

¿Rechazaría Radegunde incluso esa oportunidad de estar con Duncan? No, no lo haría. Pero yo quiero ir, mi señora, y mantendría tu confianza. Seguiría las instrucciones de mi madre y descubriría lo que sabe la dama Eudaline. Puede ser de gran importancia para ti."

"Si tu madre lo advierte, debe ser así", dijo la dama Ysmaine, su preocupación clara. Se volvió hacia su marido. "¿No podríamos enviar un grupo más grande?"

"Despertaría atención y sospecha. Deseo ver esto logrado en silencio." reiteró Gaston. "Ni Radegunde ni Duncan están obligados a emprender esta tarea."

"Sí, mi señora. Quiero ir."

La dama Ysmaine no se tranquilizó. "No cesaré mis oraciones por tu protección hasta que regreses a mi lado."

"Gracias, mi señora." Radegunde sonrió a su ama. "Pero recuerda que hemos recorrido todo el camino hasta Ultramar y hemos regresado".

—No sin incidentes —le recordó la dama Ysmaine.

"Este es un viaje corto y tomará menos de un día. Regresaré antes de la cena."

La dama Ysmaine suspiró. "Ahora que estoy sana y salva en casa, deseo seguir así. Quizás me vuelvo cobarde, Radegunde.

"Nunca eso, mi señora."

Gaston se aclaró la garganta y miró intencionadamente a la ventana. El cielo se iluminaba a gran velocidad. Radegunde metió el último alfiler en el cabello de la dama Ysmaine y se puso la capa. Ya llevaba su kirtle más abrigado y las botas que le había regalado la dama Ysmaine.

"Buen viaje para ti, Radegunde," dijo el señor Gaston cuando abrió la puerta. "Regresa lo más rápido que puedas, porque yo también quisiera saber que estás a salvo."

Radegunde asintió, su corazón dio un vuelco ante la advertencia en su tono.

—Te habrán preparado una buena comida en las cocinas —le gritó la dama Ysmaine, y Radegunde se dirigió hacia la puerta. "Y échale un vistazo a Bertrand", añadió su señora en voz baja. "Es el sobrino del mozo y ha expresado su deseo de venir a Châmont-sur-Maine."

Radegunde se giró para encontrar tanto al señor como a la dama sonriéndole.

"Es un buen hombre", dijo el señor Gaston. "Necesita una buena esposa".

La dama Ysmaine arqueó una ceja. "Y un hombre de verdad, Radegunde".

El corazón de Radegunde se apretó. ¡La trampa se cerraba, tan pronto y con seguridad! "Lo haré, mi señora", dijo ella e hizo una reverencia rápidamente, la rebelión crecía dentro de ella.

"Te quisiera ver tan feliz como yo, Radegunde", agregó su señora.

Aunque Radegunde sabía que eso era cierto, aún se sentía desafiante. Ella había conocido a Bertrand, un gran oso de un hombre conocido por ser leal y amable. ¿Era mejor o peor que pasara la mayor parte del día a solas con Duncan cuando tenía ante sí esa elección?

Mejor, resolvió al llegar al salón. Porque esa sería su última aventura, según todos los cálculos, y Radegunde haría que valiera la pena.

EL CORAZÓN de Duncan se disparó al ver Radegunde por primera vez en días. La había evitado deliberadamente, sabiendo que no podría hablar con ella en privado, reservando sus argumentos para cuando pudieran estar solos. A pesar de que se había preparado para reaccionar ante su presencia, la vista casi lo abrumaba. Entró en los establos, sus hermosos ojos centelleaban y su determinación era clara. Había vigor en su paso y su mirada podría haber encendido la paja con una sola mirada. Su corazón tronó incluso mientras bebía de la vista de ella, incluso cuando deseaba todo lo que ella tenía que entregarle. Fue entonces cuando supo que su elección era la correcta, porque ninguna mujer le había provocado tal reacción.

¿Aceptaría Radegunde su oferta?

No podía haber negociación en esto, y temía que ella pudiera haber cambiado de opinión sobre él. El hecho de que ella lo ignorara deliberadamente podría interpretarse como una señal de su conciencia o de su disgusto porque él la acompañara.

Uno de los mozos la entregó en su silla con expresión de adoración, pero Radegunde sólo le dedicó una indiferente sonrisa de agradecimiento. Duncan se dio cuenta de que el brillo de sus ojos era para él cuando ella le lanzó una mirada, y estaba malditamente contento de haber sido chamuscado por esa mirada.

El otro hombre notó el crujido en el aire entre ellos, sin duda.

Duncan se montó en su silla, muy animado, y montó detrás de Radegunde, asegurándose de que su caballo estuviera junto al caballo de ella cuando pasaron por las puertas de Valeroy. Continuaron por el camino en un silencio cargado, y finalmente tomaron un camino más pequeño que serpenteaba hacia la derecha. Todavía era lo suficientemente grande como para que los caballos galoparan uno al lado del otro, pero Duncan imaginó que la situación no duraría.

"Tienes un admirador", dijo él, con la esperanza de provocar una respuesta, y ganó más de lo esperado.

Los ojos de Radegunde brillaron cuando lo miró. "Sí, y uno que no deseo. La jaula se cierra con tanta seguridad como el sol sale en el cielo. Tienen la intención de casarme con él, ese Bertrand, porque desea jurar lealtad al señor Gaston y convertirse en mozo de cuadra en Châmont-sur-Maine.

Duncan se sorprendió de que la dama Ysmaine procediera con tanta prisa, pero habló con templanza de todos modos. "Podrías declinar el honor".

"¿Por qué motivos? Él es un buen hombre; necesita una esposa; se le conoce por ser leal y amable. De hecho, podría hacerlo mucho peor." Radegunde lo fulminó con la mirada. "Podría amar a un hombre que rechaza todas mis atenciones, por ejemplo, para anhelar a los muertos".

"No puedes culparme por ser sincero".

"¡No, no puedo!" Radegunde detuvo su caballo y miró a Duncan con ferocidad. "Pero te he ofrecido todo lo que tengo, y has declinado el honor de participar de mi fiesta".

"Sabes que no te deshonraré".

"No es deshonra apoderarse de lo que se puede reclamar, aprovechar un bocado, gozar donde se puede encontrar o incluso robar." Ella era magnífica en su furia, sin duda. Esperaba algo mejor de ti,

Duncan MacDonald. Esperaba que fueras un hombre que agradeciera la aventura, que moldeara su propio futuro, que reivindicara pasión. Esperaba que fueras un hombre que, cuando encontrara que las circunstancias eran menos que sus deseos, las reharía como él quisiera. Ella exhaló con fuerza. "Y lo peor de todo es que incluso estando así de molesta contigo, conociendo tus razones, no puedo pensar menos en ti." Ella lo miró de nuevo. "Hombre irritante".

Duncan sonrió. "Tengo una sugerencia para ti que espero que no te resulte tan molesta".

Sus ojos se iluminaron, enviando fuego a través de sus venas. "¿Sí?"

"Sí, pero debes esperar, muchacha." Él hizo un gesto hacia el camino por delante. "Primero completaremos nuestro recado, y luego tendré una oferta para ti".

Radegunde le sostuvo la mirada y luego le dio los talones a su caballo. "Creo que te encanta molestarme", murmuró ella y Duncan se rió.

"No se puede culpar a un hombre por querer mantener tu atención, una vez que ha decidido ganarse tu corazón".

Ella le lanzó una mirada chispeante por encima del hombro. "¿De verdad?"

"De hecho, soy un hombre que intentaría dar forma a su futuro, aunque las barreras no son pequeñas. Te doy las gracias por recordármelo." Ella separó los labios, su placer era claro, pero Duncan indicó el camino. "El deber primero, muchacha."

"¿Y el placer después?"

Duncan solo sonrió. Radegunde se echó a reír, su actitud alegre se restableció, y encontró su propio humor ligero mientras cabalgaba detrás de ella. Qué mujer tan maravillosa era. Admiraba que ella no guardara rencor y que su ira, una vez agotada, fuera rechazada.

Sí, casarse con ella le sentaría bien.

En verdad, este recado para Gaston no podría completarse lo suficientemente pronto.

~

~

La dama Eudaline era majestuosa.

No importaba que llevara un atuendo sencillo de mujer dedicada a la oración. Era alta y escultural a la vez, una mujer que llamaba la atención de todos cuando entraba en una habitación, incluso una habitación como la pequeña habitación sin adornos donde Radegunde había sido invitado a esperarla.

Hay que decir que Radegunde estaba impaciente con la tarea que tenía por delante, porque deseaba sobre todo saber qué tramaba Duncan. Él no había confesado nada más y ella no había podido convencerlo de que elaborara sus misteriosos comentarios. Él había observado atentamente el bosque mientras cabalgaban, tan concentrado en defenderla que ella sabía que estaba a salvo. El viaje había transcurrido sin incidentes, aunque habían marcado un paso rápido y habían llegado a la abadía a última hora de la mañana.

A Duncan le habían ordenado que esperara fuera de las puertas del convento, con los caballos. Él había llevado las cestas por el umbral hasta el portero y luego se había retirado. El portero había llevado las cestas a esa habitación, pero sólo después de que la abadesa las hubiese mirado.

Esa mujer también había reclamado una de las botellas de vino, dándole a Radegunde una mirada reprimida cuando ella podría haber protestado.

Quizás era un diezmo.

La abadía estaba tan silenciosa que Radegunde se sentía agitada. Ella se sentía como si visitara una tumba, tan silenciosa y fría era la habitación. También estaba oscura, con una sola ventana muy alta que no daba al sol. Ella podía oír a las monjas rezando y el suave susurro de las zapatillas de cuero sobre los suelos de piedra, pero el lugar estaba desprovisto de vitalidad.

Hasta que la dama Eudaline entró en la habitación. Llevaba una vela y el aroma de la cera de abejas se combinó con el brillo de la llama para hacer que la habitación pareciera más cálida y acogedora. Sus modales eran imperiosos y decisivos, el movimiento de su muñeca hacia la abadesa que podría haber permanecido sorprendiendo a Radegunde con su indiferencia. Ella podría haber sido una reina, y Radegunde se maravilló de que una mujer así se hubiera retirado del mundo por cualquier motivo.

La abadesa, sin embargo, no se retiró del todo. Flotó más allá de la puerta.

Estaba claro que la dama Eudaline no apreciaba eso.

Radegunde se preguntó cómo dirigirse a ella, porque todavía parecía una mujer noble, no una mujer que había abandonado las trampas del mundo material. Ella decidió llamarla por su dirección secular, con la esperanza de que eso complaciera a la dama.

La dama Eudaline tenía en común su altura con la de su hijo, así como sus vívidos ojos azules. Su lectura silenciosa pero minuciosa de Radegunde también recordaba a Gaston, y la criada dudaba que la dama se perdiera algún detalle.

Ella se sentó educadamente, como si se viera obligada a soportar una audiencia no deseada, dejó la vela en una mesa a su lado y miró a Radegunde con frialdad. "¿Debería conocerte?" preguntó antes de que Radegunde pudiera presentarse.

Entonces era franca, como no lo era el señor Gaston.

"Quizás solo por asociación, mi señora," dijo Radegunde, negándose a vacilar ante esa mirada aguda. Ella sabía muy bien que la abadesa escuchaba. "Mi señora es la dama Richildis de Valeroy..."

"¡Richildis!" La dama Eudaline miró el par de cestas. "Qué delicia que me recuerde". Ella hizo una seña y Radegunde le alcanzó una canasta, la que contenía la carta de la dama Richildis. Ella desabrochó la tapa y luego fue a buscar la otra canasta. Para cuando la colocó a los pies de la dama Eudaline, esa mujer ya había reclamado la misiva. Examinó el sello, asegurándose de que no se hubiera roto, y lanzó una mirada a la puerta.

"¡Hermana! Sabes que la correspondencia debería ser leída

primero por mí —protestó la abadesa. "Y toda la riqueza que nos llega individualmente debe ser compartida con todos".

"Y sé que ya se ha compartido un poco de vino", replicó la dama Eudaline. "Veo la brecha en el contenido de la canasta".

Los labios de la abadesa se tensaron pero no se movió.

"¿Se reclamó algo más para el diezmo?" Preguntó la dama Eudaline a Radegunde.

Ella sacudió su cabeza. "No, mi señora."

La dama Eudaline miró fijamente a su supuesta superior. "Coge la otra botella de vino y déjame con mi invitada".

La abadesa, para sorpresa de Radegunde, hizo lo que se le ordenó. Eso le hizo preguntarse cuánto había contribuido la dama Eudaline al convento.

Cuando la abadesa se hubo marchado y la puerta se cerró, la dama Eudaline negó con la cabeza. "Bien vale la pena el precio de su ausencia, diría yo. De todos modos, no puedo soportar más el vino." Ella lanzó una mirada parpadeante a Radegunde. "¿Me atrevo a esperar que sea eau-de-vie?"

"Lo es, mi señora."

"Y mía para saborear". Ella hizo un gesto y Radegunde quitó el cuero que estaba encajado en la parte inferior de la canasta y se lo ofreció a la dama con una reverencia. "Huele a ciruelas", murmuró la dama Eudaline y aspiró agradecida. Hizo un gesto hacia un estante en una pared y Radegunde fue a buscar una copa. Ella sirvió una pequeña medida para la mujer noble, quien indicó que Radegunde debería beber primero.

Radegunde pensó que estaba siendo hospitalaria y tomó un pequeño sorbo. Le quemó la garganta como fuego líquido.

La dama Eudaline la miró durante un largo momento y luego le quitó la copa de la mano. La rellenó y la dejó a un lado. Tapó el cuero y lo observó durante un largo momento. "Richildis me envió esto", reflexionó ella, luego fijó esa mirada aguda en Radegunde una vez más. Qué curioso. ¿De dónde viene?

"Italia, mi señora. Creo de Venecia."

La dama Eudaline arqueó una ceja. El cuero desapareció debajo de sus faldas y Radegunde recibió instrucciones de devolver la copa vacía a su ubicación anterior. La mujer noble miró atentamente, su mirada tan consciente que Radegunde se retorció bastante, luego miró dentro de la canasta de nuevo. "¡Higos secos! Mis favoritos." Ella le ofreció uno a Radegunde.

"Son su regalo, mi señora."

"Y hay más en ti de lo que parece, muchacha", respondió la dama en voz baja. "Come un higo". No cabía duda de que era una orden.

Radegunde se alegró de saber que ninguno de los obsequios estaba contaminado, aunque le intrigaba la precaución de la dama. Ella cogió un higo, tan delicadamente como pudo, y se lo comió bajo la mirada penetrante de la dama Eudaline.

El silencio llenó la habitación.

La dama Eudaline no pareció parpadear.

Radegunde podía oír el latido de su corazón en sus oídos y se preguntó qué debería decir o hacer. La noble se limitó a mirarla, como ella si soportara una prueba, pero Radegunde no sabía qué era, y mucho menos cómo lograrlo.

Cuando la dama Eudaline finalmente habló, sus palabras fueron pronunciadas tan suavemente que Radegunde tuvo que inclinarse más cerca para escucharla. "Solo hay una persona en toda la cristiandad que me enviaría estos dos regalos juntos, y no es Richildis de Valeroy". Su mirada era tan penetrante como un halcón cazando. "¿Quién eres y por qué estás aquí en verdad?"

"Soy la doncella de la dama Ysmaine, la hija mayor de la dama Richildis de Valeroy, y ahora la esposa de G..."

"¡No más!" La dama Eudaline levantó una mano para silenciar a Radegunde. Ella miró hacia la puerta, luego se inclinó más cerca, su expresión ávida. ¿Ya está en Valeroy? ¿Él está bien?"

Radegunde asintió con la cabeza a ambas preguntas. "Si me disculpa, mi señora." Ante el asentimiento de la dama Eudaline, Radegunde abrió su kirtle para recuperar el pequeño pergamino sellado escondido entre sus pechos. Aunque deseaba ser modesta, no quería que la dama pensara que era engañosa. La dama Eudaline sonrió un poco cuando vio el pergamino, y su mirada se iluminó cuando lo abrió.

"Ningún empleado podría igualar sus horribles garabatos, para estar segura", murmuró y pasó un dedo por la letra con evidente afecto. "Su padre no deseaba que lo capacitara para la iglesia, a pesar de que era el hijo menor". Ella volvió a mirar a Radegunde. Déjame tomarte el pulso. ¿Corre? "

Radegunde estiró la muñeca y la mujer mayor la rodeó con el dedo y el pulgar. Ella contó, luego asintió con satisfacción. Entonces desplegó la misiva y ella misma eligió un higo.

"Pensaste que estaban envenenados", susurró Radegunde.

"Mucho es posible en estos tiempos", reconoció la señora sin arrepentirse. "Trajiste ambos y los consumiste de buena gana. Si los regalos fueron envenenados, se hizo sin tu conocimiento. Aun así, no estaba descartado." Ella sonrió. "Sin embargo, me alegro de que no lo estén, porque me gustan tanto los higos como el aguardiente."

¿Por qué ella temía ser envenenada?

¿Qué sabía ella?

La dama Eudaline leyó la misiva del señor Gaston más lentamente de lo que había leído la de la dama Richildis. Cuando terminó, la enrolló y lo acercó a la llama de la vela. Ella se aseguró de que se quemara por completo, luego sopló las cenizas por el suelo para que no pudieran ser discernidas.

Luego miró a Radegunde una vez más.

"Así que está casado". La dama Eudaline murmuró, su satisfacción era clara. Y bien casado.

"Sí, mi señora, lo creo".

Dio unos golpecitos con la yema del dedo en el brazo del sillón. Y tan cerca como Valeroy. Radegunde escuchó el anhelo en la voz de la mujer mayor. "Él tenía razón en enviarte. Debe irse a casa con todo el conocimiento que yo pueda darle. Debes tomarlo y no revelárselo a nadie."

"Sí, mi señora." Radegunde pensó que la dama le confesaría una historia entonces.

Pero la dama Eudaline se puso de pie y levantó la voz. "Qué amable de la dama Richildis al enviarme tales obsequios en memoria de nuestra amistad. Le quisiera enviar una pequeña pieza a tu cuidado. Ven conmigo, muchacha, a mi celda. Entonces oraré por tu regreso a casa sin problemas."

Entonces salió de la pequeña habitación, dejando las cestas en el suelo, y Radegunde solo pudo seguirla. Los higos los tenía en la mano, sin embargo, y Radegunde supuso que la abadesa no tendría ningún éxito en reclamarlos.

"Pero, no es aceptable", comenzó a protestar la abadesa, apareciendo en el pasillo adelante y cruzándose en el camino de la dama Eudaline.

"Es por un momento y nada más", argumentó la señora, y estaba claro que no la detendrían. "No hagas tanto alboroto por un asunto menor, Adela", reprendió y la abadesa reprendida se hizo a un lado.

Radegunde se apresuró a seguir a la dama Eudaline.

Mientras caminaban por una pasarela a un lado de un claustro, Eudaline habló rápida y suavemente. "Llegué como nueva esposa en 1153, sabiendo muy bien que mi predecesora, Rohese, había sido enterrada solo seis meses. Ella y su hijo menor murieron cuando se volcó un bote. Fulk no creyó que fuera un accidente. Él confesó que estaba contento de haber llevado a Bayard con él en el viaje de ese día, porque había decidido hacerlo en el último momento."

"¿Bayard?" ¿Se refería al hermano mayor del señor Gaston?

"Su hijo y heredero", confirmó Eudaline. "Tenía sólo seis años y debería haber estado en ese barco con su madre y su hermano menor. Habían planeado la excursión semanas antes y el muchacho estaba decepcionado de que se lo negaran en el último momento."

"Sin embargo, el capricho le salvó la vida".

"Eso hizo. Si tan solo un capricho similar hubiera hecho eso este año."

Radegunde luchó por ocultar su reacción. ¡La dama creía que Bayard había sido asesinado! "¿Fulk sabía quién lo había hecho?"

Eudaline negó con la cabeza. Sin embargo, tenía sospechas. Châmont-sur-Maine sólo había llegado a sus manos en 1142, por concesión de Godofredo de Anjou, como recompensa por su leal servicio. Fulk se opuso al asalto de Elías II en 1151, y la concesión fue reafirmada por el rey Henry". Ella le dio a Radegunde una mirada penetrante cuando llegaron a su celda. Pero Fulk no era el único que deseaba un regalo así de la mano del rey. Cuando murió, dejé el asunto a Bayard, para asegurarme de que mi propio hijo no fuera una presa."

"Él podría serlo ahora, mi señora."

"Así es", asintió ella con gravedad. La dama Eudaline se metió en la celda, que era pequeña y sobria, además de lo bastante fría como para hacer temblar a Radegunde. La dama Eudaline cogió un pequeño crucifijo que colgaba de un cordón de la pared, lo apretó brevemente entre sus manos y se lo dio a Radegunde. "Fue de Fulk y de su madre antes de él. Está hecho de ébano. Escóndelo. Dile que espero que le traiga toda la buena fortuna que necesita."

Tan pronto como la pieza estuvo escondida en el pecho de Radegunde, la dama tomó un pequeño libro de la cama y lo giró para regresar a la habitación donde se habían encontrado. La abadesa miraba desde el otro extremo del claustro con expresión de desaprobación.

"Esto me costará, sin duda," murmuró la dama Eudaline, aunque sonaba como si estuviera ansiosa por la confrontación.

"¿Pero de quién sospechaba su marido?" Radegunde susurró, tratando de parecer como si no hablara en absoluto.

"Su adversario más antiguo, por supuesto". La dama Eudaline se detuvo y luego se giró para mirar a Radegunde, inclinándose para besarle las mejillas sucesivamente. "Sébastien", dijo ella cuando se tocó una mejilla con los labios. "De Saint-Roux", dijo cuando se tocó la otra.

Pero seguramente ese hombre estaba muerto, si hubiera sido un competidor del padre del señor Gaston.

La dama Eudaline puso el librito en las manos de Radegunde y volvió a hablar en beneficio de la abadesa. "te agradezco por hacer este viaje para traerme tan amables saludos de la dama Richildis. Por favor, agradécele su generosidad. Esto no es más que un pequeño obsequio, pero se lo concedería en agradecimiento por su amabilidad." Ella besó el libro y se lo dio a Radegunde. "Buen viaje", dijo, sonando muy parecida a su hijo, luego giró y se unió a las otras mujeres mientras desfilaban hacia la capilla para la misa.

Radegunde sintió que había obtenido poca información para su señor y su dama, pero no había oportunidad de pedir más. La dama Eudaline estaba desapareciendo en la capilla y la impaciencia de la abadesa era clara.

Quizás había algún detalle oculto en el libro.

Radegunde esperaba lo mismo. Disimuló su mirada detrás de Eudaline admirando el claustro, luego hizo una reverencia ante la abadesa. "Un lugar tan hermoso y tranquilo", dijo ella. "Le agradezco por permitir que se complete el recado de mi señora".

La abadesa la estudió. "Qué extraño que la dama Richildis pensara en una vieja amiga después de tantos años. Eudaline lleva aquí dieciséis años y tiene pocos visitantes."

"Si puedo ser tan atrevida como para decirlo, creo que los pensamientos de uno a menudo se vuelven hacia el pasado cuando se lucha contra una enfermedad", dijo Radegunde, pensando que no era precisamente una mentira. No había especificado que la dama Richildis estuviera enferma.

La abadesa se enderezó al comprender. "Rezaremos por ella".

"Te lo agradezco." Radegunde lanzó una mirada al cielo. "Debo apresurarme de regreso al lado de mi señora."

"Por supuesto."

Radegunde se acercó a la puerta y el portero la abrió.

"¿Cómo dijiste que te llamabas?" gritó la abadesa y el corazón de Radegunde dio un vuelco.

"Soy Marie, mi señora", mintió Radegunde, porque había tres de esos nombres en servicio en el salón de Valeroy.

"¿Y tu acompañante?"

Radegunde inventó otro cuento. "Un hombre de armas, recientemente jurado al servicio de mi señor. Él era el único que podía prescindirse este día." Ella se encogió de hombros. "Es tedioso viajar con una escolta que uno no puede entender."

La abadesa sonrió. Entonces, ¿habla sólo la lengua de los escoceses?

"Evidentemente sí, mi señora. No entiendo sus palabras."

Entonces, que vuelvas rápidamente a Valeroy. La abadesa inclinó la cabeza y observó cómo se marchaba Radegunde.

Ella estaba realmente contenta de ver a Duncan esperándola, y si no hubiera temido que estuvieran vigilados, podría haber tomado su mano y contárselo todo. Tal como estaban las cosas, sonrió remilgadamente y se montó en su caballo, como si simplemente estuvieran empleados en la misma casa. Ella no le dedicó una mirada, sino que siguió cabalgando al oír que él la seguía.

Radegunde no podía esperar a estar lo suficientemente lejos para hablar con Duncan con la verdad.

Sí, ella quería mirar dentro de ese libro, sin duda.

CAPÍTULO 10

Era sólo mediodía y también un buen día. Duncan esperó hasta que la abadía estuvo muy por detrás de ellos, confirmó que no había señales de persecución y luego instó a su caballo a acercarse al caballo de Radegunde.

"¿Hablaste con ella?" preguntó él en voz baja.

Radegunde asintió. "Ella me dio un libro, luego un crucifijo en secreto."

Duncan asintió con la cabeza, sabiendo que Gaston había anticipado que su madre le enviaría alguna prenda. "Noté un camino, muchacha", dijo él. "Va hacia la izquierda, un poco más adelante".

"¿A dónde va?"

"Lejos de la carretera, que es todo lo que deseo. Déjame tomar la iniciativa. Quizás podamos encontrar un lugar para compartir la comida enviada con nosotros."

"¿Sólo la comida?" bromeó ella, y él le dedicó una sonrisa.

"Quizás más que eso".

Radegunde redujo la velocidad de su caballo para que Duncan pudiera pasar a su lado, y condujo su corcel por el estrecho sendero. Como había esperado, se alejaba constantemente del camino hacia la abadía y se hacía más pequeño a medida que avanzaban. No pasó

165

mucho tiempo hasta que el bosque se cerró a su alrededor y el sonido de los pájaros cantores aumentó. Él escuchó agua correr. Los caballos siguieron adelante, hasta que el bosque se abrió a un claro que no podría haber sido mejor para sus propósitos.

Estaba escondido de la carretera pero abierto al cielo, y el sol lo iluminaba. El claro se sentía protegido y cálido, el lugar perfecto para su plan. Duncan desmontó, echando las riendas sobre la cabeza de su caballo y dejando que la bestia pastara. Luego levantó a Radegunde de su silla, manteniéndola cautiva ante él durante un largo momento. Ella lo miró con ojos brillantes.

"Me alegro de que hayas cambiado tu forma de pensar, Duncan", susurró ella.

"Y me alegro de que me hayas retado a hacerlo", respondió él. "Es la naturaleza de un hombre obstinado ponerse en su camino".

Ella sonrió. "Qué suerte que no me importa urgirlo a hacerlo".

—Qué suerte en verdad, muchacha —murmuró él, luego se inclinó y tocó los labios con los de ella.

Radegunde se inclinó contra él de inmediato, dándole la bienvenida a su abrazo y envolviendo sus brazos alrededor de su cuello. El calor de su beso estalló, como había adivinado, y él estuvo tentado a continuar sin demora.

Pero había un orden en las cosas que debían seguirse, para garantizar que se mantuviera el honor. No se entregaría a la pasión primero y se enmendaría más tarde, no esta vez.

Duncan rompió el beso y luego tiró de las riendas sobre la cabeza del caballo de Radegunde. Los caballos se empujaron unos contra otros, pastando contentos mientras él llevaba a Radegunde de la mano para que se pusiera de pie a la luz del sol.

Él se volvió hacia ella y encontró su mirada expectante. "Yo aceptaría tu desafío, muchacha, y aprovecharé lo que podríamos compartir este día. Dices bien que el futuro es desconocido y que hay poco mérito en una vida ensombrecida por el arrepentimiento."

Ella sonrió con visible deleite, pero él le tapó la boca con la punta de un dedo.

"Pero no te robaré tu virginidad, como un ladrón en la noche, y te dejaré con el peso de esa pérdida. Puede que haya un niño, y aunque creas que todo puede ser como desees, no quiero que pagues un precio por la dulzura que pueda haber entre nosotros."

La sonrisa de ella se desvaneció, su expresión se volvió cautelosa.

"Y entonces te propongo un intercambio de votos, un compromiso de sólo un año y un día".

"¿No es eso un matrimonio?"

"Es similar pero no requiere sacerdote y puede ser secreto entre un hombre y una mujer. Es la naturaleza de tales compromisos renovarse si ambos están dispuestos y son capaces, aunque después de ese año y un día, ambos son libres de hacer lo que quieran."

"Así que es como un matrimonio".

"No exactamente. Es un compromiso entre hombre y mujer, y uno que ambos pueden honrar o no. No habrá nadie que lo haga cumplir cuando estemos separados, y tu señora puede que no lo tenga en cuenta." Él sostuvo su mirada. "Yo lo honraré, Radegunde, aunque no te culparé si eliges abandonarlo."

"¡Mi palabra es de mayor mérito que eso!"

"Pero tu señora podría obligarte a casarte con otro."

Radegunde lo estudió.

Duncan negó con la cabeza. "Este es un compromiso, Radegunde, porque es un voto que tengo en estima, pero no el que desearías de mí. No puedo pedir tu mano porque mi futuro no es mío para determinarlo. No tomaré tu virginidad y te dejaré sola con cualquier repercusión. Este es un compromiso, pero se ofrece con honor."

"¿Qué pasa si el padre de Fergus te libera de su servicio?"

"Entonces cabalgaré de regreso a tu lado más rápido de lo que cualquiera podría creer posible."

Radegunde pareció complacida con esta perspectiva y se inclinó más cerca. ¿Y me amas, Duncan MacDonald? ¿Incluso solo un poco?

Duncan vaciló ante eso. Aunque sabía que lo hacía, también supuso que hacer tal confesión podría evitar que Radegunde lo olvidara si él no regresaba, o de tener una vida feliz con otro. "Te admiro", dijo él. "Me gusta cómo te ríes y que eres terca y franca. Admiro cómo saboreas la vida y que crees que puedes hacer que las cosas sean como deseas." Él dejó que su mirada la recorriera y supo que el calor le iluminaba los ojos. "Y te encuentro más atractiva que cualquier mujer que haya conocido."

Si Radegunde se sentía decepcionada por esta confesión, lo ocultó bien. "Ese es un buen comienzo para un matrimonio", dijo ella con una sonrisa. "Acepto tu oferta de un compromiso. Dime qué debemos hacer."

Duncan sintió un profundo alivio. Él tomó su mano derecha en la suya y la izquierda de ella en la suya, sus manos se cruzaron entre ellos mientras se paraban frente a frente. Su expresión era expectante.

"Por eso te juro, Radegunde de Valeroy, que te trataré con honor a partir de este día, durante un año y un día, que te mantendré en mi corazón cuando estemos separados y te trataré bien cuando estemos juntos."

Radegunde sonrió. "Por eso te prometo, Duncan MacDonald, que te trataré con honor a partir de este día, durante un año y un día, que te mantendré en mi corazón cuando estemos separados y te trataré bien cuando estemos juntos."

Duncan no recordaba haberse sentido tan profundamente afectado la última vez que se había comprometido en un intercambio de votos, pero ese día parecía como si un puño se apretara alrededor de su corazón. "Asumiré la responsabilidad de cualquier hijo de nuestra unión, ya sea que nuestros votos se renueven o no", prometió él.

"Asumiré la responsabilidad de cualquier hijo de nuestra unión, ya sea que nuestros votos se renueven o no", repitió Radegunde.

Duncan le dio un ligero apretón en las manos. "Los defenderé y seré fiel a ustedes, y haré todo lo posible para asegurar que a nuestro matrimonio le vaya bien".

"Los defenderé y seré fiel a ustedes, y haré todo lo posible para asegurar que a nuestro matrimonio le vaya bien". Radegunde sonrió abiertamente, su alegría tan clara que Duncan no podía creer su buena suerte.

Él inclinó la cabeza para besarla y sellar sus votos, pero Radegunde esquivó su abrazo. Los ojos de ella brillaban, por lo que él supo que ella no eludía sus afectos. "No dijimos nada de seducirnos profundamente y con regularidad", dijo ella.

"Creo que eso está implícito".

Ella cuadró los hombros. Pero lo agregaré de todos modos. Prometo, Duncan MacDonald, entregarme a ti en busca del placer, darte la bienvenida en la cama y reconocerte como mi hombre con orgullo, ya sea que estemos juntos o separados.

Duncan sonrió. Y juro, Radegunde de Valeroy, entregarme a ti en busca del placer, darte la bienvenida en la cama y reconocerte como mi dama con orgullo, ya sea que estemos juntos o separados.

Ella se sonrojó ante eso. "No soy una dama."

"Tú lo eres para mí."

"Ten cuidado, señor, que pretendo reclamar tu corazón y mantenerlo como mío para siempre", bromeó ella, su manera alegre.

Duncan sonrió, en lugar de confesar que ella ya lo poseía. "Ven aquí, muchacha, y sella nuestros votos", dijo él con brusquedad y ella se rió.

Luego se estiró hasta los dedos de los pies y besó a Duncan con dulzura. "¿Qué cambió tu punto de vista?" susurró ella contra su boca, su mirada buscando la suya.

Duncan sonrió y tomó su nuca en su mano. "Tú lo hiciste, con tu desafío. Tú tenías razón."

La sonrisa de Radegunde era alegre. "Sí, hay un mejor comienzo para un matrimonio: ¡tú declaras que tengo razón!"

Duncan se rió y luego la besó de nuevo, asegurándose de que el abrazo fuera largo y lujurioso. Radegunde se encontró con él toque por toque, sus senos aplastados contra su pecho, su lengua batiéndose en duelo con la suya. Él la levantó contra sí mismo y profundizó su beso, amando lo apasionada y dispuesta que ella estaba.

Él dio un paso atrás con esfuerzo, luego se desabrochó la capa y la arrojó al suelo. "Ven aquí, muchacha", dijo él con voz ronca. "Celebremos nuestra unión como se debe hacer".

Radegunde arrojó su propia capa encima de la de él con demasiada gracia. "Llevas demasiado atuendo", se quejó ella, y aunque él sabía que se encontrarían tranquilamente en algún momento, ese día, se alegró de ver que ella compartía su deseo de apresurarse.

"Puedo deshacerme de él más rápido que tú", la desafió él y ella se rió en voz alta.

"¡Acepto tu desafío!" Radegunde se quitó las botas y se quitó las medias. En un santiamén, dejó a un lado su faja y su kirtle, sus ojos oscuros bailaban mientras observaba su progreso.

Duncan se quitó las botas y los guantes. Tardó mucho tiempo en desatarse la camisa y ella se rió de él, llegando a desabrochar el cordón con sus ágiles dedos. Le robó un beso por su impaciencia y ella dejó caer las manos en la hebilla de su cinturón. "No necesito tal ayuda", gruñó él, amando lo alegremente que ella se rió.

El cabello de Radegunde estaba suelto y su camisola se derramaba a la velocidad del rayo. A pesar de que ella hizo una pausa para guardar lo que tenía que ser el volumen de la dama Eudaline con seguridad debajo de su cinturón y agregó el crucifijo que había estado entre sus pechos, todavía estuvo desnuda mucho antes que él. Su tabardo todavía estaba alrededor de sus caderas y ella usaba su camisola cuando se paró frente a él, golpeando con los dedos de los pies. Él todavía usaba su camisola también.

"De hecho, señor, creo que no comparte mi entusiasmo por nuestra unión".

"¿No es así?"

"Te demoras en tu atuendo, como si yo tuviera que esperar aún más"

"Algunas cosas mejoran con una espera".

Radegunde apoyó las manos en las caderas y lo miró con fingida desaprobación. "¿Sí? Entonces, ¿qué despoja a los victoriosos? —preguntó ella, con los ojos tan llenos de alegría que él deseó que ella solo tuviera motivos para sonreír.

Duncan sonrió y se quitó el cinturón. Desenrolló su tabardo, tirándolo a un lado, luego se sacó la camisola por la cabeza. "Todo lo que tengo para dar", ronroneó él y el deleite de Radegunde con la vista fue más que claro.

"Es más que tus piernas lo que está bien, Duncan", bromeó ella.

"Sí, tampoco tengo ninguna queja con mi punto de vista. Ven aquí, muchacha.

Ella se rió cuando él la tomó en sus brazos y la depositó sobre las capas, luego él la hizo callar con un beso que no tenía intención de terminar pronto.

ERA imposible para Radegunde temer la intimidad cuando estaba con Duncan.

Sin duda, todo eso era nuevo para ella, pero confiaba plenamente en él.

Ella no había mentido acerca de que él estaba bien y le gustaban las diferencias entre su cuerpo y el suyo. Él era tonificado y esbelto, su cuerpo afilado como una fina hoja para su tarea. Él también estaba bronceado, la parte posterior de sus hombros del tono más oscuro de oro. Ella podía ver cicatrices en su piel que eran la marca de su oficio, pero eran menos de las que esperaba. Estaban en sus brazos, una en su muslo, varias en su espalda. A ella no le gustó que la que tenía en el hombro estuviera tan reciente, pero estaba tan sana que ella sabía que se curaría rápidamente. El vello de su pecho era oscuro y ella siguió la línea hasta su erección, cuyo tamaño la hizo contener el aliento.

Duncan le dedicó una pequeña sonrisa ante eso, una sonrisa confiada que hizo eco del brillo en sus ojos. Ella sabía que él la encontraba tan atractiva como ella lo encontraba a él, y eso era más embriagador que el mejor afrodisíaco. Su beso fue puro placer, la sensación de sus manos sobre su piel desnuda tan satisfactoria como había esperado. Fue fácil entregarse a las sensaciones y confiar en él para guiarla en esa nueva aventura.

Ella adoró cuando él la tomó en sus brazos y luego la depositó sobre las capas como un premio que pretendía saborear.

Radegunde estaba boca arriba, Duncan se cernía sobre ella, el lujoso forro de piel de su capa debajo de ella. Él la besó con un hambre que se hizo eco de la suya, su boca se deleitó con la de ella mientras sus manos vagaban sobre ella. Radegunde entrelazó sus dedos en su cabello y lo acercó más, arqueando la espalda para frotar sus pechos contra su pecho mientras él la seguía hasta el suelo. Besó su oreja, su garganta, la parte inferior de su barbilla y ella se rió del cosquilleo de sus bigotes contra su carne.

"¿Qué tipo de piel es esta?" preguntó ella, hundiendo una mano en su capa.

"Lobo", admitió él, luego trazó un rastro hasta su pezón con la punta de la lengua. Rodeó la areola y el aire fresco hizo que el pico se tensara aún más, luego cerró la boca sobre ella y succionó suavemente. La sensación inundó a Radegunde desde ese punto y se encontró agarrándose a su cabello mientras jadeaba de placer.

"¿Por qué lobo?" se las arregló para preguntar ella.

"Porque sus pieles son gruesas y cálidas", murmuró él contra su carne, moviéndose para provocar el otro pezón de la misma manera. "La cama de una dama debe estar amontonada con sus pieles, como garantía tanto de su calor como de su seguridad".

"¿Cuántos?"

Seis para forrar una capa. Quizás siete." Sus dientes rozaron su pezón y ella contuvo el aliento.

"¿Los mataste a todos?"

Duncan levantó la cabeza y la miró. Había un destello de determinación en su mirada. "¿Qué opinas?"

"Que los acechaste solo y los mataste solo, los desollaste y usaste sus pieles como trofeo".

Su sonrisa fue rápida y ella supo que estaba complacido de que ella lo entendiera. Él capturó sus labios una vez más y la besó profundamente, su mano se deslizó a lo largo de ella. Radegunde sintió que sus dedos se deslizaban entre sus muslos y contuvo el aliento ante su toque seguro sobre ella allí. Ella jadeó su nombre, y él susurró una orden para que separara sus muslos. Radegunde lo hizo, solo para jadear de asombro ante la seguridad de su caricia.

Ella se inclinó y lo tocó, acariciando su dura longitud y escuchándolo recuperar el aliento. Él susurró su nombre con urgencia y ella sonrió, gustándole el poder que tenía sobre él. Ella podría haberse vuelto aún más audaz, pero Duncan se movió, dejando un rastro de besos ardientes a lo largo de ella hasta que su boca reemplazó a sus dedos.

Radegunde se dejó caer sobre el pelaje con un grito. Su toque era íntimo y seductor, su lengua y sus dientes la acariciaban como ella nunca había creído posible. Se sentía en llamas de deseo, pero anhelaba más y más. Duncan continuó cuando ella pensaba que no podría soportarlo más, y gritó cuando una marea la atravesó. Ella jadeó en voz alta y susurró su nombre, aunque él no cesó su asalto hasta que ella tembló después.

Luego se rió entre dientes al verla y se preparó sobre ella una vez más. "Tentadora", susurró él, acomodándose entre sus muslos. Radegunde le dio la bienvenida, arqueando la espalda mientras su fuerza se deslizaba dentro de ella. Él la rodeó. Él la llenaba. Él cerró los ojos y apoyó la frente en su hombro, temblando antes de comenzar a moverse dentro de ella.

Ella estaba poseída y estaba feliz por ello.

Contra toda expectativa, Radegunde sintió que la tormenta se levantaba dentro de ella nuevamente. Ella se aferró a Duncan, sus uñas clavándose en sus hombros, sus piernas envueltas alrededor de él para atraerlo más cerca, su beso para reclamarlo. Ella pensó que sería devorada o consumida, pero quería más y más.

"Más", le susurró y los ojos de Duncan brillaron. "Todo de ti, Duncan", instó ella. "Reclamame plenamente y hazme tuya". Él la tomó de la nuca con la mano y la besó con fervor, moviéndose para que su propia pasión se elevara a un minuto una vez más. Ella podría haber gritado de placer, pero él devoró el sonido, luego rugió contra su garganta en su propia liberación.

Entonces le besó el cuello y la oreja suavemente, y ella pasó las manos por él con asombro. Radegunde estaba caliente y temblando, su corazón latía con fuerza y su piel caliente. Ella se sentía probada y atesorada, reivindicada y satisfecha. Ella abrazó a Duncan con fuerza y él se agachó hasta la capa a su lado, atrayéndola en su abrazo y cubriéndolos con la capa a ambos.

Radegunde estaba rodeada por el suave pelaje, acurrucada contra la fuerza de Duncan. En ningún otro lugar ella preferiría estar que en el abrazo de Duncan en ese claro iluminado por el sol.

"Más lento la segunda vez", juró él con voz ronca.

Radegunde sonrió mientras dormitaba, bien contenta.

DUNCAN SUPUSO que deberían levantarse y regresar a Valeroy.

El sol se había movido por el cielo mientras se amaban, dormitaban y se amaban dos veces más. Pronto se hundiría debajo de las ramas más altas de los árboles. El aire se enfriaría y él no deseaba que Radegunde pasara frío. Aun así, sentía como si se hubieran robado un intervalo para sí mismos, alejándose de sus responsabilidades, y deseaba prolongar esta tarde dorada tanto como fuera posible.

Radegunde dormitaba contenta contra su hombro, su suavidad estaba acurrucada contra él y sus piernas estaban enredadas con las de él. Él le acarició el cabello con los dedos, saboreando todo lo que habían compartido. Su pasión no había sido una sorpresa, pero había sido un placer.

Por supuesto, él tenía que escoltar a Fergus hasta su casa en Killairic, porque había dado su palabra, pero Radegunde era tan maravillosa que Duncan estaba considerando seriamente el mérito de romper su palabra.

¿Y si se quedaba con ella? ¿Lo entendería Fergus? ¿Lo haría su padre?

Sin duda, ella merecía algo más que la incertidumbre de ser la esposa de un hombre de armas. Eso era lo que realmente había mordido la lengua de Duncan. Pero, ¿y si él pudiera ofrecerle más que eso?

¿Y si él pudiera reclamar lo que una vez había rechazado? No había considerado su legado en años y no había pensado que valiera la pena la batalla inevitable que se requeriría. Con la mano de Radegunde como premio, Duncan se lo preguntaba.

Entonces frunció el ceño, porque el sol se hundía y no podían quedarse más. La besó en la frente y se levantó de la cama, vistiéndose con gestos impacientes.

Radegunde se dio la vuelta y se estiró, luego apoyó la barbilla en su mano para mirarlo. "Supongo que debemos irnos".

Ella malinterpretó la razón de su impaciencia y él se alegró de ello, porque no tenía ninguna discusión con ella.

Ella tenía un don para hacer que él deseara más y elegir luchar por ello. ¿Adivinaba la aventura en la que lo embarcaría? Ella no podía saberlo.

Él le lanzó una sonrisa. "De hecho, todavía tenemos horas que cabalgar y debemos cruzar las puertas antes de la cena."

Radegunde no mostró ninguna inclinación a moverse. Se estiró como un gato y se hundió más en la capa. "Fue maravilloso", dijo ella. "Aunque quizás hayas conocido días más maravillosos en la cama".

"¿Cómo es eso?"

"Con cortesanas", respondió ella, sin cargo en sus palabras. "Ellas saben lo que hacen, mientras que yo solo puedo disfrutar."

Duncan sonrió. Se agachó a su lado y le sujetó la barbilla con la mano. "Eres maravillosa", corrigió él. "Y aún más maravillosa por tu entusiasmo y falta de artimañas". Ella sonrió antes de que él le diera un beso prolongado. Pero te refriarás si no te vistes. El sol ya se está poniendo más bajo."

"¿Vendrás a verme por la noche en Valeroy?" Su sonrisa era traviesa. "Ahora que conozco este placer, no me siento inclinada a estar sin él".

Sí, Duncan podría estar de acuerdo con eso.

"No sé si sería prudente". Él frunció el ceño. "Me gustaría, pero debería consultar con Fergus."

Probablemente él estará de acuerdo, porque conoce tu costumbre. Son mi señor Gaston y la dama Ysmaine quienes podrían prohibirlo. Radegunde hizo una mueca y se puso de pie. Se puso la camisola por la cabeza y ató el cordón en el escote. A mi señora no le gustarán estas noticias, sin duda. Ella puede pensar que destruiría sus planes con un propósito."

"¿Ella pensará que eres desafiante?"

"No sé."

Duncan se preguntó si la dama podría despedir a Radegunde de su empleo en tales circunstancias. Entonces, ¿iría Radegunde con él a Escocia? ¿O no querría dejar a su madre tan atrás?

Una vez más, en tantos momentos, sus pensamientos se volvieron hacia el pasado, como no lo habían hecho en años.

Radegunde le lanzó una mirada. "Te preocupas por algún detalle. ¿Te arrepientes de lo que hemos hecho?

"¡Nunca!" Duncan sostuvo su mirada hasta que ella sonrió. "¿Tú?"

"Nunca", susurró ella con calor.

Entonces fue necesario otro beso, y una vez más, fue un beso que no terminó fácilmente. Duncan la apartó de mala gana y le acarició la mejilla. "Debemos regresar", le recordó y ella asintió con la cabeza. Él se abrochó el cinturón sobre el tabardo y comprobó sus armas, luego oyó el crujido de una ramita que se rompía.

Duncan se quedó helado. Radegunde lo miró fijamente, porque evidentemente también había oído el sonido. Él levantó un dedo pidiendo silencio, aunque no era necesario, luego sacó su espada. Radegunde rápidamente se abrochó el cinturón y guardó el crucifijo, luego ató el libro en el bolso que colgaba de su cinturón.

Hubo otro crujido en el bosque y los caballos resoplaron.

Alguien los seguía. Duncan agarró su capa y Radegunde agarró la suya. Hicieron como si fueran uno para los caballos, pero una sombra se abalanzó a través del bosque hacia ellos para intervenir. Duncan solo pudo ver la silueta de un hombre y el brillo de una espada en alto.

El asaltante se lanzó a través de la maleza, evidentemente dándose cuenta de que lo habían visto y estaba decidido a atacar mientras pudiera. Los caballos se asustaron y corrieron hacia el camino.

Radegunde jadeó y pudo haber huido tras los caballos, pero Duncan la tomó de la mano y corrió en la dirección opuesta. Inmediatamente quedó claro que el agresor los seguía. Se oyeron pasos en su persecución y Duncan instó a Radegunde a aumentar la velocidad.

¿Quién los atacaba?

¿Y por qué?

¿Qué le había dicho la dama Eudaline a Radegunde, o qué había en el libro que ella le había entregado? Demasiado tarde, Duncan deseó haber hablado más de la visita, para poder conocer también las noticias enviadas por la dama. Aun así, no podía arrepentirse de las dulces horas que habían pasado juntos. Corrió a través de la maleza, la mano de Radegunde firmemente en la suya, luego saltó a través de un arroyo.

Radegunde dio un pequeño grito al tropezar. Ella trataba valientemente de igualar su ritmo, pero Duncan no perdía un momento. Se maldijo a sí mismo por no recordar su pie debilitado. Sin dudarlo, la levantó sobre su espalda, como se jugaría con un niño, y siguió corriendo.

"¡Duncan, no puedes cargarme!" protestó ella.

"Puedo y lo haré."

"Pero soy demasiado pesada".

"Tan ligera como una pluma. ¡Agárrate fuerte!" Él sintió el hilo de sangre de su herida reciente y maldijo que la herida se abriera de nuevo. Radegunde percibió rápidamente el motivo de su exclamación.

¡Sangras de nuevo! ¡Bájame!"

—Presiona la herida, muchacha —le ordenó él entre dientes. "Solo sobreviviremos a esto juntos".

"Hombre testarudo", reprendió en voz baja, aunque hizo lo que le indicaron. "Podrías salvarte sin mí".

"¿Hasta qué punto?" Duncan saltó por encima de un tronco caído y escuchó al otro hombre de cerca detrás de él.

"Tú fuiste el atacado la otra noche. Quizás él te caza."

"Quizás no sea el mismo hombre", argumentó él. "Quizás no es más que un paria en el bosque."

"No hay tantos en Valeroy".

Él le dedicó una mirada, sabiendo que tenía que decir lo que era obvio para él. —Podría habernos observado, muchacha. Quizás quiera probar el banquete que he saboreado."

Radegunde contuvo el aliento y lo apretó con más fuerza.

"No te dejaré atrás, muchacha, en eso puedes confiar."

Ella le dio un beso en la nuca y colgó, su frente contra su hombro. La palma de su mano estaba presionada contra su herida y casi podía sentir su voluntad de que tuvieran éxito.

Él no sabía adónde había huido, porque ese bosque le era desconocido. Se veía igual en todas las direcciones, como lo eran los bosques extraños, y no sabía qué camino tomar. En el momento en que podría haber temido su destino, Duncan vislumbró la sombra delante de él en la luz moteada del bosque.

¿Otro hombre?

¿Uno que corría delante de ellos?

Duncan no era caprichoso, así que buscó otro vistazo. La figura que tenía delante era grande, la de un hombre alto y robusto. Se movía en silencio, a diferencia del asaltante detrás de ellos, pareciendo revolotear de una sombra a otra. Pero siempre que estaba a la vista, hacía señas a Duncan.

¿Por qué?

¿Se podía confiar en él?

Duncan pensó en el comentario de Mathilde sobre el hombre salvaje del bosque y decidió que no tenía nada que perder.

Siguió la dirección sugerida por la sombra que tenía delante, con la esperanza de elegir bien.

~

DUNCAN CORRÍA COMO UNA LIEBRE. Radegunde se aferró a sus hombros, incapaz de resistir el impulso de mirar hacia atrás. Ella vio al hombre que los perseguía, pero no pudo distinguir sus rasgos. La luz ya se estaba desvaneciendo y las sombras en el bosque se estaban volviendo más oscuras. ¿Quién era y por qué los atacaba?

¿Y adónde los llevaba Duncan? Incluso ella no conocía bien esos bosques y había alcanzado la mayoría de edad en Valeroy. Duncan tomaba un camino decisivo, como si tuviera un destino, y ella solo podía preguntarse dónde podría estar.

Radegunde esperaba que estuviera cerca. Ella podía sentir el corazón de Duncan acelerado y la sangre saliendo de su herida. Su respiración se hizo más rápida y había humedad en su piel. Ella estaba a punto de preguntarle cuando él emergió abruptamente del refugio del bosque.

Ella oyó caer agua en el mismo momento en que Duncan contuvo el aliento y trató de detenerse. Una mano salió de las sombras y arrastró a Duncan a un lado del camino que había tomado.

Otra mano le tapó la boca a Radegunde. Ella olía bosque y tierra y el sudor de un hombre. Ella y Duncan eran sujetados por un hombre que era más alto que Duncan, y que estaba de espaldas a un enorme árbol.

Apenas unos pasos por delante de ellos, el suelo caía. Un río salpicaba a la izquierda, fluyendo hacia una piscina debajo. El borde del acantilado estaba oculto por la maleza y Radegunde jadeó de que se hubieran perdido por tan poco una caída así.

Si la mano no hubiera agarrado a Duncan, ella y él habrían pasado por encima del acantilado.

Radegunde tuvo un momento para preguntarse si habían saltado de la sartén al fuego antes de que el hombre que los perseguía emergiera del bosque, a solo unos pasos de ellos. A diferencia de Duncan, él corrió por el acantilado, gritó de frustración y luego cayó a la piscina.

Vestía cuadros, muy parecido a Duncan, aunque Radegunde notó que sus piernas no eran tan finas.

"Y entonces tu pasado te ha perseguido, Duncan MacDonald, todo el camino desde Escocia", dijo el hombre alto con brusquedad, luego los soltó a ambos. Él empujó a Duncan ligeramente hacia adelante, y Radegunde miró hacia la piscina tal como lo hizo Duncan. Muy abajo, su asaltante salió a la superficie y los miró, gritando una maldición. "¡Mira a tu enemigo y nómbralo!" insistió el hombre alto.

Pero Duncan negó con la cabeza. "Nunca lo había visto antes", dijo, pero Radegunde escuchó la consideración en su tono.

"Pero sabes de dónde vino", supuso y Duncan suspiró.

"Sí, muchacha, eso es lo que sé". Se volvió para enfrentarse al hombre alto y le ofreció la mano. "te agradezco su intervención".

El hombre que les había ayudado estaba bronceado con el tono de la madera oscura. Había barro en su rostro y su cabello era largo y descuidado. Su barba era larga y enmarañada, también, su bigote tan largo que ella apenas podía verle la boca. Su atuendo estaba tan sucio que Radegunde nunca podría haber adivinado su tono original, y tenía la piel de una criatura ceñida alrededor de su cintura. Sus ojos eran oscuros y su mirada tan penetrante que ella tuvo la sensación de que no era tonto.

Él miró la mano de Duncan y ella creyó vislumbrar el destello de sus dientes. "Y te agradezco por tratar a mi única hija con honor", dijo él, volviendo esa mirada hacia Radegunde.

Ella jadeó de asombro y se habría retirado si su pie no se hubiera lastimado nuevamente. "Estás equivocado. ¡Mi papá es muerto!"

"Tu padre es un paria", corrigió el hombre.

"El hombre salvaje de los bosques", añadió Duncan, evidentemente no sorprendido. "Tengo un mensaje para ti de Mathilde".

El hombre le dio a Duncan una mirada rápida y luego se inclinó ante ellos. "Déjame mirar ese pie, Radegunde", murmuró él. "Lo vimos curado una vez antes, y podemos volver a hacer lo mismo". Y cuando la miró esta vez, Radegunde no vio a un asqueroso paria del bosque. Vio la familiaridad de los ojos de su padre, su dulzura y su compasión, y le dio vergüenza encontrarse llorando como una niña.

CAPÍTULO 11

El salvaje del bosque cargó a Radegunde con facilidad, como si fuera una niña pequeña.

También cubría distancias con una velocidad temible. Duncan estaba en apuros para mantenerse al día con el padre de Radegunde y admiraba lo silenciosamente que el otro hombre podía moverse por el bosque. Su atuendo andrajoso era tal que se confundía con los árboles, y Duncan temía quedarse demasiado atrás para no perderse.

Radegunde agarró a su padre y miró por encima del hombro.

Su padre siguió un camino que solo él podía saber, su ruta serpenteaba hacia abajo y tomaba muchos giros y vueltas. Duncan se mantuvo lo mejor que pudo, aunque sus botas resbalaron más de una vez sobre las plantas húmedas bajo sus pies. Él jadeaba, pero no se atrevía a ralentizar su camino ni a perder de vista su Radegunde.

Incluso mientras corría, Duncan se quedó perplejo sobre la identidad del atacante. Había sido atacado dos veces en días, y esta vez, podría haber sido Radegunde quien pagara el precio. La idea de que ella pudiera resultar herida, o peor aún, a causa de él, era más que aleccionadora.

Era espantoso.

¿Quién había sido el agresor? Duncan no lo había reconocido. ¿Podía tener razón el padre de Radegunde, que su pasado lo había seguido? Ciertamente, el atacante llevaba el tabardo, pero había muchos mercenarios escoceses en Francia. Él había bebido cerveza con decenas de ellos en París.

Pero, ¿quién habría contratado a un hombre para atacar a Duncan? Él mismo no poseía nada de valor, y no podía creer que su propia historia lo hubiera alcanzado ahora, después de tantos años de silencio. Su padre sabía que él no quería nada de él y debería contentarse con dejar que el asunto fuera así.

Después de todo, habían pasado años.

Duncan sentía que la sangre le corría por la herida del hombro y le corría por el pecho. El calor húmedo era un potente recordatorio del riesgo que representaba el atacante. ¿Por qué alguien buscaría matarlo?

Quizás esto ocupaba a Fergus y su padre. Quizás algún alma deseaba hacerle daño a Fergus y percibía a Duncan como un obstáculo, con razón, para el pensamiento de Duncan. Él daría voluntariamente su vida por el hijo de su patrón. Por eso lo habían enviado para acompañar al joven, después de todo.

¿Pero quién? ¿Y por qué? Una vez más, Duncan consideró su sensación de que el respeto de Fergus por su prometida no había sido devuelto con la misma fuerza, pero Isobel solo tenía que negar a Fergus para ver el final del compromiso. Ella no necesitaba verlo asesinado, y realmente, si alguna vez hubo algún cariño entre ellos, una estrategia tan extrema tenía poco sentido. A Duncan no le agradaba ni confiaba en ella, pero no la consideraba malvada.

O quizás se trataba del relicario. Después de todo, a Duncan se le había confiado su carga después de su partida de París. La idea le heló el corazón. Quizás Everard había evadido a Wulfe y había sobrevivido para buscar el tesoro nuevamente.

Quizás Wulfe había resultado herido o muerto.

¡Duncan tenía que advertir a Gaston!

Sin embargo, él estaba en el bosque, sin un caballo, persiguiendo al hombre salvaje del bosque hacia un destino desconocido. Es más, ese hombre marcaba un ritmo mortal. En una pendiente empinada, Duncan resbaló y cayó, haciendo una mueca de dolor cuando golpeó el suelo rocoso con fuerza. Se deslizó sobre la vegetación húmeda, luego se detuvo, con las manos apoyadas en el suelo. Estaba cubierto de fango.

Y estaba solo.

El otro hombre había desaparecido como si lo hubiera devorado el bosque. Duncan permaneció inmóvil y escuchó, pero no pudo escuchar ningún sonido. Se puso de pie lentamente y se volvió en su lugar, silenciosamente presa del pánico.

¡No! ¡Ella no podía haberse ido!

"¡Aquí!" Dijo Radegunde, su susurro atravesó las sombras. "¡Por aquí!"

El alivio se apoderó de Duncan.

Aún no podía ver a la pareja, pero siguió el sonido de la voz de Radegunde, caminando con cuidado. Cruzó un arroyo poco profundo, notando la secuencia de rocas que parecían estar esparcidas al azar en el agua, pero formaban una línea torcida de escalones exactamente a la distancia de la zancada de un hombre. Llegó a la otra orilla y se enfrentó a un denso bosque y un muro de enredaderas. Su curso tortuoso debía llevar al fondo de un acantilado.

"¡Aquí!" Radegunde susurró, y Duncan vio que su mano se extendía a través de la gruesa capa de enredaderas. Cuando él se acercó, se dio cuenta de que en ese lugar, la maleza era una cortina.

Disfrazaba la apertura de una cueva.

Radegunde estaba sentada justo dentro del refugio y lo saludó con una sonrisa. Duncan miró hacia la oscuridad iluminada por un rayo de sol. Debía haber una abertura que llegara a la cima del acantilado. Apareció la silueta del padre de Radegunde, mientras ese hombre regresaba a la abertura, llevaba un trozo de cuerda trenzada.

"Intentaré recuperar los caballos", dijo él con aspereza, dirigiendo una mirada de preocupación a Radegunde. "Puedes encender un fuego de forma segura en el hogar".

Luego se fue.

Hubo una prisa por su partida que podría haber hecho que Duncan dudara de su bienvenida, si el hombre no los hubiera llevado él mismo a la cueva. Él y Radegunde intercambiaron una mirada y ella tomó aire para tranquilizarse.

"¿Esta roto?" Duncan se agachó ante ella y comprobó el hueso.

"Espero que no." Ella se mordió el labio y observó cómo lo tocaba y lo movía suavemente.

"Creo que es sólo una torcedura".

"Sí. No hace clic y está tierno, pero no tan dolorido" Ella exhaló un suspiro e intentó arrancar un trozo de tela del dobladillo de su camisola. "Si está atado, no debería hincharse demasiado".

Duncan sonrió.

"¿Y esto te divierte?" ella exigió en un tono burlón.

"Me gusta que seas pragmática, mi Radegunde. Muchas mujeres habrían llorado desconsoladamente, pero simplemente ves que el asunto se resuelve lo mejor que puedes."

"Lo cual no está lo suficientemente bien. No podré caminar durante varios días, y no hasta mañana, incluso con ayuda." Ella le dedicó una mirada sombría. "Y te cazan".

"No sabemos eso", objetó Duncan, pero Radegunde se burló.

"¿Esperarías hasta estar muerto para estar seguro del asunto?" Ella sacudió la cabeza mientras anudaba la tela. "Yo no. Estás siendo cazado, Duncan, y debemos descubrir por qué para asegurarnos de que tu atacante no tenga éxito en su tercer intento."

"Simplemente lo despacharía primero".

"Y sin conocer la causa, ábrete al asalto de un reemplazo". Radegunde negó con la cabeza y luego se estremeció. "No, debemos descubrir la verdad".

"Pero primero debes calentarte". Duncan examinó el espacio. La cueva era claramente la morada de su padre, y él había mencionado un hogar. Duncan levantó a Radegunde y la llevó hacia ese rayo de luz. El camino hacia él era desigual y enrevesado, descendiendo hasta el espacio más o menos circular. Duncan sintió que descendía varios escalones hasta el espacio aproximadamente circular que estaba marcado en el medio con cenizas. Él miró hacia atrás, pero no pudo ver claramente la abertura del bosque, no sin mirar por encima del "escalón" más alto.

La luz penetraba en la cueva desde un hueco en la roca que se extendía por encima de ellos. La cueva no carecía de cierto consuelo, más allá de la bienvenida de alivio de los elementos y de ser un refugio secreto. Había madera para el fuego apilada seca contra una pared, una caja de metal con un pedernal y bolsas colgando de ganchos improvisados, forjados con palos clavados en los huecos de la piedra. Radegunde los exploró mientras Duncan encendía un fuego y él la vio elegir uno. Había un trípode de hierro para colocar sobre el fuego y una olla sólida aunque sencilla. El espacio pronto se volvió cálido y se llenó de luz dorada. Había pieles apiladas a un lado, y él las apiló para garantizar la comodidad de Radegunde.

"Hay un recipiente con agua", dijo ella. "Y las bolsas contienen hierbas secas". Ella levantó la que había elegido. "Si puedes calentar un poco de agua, podemos tomar una infusión de esta, que recuerdo bien. Es muy reconstituyente."

"Y será bueno tener calor en el vientre", acordó Duncan, queriendo asegurar su comodidad. Él encontró un cuenco, que les bastaría para compartir esta infusión.

Puso el agua a calentar como ella le indicó, luego se sentó a su lado. Podría haber preguntado por su tobillo, pero Radegunde insistió en ver su propia herida. Cuando la hubo limpiado y detuvo la hemorragia a su satisfacción, se dio cuenta de que tenía asuntos de mayor importancia que discutir.

"¿Quién desearía matarte?" ella exigió en voz baja.

Duncan decidió no cargarla con la historia de su propio pasado, ya que la consideraba irrelevante. "¿Y si mi fe en que Wulfe haya despachado a Everard fuera incorrecta?"

Radegunde contuvo el aliento. "Porque te llevaste la reliquia de París".

"Sí."

"Pero no la llevas ahora".

Duncan se encogió de hombros. Puede que él no lo sepa. Él podría haber visto como una oportunidad que yo dejara Valeroy contigo a solas.

Radegunde consideró esto. Pero tampoco la tenías cuando llegaste a la casa de mi madre.

"Quizás busca asegurarse de que se le otorgara a otro, uno al que podría derrotar más fácilmente".

Radegunde negó con la cabeza. "Es un esquema demasiado complicado. Si quisiera la reliquia, te atacaría mientras la llevaras."

"Podría haberse equivocado".

Ella le miró fijamente. "O podría haber otra razón, una que te niegas a compartir conmigo".

Duncan sonrió. "Me preguntaba si se debe a mi protección de Fergus."

"Porque eliminarte lo haría más vulnerable". Radegunde consideró esto. "¿Pero quién lo desearía muerto?"

"No puedo decir."

"No lo dirás". Ella le dirigió una mirada severa. —Hay más en esto de lo que estas diciendo, Duncan MacDonald, y será mejor que aproveches la oportunidad para confiar en mí mientras puedas.

Él reclamó su mano y besó su palma, cerrando sus dedos sobre la cálida huella. "Yo advertiría a Gaston y hablaría con Fergus primero".

"¿Porque soy mujer?" preguntó ella, su opinión al respecto era clara.

"Porque no crearía preocupación donde no se merece ninguna".

"Digo que es bien merecido cuando te han atacado dos veces". Sus ojos brillaban con una determinación que rápidamente se estaba volviendo familiar. "¿Debo recordarte que estamos comprometidos el uno con el otro ahora, Duncan?"

"No, pero quisiera recordarte que nuestro compromiso hace que tu protección sea mi responsabilidad". Ella no parecía dispuesta a abandonar la discusión, pero el agua de la olla estaba humeando. Se levantó y vertió un poco en el cuenco, dejándola mezclar las hierbas dentro. El aroma por sí solo era reconstituyente, afrutado y penetrante.

"Tú primero. Has sangrado este día", instruyó ella y estaba claro que no tendría ninguna discusión.

Duncan sorbió el líquido caliente bajo su atenta mirada y cuando se enfrió a una buena temperatura para beber, consintió en tomar un poco ella misma. Él le dio el cuenco y ella bebió un sorbo con verdadero placer.

—Sé que estás acostumbrado a guardarte tus pensamientos, Duncan —dijo ella finalmente. "Pero eso debilita todo el poder de un matrimonio".

"Como descubrió Gaston cuando no pudo confiar en su dama con toda la verdad", continuó él, anticipándose a su argumento. "Entiendo lo que quieres decir, Radegunde, pero no estoy seguro de qué más puedo confiar"

Ella lo estudió con tanta atención que él se preguntó si debería hablarle de su padre. Pero luego descartó la idea. ¡Habían pasado veinte años! Estaban distanciados y el asunto estaba hecho. Él le dirigió una mirada y ella bajó la mirada.

"Sabías que mi padre vivía", dijo ella en voz baja. Duncan escuchó la implicación de que él no había confiado en ella, incluso sin que Radegunde lo dijera, y sabía que tenía que defender sus acciones.

Tu madre dio a entender que él vivía en el bosque, aunque yo no tenía ni idea de dónde podría encontrarlo. No estaba del todo convencido de que ella tuviera razón o de que lo veríamos, así que no deseaba aumentar tus esperanzas."

Radegunde no dijo nada.

Duncan le dio un codazo. "Admito que no soy juez de las piernas finas de un hombre, pero solo puedo asumir que nos ayudó porque él era el hombre en cuestión."

Radegunde no sonrió ante su broma. "Podrías habérmelo dicho".

"Tu madre podría haberse equivocado", Duncan se sintió obligado a repetir.

Radegunde sonrió ante esto. "Mi madre nunca se equivoca. Lo aprenderás con el tiempo, sin duda."

"Y creo que esta noche no deberías hacer nada más que descansar", respondió Duncan.

Si quieres advertir a Gaston, deberías volver a Valeroy sin mí. Estaré lo suficientemente segura aquí."

Duncan le dirigió una mirada feroz, porque la idea era impensable. "¡No lo haré!"

Su sonrisa era genuina entonces y él se sintió aliviado al verla.

"¿De verdad pensabas que estaba muerto?" preguntó él.

Radegunde consideró esto. "Sí y no. Fue la historia que me contaron cuando era demasiado joven para interrogar a mi madre." Ella frunció el ceño. "Sabía que mi madre le daba la bienvenida a algún hombre en ocasiones, por supuesto."

"Tienes hermanos menores".

—Sí, pero nunca lo vi. No claramente. Llegaba tarde y se iba temprano, y sus susurros no debían ser escuchados."

"¿Intentaste?"

La sonrisa de Radegunde fue rápida. "¡Por supuesto! Tengo más que mi medida de curiosidad."

"¿No notaste que tus hermanos menores se parecían mucho a ti, pero no a tu madre?"

"Supongo, pero sus ojos verdes son inusuales en Valeroy. La mayoría de la gente tiene cabello oscuro y ojos oscuros."

Era bastante cierto. "Me sorprende que ningún vecino servicial te haya confiado la verdad."

"Quizás no lo sabían. Quizás tampoco lo vieron con claridad. La cabaña de mi madre es la última y casi rodeada por el bosque."

"Debe haber habido susurros".

Radegunde se rió un poco. "La gente susurraba un poco, pero

creo que temían la ira de mi madre, porque acudían a ella para que los sanara y nadie se atrevió a hablarme de ello".

"Nadie querría que lo rechazaran cuando la necesitaran."

"Y creo que ella también les agrada". Ella se encogió de hombros, pero Duncan pudo ver que estaba reconsiderando todo lo que había creído que era cierto. "Era simplemente como era mi vida."

"Aunque noté de inmediato que había una gran similitud entre todos ustedes, aunque ninguno de ustedes tiene los ojos de Mathilde. Supuse que tenían el mismo padre y me sorprendió saber que se creía que él llevaba tanto tiempo muerto. Entonces sospeché una artimaña."

"Supongo que todos vemos lo que esperamos ver."

"Por supuesto." Duncan se quitó la capa y se la puso sobre los hombros. "¿Qué te dijo la dama Eudaline?"

"Muy poco, en verdad". Radegunde metió la mano en su camisola. "Ella me pidió que le diera al señor Gaston el crucifijo de su padre, que antes era el de la madre de Fulk."

Duncan encontró poco notable en la pieza, ya que había visto cien que eran muy similares. "Tiene un tono oscuro."

"Ella dijo que era de ébano". Se lo entregó a Duncan, quien lo examinó y se lo devolvió a su custodia. Luego, Radegunde sacó de su bolso el pequeño libro que había anotado antes. "Y ella me concedió este libro para dárselo al señor Gaston."

"Quizás ella crea que la oración es la respuesta a todos los males" Duncan se sorprendió cuando su compañera se rió. "¿Por qué estás tan divertida? Es el pensamiento de muchos que se retiran a la vida religiosa."

"¡No esta dama!" Radegunde habló con confianza. "Ella es muy pragmática. Ella temía que le hubiera llevado regalos envenenados y me exigió que bebiera el aguardiente y me comiera un higo primero, mientras ella miraba y esperaba mi desaparición."

"¡Cómo se atreve!" Duncan sabía que se mostraba su indignación.

Radegunde le puso una mano en el brazo. "Yo sabía que no había veneno, Duncan. Yo no estaba en peligro."

"Todavía…" La idea lo inquietaba, de verdad.

"Ella es cautelosa. Me recuerda, sin duda, al señor Gaston, porque es alta y tiene esos ojos azules. Ella mira tan fijamente y en tal silencio que podría leer los propios pensamientos." Radegunde abrió el librito y pasó las páginas lentamente.

"¿Es un salterio?"

"Es una Biblia pequeña", respondió ella. "¿Ves? Aquí está el Libro de Juan." Ella entrecerró los ojos y se inclinó hacia el fuego. Qué curioso. Alguien ha escrito en los márgenes."

"Los monjes a menudo agregan detalles en los márgenes cuando ilustran un volumen".

"No, no. Esto se agregó más tarde, en una letra menos formal y de lado. Mira."

Duncan miró. En el borde de cada página de la derecha, aproximadamente a la mitad del volumen, había una línea de escritura que iba de abajo hacia arriba. Era como si alguien hubiera escrito una carta, con una línea en cada página.

¿La dama Eudaline había compartido más noticias de las que Radegunde se había imaginado?

"¡Espera! ¡Esto es lo que me contó sobre Fulk! "Radegunde declaró, luego comenzó a leer. "Llegué como una nueva novia en 1153", leyó ella, luego pasó la página para continuar ", sabiendo muy bien que mi predecesora, Rohese". De nuevo pasó una página," había estado enterrada sólo seis meses." Y así fue, Radegunde leía una frase, luego pasaba la página para leer la siguiente. "Ella y su hijo menor murieron cuando se volcó un bote. Fulk no creía que fuera un accidente. Él confesó que estaba contento de haber llevado a Bayard con él en el viaje de ese día, porque había decidido hacerlo en el último momento."

"El hermano mayor de Gaston", reflexionó Duncan.

"¡Esto es precisamente lo que ella me dijo!" dijo Radegunde con emoción. "Cada palabra aquí coincide con la de ella."

"Eso no puede ser una coincidencia".

"No, no puede. Este libro es importante." Radegunde pasó las páginas más rápidamente mientras leía. "Tenía sólo seis años y debería haber estado en ese barco con su madre y su hermano menor. Habían planeado la excursión semanas antes y el muchacho se sintió decepcionado de que se lo negaran en el último momento. Fulk tenía sus sospechas sobre quién podría ser el culpable."

Duncan la miró intrigado.

"Châmont-sur-Maine solo había llegado a manos de Fulk en 1142, por concesión de Godofredo de Anjou, como recompensa por un servicio leal. Fulk se opuso al asalto de Elías II en 1151, y la concesión fue reafirmada por el rey Henry". Radegunde separó la página siguiente con cierto esfuerzo.

"El volumen parece haberse mojado en algún momento", señaló ella.

"Sí. Y las páginas están selladas entre sí." Suavemente frotó las delgadas páginas entre sus dedos, instándolas a que se separaran, y su sonrisa brilló ante su éxito. Continuó leyendo sucesivamente las dos páginas siguientes. "Pero Fulk no era el único que deseaba tal regalo de la mano del rey."

La página siguiente fue aún más difícil de separar de sus compañeras y Radegunde frunció el ceño. "No pudo haber sido el agua lo que empapó el libro", dijo ella, llegando a la misma conclusión que Duncan. ¡Qué fastidioso! Las páginas se adhieren de forma más segura entre sí en esta esquina. No deseo dañarlo."

"Quizás un escriba lo mojó en pegamento".

"Entonces, ¿por qué habría pagado un cliente por ello? No, debe haber sucedido más tarde."

¿Quién guardaba el pegamento, salvo los escribas que lo usaban para encuadernar libros? Duncan no podía decirlo.

El fuego crepitó mientras Radegunde trataba pacientemente de separar las páginas. Finalmente logró separar la página siguiente. Le lanzó a Duncan una mirada triunfal cuando la giró. "Cuando él murió, dejé el asunto a Bayard..." La página siguiente pasó más fácilmente "... para asegurarme de que mi propio hijo no fuera presa de..."

"Ella fue al convento para proteger a Gaston", concluyó Duncan.

"Sí, eso es lo que pensé cuando ella me lo contó". Radegunde asintió con la cabeza, luego negó con la cabeza y dijo que la página siguiente estaba pegada. "Y aquí nombrará al villano, como lo hizo durante nuestra discusión."

"¿Ella lo hizo?"

"Sí. Sebastién de Saint-Roux." Radegunde susurró y Duncan no pudo decir que estaba completamente sorprendido. "¿Crees que está escrito aquí?"

Duncan se inclinó más cerca mientras ella luchaba por liberar la página. Radegunde maldijo y luego se llevó la mano a la boca.

"¡No te toques la boca con los dedos!" vino una orden tosca.

Radegunde y Duncan se congelaron.

Su padre apareció en lo alto del descenso hacia la tosca cámara donde estaban sentados. Él miraba a Radegunde con el ceño fruncido, luciendo más salvaje y feroz que antes.

La mano de Duncan se posó en su espada cuando comenzó a ponerse de pie.

"¡Las páginas están envenenadas!" declaró su anfitrión.

"¿ENVENENADAS?" Radegunde repitió, sabiendo que su asombro se mostraba. Duncan le quitó el libro de las manos y lo giró, estudiando la esquina pegada.

"Envenenada", afirmó su padre, cruzando el ancho de la cueva con tres zancadas y apoderándose del volumen. Señaló un balde de agua. "Lávate la piel a fondo y rápidamente", le ordenó y Duncan le trajo una medida de agua.

Radegunde hizo lo que le indicaron, feliz de que hubiera una barra de jabón en bruto para usar. Lanzó una mirada por encima del hombro, todavía asombrada de que su padre estuviera frente a ella. "¿Cómo lo sabes?" exigió ella.

"Eso no es importante", dijo él con brusquedad.

Radegunde sintió que sus labios se apretaban. Parecía que estaba en compañía de dos hombres que no creían oportuno confiar plenamente en ella. Ella frunció el ceño y se frotó la mano. Su disgusto se mostró por Duncan cuando él reprimió una sonrisa.

Su padre cruzó los brazos sobre el pecho para observarla, como lo había hecho cuando era pequeña. "¿Y por qué lees del libro?"

"Quiero saber si su historia coincide con la que me confió la dama Eudaline".

"¿Hasta ahora?"

"Palabra por palabra."

"Entonces no tienes necesidad de explorar los secretos del libro, porque ya los conoces".

"Puede que haya más detalles. Implica que el villano se llama... "

"Pero Eudaline ya ha confiado en ti". Su padre le agitó el pequeño volumen. "El libro es una trampa, preparada por Eudaline para el día en que aparezca algún alma en quien se pueda confiar para entregarlo. Fue una irresponsabilidad de su parte concedértelo sin previo aviso."

"Pero ella tampoco confiaba en mí", admitió Radegunde.

"¿Cómo sabes esto?" Preguntó Duncan, su escepticismo era claro.

Su padre arqueó las cejas. "Conozco a Eudaline".

"¿No deberías llamarla la dama Eudaline?" Preguntó Radegunde.

Su padre evitó su mirada, un indicio de otra verdad oculta. "Quizás. No me preocupan tanto las convenciones y la etiqueta en estos días." Le dedicó una mirada brillante. "¿Es cierto que has estado en Ultramar y has vuelto?"

"Cambias de tema para evadir mis preguntas", acusó ella y él sonrió, pero no lo cuestionó.

"¿Recuperaste los caballos?" Preguntó Duncan.

"Ay, solo uno. El caballo de guerra estaba demasiado por delante de mí y huyó hacia Valeroy. Espero que ya esté a salvo dentro de su establo."

"Estoy seguro", dijo Duncan, y Radegunde notó la preocupación en su mirada de reojo.

Y la dama Ysmaine estará preocupada. Radegunde intentó

ponerse de pie, solo para que ambos hombres la detuvieran. Cada una puso una mano debajo de uno de sus codos.

"No te harás más daño", dijo su padre. "Deberías descansar."

"No permitiré que mi señora se preocupe. Debemos regresar a toda prisa."

"Te llevaré al caballo y luego lo conduciré", dijo Duncan. Aunque la perspectiva de volver a abrirle la herida disgustó a Radegunde, vio su determinación y supo que no se dejaría convencer.

"Entonces debes prometerme que descansarás mañana", dijo ella, pero él la abrazó sin responder.

"Yo te guiaré", concluyó su padre. Dame lo último de esa infusión antes de partir. Huele muy reconstituyente."

"La mezcla de mamá", dijo Radegunde, con un desafío en su voz.

Su padre no aceptó la invitación, simplemente bebió un sorbo de la infusión con verdadero placer.

¿No amaba él a Mathilde? ¿Por qué la había dejado? ¿Por qué había regresado a intervalos? Él parecía indeciso y Radegunde no creía que su padre poseyera ese rasgo. Tampoco imaginaba que él era uno para jugar con los afectos de otro.

Dejó el cuenco a un lado y ayudó a Duncan a convertir el fuego en cenizas. Duncan luego levantó a Radegunde y salieron de la cueva. Su caballo estaba atado a un árbol, moviendo las orejas. Duncan levantó a Radegunde hasta la silla y ella pasó las manos por la bestia con alivio. Su padre todavía estaba en silencio, aunque había mucho que ella le quería preguntar.

Ella respiró hondo y formuló una de sus muchas preguntas. "¿Cómo pudiste dejarme pensar que estabas muerto?"

Su padre le dirigió una mirada solemne. "¿Confiarías tu seguridad en la capacidad de un niño para morderse la lengua?" exigió él y ella tuvo que reconocer que no lo haría. "En verdad, pensé que podrías descubir la verdad cuando fueras mayor." Él cogió las riendas y los condujo por el bosque. Estaba oscureciendo y las sombras ya se alargaban. El aire se sentía helado después del calor de la cueva, y Radegunde se cerró la capa.

"Pero tú y mamá engañaron con gran éxito." Había amargura en su tono y Radegunde no trató de ocultarlo. Ella sabía que Duncan escuchaba con atención mientras caminaba a su lado. Él mantuvo una mano en la silla y ella dejó caer su mano para cerrarla sobre la suya.

Su padre se puso serio. "No le dirás a nadie más, Radegunde."

"Podrías confiar en mí ahora. ¿Por qué vives así cuando podrías estar con nosotros en la cabaña?

"Porque no pude quedarme con ustedes, no cuando me cazaban, porque no arriesgaría la vida de todos ustedes."

"Te arriesgaste a veces, cuando volviste con mamá". Radegunde tuvo un pensamiento entonces. ¿Había creído el atacante de Duncan que él era su padre? No, no podía ser. Aunque ambos hombres eran altos y anchos de hombros, su padre era más corpulento y grueso.

Mientras tanto, su padre sonrió un poco. "Ese es el verdadero peligro del amor, porque no podría abandonarla hasta que ella me pidiera que hiciera lo mismo."

Radegunde se enderezó. "¿Ella te envió lejos?"

"Ella me desafió a quedarme o irme para siempre. No me atreví a arriesgar su vida, así que me fui. Espero que no sea para siempre." Él asintió una vez. "Háblame de Ultramar."

"No me di cuenta de que se conocía la historia de mi viaje en el bosque."

"No estoy sin noticias aquí, Radegunde, y tú te has ido durante años."

"Pero solo he regresado por días."

"Entonces está claro que las noticias me llegan de manera oportuna. Quizás los pájaros me lo contaron. ¿Me contarás tu aventura?

Radegunde sintió que sus labios se apretaban. Él estaba decidido a evadir sus preguntas, mientras extraía toda la información de ella. La combinación la irritaba enormemente y la hacía sentir como si todavía desconfiara, como una niña pequeña. "No, a menos que me digas por qué nos dejaste."

Para su consternación, su padre dirigió su atención a su compañero, claramente sin ninguna intención de hacer eso. "Dime, Duncan MacDonald, ¿cuáles son tus perspectivas?"

"Soy un hombre de armas", respondió Duncan. "He jurado el servicio al hombre que me salvó la vida hasta que le devuelva el favor. Por orden suya, escolté a su hijo a Ultramar y lo veré de nuevo en Escocia."

"¿Irás con él?" Le preguntó el padre de Radegunde.

"No sé." Ella miró a Duncan. "No lo hemos discutido."

"Pero ustedes están comprometidos el uno al otro de todos modos", reflexionó y no parecía demasiado preocupado. "Bien. Asegúrate de que ella sea feliz, donde sea que elijas vivir, y tendrás mi bendición."

"Es mi intención hacer eso, señor". Duncan miró a su padre. "Su bendición es bienvenida pero inesperada, señor."

Su padre sonrió. —Hubo un tiempo, Duncan MacDonald, en el que te habría golpeado el pellejo por tomar la inocencia de mi hija con una garantía tan pequeña a cambio, pero es tu buena suerte que haya pasado tanto tiempo en el exilio. Ya no me preocupa tanto el juicio de los demás."

Duncan asintió, pero Radegunde se enderezó.

"¿Exilio?" repitió ella, aprovechando ese detalle. — ¿Así que tu abandono de nosotros fue por orden de alguna alma que no fuera mamá? ¿Qué has hecho, papá, para ser condenado a vivir como un forajido?

Él le dirigió una mirada brillante tan llena de desafío que ella supo que no se lo confesaría. Hizo un gesto hacia una raya en los árboles justo delante. "Y aquí está el camino a Valeroy. Los seguiré, permaneciendo escondido en el bosque, hasta que estén a la vista de las puertas. Es posible que su agresor haya encontrado el camino de regreso, y agradecería la oportunidad de sorprenderlo nuevamente."

"Pero esta vez, no debería escapar", agregó Duncan. "Tengo preguntas para él".

"Lo que es poco probable que responda", señaló el padre de Radegunde. "Aun así, podría estar convencido de compartir algún detalle de importancia. Seguiré buscándolo y enviaré un mensaje si averiguo más."

"Gracias, señor". Los hombres se dieron la mano e intercambiaron cumplidos, luego el padre de Radegunde se acercó a su estribo. Él tomó su mano entre las suyas y luego tocó con los labios su palma. "Buen viaje para ti, mi Radegunde," murmuró, su mirada estaba tan llena de calidez que un nudo se elevó en su garganta. "Es un regalo verte crecida y hermosa, y tan enamorada." Sus labios tocaron su mano de nuevo y luego estrechó la mano de Duncan.

"Mathilde me ha pedido que te diga que te extraña", dijo Duncan y Radegunde vio que la cautela se reflejaba en los ojos de su padre.

¿Su madre realmente lo había enviado lejos?

Su padre no dijo nada en respuesta, sino que giró y se adentró en el bosque, desapareciendo tan rápidamente que ella podría haber imaginado su presencia.

Excepto por la cálida huella de su saludo en su mano. Ella parpadeó para contener las lágrimas y tragó, luego sonrió para Duncan. "Le agradas", se aventuró a decir ella y Duncan sonrió.

"Él te ama", respondió él. —No le des demasiada importancia a su reticencia, Radegunde. Creo que intenta protegerte." Él mantuvo la mano en la silla y caminó junto a ella, con la otra mano en la empuñadura de su espada.

A Radegunde se le ocurrió que su padre no era el único que garantizaría su seguridad.

"Podríamos montar juntos", invitó ella, pero Duncan negó con la cabeza.

"He estado pensando en esto. Si tu padre tiene razón, y la dama Eudaline te ha dado el cebo perfecto, entonces debemos asegurarnos de que se pueda tender una trampa con éxito. Ese premio no debe desperdiciarse."

Radegunde solo pudo estar de acuerdo. El libro había sido una baratija cara de preparar o sacrificar. "Pero Sebastién de Saint-Roux es nombrado como el villano y debe estar muerto, al igual que Fulk."

"Sí. Entonces, debemos descubrir quién ha tomado la causa."

"¿Que sugieres?"

"Que finjamos ser menos íntimos de lo que somos, hasta que se resuelva este asunto. Te acompañé al convento, pero no nos confiaremos el uno al otro." Él la miró con dureza. "Si fuéramos observados por el villano, esto centraría su atención en ti, por lo que debes entregar el libro a la dama Ysmaine a toda velocidad".

"¡Pero no puede haber villano en el salón del señor Amaury!"

Has estado fuera, Radegunde. No conoces la alianza de todos los sirvientes y los recién llegados a Valeroy."

"¿No sospechas de Millard, el hijo de Sebastién y el marido de la sobrina de Gaston?"

Duncan se encogió de hombros. "Necesitamos más pruebas que la palabra de la viuda de Fulk contra el padre de Millard." Él frunció el ceño. "No todos los hijos comparten los pecados de su padre."

A Radegunde le pareció que Duncan hablaba de otra persona que no fuera Millard. "¿Pero qué hay de nuestro compromiso?" preguntó ella, viendo las puertas de Valeroy más adelante.

"No es más que el primer día de nuestro año y un día, mi Radegunde", dijo él con confianza. "Esta situación no durará, y entonces podremos estar juntos abiertamente".

"Hasta que escoltes a Fergus a Escocia", no pudo evitar notar ella, disgustada de que él no discutiera el asunto con ella. ¿Cómo podía la felicidad tener una duración tan corta? Radegunde se sentía engañada, aunque sabía que Duncan hablaba con sentido común y deseaba garantizar su seguridad.

"Estás molesta", señaló él, incluso cuando un grito de saludo surgió del portero. Los habían visto.

"Siento como si me hubieran quitado un regalo de lo más bienvenido", dijo ella y él se rió con ironía.

"Sí, Radegunde, comparto tu opinión al respecto. Ten paciencia, muchacha. Con ambos instando a que este asunto se complete, no puede permanecer sin resolverse por mucho tiempo."

"¿Es así, Duncan MacDonald?" preguntó ella, eligiendo burlarse de él. "¿Eres tan influyente en el destino del mundo como eso?"

Él le dedicó una mirada hirviendo que calentó su propia sangre. "Eres mía, muchacha, durante un año y un día, y haré todo lo que esté a mi alcance para que sea una vida."

Ella se inclinó hacia él. Entonces demuéstramelo, Duncan. Aprovecha cada momento que podamos compartir juntos. Déjame ir a verte por la noche." Él abrió la boca para protestar, pero ella le pasó un dedo por los labios. "Correré el riego, porque de verdad creo que disminuirá mucho si estoy contigo."

Él vaciló, pero Radegunde no dejó que el asunto fuera así. Que él estuviera tentado significaba que ella tenía posibilidades de éxito. "De hecho, creo que necesita mi protección, señor, y quisiera verlo defendido."

La lenta sonrisa de Duncan hizo que su corazón se acelerara, porque sabía que él cedería por ella. —Sí, muchacha, veo tu punto. Si vamos a estar siempre juntos, cuanto antes comencemos, mejor".

"¡Precisamente!" dijo ella con una sonrisa triunfante.

Duncan le besó la mano y le dio un apretón con las yemas de los dedos. "Y aquí vienen. No le cuentes a nadie más que a tu dama lo que has aprendido.

"Sí, aunque no le hablaré de mi padre."

Duncan tuvo tiempo de asentir antes de que estuvieran rodeados de centinelas y guardias, y luego les dieron la bienvenida a la fortaleza de Valeroy. Radegunde se encontró mirando hacia atrás, buscando algúna señal de su padre en las sombras del bosque. El cabello se erizó en la parte posterior de su cuello como si los observaran, pero no pudo distinguir ningún signo de su presencia.

Entonces escuchó el ulular de un búho, notablemente temprano para que un pájaro así estuviera afuera. Ella sonrió para sí misma, porque tenía que ser la llamada de despedida de su padre. Él los amaba a todos. Lo habían juzgado mal, estaba segura, y lo habían desterrado injustamente.

De alguna manera ella vería que se hiciera justicia.

CAPÍTULO 12

Duncan estaba seguro de que nunca había visto semejante alboroto. En verdad, Radegunde había anticipado con razón los temores que la llegada del caballo de guerra desprovisto de jinete crearía dentro de Valeroy. La propia dama Ysmaine se acercó a las puertas, su agitación más que clara. Ella besó las mejillas de Radegunde y Duncan se imaginó que la dama, a quien había considerado muy intrépida, estaba temblando.

De hecho, la vista le dio más motivos para considerar. ¿Radegunde dejaría Châmont-sur-Maine y abandonaría a su señora? Él no deseaba hacer infeliz a Radegunde ni obligarla a entregar todo lo que amaba, pero él sabía que sería infeliz si permanecía fuera de Escocia más tiempo del que lo había hecho. Él echaba de menos el viento frío y las colinas salvajes, la soledad que un hombre podía encontrar cuando la buscaba y la seguridad de estar donde pertenecía.

¿Estaba su compromiso condenado a aguantar solo un año y un día?

Duncan esperaba que no fuera así. Él debía discutir sus preocupaciones con Radegunde en la primera oportunidad. Pero primero, debía consultar con Fergus para saber qué opciones tenía.

La dama Richildis, el señor Amaury y todas las hermanas de la dama Ysmaine salieron del salón, seguidos por doncellas y escuderos y la mayoría de los sirvientes de Valeroy. El hermano de Radegunde se adelantó y levantó a su hermana de la silla, demostrando que la estimación que Duncan tenía del joven había sido correcta. No había posibilidad de hablar con ella cuando estaba tan rodeada de aquellos que estaban preocupados por su bienestar, aunque sintió su mirada sobre él.

Él la saludó con la mano y condujo al caballo hasta los establos, pensando con furia.

Para alivio de Duncan, Fergus estaba de pie en el cubículo vacío del caballo como si lo estuviera esperando. También se alegró de ver que su propio caballo había sido cepillado y despojado de su silla. La bestia soltó un relincho a la llegada de Duncan y él le dio unas palmaditas en el trasero al caballo mientras le pasaba las riendas del caballo a Fergus. Trabajaron en silencio durante unos momentos, ocupándose del cuidado del caballo, luego comenzaron a cepillarlo desde lados opuestos.

"Temía que estuvieras perdido", dijo Fergus.

"¿Viste eso en un sueño?" Duncan tuvo que preguntar.

El joven negó con la cabeza. "Veo un desafío ante ti, Duncan, uno que exigirá mucho de ti, pero no más que eso." Fergus sonrió. "No ha desaparecido, así que este no fue el final. ¿Qué pasó?"

Duncan contó los detalles de su viaje y el ataque, y Fergus frunció el ceño al enterarse de que un montañés había sido el responsable.

"No puedo pensar en quién me atacaría, y mucho menos en buscarme, desde Escocia", dijo Duncan, incluso cuando una vez más ignoraba esa única duda. "¿Crees que se refería al tesoro?"

"Pero no lo llevabas este día, ni llevaste ningún artículo que pudiera haberlo disfrazado". Fergus negó con la cabeza. "Podrían haber sido bandidos. Se dice que hay muchos en los alrededores."

"Ser atacado dos veces por bandidos, en dos lugares diferentes, parece una mala suerte en una medida muy poco probable."

"Ahí está." Fergus le dio a Duncan una mirada dura. "¿Estás seguro de que no hay nada en tu pasado que pueda haberte perseguido?"

"No después de veinte años de silencio", dijo Duncan. "No, es mucho más probable que te concierna a ti, a tu padre o a nuestro viaje".

Trabajaron en silencio, sin poder pensar en tal causa.

"También le consultaría sobre otro asunto, mi señor", dijo Duncan cuando el cepillado estuvo completo y Fergus podría haber regresado al salón.

El joven se apoyó contra el cubículo, sonriendo mientras miraba a Duncan. "¿Mi señor?" repitió él. "Este debe ser un asunto importante".

Duncan se aclaró la garganta. "He prometido un compromiso con la doncella Radegunde..."

"¡Estas son buenas nuevas!"

"Por el momento, lo son. Pero no estoy seguro de lo que puedo ofrecerle. Está claro que dejaremos Châmont-sur-Maine para regresar a Killairic."

Fergus asintió, su sonrisa se desvaneció. "Te liberaría de mi servicio, si te quedas con ella aquí".

Duncan hizo una mueca. "Le prometí a tu padre que te acompañaría a Ultramar y a casa de nuevo, y no rompería esa promesa".

"Y a decir verdad, no estaría sin tu servicio en ese viaje, dado todo lo que llevaremos". La pareja intercambió una mirada significativa.

"Sí", dijo Duncan, sin saber si alguien podría estar escuchando. "Has sido generoso al adquirir regalos para tu prometida. Otro caballo o dos serán bienvenidos para llevar la carga."

Fergus asintió. "Veo que nos entendemos bien. ¿Dejará ella el servicio de la dama Ysmaine?

"No le he hablado de eso, porque elegí consultarlo primero."

Los ojos del caballero comenzaron a brillar. "Sin embargo, ya has intercambiado votos y sin duda has consumado el compromiso.

Qué impetuoso de tu parte, Duncan. Nunca te había visto tan impulsivo." Duncan sintió la parte de atrás de su cuello arder porque sus pensamientos habían sido descubiertos tan fácilmente, pero antes de que pudiera responder, su compañero continuó. "Debe ser amor, entonces, y debo hacer mi parte para asegurar que tu curso sea correcto. ¿Qué hay de este plan? Fomenta la admiración y el afecto de tu dama mientras nuestros pasos recorren el mismo camino, despídete hasta que completemos nuestro viaje a casa, y luego me aseguraré de que esté invitada a acompañar a Gaston e Ysmaine a celebrar mis nupcias con Isobel. Estarán separados por varios meses, pero eso es poco para un corazón que ama de verdad. ¡No he visto a Isobel en casi tres años! Entonces Radegunde podrá ver tu casa y te dejo a ti la tarea de convencerla de que se quede."

"Si tu padre accede, podría casarme."

Fergus le dio una palmada en el hombro. "Duncan, cuando lleguemos a casa, mi padre verá oportuno concederte todo lo que desees."

"Pero si no le he devuelto su favor al salvar mi vida salvando la suya..."

"Él descartará tu obligación, porque hace muchos años que lo has servido fielmente. Yo apostaría por ello."

"No lo haré, hasta que las palabras salgan de sus labios".

"¡Ahí! Eres cauteloso de nuevo. Mi viejo amigo ha vuelto." Fergus se puso serio entonces. "Si llegamos a Killairic con éxito, todo irá bien para los dos. Estoy seguro de ello.". Él arqueó una ceja, su tono burlón. "Ahora, en cuanto a si puedes persuadir a la dama para que te elija sobre la señora a la que ha servido toda su vida, ese es un desafío que solo tú puedes ganar."

Duncan sonrió, más que dispuesto a hacer precisamente eso.

De hecho, él continuaría su conquista del corazón de Radegunde esa misma noche. Le estrechó la mano a Fergus y fue a lavarse antes de la cena, luego se aseguró de que la habitación que le habían concedido no fuera compartida por nadie más.

Él deseaba a su dama para él.

RADEGUNDE DESEABA que ella y Duncan no tuvieran que separarse, pero había pocas opciones. Fueron separados en las puertas, la suposición clara de que él pertenecía a los establos y ella al salón. En verdad, ella había llegado a despreciar sus obligaciones.

¿Vendría él por ella esta noche?

Ella solo podía esperar haberlo convencido y que otros no lo persuadieran de alterar su curso. A decir verdad, sin embargo, Radegunde no podía creer que Duncan cambiara fácilmente de pensamiento una vez que tomaba una decisión.

Era parte de lo que ella admiraba de él, sin duda. Un hombre resuelto era alguien en quien una mujer podía confiar.

Después del alboroto de su saludo, Radegunde fue asistida por su hermano, Michel, hasta la habitación compartida por la dama Ysmaine y el señor Gaston. Fue depositada junto al fuego en la habitación y tuvo que insistir una vez más para que no llamara a su madre antes de la mañana. La dama Richildis y varias de sus hijas se acercaron a la puerta para escuchar.

"A ella le gustaría ver tu tobillo", dijo Michel.

"Está simplemente torcido y se curará por completo en cuestión de días", dijo Radegunde una vez más. "Recuerda que Duncan fue atacado fuera de su casa hace solo unos días."

"Es por eso que quiero que se mude al torreón", dijo Michel. Pero ella no lo hará. Mamá es malditamente terca."

"Así que sabes que ella no se verá disuadida de visitarme a toda prisa cuando escuche, y que no se quedará en el torreón por la noche. No la pondría en peligro con un paseo solitario."

"Yo podría acompañarla..."

"Sabes que ella no lo toleraría". Radegunde negó con la cabeza, consciente de la diversión que compartían la dama Ysmaine y su marido. "Deja el asunto para mañana, Michel, te lo imploro".

Él cedió con una desgana tan obvia que Radegunde sintió que la batalla estaba ganada con mucho esfuerzo.

Finalmente, todos fueron despedidos excepto ella, la dama Ysmaine y el señor Gaston.

"Tu madre no es la única que es terca, al parecer", señaló el señor Gaston, su tono suave. "Pero tiene buenas intenciones".

"Por mí, si no por mi madre. Tengo suficiente cuidado para una lesión tan leve. De hecho, empieza a parecer demasiado."

"¿Y entonces?" Preguntó la dama Ysmaine en el mismo momento en que Radegunde sacó el libro de su bolso.

Radegunde compartió la mayor parte de la historia, incluida la advertencia del hombre salvaje del bosque sobre las páginas envenenadas, mientras el señor Gaston giraba el pequeño volumen en sus manos.

Ella no les confió que el hombre salvaje de los bosques era su padre y les ahorró el detalle de visitar su morada. Según ella, un extraño simplemente les había recuperado el caballo, ni más ni menos.

El señor Gaston frunció el ceño ante el fuego, claramente considerando su rumbo, mientras su dama se aseguraba de la comodidad de Radegunde y verificaba la atadura de su tobillo. La dama Ysmaine le preguntó sobre el convento, el viaje y otros detalles similares, mientras el señor Gaston permanecía sentado en silencio.

"Mi señora, debemos discutir", dijo él con tal firmeza que ambas mujeres lo miraron con sorpresa. "Aunque tenemos muchas sospechas, Sebastién de Saint-Roux está muerto. ¿Quién ha tomado su causa, si la hubo? ¿O saltamos a las sombras? Debemos actuar con prudencia, pero no desperdiciar este regalo de mi madre." Él levantó el libro. "Usémoslo para ver qué se puede aprender".

"¿Cómo?" preguntó la dama Ysmaine.

"Sólo el villano encontrará interés en la acusación", dijo el señor Gaston. "Entonces, vamos a alentar la trampa pareciendo estar separados."

"¿Pero por qué?" La confusión de la dama se mostró.

"Para que se crea que el secreto está únicamente bajo tu cuidado y que se perciba que no está protegido". El señor Gaston sonrió. "Por supuesto que no lo estarás".

"Mis padres nunca estarán convencidos de esta pelea", respondió la dama Ysmaine. "Saben que tomo el modelo de su matrimonio e insisto en la consulta entre marido y mujer".

"Y han consultado juntos desde París", señaló Radegunde.

"Pero fue una lección difícil para mí", dijo el señor Gaston. "¿Y por qué no? Porque mi padre nunca le habló a mi madre como compañera y confidente. Él acudía a ella únicamente para pagar la deuda matrimonial y esperaba que ella hiciera lo que se le ordenaba."

"¿La dama Eudaline?" Radegunde no pudo evitar preguntar sorprendida.

El señor Gaston se rió entre dientes. "Nada dice que mi padre ganó sus expectativas. Mi madre parecía cederle y luego hacía lo que deseaba. Se proponía aprender tanto como fuera posible y luego influir en la situación cuando pudiera. No puedo creer que ignorara por completo sus actos, pero tal era su actitud que no podía suavizar su postura. Él llegó al matrimonio repetidas veces, pero a regañadientes, deseando solo hijos." Levantó las cejas. "No hay ninguna razón por la que yo no pueda compartir su creencia." Le entregó el volumen a su esposa. "Esconderás esto en uno de tus baúles, pero asegúrate de que no sea demasiado difícil de encontrar. Radegunde, lo comprobarás por la mañana y por la noche. Cuando desaparezca, podremos ver a los posibles sospechosos".

"¿Y si no desaparece?" Preguntó la dama Ysmaine.

"Entonces sabremos que estamos a salvo."

La dama resopló, disgustada con esta conclusión. Ella se volvió hacia Radegunde. Debes asegurarte de que se corra la voz entre los sirvientes del regalo que recogiste para mí de la madre de mi señor. Hazlo con discreción, confesándolo como un secreto solo a unos pocos. Las noticias se difundirán y encontrarán un oído listo."

Radegunde asintió con la cabeza. "También hay esto". Ella ofreció el crucifijo.

La sonrisa del señor Gaston fue inmediata. "Recuerdo bien esto. Pensé que se había perdido," Él admiró la ficha y luego se la ofreció a su esposa también. "Si te lo pusieras, al igual que las mujeres de mi familia, sería un gran honor para mí, Ysmaine." Ella se lo puso y compartieron una sonrisa lo suficientemente cálida como para avergonzar el fuego del brasero.

"¿Me lo pongo en secreto?"

"Podría ser prudente, por el momento."

Ella asintió con la cabeza y la metió dentro de su camisola.

"Y entonces la discusión", continuó el señor Gaston. "Voy a estar en desacuerdo con que envíes a tu doncella a mi madre, insistiendo en que Eudaline y yo estamos separados. Lo llamaré desafío y engaño, y como resultado, estaré en aparente ignorancia sobre el libro y el crucifijo."

La dama Ysmaine asintió, un destello familiar iluminó sus ojos. "Y estaré profundamente herida por su desconfianza hacia mí".

"Por supuesto. ¿Cómo podrías ser de otra manera? El señor Gaston sonrió. "Sin embargo, todavía vendré a ti para concebir a ese niño".

"¿No te reconciliarías, sin embargo?" Radegunde se sintió obligado a preguntar. "Parece una elección que podría ser desafiada y luego perdonada, particularmente si están juntos cada noche".

"Entonces debemos encontrar un medio para profundizar la disputa", dijo la dama Ysmaine.

Hubo un golpe en la puerta en ese momento. La dama Ysmaine envolvió el volumen en una servilleta y se apresuró a meterlo en su baúl más grande. Se aseguró de que Radegunde notara su ubicación, luego cerró el baúl y volvió a sentarse junto al brasero.

"¿Sí?" Dijo el señor Gaston. "Entre"

La puerta se abrió para revelar a Duncan, luciendo decidido.

"¿Algo anda mal, Duncan?" Preguntó el señor Gaston.

—No, señor. Vengo por Radegunde, porque no la dejaría caminar hasta los establos mientras su tobillo está tan lastimado."

Tanto el señor Gaston como la dama Ysmaine miraron a Radegunde con asombro. "¿Los establos?" La dama Ysmaine repitió en un susurro. Hubo un brillo repentino en los ojos del señor Gaston.

Las mejillas de Radegunde estaban calientes, pero mantuvo la barbilla en alto. "Duncan y yo nos hemos comprometido en un intercambio de votos, mi señora. Pasaré mis noches bajo su protección."

"¡Un intercambio de votos!" Dijo la dama Ysmaine, su consternación clara. "Pero Radegunde, una promesa tan pagana no sustituye a los votos intercambiados en una iglesia..."

"Y creo que hemos encontrado nuestra mayor discusión", murmuró el señor Gaston, interrumpiendo a su esposa con firmeza.

"¡Pero Gaston!" protestó ella, solo para que él levantara un dedo por su silencio.

"El mundo está lleno de diferentes costumbres, mi señora, sin embargo, su diferencia de nuestras costumbres no las hace equivocadas."

"Pero..."

Nuevamente su señor esposo la interrumpió, esta vez con más acero en su tono. "Ysmaine, hazme caso en esto."

La dama evidentemente entendió la advertencia, porque guardó silencio. Cruzó los brazos sobre el pecho y miró a su esposo de una manera que podría haber sido divertida en otras circunstancias.

Radegunde no dudaba de que su señora no se dejaría apartar fácilmente de su punto de vista, pero ella le sonrió a Duncan, queriendo que supiera que su intención no había cambiado.

—Sé que le tienes afecto a Radegunde, mi señora —continuó Gaston en voz baja—. "Y con razón, porque ella te ha servido con lealtad y honor. Y sé que Duncan es un hombre de honor que no prometerá lo que no puede estar seguro de que será. Yo confío en su juicio sobre esta decisión y me alegra ver el placer de Radegunde por su llegada aquí. Es un buen augurio para su felicidad futura, independientemente de cómo elijan continuar."

Los ojos de la dama Ysmaine brillaron. "Y tú, un ex templario", pronunció.

"Y yo, un ex templario, que he servido en Ultramar. Entiendo, como no lo hice antes, que hay muchas soluciones para el mismo problema, y que no debemos permitir que las diferencias menores nos cieguen al bien mayor."

"¡Pequeñas diferencias!" la protesta de la dama estalló. "¡Creo que deberías defender las reglas de la iglesia!"

Gaston sonrió. "Y así lo haré, porque la mayoría esperará eso."

La dama Ysmaine parecía tan asombrada como se sentía Radegunde.

"Pero esas palabras serán únicamente para aquellos que escuchen cuando no deberían." Gaston inclinó la cabeza hacia Duncan, que permanecía en silencio dentro de la puerta cerrada. Te ruego que me perdones de antemano, Duncan. No tengo reparos en tu elección, pero la tarea de asegurar mi legado exige algo de sutileza y disimulo."

"Lo entiendo completamente, señor, y gracias por su apoyo".

"¡Gaston!" La dama Ysmaine comenzó a discutir de nuevo, pero no tuvo mayor éxito que antes.

Su marido se acercó a ella y le tomó la mano. "Tú, mi señora, discutirás del lado opuesto al que yo prefiera. Protestarás que tu leal doncella tiene derecho a elegir a su compañero y seguir su corazón, porque ella no es una heredera, mientras que yo me sentiré indignado por tal promiscuidad en mi casa y te culparé por ello."

La boca de la dama Ysmaine se movió en silencio por un momento, y era evidente que estaba conmocionada. "¿Pero cómo puedo argumentar a favor de tal locura?" susurró ella.

El señor Gaston bajó la voz. "Porque sabes, mi esposa, que Duncan es un guerrero tan valiente y digno de confianza. Tan grande es tu admiración por él y su mérito que sabes que tratará bien a Radegunde."

"Pero deberían casarse ante un sacerdote..."

"No, no. Ese es mi argumento, mi señora. El señor Gaston observó cómo la dama Ysmaine aceptaba esa decisión. "La familia debe creer que tú y yo estamos separados."

Radegunde no se sorprendió cuando los ojos de su dama se encendieron con fuego.

—Tendrá su discusión, señor —murmuró Ysmaine, y el señor Gaston sonrió con anticipación. "No te quejes cuando recibas lo que has pedido."

"No lo haré", declaró él, su mirada fija en la de su esposa.

De hecho, el aire de la habitación parecía hervir a fuego lento.

Radegunde se aclaró la garganta. "¿Puedo ayudarla con su kirtle y su cabello, mi señora?"

"No esta noche, Radegunde", dijo la dama Ysmaine, alzando la voz y dejando que se endureciera. "Mi señor esposo y yo tenemos asuntos que discutir en privado."

"Sí, mi señora."

"Sepan que doy mi bendición a su unión, sin importar lo que mi esposo se atreva a decir al respecto."

"¡Mi señora!" El señor Gaston rugió. "¡Esto es indignante!"

"Tú, señor, no tienes derecho a decretar la felicidad de mi dulce doncella..."

La pareja comenzó una furiosa disputa que fácilmente se escucharía fuera de su habitación. Duncan cruzó la habitación y recogió a Radegunde. Ella se acurrucó contenta contra él cuando salieron de la habitación, y el señor Gaston cerró la puerta detrás de ellos con fuerza.

"¿Qué locura es esta?" gritó el señor Gaston. "¡Primero, me desafías enviando a tu doncella a mi madre!"

"¡Es justo que le envíe saludos a tu madre!" la dama Ysmaine gritó en respuesta.

"¿Incluso si ella y yo estamos separados? ¡Deberías haber hablado conmigo!"

"¡No necesito tu aprobación por una simple cortesía!"

"¿Y ahora aceptas que tu doncella tenga intimidad con un mercenario en los establos cada noche? ¿Es esto también una simple cortesía?

"Ella puede hacer su elección..."

"Ella no tomará esa decisión en mi casa..."

Y así continuó la batalla, sus palabras resonando por el salón de Valeroy mientras Duncan llevaba a Radegunde a su habitación sobre los establos. "Si te ríes en voz alta, arruinarás su engaño", murmuró él y ella se acercó para besarlo.

"Solo sonrío ante la perspectiva de pasar una noche en tu cama", replicó ella, y le gustó el brillo que iluminó los ojos de Duncan.

"Y ni siquiera sabes qué preparativos he hecho para tu placer hasta ahora", reflexionó, pero no quiso confesar una palabra más. Radegunde se burló de él a la ligera, disfrutando de las miradas de la casa cuando pasaban, y estaba realmente contenta de tener la bendición del señor Gaston.

Además de la compañía de Duncan de esa noche en adelante.

DUNCAN FUE recompensado con la sonrisa de Radegunde cuando llegaron a la habitación que le habían otorgado sobre los establos. Él la dejó en el grueso colchón, envuelta en su pesada capa, y regresó un momento después con una linterna.

Radegunde estaba olfateando apreciativamente. "Has organizado un festín", dijo ella con aprobación. "Eso estuvo bien hecho. De hecho, tengo hambre después de este día."

Duncan retiró la tela que había cubierto su comida con una elegancia. "El cocinero fue persuadido de que se separara un poco del venado asado, cuando escuchó que era para ti. Hay pan y algo de repostería de huevos, además de vino".

"¡Vino!" Los ojos de Radegunde se iluminaron. "Me echa a perder de verdad, señor."

"Te atesoro", corrigió él con brusquedad, llevándole la comida y sentándose a su lado.

"¿No comes?"

"Cené con mi señor Fergus en el salón."

Radegunde se detuvo entre bocado y bocado para observarlo. "¿Le dijiste?"

"Sí, no debes temer su disgusto". Él bajó la voz y le confió los planes de Fergus, su voz tan tranquila que solo ella podía oír.

"¿Entonces no ha decidido cuándo partir?"

"Creo que esperará a que Bartolomé sea nombrado caballero. Quizás nos quedemos para el Yule. No puedo decir."

"No se ha decidido".

Duncan negó con la cabeza.

Radegunde dejó el cuenco a un lado. "No puedo comer tanto como esto, Duncan", confesó ella con un brillo en los ojos. "Me trajiste una porción de hombre".

"No te vería insatisfecha".

"La mitad de esa cantidad será suficiente en el futuro, pero no deseo desperdiciarla. Es demasiado bueno para un perro."

"Pero no para mí." sonrió Duncan, luego le quitó el cuenco de la mano y comenzó a comer. Le indicó la copa de vino y ella bebió un sorbo, saboreándola. Estaba claro que ella reflexionaba sobre algún asunto y él se contentaba con esperar sus conclusiones. Cuando él terminó la comida y apartó el cuenco, ella le ofreció la copa para que él también bebiera.

"Mi madre vendrá por la mañana, de eso no tengo ninguna duda."

También estoy seguro. Me alegro de que hayas disuadido a Michel de ir a buscarla esta noche."

Radegunde frunció un poco el ceño. Me traerá una hierba, tal vez varias. Debemos decidir si las consumiré o no."

Duncan no entendió el motivo de su duda. "Si te ayudará en la reparación de tu tobillo, entonces, por supuesto, debes consumirla"

Radegunde ya estaba negando con la cabeza. "No para mi tobillo, Duncan." Su mano cayó a su vientre y él se dio cuenta de lo que quería decir.

Entonces él quedó atrapado, atrapado entre sus recuerdos del pasado, entre sus miedos y sus deseos. Duncan desvió la mirada, sin saber qué decir. La posibilidad de que Radegunde tuviera a su hijo llenaba su corazón de alegría. Él podía imaginarse lo bien que sería una madre y cómo una niña con los ojos risueños de Radegunde le robaría el corazón de nuevo. Sin embargo, él no podía soportar la posibilidad de perder a su dama, o peor aún, a ella y al niño, y quedarse solo de nuevo tan pronto después de haber encontrado la felicidad nuevamente.

Él tenía la garganta apretada al darse cuenta de su propia locura. Nunca debería haberla reclamado este día. Nunca debería haber corrido ni siquiera ese riesgo. Había sido un tonto impetuoso, un amante impulsivo...

—Duncan —susurró Radegunde con calor, su mano en su brazo y su aliento en su mejilla. Entonces se dio cuenta de que ella había leído sus pensamientos y percibió su consternación. Ella le sonrió. "Tomaría este riesgo de buena gana. Me encantaría tener a tu hijo, dar a luz a muchos de ellos, y celebraría nuestra unión con alegría todas y cada una de las noches hasta que debas partir con Fergus."

"Pero no puedo dejarte sola, esperando un hijo", protestó él. "No puedo arriesgar tu bienestar".

"Si tengo un hijo, poco podrás hacer en el parto para ayudarme. Mi madre es partera y curandera. Su ayuda puede cambiar el resultado, pero este no es tu ámbito de especialización." Como siempre, Radegunde era práctica, pero Duncan no pudo rechazar tan fácilmente su agitación.

"Es posible que no pueda regresar", argumentó él. Lanzó una mano. "¡Cualquier desgracia podría sucederle a nuestro grupo! No te dejaría sola, indefensa y sin dinero."

La expresión de Radegunde adquirió una terquedad que él había llegado a reconocer. "Nunca estaré indefensa mientras mi madre y mis hermanos respiren, ni me empobreceré. Sería una bendición tener a tu hijo para recordarlo."

"No es suficiente", dijo él, descontento como no deseaba estar.

"Este intervalo bien puede ser todo lo que se nos conceda, aunque creo que harás todo lo que esté en tu poder para volver a mí." Ella se enderezó con determinación. "Preferiría no consumir las hierbas, Duncan. No siempre aseguran el éxito de todos modos, pero no obstaculizaría lo que pueda ocurrir entre nosotros. Me arriesgaré."

"¡No puedes hacer esto!"

"No me has convencido de lo contrario". Ella sonrió como para tranquilizarlo. "No puedes prohibirlo, pero te doy la bienvenida para que me convenzas."

Duncan se pasó una mano por el pelo. "Las palabras no son mi arma de elección", dijo él, y ella se rió un poco.

"Lo sé, Duncan, pero tus sentimientos son claros.".

"Radegunde, te suplico que no corras ese riesgo".

Ella tomó su mano. "Y te suplico, Duncan, que te atrevas a esperar algo bueno en tu vida".

Él parpadeó asombrado.

"Siempre ves la sombra primero". Ella le señaló con un dedo. "Solo por esta vez, mira la luz primero. Piensa en un niño, Duncan, un bebé nuestro. Piensa en la alegría que podría ser nuestra, si simplemente te atrevieras a desearla"

"Puede que no haya uno".

"Puede que no".

Él suspiró y examinó la habitación, queriendo rendirse al deseo de ella pero todavía restringido por su pasado. "¿Podemos comprometernos? ¿Podrías aceptar tomar esta hierba hasta mi partida y luego, a mi regreso, intentaríamos tener un hijo?

Ella lo estudió. "Tienes tanto miedo por ti mismo como por mí. No me di cuenta de eso"

"Me han atacado dos veces en días. Siento que la Muerte cabalga cerca de mí." Duncan tomó su mano y la besó, tratando de convencerla. "No podría soportar perderte, mi Radegunde. No podría soportar comprometer esta felicidad tan reciente." Él dejó escapar un suspiro y conoció la única forma de cambiar su forma de pensar. "Si te niegas a tomar la hierba de tu madre, no podremos volver a tener intimidad hasta que yo regrese."

"¡Oh, has fijado el precio muy alto!" dijo ella a la ligera. Ella no se sintió insultada, para su alivio, y extendió la mano para calmar el ceño fruncido de entre sus cejas con la yema del dedo. "Veo la magnitud de tu preocupación ahora, Duncan, y no quiero que estés tan angustiado."

"No debería haber tomado tanto de ti como lo hice este día". En verdad, él no sabía cómo se resistiría a hacer eso de nuevo. Ella estaba acurrucada contra él, suave y cálida, sus ojos tan brillantes que su pulso se aceleró. Era una maravilla que ella ya tuviera tanto poder sobre él, pero él no deseaba ser liberado de su hechizo.

"Pero fue maravilloso", susurró ella con un asombro que él compartía. "No te arrepientas de lo que no puedo arrepentirme".

"¿Y la hierba?"

Radegunde sonrió. "La consumiré, pero solo por este intervalo, y solo para ver esa sombra disiparse de tus ojos". Ella le señaló con un dedo. Pero no te equivoques, Duncan MacDonald, tendré mi placer en la cama todas las noches y, cuando regreses, te daré tantos hijos como pueda.

Era un compromiso que él no podía criticar. De hecho, él no pudo resistirse a ella, cuando ella lo miró con esa sonrisa confiada, sus ojos brillando con la seguridad de que lo tenía esclavizado.

No tenía ningún deseo de ser de otra manera.

"Ven aquí, muchacha", gruñó él. "Te mantendría caliente esta noche, aunque no puede haber más antes de que tengas esa hierba."

"Acepto tu oferta con mucho gusto, señor." Radegunde le concedió un beso que encendió su sangre, y pasó mucho tiempo antes de que la dejara a un lado con desgana. Fue a buscar un balde de agua y dejó los residuos fuera de la puerta, sonriendo al verla en camisón, con los pies descalzos y el pelo suelto. Ella peinaba sus largas trenzas y la luz de la linterna la tocaba de oro. La puerta tenía un pestillo, pero no un candado, y él examinó la habitación, buscando una forma de cerrarla. Puso sus botas detrás, razonando que el sonido de su caída lo despertaría.

"Pon la copa del vino encima de las botas", sugirió Radegunde.

"Un estruendo es más sorprendente que un ruido sordo."

"Hablas bien en esto". Él hizo eso, luego se quitó la cota, el cinturón y las calzas, y dejó la espada al lado del colchón. Radegunde lo miró, su apreciación de la vista más clara, luego apagó la luz y se unió a su cama.

Ella se apretó contra él mientras él los cubría con sus capas. "Ha sido un día de mucha aventura, sin duda. Dormiré bien esta noche. ¿Y tú?"

"No puedo decir."

Radegunde se dio la vuelta, como para estudiarlo incluso en la oscuridad. "Cuéntame un secreto, Duncan", invitó ella.

"No tengo secretos que contar".

Ella se rió de eso, se rió con tanto entusiasmo que él se encontró sonriendo. "¡Tienes más secretos que una docena de hombres!" lo acusó ella. "Pero respeto tu derecho a tenerlos cerca. Renunciaré a un secreto si me cuentas algo de Gwyneth y tu hijo."

Duncan contuvo el aliento. No parecía apropiado hablar de su esposa cuando otra mujer yacía en sus brazos.

—No puedes ser desleal con una mujer muerta estos veinte años, Duncan —susurró Radegunde. "Y yo la conocería un poco, porque tú la amas". Ella le dio unos golpecitos en el pecho. "Dime algo feliz de ella."

Suspiró y asintió con la cabeza en concesión, volviendo sus pensamientos a esos días. "Gallinas", dijo él. "Ella siempre tenía gallinas".

Radegunde se rió entre dientes. "Mi madre siempre tenía gallinas. Me encantaba perseguirlas por el jardín."

"Ella pensaba que eran una opción práctica".

"Por supuesto. Huevos, pollitos y, por último, guiso." Ella se retorció, acercándose a su calor, y le gustó cómo estaban abrazados juntos, sus nalgas en su regazo, su cabello haciéndole cosquillas en la nariz. 'Podríamos tener gallinas".

"Podríamos."

"Y un huerto, como el de mi madre".

"Por supuesto." Duncan podía ver bien la cabaña, encaramada en las colinas que amaba, aunque se preguntó si Radegunde la imaginaba cerca de la de su madre. Él podría haberle preguntado, pero ella volvió a hablar.

"¿Cuál era su nombre, Duncan?"

Domnall. Es gaélico y el nombre de mi padre. Gwyneth lo eligió." Él se aclaró la garganta. "En inglés, sería Donald."

"Un nombre fuerte y un apellido. Me gusta mucho."

"Ella nunca supo que él murió", admitió él.

Una vez más, Radegunde se volvió, como si mirara por encima del hombro. "Dijiste que nació muerto".

—Sí, pero ni la comadrona ni yo le dijimos a Gwyneth. Ella se alegró de que fuera un varón y me dijo que se alegraba de que no estuviera solo. Esas fueron sus últimas palabras cuando supo que se estaba muriendo."

"Y no podrías quitarle ese alivio", susurró Radegunde. Él sintió la suavidad de sus labios en su mejilla, las yemas de sus dedos en su mandíbula. "Oh, Duncan, no es de extrañar que veas la sombra primero."

Él escuchó la ruptura en su voz y sintió la humedad de sus lágrimas, y la atrajo hacia sí. "Ya has llorado por este bebé", le murmuró él, la suavidad de su corazón lo hizo sentir ferozmente protector. "Ahora es el momento de que veas la luz."

"Sí, amabas y amabas bien. No hay nada que lamentar en eso."

Eso era cierto.

La respiración de Radegunde se hizo más lenta y se quedó dormida, su calidez hizo mucho para tranquilizar a Duncan. Permaneció despierto mucho más tiempo, escuchando los sonidos de los establos y los hombres preparándose para la noche, pensando en su acusación de que él miraba primero a la sombra. Era su entrenamiento y había sido su experiencia, pero Duncan resolvió cambiar su hábito y su punto de vista.

Era hora.

Y sería una forma adecuada de complacer a su Radegunde.

SÁBADO 12 DE SEPTIEMBRE DE 1187

DÍA DE LOS SIETE DURMIENTES

Ese día llegarían a Châmont-sur-Maine. Duncan sentía curiosidad por la morada, porque había oído mucho sobre ella. Sin embargo, su anticipación se vio atenuada por el conocimiento de que su viaje a Châmont-sur-Maine lo acercaba un paso más a separarse de Radegunde.

Ella había tejido un hechizo que había atrapado su corazón de verdad estos últimos días. Cada noche, él la sacaba de la habitación de su dama y ella se acercaba alegremente a su cama. Cada noche, compartían una comida en su habitación y hablaban del día. Cada día, él se esforzaba por ver la luz primero, como ella le había pedido. Si a uno de ellos se le pedía que comiera con el amo o la señora, sus horas eran agradables. Duncan solía conseguir algo de vino, pues Valeroy era rico y el mayordomo apreciaba a Radegunde. A menudo descubría que, como resultado, se les había reservado una medida.

Gaston e Ysmaine mantuvieron el signo externo de su disputa, dejando que todos vieran que había disensión entre ellos. El libro permaneció intacto en el baúl de la dama Ysmaine, ya que Radegunde lo revisaba con regularidad según las instrucciones. Ni siquiera había sido movido para su cuenta. Duncan solo pudo concluir que el villano no tenía espías en ese salón, o que esperaba una oportunidad.

Quizás las cosas estarían más claras en la propiedad de Gaston.

El salón de Valeroy había sido un torbellino de actividad, porque Gaston y Amaury habían resuelto asegurar la entrada de Gaston a la fortaleza de su padre con una exhibición de lujo. Los hombres y escuderos de la propiedad de Amaury se arrodillaron para comprometerse al servicio de Gaston, y todos debían vestirse con los colores de Gaston. El propio Gaston llegaría ya con su insignia heredada, e Ysmaine vestida a juego con su esposo. Las agujas volaban en los aposentos de la dama Richildis y las linternas ardían tarde con tanto bordado por completar. Gaston también tendría un estandarte, y el señor Amaury lo acompañaría junto con varios guerreros y caballeros.

Se habían apostado más guardias y centinelas en Valeroy después del segundo ataque a Duncan, pero no hubo más incidentes. Parecía que los culpables bien podrían haber sido bandidos, y que habían sido desanimados por el aumento de las defensas. Duncan no era el único que tenía la intención de estar alerta cuando salieran a caballo, y sospechaba que el señor Amaury había aumentado el número de hombres que lo acompañaban. Las murallas de Valeroy estaban cubiertas de centinelas cuando el grupo se reunió en el patio la mañana de su partida.

Por supuesto, también llevaban en secreto el relicario de Santa Eufemia, y no podían arriesgarse a que lo robaran.

Duncan había escuchado todos los planes, pero aún estuvo asombrado cuando la compañía partió de Valeroy. La insignia que Gaston había decidido era sorprendente en sí misma. Él había elegido un azul zafiro profundo, adornado con un solo león dorado imponente para representar su alianza con los reyes Plantagenet, que favorecían a tres de esos leones en sus insignias. El fondo, sin embargo, llevaba la marca de Bretaña, en los símbolos plateados del armiño tradicionalmente asociados con esa región. La insignia mostraba que Gaston estaba equilibrando las preocupaciones de ambos reinos, con quizás una mayor confianza en Henry II. Duncan pensaba que expresaba perfectamente el equilibrio diplomático que el nuevo señor de Châmont-sur-Maine tendría que acatar, una y otra vez.

Las prendas de Gaston y su dama habían sido confeccionadas con terciopelo de seda de ese tono de azul, y la larga capa de la dama Ysmaine estaba adornada y forrada con armiño. Las manchas de armiño estaban bordadas sobre el azul con hilo plateado y una hilera de leones dorados guardaba el dobladillo. Era una prenda gloriosa, tanto más espléndida cuando aparecía con una falda de seda trabajada con azul sobre plata. Había leones en su cinturón y bordados en sus zapatos rojos y su aro dorado reflejaba la luz.

"El nuevo señor trae a casa el premio de una novia", murmuró un hombre en el patio cuando Gaston levantó a Ysmaine en su silla. El propio Gaston no se veía menos elegante, su capa era similar pero mucho más corta, su abrigo también adornado con armiño. Dos escuderos precedieron al grupo, con estandartes con la insignia de Gaston en alto ante ellos, seguidos por Gaston e Ysmaine a su izquierda. Su padre, el señor Amaury, cabalgó con ellos y ocupó el lugar a la izquierda de su hija.

Detrás de ellos iban Fergus y los seis templarios que viajaban con su grupo. Detrás de este grupo iban Duncan, Radegunde y Bartolomé, a Radegunde le habían concedido tal posición porque tendría que ayudar a su dama con esa capa cuando desmontara. La posición de Duncan fue ganada por la preciosa carga que llevaba en su alforja. Radegunde tenía una nueva túnica, también cortada en el azul de los colores de Gaston, pero elaborada con lana en lugar de seda. Aunque le sentaba bien, especialmente la línea de oro alrededor de los bordes, Duncan no pudo evitar considerar que el hecho de que la dama Ysmaine gastara monedas en su doncella podría tener implicaciones para el futuro.

Fueron seguidos por los caballeros que jurarían lealtad a Gaston y los que acompañaban a Amaury. Luego iban los mercenarios y guerreros y escuderos en gran número. Laurent y los otros muchachos que servían a Fergus, así como los que servían a los Templarios, estaban destinados a viajar en ese grupo. Un cetrero estaba en su grupo, sus servicios y dos de sus pájaros un regalo de bodas de la dama Richildis a su hija. Los pájaros revoloteaban sus alas, uno en el puño de ese hombre y el otro en el puño de su asistente. En la parte trasera estaban los carros con equipaje y provisiones. Se habían cazado cuatro ciervos en los bosques de Valeroy y se habían enviado con el grupo para asegurarse de que hubiera suficiente carne para todos una vez que llegaran.

La compañía fluyó durante mucho tiempo en la carretera, aunque iban muy juntos por mandato de Gaston. Era un hermoso día soleado, el aire fresco con la promesa del invierno. A Duncan le gustaba el eco de los cascos de los caballos, los vítores de aquellos en el pueblo de Valeroy cuando pasaban, pero le gustaba más cuando los caballos aceleraban a un galope y las millas se alejaban con mayor velocidad.

Él cabalgaba junto a Radegunde, lo que realmente le satisfizo. ¿Qué tan pronto Fergus los conduciría al norte? Él no deseaba pensar en una partida, no cuando tenía tanta alegría en el momento.

"¿Alguna vez tu madre entregó más de la historia de tu padre?" preguntó él, porque sabía que madre e hija se habían encontrado esa mañana antes de la partida del grupo.

Radegunde suspiró. "Ella insiste todavía en que la historia no es suya para compartirla, que él debe contármelo si así lo desea. De hecho, parece algo molesta con él."

"Parece que hay un asunto sin resolver entre ellos".

"Sí."

"Y deben encontrar una solución por sí mismos".

Radegunde sonrió. "Hablas bien, por supuesto, pero estoy impaciente por verlos felices a los dos".

"¿Pero no tu curiosidad satisfecha?" Duncan bromeó y ella se rió, sus ojos bailaban con una alegría familiar.

Ya me conoces bien.

"¿Y todavía él viene a ella?" Preguntó Duncan.

"Con menos frecuencia que antes". Los ojos de Radegunde brillaron como Duncan podría malinterpretar. "Te diré un secreto", murmuró ella. Hizo un gesto con la cabeza a la dama Ysmaine y, bajo la sombra de su capa, puso una mano aplastada sobre su vientre.

Ah, la dama había concebido.

Duncan le deseaba lo mejor a Ysmaine, pero esperaba que eso no significara que ella se negaría a liberar a Radegunde de su servicio.

O que Radegunde se negaría a dejarla.

"¿Estás disgustado?" preguntó ella, con la mirada fija en él.

Entonces, me pregunto si irás a la boda.

Los ojos de Radegunde se iluminaron de risa. Ella contó con los dedos y luego le lanzó una mirada atrevida. —Puedes estar seguro, señor, de que me procuraré una niñera a toda prisa cuando llegue mayo.

Sí, Duncan podía imaginarse que Radegunde vería los asuntos resueltos a su satisfacción. Él estaba menos convencido de que la dama Ysmaine se inclinaría fácilmente por los planes de su doncella, pero no dijo nada.

Radegunde se había calmado, adivinando sus dudas o pensando en la inevitabilidad de su separación. Ella consideró la silueta del torreón que tenían ante ellos. "¿Sabes cuándo viajará Fergus hacia el norte?"

Duncan negó con la cabeza. "Serás la primera en saberlo cuando yo lo sepa." Él extendió la mano y tomó su mano, dándole un apretón en los dedos. "Hasta entonces, solo podemos aprovechar al máximo cada día".

"Y la noche", añadió Radegunde en un susurro malvado que hizo que su corazón saltara. Compartieron una sonrisa que lo calentó hasta los dedos de los pies, luego un grito surgió del líder del grupo.

"¡Châmont-sur-Maine!"

"Envíen un mensajero para anunciar nuestra llegada", ordenó Gaston.

"Él envió uno ayer", dijo Radegunde en voz baja.

"Y así no será acusado de escatimar cortesía a la viuda Marie", respondió Duncan en voz baja. Conocía muy bien el plan que había planeado Gaston, ya que tanto Radegunde como Fergus le habían contado partes del mismo en forma confidencial. Parecía que la experiencia de Gaston le serviría de mucho en esta llegada y pensó en cada detalle. Sería una actuación ingeniosa, y Duncan solo podía esperar que tuviera éxito.

La torre de la propiedad estaba hecha de piedra y era lo bastante vieja como para ser derrumbada. Parecía ser una isla en el río, que era ancha y tan suave como un espejo en esta área. Sus muros se levantaban del agua y rodeaban la torre de la fortaleza. Duncan notó una puerta lo suficientemente alta en las paredes para evitar inundaciones, y había un puente desde allí hasta la orilla.

Bretaña estaba al otro lado del río, siendo el río el límite entre los dos territorios, y se preguntó si habría otra puerta en el otro lado. Él pudo ver un camino que se acercaba al torreón en esa orilla, el gemelo del que andaban. La tierra era bastante plana, lo que daría a los que estaban en el torreón una vista amplia, y era claramente fértil, a juzgar por el área que se había labrado.

Un banderín ondeaba con el viento sobre la torre, y hacia el sur, pudo ver la ciudad de Angers, a menos de medio día de distancia. El muro cortina de la propiedad de Gaston estaba cubierto de centinelas y arqueros, y estaba claro que la fortaleza defendía la frontera. En este lado, el lado normando, había un pequeño pueblo, una capilla y se cosechaban campos de grano. Más de un pueblerino se detuvo para ver el grupo y varios vitorearon cuando evidentemente identificaron a Gaston, quizás por sus colores.

Cuando su grupo llegó al puente, estaba claro que la llegada de Gaston era bien conocida y muy esperada. Los campesinos se apresuraron a darle la bienvenida y él respondió de la misma manera. Se había quitado el casco y desmontó para caminar junto a su caballo, deteniéndose para estrechar la mano de más de un hombre y reconociendo claramente a muchos. A la dama Ysmaine se le había otorgado un saco de monedas de un centavo para distribuir y

Radegunde la ayudó a arrojarlas a quienes acudieran a recibirlas. La combinación de estos favores provocó muchas sonrisas entre los aldeanos y, nuevamente, Duncan admiró la previsión de Gaston.

El regreso a casa del señor Gaston sería recordado por esas almas como una ocasión feliz, sin duda. Duncan sabía que el caballero también tenía la intención de organizar una cena para los del pueblo. Él era generoso, pero también tenía la intención de tranquilizarlos en cuanto a su intención como señor.

"Les agradezco su saludo", dijo Gaston a los aldeanos, alzando la voz para que todos pudieran escuchar. "Celebro mi regreso a casa con mi nueva esposa, y lo haría con todos ustedes. Están invitado a participar en la comida en el gran salón dentro de tres días, en la fiesta de Santa Eufemia."

Los aldeanos vitorearon estas noticias y Gaston montó en su caballo una vez más. Duncan miró las puertas del torreón, esperando que la bienvenida ahí fuera igual de cálida.

El rastrillo aún estaba caído. Gaston no dio muestras de estar molesto por eso, aunque Duncan sabía que no podía haber dejado de notar el gesto. Su caballo fue el primero en pisar el final del puente y Gaston se sentó solo, todavía sin su casco

, su capa ondeando al viento. Se veía espléndido y viril, un caballero armado con un atuendo magnífico, montado en un hermoso caballo adornado con sus colores.

"¡Buenos días, mi señora Marie!" gritó él. Es Gaston que regresa de Ultramar, el hijo de Fulk y el hermano de su señor esposo, Bayard. Le agradezco su citación y solicito tanto la admisión como la bienvenida a casa."

Los aldeanos aplaudieron, aunque Duncan notó que él no había reclamado su legado directamente.

Gaston continuó, como si hubiera anticipado el silencio que siguió a sus palabras. "Me acompaña mi esposa, Ysmaine de Valeroy, y tengo el honor de la compañía de su padre, el señor Amaury de Valeroy."

Nuevamente los aldeanos mostraron su aprobación.

Gaston se estiró para coger las riendas del caballo de la dama Ysmaine. Lanzó una sola mirada a los arqueros que los habían escoltado con la ayuda del señor Amaury y luego comenzó a cruzar el puente. Bartolomé había cargado su propio arco y apuntado al arquero que se veía por encima de las puertas. Duncan escuchó un susurro en el grupo y supo que los otros arqueros habían hecho lo mismo.

El señor Amaury fue rápido detrás de la pareja, tanto él como Gaston escudriñando los altos muros. El puente era lo suficientemente ancho para que tres caballos de guerra cabalgaran uno al lado del otro, y fuerte en verdad. Sin embargo, Gaston hizo un espectáculo, asegurándose de que él y su dama estuvieran claramente en primer lugar, y lejos de estar indefensos.

Duncan sabía que habían discutido sobre esa estrategia. Gaston había considerado importante parecer confiado en que se renunciaría a su reclamo. Amaury había temido por la seguridad de su hija. Ysmaine había insistido en que se siguiera el plan de su marido, hasta el punto de amenazar con no recibir a su padre en su casa si no cedía. La discusión había sido larga, pero al final Gaston había ganado, no en parte por la opinión de su esposa.

Duncan miraba los muros y esperaba que Gaston tuviera razón.

El rastrillo se levantó cuando Gaston llegó a la mitad del puente. Radegunde suspiró con evidente alivio, pero Duncan aún no estaba convencido de la buena voluntad de los que estaban dentro. Él la escoltó a través del puente como estaba planeado, la hoja de su espada libre de su eje mientras observaba cualquier movimiento.

"Dios en el cielo, pero eres cauteloso", susurró ella.

"Es un hábito aprendido y lo sabes bien", respondió él en voz baja.

"¡Gaston!" un hombre gritó de aparente placer, y Duncan vio que un caballero de la misma edad que Gaston había aparecido por las puertas abiertas. "¡De verdad eres bienvenido!"

"El señor Gaston no es un invitado", murmuró Duncan entre

dientes mientras Radegunde miraba con avidez. Él se preguntaba cómo corregiría Gaston el tono del intercambio.

"Creo que sí, Millard", dijo Gaston, su voz lo suficientemente baja como para que pocos más allá del grupo principal pudieran escucharlo. Él detuvo su caballo y extendió la mano, su expectativa clara mientras alzaba la voz de nuevo. "Yo daría la bienvenida al sello de mi herencia."

El otro hombre sonrió. Era guapo, sin duda, y esbelto, sin falta de confianza. "¿No entrarás primero en el patio?"

"Pasaré por debajo de estas puertas cuando sepa que todos los que están dentro de los muros deben responder solo ante mí." Había un vigor en la voz de Gaston que Duncan admiraba. Era decidido y firme, y Duncan supuso que el otro caballero solo tenía un susurro de la experiencia de Gaston. Gaston continuó cuando el otro caballero no se movió. "Quiero que ellos también lo sepan."

Millard vaciló. Él consideró. Luego sonrió y se retiró, aplaudiendo a un empleado y enviándolo al vestíbulo. El grupo esperó a la luz del sol otoñal y Duncan no pensaba que la demora fuera demasiado larga.

"Él no estaba preparado para esto", susurró Radegunde.

Duncan se burló. "No, porque no deseaba hacerlo."

"Ya te disgusta."

"Ya siento poco bien de sus intenciones. Creo que Gaston lo planeó correctamente."

Ella asintió entendiendo.

Evidentemente, el sello fue traído y el otro caballero lo puso en la mano de Gaston. Gaston lo sostuvo en alto y miró hacia la orilla. "El sello de Châmont-sur-Maine está en mi posesión, como mi padre decretó que debería estar."

Los aldeanos reunidos lo recibieron con aplausos.

"Y ahora el anillo", le dijo Gaston a Millard. Algo brillaba en la mano del otro hombre, y Duncan se dio cuenta de que era el anillo de sello de la tenencia. Millard vaciló de nuevo por un momento, luego se lo quitó y se lo ofreció a Gaston con gracia.

Como si fuera a ponerlo en el dedo de Gaston.

Duncan sonrió. Radegunde miró en su dirección. "Él no otorga la propiedad", murmuró él y ella asintió de nuevo.

"No, no así", murmuró Gaston a Millard. Comprende bien que no me conviertes en el señor de esta propiedad, Millard. Mi padre ha hecho eso con su legado y solo el rey puede otorgar la posesión de otra manera. Tú simplemente me darás el anillo."

Duncan podía sentir la fuerza de la voluntad de Gaston. Él vio que Millard apartaba repentinamente la mirada, como si se viera obligado a cumplir las órdenes de Gaston cuando hubiera deseado lo contrario. Su mirada pasó rápidamente por la compañía, ahora tendida a lo largo de la orilla.

Gaston dejó su silla y se paró frente al otro hombre, extendiendo su mano con la palma hacia arriba. Era una orden. Millard respiró hondo y luego le ofreció el anillo. Gaston negó con la cabeza y señaló el suelo con la cabeza.

Eso disgustó a Millard, sin duda. Él apretó los labios por un momento y luego se arrodilló. Inclinó la cabeza y le ofreció el anillo. Gaston se lo puso en la mano, luego se volvió y levantó el puño para que la luz del sol se reflejara en el anillo. "¡El hijo de Fulk ha vuelto y mi legado está reclamado!" gritó él.

No pudo haber visto el resentimiento cruzar los rasgos de Millard y disimularse rápidamente. Duncan lo tomó como una advertencia.

"¡Saluden al nuevo señor de Châmont-sur-Maine!" gritó el señor Amaury.

"¡Todos alaben!" repitieron el grupo y los lugareños.

Gaston asintió con la cabeza al padre de Ysmaine y entraron en el torreón a ambos lados del caballo de la dama, Gaston aun guiando a su caballo. Gaston entró en el patio y soltó las riendas de la criatura, continuando hasta la puerta del salón. Un muchacho corrió desde la parte trasera del grupo, uno con uniforme con los colores de Gaston, y tomó la custodia del caballo.

Había tres escalones antes de la puerta y Gaston los subió, luego se volvió hacia el grupo. Parecía imperioso y regio.

El señor Amaury ayudó a su hija a desmontar. Radegunde se bajó de la silla y se apresuró a enderezar el dobladillo de la capa de la dama. Gaston había sido muy particular acerca de cómo se debía hacer el asunto, y Radegunde le había confesado a Duncan que ella e Ysmaine se habían visto obligadas a practicar eso mientras él observaba. La capa se extendió en su medida más amplia y más de un aliento se quedó prendado de su magnificencia. La dama Ysmaine fue escoltada por su padre hasta su marido y ella cayó de rodillas ante Gaston.

Ella era la primera en hacer su reverencia.

Todos dentro del patio la vieron paralizados mientras ella se comprometía a servir a su voluntad, su voz resonante y llena de resolución. Esa capa azul con ribetes de armiño se extendía detrás de ella, el bordado plateado brillaba a la luz del sol. Cuando ella besó su anillo por segunda vez, él la levantó y tomó su mano en la suya mientras ella subía los escalones para tomar su lugar a su izquierda. Sus manos permanecieron entrelazadas, Gaston sosteniendo su mano en su hombro izquierdo.

La importancia estaba clara. Gobernarían juntos.

El señor Amaury los saludó a ambos y se paró en el escalón debajo de ellos, los dos caballeros flanqueaban a la dama. Millard fue el siguiente en hacer su reverencia, seguido por tres mujeres que habían salido de la capilla. Duncan identificó fácilmente a la mayor, con su cabello plateado, como Marie, la viuda de Bayard. Las otras dos debían ser sus hijas, la mayor que estaba con Millard era Azaläis, la más joven, mucho menos confiada, era Rohese.

El sacerdote estaba allí y se inclinó ante Gaston, luego se paró a su lado mientras miraban al grupo. Todos los hombres del grupo de Gaston desmontaron, luego se dirigieron hacia Gaston, se arrodillaron ante él y besaron su anillo en reverencia.

Estaban dentro de las paredes del torreón, y Gaston tenía tanto el sello de su herencia como el anillo de sello.

Pero Duncan no creía ni por un momento que el reclamo del otro hombre estuviera asegurado.

EN OPINIÓN DE RADEGUNDE, solo había un hecho peor que un viaje para generar trabajo adicional y eso era una mudanza. La mudanza de un noble y su esposa, incluso una pareja tan austera en sus posesiones como la dama Ysmaine y el señor Gaston, aumentaba el trabajo aún más.

Encontrar resistencia, si no algo más cercano al desafío, era más de lo que Radegunde podía tolerar. Había que arreglar el solar, desempacar las posesiones de su dama y hacer su cama con sábanas limpias, guardar sus joyas en la tesorería y todo hecho antes de que la dama Ysmaine terminara la ceremonia de reverencia con el señor Gaston. Radegunde sabía bien que su señora estaría cansada después de un día así y estaba decidida a que tanto Ysmaine como el bebé que llevaba tuvieran la oportunidad de descansar en paz antes de la cena. Radegunde no tenía paciencia por la tardanza de la dama Azalaïs en dejar el solar, porque esa mujer sabía bastante bien cuándo llegaría el señor Gaston.

Menos aún que su afirmación de que era la verdadera.

Peor aún, las doncellas empleadas por la dama Azalaïs, su madre y su hermana eran lentas y rebeldes. El solar estaba sucio, los braseros rebosantes de cenizas y las hierbas esparcidas por el suelo eran tan viejas y secas que debían estar llenas de alimañas. Había que mover los baúles de la dama Azalaïs, y a Radegunde no le importaba a dónde. Había un grupo de doncellas susurrantes en las escaleras, resentidas en sus miradas de reojo porque no hacían nada en absoluto.

Radegunde tomó el mando de la habitación noble, abrió las contraventanas y puso a trabajar a cualquier doncella que pudiera encontrar. Ellas podían protestar y murmurar todo lo que quisieran: la nueva y legítima dama del torreón sería servida y bien servida.

Las viejas hierbas esparcidas fueron barridas y quemadas en el gran salón. Los braseros se vaciaron de cenizas. Las alfombras y el colchón fueron golpeados en el patio, las paredes mismas fueron lavadas y el piso restregado. No hubo tiempo para ir a buscar hierbas limpias a la aldea, una limitación de la ubicación de la isla del torreón, pero pronto, el solar estuvo lo suficientemente limpio para adaptarse a Radegunde.

Ella arrojó todos los muebles excepto la gran cama con pilares. Estaba forjada de madera oscura y muy tallada, con el dosel cerca del techo. Era vieja, y ella tuvo que preguntarse si el señor Gaston y sus hermanos mayores habían sido concebidos en ella. El colchón estaba muy golpeado.

Ella pidió velas nuevas y colocó los baúles de su dama. Las posesiones del señor Gaston también fueron llevadas a la habitación, y Bartolomé la ayudó a hacer todo tan bien como la pareja esperaba. Él la ayudó a colgar las nuevas cortinas de terciopelo de la cama, porque ella no era lo suficientemente alta. La dama Richildis había insistido en proporcionárselas y estaban muy bien. El nuevo colchón se colocó encima del existente y se cubrió con ropa de cama nueva. Había almohadas mullidas y varias pieles, así como una colcha de terciopelo de seda para el placer de su dama. También había varias alfombras gruesas de Valeroy, y Radegunde las hizo colocar junto a la cama. Los braseros se encendieron de modo que la habitación se llenó de un resplandor acogedor. Ella envió a una doncella a buscar comida y vino para la dama y el señor, luego miró por la ventana que daba al patio.

El señor Gaston estaba conduciendo a su dama al gran salón.

Radegunde pidió agua caliente para un baño y se alegró de que hubieran traído una tina de Valeroy, ya que parecía haber confusión sobre la capacidad de suministrar una en ese torreón. Ella no podía creer que no hubiera ninguna, solo que el desafío continuaba. Ella cerró las contraventanas para mantener la habitación acogedora.

La bañera estaba llena, el agua humeante y el aire perfumado con lavanda cuando la noble pareja apareció en la puerta.

El alivio de la dama Ysmaine fue más que claro. "Radegunde, eres un premio, sin duda", dijo ella, con el cansancio en su voz.

"He pedido una comida para los dos, mi señor".

"Gracias, Radegunde", dijo el señor Gaston. "Pero no puedo demorarme".

"¡Gaston!" protestó la dama y él le besó la mano.

"La llave del tesoro aún no es mía, Ysmaine," dijo él y señaló la puerta. "Y tendré todas las llaves de esta cerradura antes de retirarme por la noche."

"Sospecha, señor."

"Soy cauteloso, señora mía, y otorgaré mi confianza cuando la considere merecida".

La dama Ysmaine sonrió. "O no quede ninguna oportunidad para engañarte."

La pareja se sonrió en perfecta comprensión.

"Examinaré los establos, el pasillo y las alacenas. Creo que deberíamos ir a cazar esta tarde, para asegurarnos de que haya suficiente carne para la fiesta dentro de dos días." Gaston frunció los labios. "Podría darnos a Millard y a mí la oportunidad de mejorar nuestro entendimiento."

"Cuidado con su objetivo", aconsejó la dama con aspereza y Gaston sonrió.

"He sobrevivido tanto tiempo manteniendo mi ingenio sobre mí, señora mía. No temas por mi destino ahora." Él le besó la frente. "Participa de los preparativos que ha hecho Radegunde e incluso duerme un poco. Te acompañaré a la mesa cuando sea el momento".

Ysmaine sonrió y se sentó con un suspiro de alivio.

El señor Gaston miró a Radegunde. "Enviaré a Bartolomé a vigilar la puerta", dijo, y ella asintió entendiendo. Entonces él se alejó del solar, alzando la voz para convocar a su escudero. Radegunde lo escuchó saludar a la dama Marie en las escaleras y prohibirle que visitara a Ysmaine en el solar, luego la acompañó de regreso al salón.

La dama Ysmaine levantó su diadema y la dejó a un lado. "No esperaba que fuera tan agotador".

—Estabas preocupada, mi señora, y temías el resultado. Eso siempre se suma al esfuerzo." Radegunde se apresuró a rodear a su ama, despojándola de sus mejores galas antes de que el baño se enfriara demasiado. "Y ahora puedes tomar tu descanso".

"Por supuesto. Estoy muy impresionada con esta habitación. Dime que no tuviste mucho que hacer para hacerlo nuestra."

Radegunde se limitó a sonreír. La dama Ysmaine se había acomodado en el agua de la bañera con un suspiro de satisfacción cuando oyeron un discreto golpe en la puerta. No había ninguna pantalla en la habitación y Radegunde decidió encontrar una. En cambio, solo abrió la puerta lo suficiente para ver a Bartolomé afuera.

Él le ofreció un par de llaves. "Es un comienzo", dijo, revelando que tenía una tercera.

"Es el problema con una cerradura vieja. No se sabe cuántas llaves podrían haberse hecho."

"Por supuesto. Gaston puede enviar a París por una nuevo."

Radegunde asintió ante la sabiduría de eso. "¿Y cabalga para cazar?"

Bartolomé asintió y ocupó su lugar junto a la puerta. El señor Amaury y Fergus cabalgan con ellos, mientras que Duncan, los Templarios y yo nos quedamos aquí.

Radegunde pensó que dividir el grupo tenía sentido y se alegró de que Duncan permaneciera en la fortaleza. Sin duda, él mismo custodiaba el relicario.

"Parece que Millard agradeció la oportunidad de conocerse mejor", continuó Bartolomé. "Quizás malinterpretamos su saludo".

"Tal vez no."

Bartolomé sonrió. "Obtienes algo de la cautela de Duncan en el tiempo que pasas con él", bromeó. Radegunde no pudo evitar sonreír a cambio. "Pero Millard ya le dio a Gaston un buen regalo".

"¿De verdad?"

"Por supuesto. Guantes de caza de la mejor piel roja, labrados y bordados." Estaba claro que Bartolomé estaba impresionado. "Son magníficos. Dijo que los había hecho cuando se enteró de que Gaston regresaría."

"¿Guantes de caza?" Repitió Radegunde. "¿Duncan vio esto?"

Bartolomé frunció el ceño. "No. Está en la capilla... "

"¿Se los puso mi señor Gaston?"

"¡Apenas podría haber hecho otra cosa, con toda el mundo mirando!"

Radegunde agarró a Bartolomé por la manga. "Cuida a mi señora, te lo ruego. ¡Debo ver al señor Gaston advertido!

"Pero ya se han marchado", protestó Bartolomé mientras ella pasaba corriendo junto a él. "¿Y advertido de qué?"

Pero Radegunde no tenía un momento que perder. Vio un eco del pasado en el presente y tuvo que asegurarse de que el señor Gaston no se tocara los labios con esos guantes.

Bien podrían estar envenenados, como los de Conan, el duque que había cruzado la Marcha bretona desafiando al rey angevino y se había limpiado la boca con su guante de caza en Château-Gontier.

Luego murió allí.

Radegunde no dudaba de que otros conocían la historia tan bien como su madre, y la dama Eudaline estaba muy preocupada por el veneno, después de todo. Ella bajó corriendo las escaleras lo más rápido que pudo, esperando contra toda esperanza poder llegar a tiempo al grupo de caza.

CAPÍTULO 14

El grupo de caza se había ido.

Por supuesto.

Radegunde apenas podía oír a los caballos que se alejaban mientras cruzaba el patio. Cuando ella llegó a la puerta, hacía mucho que habían cruzado el puente. Insistió en que el guardia la dejara pasar por la puerta y miró el grupo a lo lejos. Estaban demasiado lejos para oírla gritar y ya habían espoleado a los caballos para que galoparan.

Estarían fuera de la vista en unos momentos.

Ella tenía que preguntarse si ese era el plan de Millard.

Con el corazón en la garganta, Radegunde se giró para buscar a Duncan. Bartolomé había dicho que estaba en la capilla. Ella no se molestó en ocultar su prisa, sino que corrió hacia la pequeña capilla y atravesó la puerta. Duncan estaba inclinado sobre una rodilla en el altar, su alforja a su lado, el sacerdote delante de él. Varios otros miembros de la casa también estaban orando. Duncan miró hacia arriba al oír su llegada.

Él echó un vistazo e hizo una genuflexión, luego caminó hacia ella. Para su alivio, trajo su alforja. "¿Qué está mal?"

Ella se estiró para susurrarle al oído. "Millard le dio unos guantes finos al señor Gaston, y él se los puso para la caza de este día."

Sus miradas se aferraron y ella supo que sus pensamientos eran uno solo.

"Saldré inmediatamente en su persecución", dijo él con gravedad, y luego le pasó la alforja. "Aún no conozco mi alojamiento. ¿Me lo guardarás?

"Por supuesto." Radegunde reconoció el peso del relicario dentro de la bolsa y supo que la cámara de su dama era el mejor lugar para verlo asegurado. Que Duncan aún no se lo hubiera entregado al sacerdote o su tesoro le decía mucho.

Duncan hizo una mueca. "Pero no me gusta que estemos tan divididos."

"Los Templarios permanecen aquí, y Bartolomé".

Él arqueó una ceja. "Mientras mi señor Gaston, el padre de su esposa, el señor Amaury, Fergus y yo estamos fuera de las puertas." Sacudió la cabeza. "No me gusta, Radegunde, pero no hay nada que hacer". Él tomó su mano entre las suyas y se dirigió hacia los establos, pidiendo que volvieran a enganchar su caballo. El caballo acababa de ser cepillado y sopló los labios para encontrar de nuevo la silla sobre su lomo.

—Has corrido más lejos que esto en un día —le recordó Duncan al caballo, dándole una palmadita cordial. Resopló, pero se volvió para dejar los establos con bastante rapidez. Él se montó en la silla y Radegunde sintió que parte de su preocupación proyectaba una sombra sobre su propio corazón. Se inclinó y tomó su barbilla en su mano, dándole un dulce beso.

Luego su mirada buscó la de ella. "Sospecha de todo", susurró él, sus ojos oscuros, y Radegunde asintió.

"Ten cuidado", susurró ella, temiendo por él.

Duncan sonrió para tranquilizarla y luego hizo girar al caballo para que saliera. Ella sostuvo su alforja cerca de su pecho y lo siguió a través del patio. Duncan levantó la voz hacia las puertas y los guardias lo dejaron pasar. Él instó al caballo a un galope en el puente mismo, y ella vislumbró al caballo galopando por la orilla en persecución del grupo de Gaston.

"¿Algo anda mal?" preguntó un hombre, y ella encontró a uno de los caballeros templarios a su lado. Era Enguerrand. Su mirada se posó en la alforja y luego se encontró con la de ella de nuevo.

"Espero que no", respondió Radegunde, manteniendo la voz baja. Ella lo instó a un lado y habló en voz baja, no queriendo ser escuchada por el jefe de cuadra o los mozos de cuadra. ¿Conoces la historia de Conan, el duque que cruzó la Marcha bretona?

"¿El que murió en Château-Gontier?" Enguerrand no bajó la voz, ¡hombre irritante! Radegunde se llevó el dedo a los labios, pero él la ignoró. "Por supuesto. Mi asiento familiar está en Anjou. Más al este de aquí, pero la historia se contaba a menudo. ¿Por qué?"

"¿Has oído hablar de sus guantes?" Susurró Radegunde.

Enguerrand negó con la cabeza. "¿Sus guantes?"

"¿Que ellos fueron los responsables de su desaparición?"

"No, fue su valor y su locura al desafiar a su señor feudal, si no la venganza divina por los infieles".

"Fue asesinado, por lo que escuché", dijo Radegunde, porque era imperativo que los Templarios, los únicos aliados de su dama en esa fortaleza mientras su esposo estaba cazando, comprendieran el peligro. El mozo les lanzó una mirada de desinterés y ella esperó que no estuviera escuchando sus palabras.

"¿Cómo?"

"Con veneno aplicado a sus guantes", confesó Radegunde en voz baja. "Una preparación que ingeriría cuando se limpiara la boca después de un duro paseo."

Los ojos de Enguerrand se entrecerraron y finalmente bajó la voz. "Tal esquema debe haber sido establecido con mucha anticipación".

"Lo que lo empeora, no mejora. Alguien anticipó que él desafiaría a su señor feudal y planeó en consecuencia".

Enguerrand la miró fijamente. "¿Quién te dijo de esto? ¿Y qué importa si es verdad?

"Mi madre me contó la historia como advertencia".

"¿Tu madre, la curandera?" Su voz retumbó de nuevo y Radegunde anhelaba golpearlo.

"Sí."

Los labios del templario se tensaron. "Una curandera sabría mejor cómo se puede hacer. Para otros, puede parecer un cuento fantástico. ¿Cuánto aprendiste de las artes de tu madre? "

Radegunde se sintió insultada porque su tono se llenaba de sospecha. "Sólo lo suficiente para ayudar a mi señora cuando llegue su momento, si es necesario", espetó ella, luego susurró de nuevo. "Lo que importa es que el señor Millard le dio al señor Gaston un par de guantes este día".

"Sí, los vi". Enguerrand sonrió. "Estaban muy bien. Un regalo verdaderamente considerado".

"Y el señor Gaston los está usando para cazar".

Enguerrand miró entre Radegunde y la puerta abierta, con el ceño fruncido cada vez más. "Pero no puedes estar acusando..."

"¿No puedo?" Radegunde continuó con tranquila prisa. "Él no recibió con alegría la llegada del señor Gaston. Pierde la administración de esta propiedad con el regreso del señor Gaston."

La mirada de Enguerrand voló hacia la torre y vio que finalmente entendía el peligro. "Nuestro grupo está dividido", murmuró. Duncan cabalga para advertir a Gaston y los demás lo protegerán si es necesario. La dama debe ser defendida por los que nos quedamos." Él levantó la voz para gritarle a Yvan, uno de los otros templarios, y luego volvió a mirar a Radegunde con una mirada brillante. "Sinceramente espero que estés equivocada", siseó él, su mirada se clavó en la de ella. "Pero si tienes razón, o si algún alma en esta fortaleza muere de veneno, será mejor que estés preparada para las preguntas, porque solo tú eres la hija de una curandera".

Radegunde jadeó indignada por su implicación.

La mirada del templario se posó de nuevo en la alforja antes de que pudiera corregir su pensamiento. "Y será mejor que me lo entregues".

"No lo haré", replicó ella.

"No eres más que una sirvienta y esa alforja..."

Radegunde dio un paso atrás y levantó su propia voz. Pertenece a mi hombre, Duncan MacDonald. Él me ha confiado sus pertenencias, y las guardaré conmigo en la habitación de mi señora.". Ella vio que la mirada del templario pasaba por encima de los mozos de cuadra que ahora escuchaban con avidez y observó cómo sus labios se apretaban.

Antes de que él pudiera discutir con ella, ella se marchó, sosteniendo la alforja con fuerza contra su pecho. Ella se dio cuenta de que una sombra se movía a su lado cuando entró en el patio y miró en esa dirección para ver que era Laurent.

Escudero de Fergus.

Leila, según contaba Duncan. Ahora que Radegunde sabía la verdad, se preguntaba cómo la había pasado por alto. Disfrazada de escudero, la muchacha sarracena había protegido el relicario desde su partida de Jerusalén y Radegunde sabía que era digna de confianza. Solo el hecho de que se había mantenido atascada en el estiércol había impedido que otros miraran demasiado de cerca.

El olor de su atuendo todavía era suficiente para hacer que Radegunde se llenara de lágrimas.

"Estás ahí", dijo ella secamente. "Me gustaría contar con tu ayuda para asegurarme de que todo sea satisfactorio para mi señora en su habitación. Ven también. Dudo que te extrañen."

Y Leila podría ganar un premio justo a cambio.

El escudero hizo una profunda reverencia y luego corrió tras Radegunde.

En ausencia de Duncan, ella mantendría cerca a todos sus aliados.

~

DUNCAN SABÍA que lo estaban siguiendo.

Otra vez.

Desde el asalto al bosque, se había preguntado por el escocés que lo había atacado. El hecho era que Duncan no lo había reconocido. Tampoco había conocido su tartán. ¿Había estado el hombre en la taberna de París? Si es así, Duncan no lo había notado allí.

¿Era el atacante verdaderamente un escocés, o simplemente otro hombre vestido como uno de sus compañeros escoceses?

¿Por qué el hombre lo seguía? ¿Era por el relicario? Era imposible saber si Wulfe había atrapado a Everard y nada decía que Everard tampoco tuviera un aliado, o que no lo hubiera comprado. Esa taberna de París era probablemente un lugar muy conocido como un lugar para encontrar hombres capaces en busca de mano de obra bien remunerada.

Y Duncan podía creer que había más de unos pocos que no tenían escrúpulos.

Un asaltante que buscara el relicario podría haber creído que estaba en posesión de Duncan cuando él y Radegunde habían dejado la protección de las murallas de Valeroy. De hecho, podría haber sido un regalo destinado al convento donde vivía la madre de Gaston.

Pero habían sido atacados después de salir de ese lugar, a su regreso a Valeroy.

Por no hablar del asalto fuera de la cabaña de Mathilde, cuando no había llevado nada en absoluto. No, él mismo era el objetivo, y Duncan debía deducir la razón.

Aunque era cierto que a Duncan se le había confiado la carga del relicario, abordarlo significaría simplemente que otro miembro del grupo lo llevaba. No podía ser eso.

Él tenía que creer que el asunto era más personal.

También creía que el hombre no tenía la intención de hacerle un daño leve. No, su objetivo era matar a Duncan.

¿Pero por qué?

O alguien lo necesitaba muerto para ver a Fergus indefenso o el propio pasado de Duncan lo alcanzaba. Duncan, sin duda, encontraba improbables ambas posibilidades, razón por la cual se había negado a discutir el asunto con Radegunde. No había motivo para alarmarla cuando él solo tenía especulaciones para compartir.

Esa estrategia había tenido más sentido antes de que escuchara los sonidos de una persecución sigilosa.

Él galopaba en su caballo tras la partida de caza. Tenía que llegar a Gaston a tiempo y estar con otros también sería su mejor defensa. El grupo cabalgaba hacia la sombra de un bosque, y cuando Duncan alcanzó su perímetro, el gran grupo había desaparecido en el interior. Se había dejado una carreta a un lado de la carretera, sin duda porque el camino que atravesaba el bosque era demasiado estrecho. Cualesquiera que fueran los caballos que habían tirado, se habían llevado adelante con el grupo.

Duncan entró en el fresco del bosque, frenando el paso de Caledon. El grupo estaba muy por delante de él, tan lejos que no podía verlos. Se detuvo en una bifurcación del camino bajo la sombra del bosque y escuchó.

Caledon respiraba con dificultad, pero todavía movía la cabeza, listo para correr de nuevo. Delante, tanto a la izquierda como a la derecha, Duncan podía oír el ladrido de los perros a intervalos y el sonido de los matorrales al pisar. Escuchó un grito en el mismo momento en que los cascos de un caballo repiquetearon y se callaron detrás de él.

El cabello se le erizó en la nuca e instó a Caledon rápidamente a que tomara el camino de la derecha. Le dio al caballo con sus talones, sin importarle si interrumpía la caza de Gaston o no. La gente de Châmont-sur-Maine tendría mucho más que llorar que un plato vacía dentro de dos días si Duncan no llegaba a Gaston a tiempo.

Fergus no podía deshacerse de su sensación de ruina inminente.

Él había dormido mal durante varias noches, perseguido por pesadillas que no recordaba cuando se despertaba. Sin embargo, sabía que eran pesadillas o presagios porque no podía librarse de la fría garra del terror. Se había despertado cada vez con el corazón acelerado, el sudor frío en la carne, la urgente necesidad de huir a toda prisa.

¿Quién era amenazado? ¿Cómo y por qué? Que soñara con el peligro en el futuro parecía más una maldición que una bendición cuando no podía recordar ningún detalle de su visión. ¿Temía él por sí mismo? Fergus no podía imaginarse que fuera así. Estaba lejos de casa y de cualquiera que quisiera desafiar su herencia o tener cualquier otra objeción con él.

¿Temía él por Duncan? Era cierto que a su compañero se le había confiado la carga del relicario, y Fergus temía que Everard pudiera haber eludido a Wulfe.

¿Temía él por Gaston? Esa parecía la posibilidad más probable, ya que los sueños habían comenzado después de que se había tomado la decisión de dejar Valeroy hacia Châmont-sur-Maine. Él había notado la renuencia de Millard a entregar el sello a Gaston y se preguntó la verdad detrás de los guantes que el hombre le había dado al nuevo señor de la propiedad. ¿Estaban realmente preparados para la llegada de Gaston? Fergus lo dudaba. Estaban hermosamente hechos y habían sido costosos, sin duda. Millard no le parecía un hombre que gastara dinero en otros que no fuera él mismo. Fergus sospechaba que habían sido hechos para Millard, tal vez para celebrar su propio reclamo del anillo de sello para Châmont-sur-Maine, y le vinieron a la mente cuando el hombre se sintió obligado a ofrecer algún regalo a Gaston.

Fergus señaló también que el padre de Ysmaine, el señor Amaury, se aseguró de cabalgar entre Gaston y Millard a la cabeza del grupo de caza. Fergus no estaba solo en sus sospechas. Fergus cabalgaba a la izquierda de Gaston, queriendo estar alerta ante cualquier amenaza, pero temiendo que su reciente insomnio le hiciera tardar en responder.

Él estaba muy cansado.

"Entonces, estos son los bosques donde se caza con más frecuencia", le dijo Amaury a Millard. "¿Qué encontraste aquí?"

Fergus vio de repente un jabalí en su mente. Parpadeó y examinó la maleza a ambos lados, pero no se veía tal criatura. Se sintió incómodo, porque se sabía que los jabalíes eran grandes luchadores y tenían tantas probabilidades de herir al cazador como de ser derribados.

¿Había un jabalí detrás de sus sueños?

"Liebres, por supuesto, y faisanes", dijo Millard. "Hay muchos ciervos".

"¿Sin jabalíes?" preguntó Fergus sin querer hacerlo.

"¡Jabalí!" Gaston asintió con aprobación. "Eso es lo que me gustaría llevar de regreso al pasillo. Un gran jabalí, de cinco o seis veranos."

"No una hembra porque las necesitarás en tu bosque para reproducirse para futuras cacerías", aconsejó Amaury.

"Y el macho será más grande", agregó Millard.

Y más feroz. Fergus sintió que sus labios se apretaban.

"Un jabalí sería ideal", dijo Gaston. "¡Piensen en la cantidad de carne! Un jabalí sería un festín inolvidable."

Y esa era la ambición de su amigo, comprendió Fergus, hacer de su regreso a la propiedad de su familia fuera motivo de celebración para todos los comprometidos con su mandato. ¿Sería el deseo de Gaston su perdición? No sería la primera vez que Fergus presenciaría una situación así, y le costaba creer que Gaston tuviera mucha experiencia cazando criaturas tan astutas. Después de todo, no había ninguno en Ultramar, incluso si los Templarios habían cazado.

Temía que Millard también dudara de la experiencia de Gaston, porque ese hombre mostraba un entusiasmo sospechoso por la idea. Fergus sólo podía recordar el tibio saludo de Millard a Gaston y se preguntó si ese hombre esperaba que Gaston fuera herido en tal cacería.

"Hablas bien, Gaston", dijo Millard cálidamente. "La gente hablaría de un festín de jabalíes durante los próximos meses. No he visto uno en muchos años, pero durante mucho tiempo se decía que se podían encontrar en las profundidades del bosque. Por aquí."

Millard tomó la delantera, empujando a su caballo por un camino estrecho que se alejaba de la ruta más ancha. A Fergus no le gustó el aspecto del camino. Gaston parecía tranquilo. Se volvió y les gritó a los sirvientes del grupo, contándoles su plan, y tres se apresuraron a avanzar a pie para buscar un animal adecuado. Desaparecieron en las sombras del bosque en unos momentos, moviéndose silenciosamente a través del bosque. Los perros corrían con ellos, con la nariz en el suelo y la cola meneando. Millard cabalgaba hacia adelante, Amaury detrás de él.

Gaston le dedicó a Fergus una sonrisa que hablaba de su confianza y siguió al padre de su esposa. Todo el grupo se quedó en silencio, avanzando con paso firme a través de la maleza. Se abrieron en abanico, cada caballo eligiendo su propio camino. Pronto, Fergus sólo pudo ver a los tres caballeros que tenía delante.

Un silbido llegó alto y claro desde lejos, luego otro.

Seguido del inconfundible gruñido de un jabalí.

—Mío —murmuró Gaston. Su caballo pasó al lado de Millard y Amaury, obligando a sus caballos a apartarse del camino. Fergus notó que Millard cargaba su ballesta y Amaury desenvainaba su espada. Fergus también desenvainó su espada, su sensación de malestar crecía a pasos agigantados, y siguió a Gaston.

Un criado apareció en la vegetación que tenía delante, haciendo señas a Gaston. —Hay un claro más adelante, señor, con una pared de roca a un lado y un arroyo al otro. Guillaume dice que lo acorralaremos allí."

"Excelente", asintió Gaston, sus palabras un murmullo bajo. Hizo un gesto con la cabeza al sirviente y lo siguió a medio galope, seguido de Fergus. Los árboles parecían demasiado densos y las sombras demasiado oscuras para que hubiera un claro, y Fergus temía un truco.

Hasta que de repente irrumpieron en un espacio despejado.

Como se había prometido, había una pared de piedra en bruto a un lado y un arroyo que corría junto a ella.

Fergus no vio al jabalí hasta que estuvieron en el claro y cargó contra ellos.

Entonces rugió con furia, y el caballol de Gaston giró en el espacio abierto como si anticipara perfectamente el deseo de Gaston. Gaston golpeó bajo y fuerte con su espada, incluso cuando su caballo se apartó del camino del jabalí.

Su espada fue clavada en el hombro del jabalí, pero la bestia nunca perdió un paso. De hecho, echó la cabeza hacia atrás y el caballo de Gaston se asustó cuando el colmillo rozó su vientre. Gaston trató de sacar la espada pero el jabalí no se detuvo. Se vio obligado a soltar el arma y volver a tomar el control del caballo. El jabalí se volvió al otro lado del claro, con los ojos tan rojos como la sangre que manaba de su herida.

Para alivio de Fergus, el resto del grupo había solicitado refugio seguro para presenciar la batalla. Muchos estaban al otro lado del río, mientras que aún más se habían trepado a los árboles y posado en sus ramas inferiores. El señor Amaury había guiado a su caballo de modo que los árboles quedaran entre él y el claro, aunque Millard permaneció en el claro. Él levantó su ballesta, pero el señor Amaury lo agarró por el codo.

"No es tu presa", declaró ese hombre, y Millard bajó su arma con evidente desgana.

Las fosas nasales del caballo de Gaston se ensancharon y se encabritó en su lugar. Fergus sabía que Fantôme había sido valiente en la batalla y no se asustaba ante el olor de la sangre, pero temía por el caballo contra tal oponente.

Fergus había conducido su caballo al otro lado del claro (de hecho, la criatura había necesitado pocos ánimos para esquivar el camino del jabalí) y observó cómo el jabalí se preparaba para cargar de nuevo. Sus pequeños ojos estaban fijos en Gaston y Fantôme marcaba en su lugar. Desde su posición ventajosa, él podía ver a los otros dos caballeros, y la expresión del rostro de Millard lo convenció de que sus dudas sobre las intenciones de ese hombre eran correctas.

De todos ellos, Gaston parecía el más sereno, a pesar de que el jabalí claramente tenía la intención de atacarlo. Gaston palmeó el cuello del caballo y desmontó, aparentemente por impulso. Le dio una palmada en el trasero a Fantôme y el caballo corrió hacia la cobertura del bosque, donde un sirviente agarró sus riendas.

Gaston sacó su cuchillo y sonrió mientras se enfrentaba al jabalí. Caminó lentamente hacia él, lo que pareció confundir a la bestia.

"¿Fue tu antepasado a quien vi matar a mi padre, hace tantos años?" murmuró él, como para burlarse del jabalí. Fergus se aseguró de que Gaston al menos había presenciado una cacería de jabalíes. Pero claro, era la naturaleza de Gaston comprender completamente a su enemigo antes de entrar en una batalla.

El jabalí jadeaba y gruñía, pateando el suelo mientras veía acercarse a Gaston. Era cauteloso. Fergus casi pudo saborear su sospecha. En su opinión, Gaston debería haber huido. El jabalí olisqueó el aire, pero Fergus dudaba que pudiera oler el miedo en Gaston.

De hecho, Gaston sonrió.

Giró su cuchillo, dejando que la hoja destellara a la luz, mientras el grupo miraba absorto. "Ese también trató de reclamar una buena espada, pero yo no estoy más dispuesto a renunciar a mi arma que mi padre."

El jabalí cargó de repente. La compañía jadeó, pero solo Gaston no pareció sorprendido. El caballero se mantuvo firme y la mirada de la bestia, como si se atreviera a atacarlo. Cargó directamente contra él, pero Gaston se apartó del camino en el último momento, tan elegante como un bailarín. Él clavó su cuchillo en el costado del jabalí cuando la criatura pasó a su lado, poniendo todo su peso detrás del golpe. Hundió el cuchillo hasta la empuñadura y la sangre le manchó los guantes. El jabalí gimió de dolor y se retorció para que Gaston no pudiera quitar la hoja.

Fergus lo vio hacer una mueca cuando la empuñadura se deslizó de sus dedos, la sangre hizo poco para ayudarlo a agarrarlo. El jabalí saltó de nuevo sobre Gaston. Su colmillo desgarró las correas de Gaston antes de que el caballero girara y pateara la cabeza del jabalí. Cuando la bestia tropezó, Gaston agarró la empuñadura de su espada y la sacó con fuerza de la herida. La carne se rasgó, la herida se abrió de par en par, y Fergus pudo ver el brillo blanco de una costilla. El jabalí agachó la cabeza para desgarrar a Gaston, pero él clavó la hoja corta en el pequeño ojo rojo de la criatura.

El jabalí vaciló, pero Fergus sabía que volvería a levantarse.

"¡Di la palabra y lo terminaré!" susurró Millard, levantando su ballesta.

"No harás tal cosa", declaró Amaury, luego tomó el arma de Millard.

Mientras tanto, Gaston pateó al jabalí dos veces más y luego recuperó su daga. El jabalí saltó sobre él, aunque más lentamente que antes, y Gaston pareció caer debajo de él. Todos jadearon, pero Gaston golpeó hacia arriba. Con un gesto salvaje, cortó la garganta del jabalí y el jabalí cayó pesadamente al suelo.

Encima de él.

Gaston gruñó y empujó a un lado el peso del jabalí. Su abrigo estaba estropeado y había sangre en sus finos guantes nuevos, así como en sus calzas y botas. Miró a la bestia mientras sangraba y luego quitó las dos espadas.

La criatura no se movió.

Se hizo el silencio mientras todos miraban y esperaban, en caso de que la bestia volviera a levantarse. Habría desafiado la creencia, pero el vigor de los jabalíes era bien conocido. Después de varios momentos, Gaston se inclinó cerca de la criatura y luego puso una mano sobre el pecho de la bestia.

"Su otro ojo está cerrado", dijo. "Y su corazón no late más. Así cae un poderoso rey del bosque."

¡Salve, señor Gaston, barón de Châmont-sur-Maine! Gritó el señor Amaury y los vítores de los sirvientes resonaron por el bosque, cuando Gaston se dispuso a secarse el sudor de los labios.

"¡No te toques los labios con el guante!" gritó un hombre y, para su asombro, Fergus reconoció la voz de Duncan. Se volvió al oír el sonido de un caballo corriendo entre la maleza y pronto apareció Duncan, empujando la grupa del caballo de Millard a un lado en su prisa por llegar a Gaston.

Gaston se había congelado, el dorso de su mano enguantada a un dedo de sus labios.

"¡Puede estar envenenado!" declaró Duncan. La conmoción recorrió el grupo y, una vez más, Fergus se preguntó si eso era responsable de la sombra en sus sueños.

"¿Qué locura es esta?" Preguntó Millard. "¿A instancias de quién dices esas mentiras?"

Duncan recuperó la compostura, sin duda porque Gaston se quitó los guantes. "Hay una historia en estas partes de un caballero derribado por hacer lo que estaba a punto de hacer, señor, porque sus guantes estaban atados con veneno en anticipación a ese gesto".

"¿Qué historia?" Preguntó Millard. Él rió. "¿Seguramente no tomas tus decisiones basándose en tales historias, Gaston?"

"No hay ningún costo por ser prudente", dijo Gaston, su tono más suave de lo que podría haber sido el de Fergus. "Y de todos modos están muy sucios."

"Pero..." farfulló Millard.

"Fue Conan de Bretaña", dijo Duncan. "La madre de Radegunde, Mathilde, se lo contó. Parece que ella considera que el regalo de guantes es un mal presagio."

La sonrisa de Amaury era fría mientras colocaba la ballesta de Millard debajo del brazo. "Que interesante. Recuerdo la historia de la muerte de Conan, pero no el detalle de los guantes."

"Pero no es más que una historia", protestó Millard. "Un rumor vago difundido por campesinos ignorantes". Él se rió de nuevo, aunque el sonido fue tenso. "Eres tan cauteloso como una anciana, para un caballero que ha luchado en Ultramar".

"Aprendí en Ultramar a escuchar bien y proceder con cuidado", dijo Gaston en voz baja.

"Yo seguiría el consejo de Mathilde sobre cuestiones de veneno", dijo Amaury con tono robusto. "Ha demostrado mucha sabiduría y ha dado buenos consejos durante todos los años que ha vivido en Valeroy".

"Pero seguramente se puede demostrar que este rumor es incorrecto", se burló Millard. "¿Seguramente no me insultarás despreciando mi regalo?"

Gaston sonrió levemente, sus ojos oscuros. Fergus sabía que estaba enojado, pero evidentemente Millard no percibía las señales. Gaston levantó los guantes y se volvió ante el grupo. "Un par de guantes finos para cualquier hombre tan atrevido como para tocarlos primero con sus labios".

No hubo voluntarios.

El rostro de Millard enrojeció. "Pero esto es una locura", comenzó, luego negó con la cabeza. "Gaston, debo admitir que los guantes fueron encargados para mi propio uso. Pido disculpas por cualquier indignidad que te hayan hecho, pero no los preparé para ti como dije antes." Ahora parecía completamente desconcertado. "Simplemente sentí en este día que se te debería hacer un regalo, para darte la bienvenida a casa, y solo el mejor artículo en mi posesión serviría. Si los guantes están envenenados, lo cual dudo mucho, entonces yo era el objetivo, no tú." Él rió levemente. "Si dejaras a un lado un atuendo tan fino, no los veas destruidos".

"De hecho, no respaldaría tal desperdicio de buena artesanía". Gaston cruzó el claro y le ofreció los guantes a Millard. "Quizás te gustaría que te los devolviera", dijo con suavidad. Su mirada era dura y Millard no pudo sostenerla. "Porque confieso que no me los volveré a poner nunca más."

Millard alcanzó ansiosamente los guantes y Fergus temió que Gaston perdiera la única oportunidad de conocer su verdad. Sin embargo, Millard nunca los reclamó, porque el señor Amaury los arrancó de la mano extendida de Gaston.

"Quizás complazcas mi curiosidad, Gaston," dijo ese hombre. "Me gustaría saber con certeza si la acusación de Duncan es cierta. Yo buscaría el consejo de Mathilde." Se metió los guantes en su propio cinturón, pero Fergus solo pudo ver el miedo en los ojos de Millard.

Entonces era verdad.

"No veo ninguna razón para que no se averigüe la verdad". Gaston sonrió al grupo. "De hecho, con mucho gusto me enteraría de que mi leal camarada se hubiera equivocado".

"¡Como yo!" gritó Duncan y el grupo vitoreó. Él instó a su caballo hacia adelante. "¿Derribaste este jabalí en este día, señor Gaston?" preguntó. "Porque nunca he visto nada igual".

"Lo hizo", declaró el señor Amaury. Y por sí mismo. Rara vez se observa tal valor."

"Disfrutaremos de un festín así", contribuyó Fergus y los hombres del grupo vitorearon.

Su alegre humor se recuperó, aunque algunos miraban a Millard con preocupación. Fergus no dudaba de que Gaston se había salvado con solo un momento de sobra, y esperaba que sus sueños fueran menos oscuros.

El grupo bromeó cuando el jabalí fue destripado por orden de Gaston. Los despojos se dejarían para otros carroñeros en el bosque. Varios hombres se apresuraron a volver a la carreta y regresaron con una pesada vara y algo de cuerda. Los tobillos del jabalí fueron amarrados al poste y su peso colgaba de él.

Seis hombres levantaron su peso para llevarlo de regreso a la carreta, y Fergus pudo ver que el peso era considerable. Pidieron una canción para ayudar en su trabajo y la mayor parte del grupo caminó penosamente por el bosque hasta la carreta. El aire se estaba volviendo frío y parecía que había poco gusto por cazar más a esa hora.

De hecho, cualquier otra presa sería anticlimática para la captura del jabalí.

"Antes del banquete, tal vez sería tan amable de cazar una pieza más pequeña", dijo Gaston a Millard y Amaury. "Por la mañana, por supuesto, estaremos en el culto, y luego estaré ocupado en una revisión de los libros de contabilidad, pero una variedad de comida sería bienvenida para la fiesta". Los labios de Millard se tensaron de nuevo y Fergus se preguntó qué secretos revelarían los libros de contabilidad.

"Estos bosques deben estar llenos de faisán y liebres", dijo Amaury con entusiasmo. "¡Llenaremos un carro con ellos!"

"Sólo si me devuelven la ballesta", dijo Millard con amargura.

Amaury se la ofreció, después de que quitó el cerrojo. Ofreció eso en la palma de su mano, después de que Millard hubiera sacado el arma de su silla. El otro la aceptó de mal humor.

Para sorpresa de Fergus, Duncan cabalgó junto a Gaston. Se quitó los guantes y se los ofreció a Gaston. "No están tan bien como la pareja que perdiste este día, pero eres bienvenido para el viaje de regreso."

"Pero seguramente los necesitarás tanto como yo".

Duncan sonrió. "Caledon ha corrido mucho este día y no es tan joven como tu caballo. Quiero acompañarlo caminando de regreso a las puertas."

Gaston echó una mirada al cielo cada vez más oscuro y luego volvió a Duncan. "¿Está lastimado? No te tendría fuera de los muros cuando caiga la noche."

"Nos hará bien a los dos dar un paseo después de este día", dijo Duncan, y Fergus supo que su antiguo camarada solo contaba una parte de la verdad.

"Caminaré contigo", dijo Fergus, pero Duncan negó con la cabeza.

"No, muchacho", dijo, su tono era tan duro como una roca. "Esto lo haré solo".

Con eso, Fergus adivinó por qué la sensación de fatalidad no lo dejaría. Duncan había sido atacado en Valeroy y la herida había sido atroz. Duncan había escapado de un asaltante en los bosques de Valeroy en el viaje para visitar Eudaline, pero el atacante no había muerto. El brillo en los ojos de Duncan hizo que Fergus se preguntara si su compañero sabía más que él la última vez que hablaron del asunto.

Quizás simplemente adivinaba que el atacante estaba cerca.

Duncan podría no tener la Visión, pero sus instintos estaban delicadamente afinados.

Fue un impulso de Fergus insistir en acompañar a Duncan, pero también conocía al guerrero lo suficientemente bien como para comprender que su forma de pensar no cambiaría. La expresión de Duncan era de sombría resolución.

"Ten cuidado", le aconsejó Fergus cuando pasó con su caballo junto a su camarada.

"Siempre tengo cuidado, muchacho", juró Duncan.

"Veo una sombra".

—Yo también —respondió Duncan con gravedad. Su mirada se cruzó con la de Fergus. Y me canso de eso. Veré cómo se dispersa antes de dormirme de nuevo, en eso puedes confiar."

CAPÍTULO 15

El escudero de Fergus acompañó a Radegunde en silencio, dudando fuera del solar cuando Radegunde habría instado a su compañera a entrar. Radegunde observó cómo la doncella disfrazada miraba a Bartolomé, que montaba guardia en la puerta, su incertidumbre clara.

"Lo sé", dijo Radegunde en voz tan baja que solo ellos dos pudieran oír y sintió su sorpresa. "Y si mi señora no lo hace, pronto lo hará".

Los ojos de Leila se abrieron alarmados. "No puedo dejar el servicio de mi señor Fergus..."

Y no lo harás. Pensé que era mejor para todos estar juntos, con nuestra carga." Radegunde palmeó la alforja y luego sonrió a Leila. Y para que saborees un baño.

Los labios del supuesto escudero se abrieron y Radegunde supo que nadie que viera esta expresión de alegría podría dudar de su género.

Ella levantó la voz y habló con severidad. "Deberías ser lo suficientemente fuerte como para ayudarme a mover los baúles de mi dama, Laurent", dijo ella. "Y aún queda más trabajo por hacer después de eso. No hay motivo para que te quedes sin hacer nada en los establos, incluso si el señor Fergus ha cabalgado a cazar.

"Sí. Te ayudaré." El escudero hizo una reverencia con los ojos brillantes.

"De hecho, estaremos ocupados hasta la cena. No lo dudes ni por un momento."

"Estoy a tu servicio."

Radegunde se volvió hacia Bartolomé. "Mi señora tiene la intención de dormir, y yo correré las cortinas de la cama para que nuestra actividad no la moleste. ¿Te asegurarás de que nadie la moleste, salvo su señor marido a su regreso?

Bartolomé hizo una reverencia. "Puedes confiar en mí para hacer lo mismo".

Radegunde dio un pequeño golpe en la puerta para anunciarse y miró a su alrededor, para encontrar que la dama Ysmaine ya había abandonado el baño. Estaba sentada en la cama con la camisola limpia que Radegunde le había preparado y se peinaba. Parecía más cansada de lo que Radegunde hubiera preferido, pero sonrió a su doncella. "¿Ha vuelto Gaston?"

"Todavía no, mi señora."

Pero te marchaste con tanta prisa. Pensé que algo andaba mal."

"Simplemente había olvidado algo en los establos, mi señora", mintió Radegunde. Ella señaló la alforja. La dama Ysmaine parecía desconcertada, lo que significaba que lo reconoció.

"Pensé que Duncan..."

Radegunde la interrumpió antes de que se dijera demasiado en voz alta. "Mi señora, le suplicaría su indulgencia, pero el solar debería estar completamente en orden antes del regreso de mi señor Gaston".

La mirada de la dama Ysmaine revoloteó sobre la habitación sin comprender. Sin duda, Radegunde ya la había arreglado. Radegunde instó al escudero a entrar en el solar, siguió rápidamente a su compañera y cerró la puerta con firmeza.

La dama Ysmaine jadeó y tomó su capa para cubrirse, porque su camisola era pura. "¡Radegunde!" comenzó ella, claramente con la intención de regañar a su doncella, pero Radegunde sabía que eso solo respaldaría la artimaña.

Correré las cortinas, mi señora. Pido disculpas, porque necesitaba ayuda", dijo en voz alta. Se apresuró a acercarse a la dama Ysmaine y susurró. "Laurent es verdaderamente Leila, y pensé que ella misma podría saborear un baño".

Los ojos de la dama Ysmaine comenzaron a brillar y se tapó la boca con la mano para silenciar su risa. "Así que esta es la razón por la que la bolsa debe estar aquí. Sus campeones están ocupados de otra manera."

Radegunde asintió y apoyó la alforja contra la pared.

La dama Ysmaine sonrió a Leila e hizo un gesto hacia el agua del baño en silenciosa invitación. Todavía estaba humeando y olía a ese jabón de rosas.

Leila miró el agua con tanto anhelo que Radegunde sintió simpatía por ella. "¿No deberías ser la próxima?" preguntó ella suavemente a Radegunde.

"No tengo tiempo en este día", dijo Radegunde, lo cual no era estrictamente cierto.

"¿Cuánto tiempo hace que lo sabes?" La dama Ysmaine susurró.

"Desde que Duncan me dijo, en París".

Leila miró hacia arriba con alarma. "¿Se lo dijo a otros?"

"No, solo a mí". Radegunde sintió que se le curvaban los labios. "Y solo porque pensé que tu amistad con Bartolomé significaba que él prefería a los hombres sobre las mujeres".

"Difícilmente eso," se burló Leila, sus ojos oscuros brillando.

"¡Sin embargo, Gaston pensó en casarte con él!" La dama Ysmaine se echó a reír. "¡Oh, Radegunde, no me extraña que mostraras tal consternación!"

Cuando sus sonrisas se desvanecieron, Leila tiró de su mugriento abrigo mientras miraba el agua.

"¿No te agrada esta oportunidad?" Preguntó Radegunde.

"Oh, sí", admitió Leila. "Pero no estoy segura de poder llevar estas prendas después".

"Sin embargo, si las abandonas, tu secreto podría ser descubierto".

"Creo que es más una cuestión de abandonar su olor", dijo la dama Ysmaine. "¿Qué te provocó a tomar esa decisión y unirte a nuestro grupo? ¿Seguramente estuvo plagada de riesgos?

Los labios de Leila se tensaron. "Había menos peligro en irse que en quedarse. Mi tío tenía la intención de casarme con un hombre que yo sabía que era cruel. Mi prometido era astuto y ocultó su verdadera naturaleza a otros hombres. Mi tío pensó que mis protestas eran frívolas y no les prestó atención."

"Pero le temías", supuso Radegunde.

La otra doncella cuadró los hombros. "Haría mi propia elección, para bien o para mal, en lugar de aceptar una mala que me impongan"

"No puedo encontrar ningún defecto en eso". Las mujeres compartieron una mirada de comprensión. Leila seguía sin quitarse el atuendo, aunque Radegunde sabía que deseaba bañarse. Quizás ella era tímida. "Ven, báñate, antes de que el agua esté fría. Yo cuidaré del cabello de mi dama mientras tú te tomas tu tiempo libre."

"Eres amable, de hecho."

Radegunde sonrió a Leila y luego corrió las cortinas alrededor de la cama de su dama. Encendió el carbón en el brasero, luego se retiró para peinar el cabello de la dama Ysmaine, dejando a Leila sola.

En unos momentos, Radegunde escuchó la ropa caer al suelo. Escuchó el chapoteo del agua cuando Leila entró en la bañera. Estaba pasando el peine por las puntas del cabello de su dama cuando Leila suspiró con una satisfacción tan obvia que tanto Radegunde como su ama sonrieron.

La dama Ysmaine colocó su mano sobre la de Radegunde y le dio un apretón en los dedos. "Lo has hecho bien este día", dijo ella, apenas articulando las palabras, luego trató de ocultar su bostezo sin éxito. "No puedo entender por qué siento tanta fatiga, Radegunde. No fue un viaje tan largo."

"¿No puedes?" Radegunde murmuró y su dama contuvo el aliento.

"Mis cursos", murmuró la dama Ysmaine, con los ojos iluminados. Luego frunció el ceño. "Pero pasé meses sin ellos de camino a Jerusalén".

"Pero ahora estás a salvo y bien alimentada. ¿Tu vientre no se siente suave?

"Pensé que comía demasiado bien como esposa", admitió la dama Ysmaine con una risa baja.

"No puedes ver el cambio en tus senos como yo. Aún es temprano, pero creo que las señales son claras. "

"¿Cuándo crees que llegará el bebé?"

"Mayo, mi señora, si todo va bien."

"Mayo." La dama Ysmaine evidentemente estaba encantada. "No temeré el nacimiento si estás conmigo. Oh, Radegunde, ¿qué debería hacer sin ti?

Las sinceras palabras sobresaltaron a Radegunde, porque aunque deseaba servir a su dama, también deseaba estar con Duncan. Ella frunció el ceño mientras abrochaba la trenza para su dama, preguntándose cómo ella y Duncan idearían un futuro juntos.

¿Francia o Escocia? Radegunde imaginó que sería Escocia, lo cual estaba bastante bien, pero ella extrañaría a su dama. Se mordió la lengua por el momento, porque no tenía ningún plan que compartir.

"¿Me atrevo a decirle a Gaston?" La dama Ysmaine susurró.

"Creo que le gustaría saber, aunque las cosas aún pueden salir mal". Radegunde dijo y luego instó a su dama a recostarse y dormir, lo que la dama Ysmaine hizo.

Radegunde se aclaró la garganta, no queriendo sorprender a Leila. "¿Puedo unirme a ti?"

"Por supuesto." Volvió a caer un chorro de agua y Radegunde

abandonó la cama y tiró de la cortina detrás de ella. Pensó en arreglar algo, pero Leila volvió a hablar. "¿Me ayudarías con mi cabello? Está tan enredado y enmarañado".

"¡Por supuesto!" Radegunde se congeló en sus pasos al ver a Leila. La transformación en su apariencia era notable. La otra mujer debía tener más o menos su edad. Estaba delicadamente trabajada y tenía una forma tan femenina que Radegunde se asombró de que todos hubieran sido tan engañados. La piel de Leila era dorada, de un tono más rico que el que alcanzaba la propia piel de Radegunde después de un verano bajo el sol. Su cabello era oscuro y brillante a pesar de sus quejas. Radegunde supuso que había sido más largo, porque caía solo hasta los hombros de Leila y los extremos estaban rasgados, como si ella misma lo hubiera cortado con un cuchillo. Los ojos de Leila eran igualmente oscuros y de gruesas pestañas, sus labios se curvaron en una sonrisa.

"No puedo creer que nos engañaras", admitió cuando se dio cuenta de que Leila estaba consciente de su mirada.

"Me alegro de haber engañado a tantos". Leila señaló la alforja de Duncan, donde Radegunde la había dejado en el suelo. "¿Es todavía seguro?"

Radegunde asintió y fue a ayudar con el cabello de Leila. "¿Me hablarás de Palestina?" preguntó ella con cautela. "Vi poco de eso, porque estaba enferma en Jerusalén, pero quisiera saber más. Háblame de tu casa".

"No sé por dónde empezar".

"Dime qué te gusta de ahí". Radegunde sonrió. "Dime lo que extrañas".

Leila suspiró y cerró los ojos cuando Radegunde llevó el peine a su cabello. "Solo extraño a mi prima. Nos criaron como hermanas y cuando me fui, ella estaba embarazada." Ella vaciló y se mordió el labio. "Me hubiera gustado abrazar a su bebé, solo una vez". Y una lágrima se deslizó por debajo de esas pestañas oscuras.

El corazón de Radegunde se apretó. Sintió compasión y respeto por esa mujer que había pagado un precio tan alto para tener su propia elección. Ella no podía imaginarse perder a su familia y su hogar para siempre, sin tener ninguna posibilidad de volver a verlos. De hecho, si el prometido de Leila fuera un hombre vengativo, la otra mujer ni siquiera podía arriesgarse a enviarle un mensaje a su prima sobre su bienestar para que no se revelara su ubicación. Ella se dio cuenta de que incluso cuando había estado enferma en Jerusalén, incluso cuando había temido morir, la perspectiva de regresar a Valeroy le había dado esperanza y fuerza. ¿Habría tenido ella la voluntad de sobrevivir sin esa posibilidad?

"Me hubiera gustado tener una hermana", dijo a la ligera en su lugar, moviendo su peine a través de los mechones oscuros.

"¿No tienes una?"

"Cuatro hermanos." Ante la mirada de Leila, Radegunde puso los ojos en blanco. "Uno mayor y el resto más joven que yo".

La otra mujer sonrió. "Siempre quise tener un hermano".

Radegunde supuso que Leila imaginaba que un hermano podría haber defendido su elección antes que su tío.

"Pero ahora estoy sola y me echarán de menos en los establos". Leila se sentó y reclamó el peine. Se lo pasó por el último mechón de pelo, dejando tan claramente atrás sus preocupaciones que Radegunde se recostó. Le trajo una toalla a Leila y luego se retiró con su costura mientras la otra mujer se secaba, hacía una mueca y luego se ponía su ropa sucia una vez más.

"Tu cara está radiante", señaló Radegunde en voz baja cuando el escudero Laurent estuvo frente a ella una vez más.

Leila arrugó la nariz y se frotó la cara con la manga sucia. Dejó un rastro de suciedad que disfrazó sus rasgos una vez más. El olor a estiércol en su atuendo era suficiente para mantener a raya mucha curiosidad, sin duda.

Cuando Leila pudo haberse ido, Radegunde recogió el peine desechado y se lo ofreció. "Las hermanas no tienen que compartir sangre, pero pueden estar atadas por confidencias", dijo en voz baja, ofreciendo el peine. "¿Serás mi hermana?"

La sonrisa de Leila iluminó bastante la habitación. Dio un paso adelante y tomó el peine, sus ojos brillaban. "Lo haré, Radegunde. Lo seré." Intentaron abrazarse, pero el olor a estiércol hizo toser a Radegunde.

Se separaron con una carcajada y se sonrieron la una a la otra.

Leila miró la alforja y se mordió el labio. Bartolomé atenderá al señor Gaston a su regreso, y es posible que tengas trabajo que hacer para la dama Ysmaine. No vería el premio desatendido."

"Y no podremos llevarlo al salón para la cena sin despertar sospechas sobre su contenido", asintió Radegunde. "¿Tomarás la custodia como antes?"

"Con mucho gusto", asintió Leila y reclamó la bolsa. Un golpe rápido en la puerta y Bartolomé la abrió para ella. Se apresuró a bajar las escaleras, manteniendo la cabeza inclinada para que pocos notaran sus rasgos.

"¡Recuerda que regresas por la mañana para terminar la tarea!" gritó Radegunde al aparente escudero y Bartolomé reprimió una sonrisa.

Luego, ambos se inclinaron al ver al señor Gaston al pie de las escaleras. Estaba cubierto de sangre, pero estaba sano, para alivio de Radegunde.

"No te apresures a deshacerte de la bañera", dijo él, su manera jovial. "La sangre no es mía, Radegunde", reprendió. "Derribé un jabalí este día". Cuando Bartolomé lo felicitó, bajó la voz. "Y Duncan llegó a mi lado a tiempo, gracias a tu rápido pensamiento".

"Mi señora duerme, mi señor," le informó Radegunde. "Y veré que traigan agua nueva".

Puedo tomar la segunda agua después de mi señora. No hay necesidad de semejante problema".

"Sí, mi señor, la hay."

El señor Gaston cruzó el umbral de la cámara y parpadeó, evidentemente sorprendido por el olor a estiércol. Miró a Radegunde con una pregunta en los ojos.

"El escudero Laurent ayudó en la disposición de la cámara", dijo

Radegunde, sin saber quién podría oír sus palabras. "Su olor era tal que insistí en que tomara la segunda agua".

Los ojos del señor Gaston brillaron y su voz bajó. "Bien hecho, Radegunde. Bien hecho." La observó antes de hablar. "Querrás esperar en los establos, sin duda, el regreso de tu amante".

Radegunde se sobresaltó. "¿Duncan no regresó contigo?"

"Insistió en caminar solo con su caballo", confesó el señor Gaston, luego dejó su cinturón a un lado con una mueca. "Espero que llegue a tiempo para la cena. Bartolomé, ¿puedes apurar un baño para mí? Estoy retrasado más allá de lo creíble."

¿Duncan regresó solo?

¿Qué locura era esa?

Radegunde aprovechó la oportunidad que le ofrecía el señor Gaston y corrió hacia las puertas de la fortaleza para descubrir la verdad. Mientras se apresuraba a bajar las escaleras, su ira aumentó. ¡Qué propio de Duncan era ponerse en peligro para ver un asunto resuelto! Haría salir al hombre que lo había atacado dos veces y lo enfrentaría solo para ver a los demás protegidos y la amenaza puesta fin. Si hubiera estado frente a ella, ella le habría concedido una buena parte de sus pensamientos sobre esa elección.

Tal como estaban las cosas, ella podría no tener la oportunidad.

EL SOL ya se estaba poniendo cuando el grupo de caza hizo cargar al jabalí en la carreta y emprendía el viaje de regreso al torreón. Había mucha jovialidad en el grupo por la habilidad y la buena suerte de Gaston, y Duncan no dudaba de que muchos veían esa muerte como un buen presagio de su soberanía sobre la propiedad. Él notaba la admiración abierta en los ojos de los sirvientes que habían acompañado al grupo y sabía que la historia del valor de Gaston viajaría rápidamente.

Probablemente también estaría bien adornada.

El propio Duncan quedó conmocionado por el casi accidente de

Gaston. Ese caballero había hablado con los hombres de su grupo como si nada hubiera salido mal, pero Duncan notó que la mirada de Gaston se había mantenido oscura y que había hablado poco con Millard. Millard parecía estar de mal humor y sólo había dado respuestas superficiales al señor Amaury, que se había mostrado decididamente alegre. Había tensión entre los nobles y Duncan se alegraba de no estar mucho más tiempo en su compañía.

Dejó que el grupo se adelantara a él y observó cómo el sol se hundía. Sabía muy bien que alguien acechaba detrás de él, alguien que se aferraba a las sombras y se mantenía fuera de la vista. Agarró la empuñadura de su espada y comenzó a caminar con Caledon, escuchando los sonidos de una persecución.

"¡Duncan!" gritó Fergus, echando un vistazo al grupo. "¿Estás seguro de que caminarías solo?"

"Sí, mi caballo ha corrido demasiado este día", mintió Duncan, acariciando al caballo. "Nos hemos ocupado del bienestar de los demás con bastante frecuencia y este día no será diferente". Saludó al grupo. "No esperes por mí, mi señor. La fortaleza está a la vista y estaré allí poco después de ti.

Había visto la sombra cruzar los rasgos de Fergus antes y lo tomó como una advertencia. El muchacho había visto algo del futuro de Duncan. ¿Era bueno o malo que Fergus siguiera su solicitud y se reincorporara al grupo, sin dejar de mirar atrás?

Duncan se negó a pensar en ello. No consideraría que su destino estaba fijado, por las estrellas o incluso por alguna divinidad. No, creía que un hombre hacía su propio futuro, con sus elecciones y su espada. Dios era bueno. Dios creaba todo y Dios debería ser adorado, pero Dios, en opinión de Duncan, también estaba demasiado ocupado para planificar el destino de todos y cada uno bajo su mano.

El grupo estaba fuera del alcance del oído cuando Duncan escuchó un suave paso detrás de él. Su pulso se aceleró, aunque no dio ninguna señal externa de su conciencia de que no estaba solo.

Si Duncan tenía algo que decir sobre el asunto, sobreviviría ese día, y el hombre que lo seguía no lo haría.

YSMAINE SINTIÓ que el colchón se hundía cuando Gaston se unió a su cama. Ella había estado dormitando hasta su regreso, luego durmió más profundamente mientras él se bañaba. Ella sonrió cuando él la atrajo a su abrazo y ella se acurrucó contra su calor, el alivio llenó su corazón.

Ella tenía que contarle la noticia. Tales noticias no podían guardarse para sí misma, no cuando sabía que le darían tanto placer a su marido.

"¿Cómo estuvo la cacería?" preguntó ella en un murmullo, y él le plantó un beso en la frente.

"Bien, porque la presa fue un jabalí y no yo".

Ysmaine se despertó de repente. "¿Qué es esto?"

"No temas. El peligro ha pasado. Tienes un tesoro en esa doncella, porque se aseguró de que yo fuera advertido a tiempo". Él le contó la historia de los guantes, su actitud tranquila no pudo descartar por completo su consternación y el consiguiente alivio. La atrajo contra su costado e Ysmaine agradeció su calor. La besó en la sien. "Y tendremos una buena fiesta, además de mi supervivencia".

"Tengo afición por el jabalí".

"Como yo lo tengo." Gaston asintió, pero cuando continuó, ella se dio cuenta de que no era el sabor del festín lo que le daba satisfacción. "Haber tomado una bestia tan noble, un rey del bosque, será visto como un presagio para los días venideros, sin duda. No podría haber pedido una caza mejor. Tu padre fue de gran ayuda".

"Quizás sea un respaldo divino de tu soberanía," dijo ella y él se rió entre dientes.

"Aceptaré todos los respaldos, sin importar su fuente".

Ysmaine lo miró, y le gustó cómo su cabello húmedo se rizaba oscuro contra su frente. Ella lo empujó hacia atrás, disfrutando de la calidez de su sonrisa. Sus ojos eran de un azul brillante, como un cielo nocturno lleno de estrellas, y estaba más que contenta de que ese caballero la hubiera encontrado en Jerusalén en su hora de necesidad.

"¿Qué es?" él preguntó en voz baja.

"Te queda bien ser un barón del reino", dijo. "Creo que lo dudaste, pero yo nunca lo hice".

"Lo dudaba porque no conocía el valor de una buena esposa y la alianza de su familia. No podría haber hecho esto sin ti, Ysmaine."

Ysmaine sonrió, porque estaban totalmente de acuerdo. El solar estaba en silencio, aunque ella podía oír el distante sonido de la actividad en las cocinas.

"Estás cansada este día. No es propio de ti dormir la siesta."

"Tengo una buena razón, además de que este ha sido un día largo".

Los ojos de Gaston se iluminaron y pareció contener la respiración. "¿De verdad?"

"Por supuesto." Ysmaine sonrió. "No sé si es hijo o hija, pero si todo va bien, tendremos un bebé en la primavera".

Gaston se rió y la besó profundamente, luego retrocedió como si estuviera hecha de vidrio. "¿Estás lo suficientemente caliente? ¿Has descansado lo suficiente? ¿Debería yo dormir en otra habitación?

"Oh, Gaston, no te preocupes tanto". Ella entrelazó su pierna alrededor de una de las suyas. "Te necesito cerca, ahora y siempre".

Para su alivio, él se recostó a su lado, pero todavía la tocó con reverencia. "¿Cuándo? ¿Lo sabías?"

"Radegunde cree que será para mayo".

"Tu doncella sabe de esto, ¿pero yo no?"

Ysmaine se rió. "Apuesto a que Radegunde sabe más sobre la llegada de niños que tú, señor".

Él se rió entre dientes a su vez. "Sí, esa es una apuesta justa". Él frunció el ceño. "No podemos ir a Escocia, entonces, para las nupcias de Fergus en la primavera".

"Gaston, todavía es muy temprano. Pueden ocurrir muchas cosas, porque esta es mi primera concepción. Podemos decidir sobre Escocia más cerca del momento de la boda. De hecho, creo que nadie debería saberlo antes de la Navidad."

Seguramente ya estarás avanzada para entonces.

"Si todo va bien."

Sus miradas se encontraron y ella vio su placer. —Un niño —susurró Gaston. "Ysmaine, estas son buenas noticias".

Él se inclinó y atrapó sus labios con los suyos, sin duda con la intención de que su beso fuera suave, pero Ysmaine no deseaba tener sólo abrazos amables durante la mayor parte del año. Ella deslizó su mano alrededor de su cuello y lo acercó más, abriendo la boca hacia él e invitando a su ardor.

Gaston aceptó su invitación, sus dedos se clavaron en su cabello mientras la levantaba para besarla. Sintió la aceleración de su pulso y deslizó su mano por su pecho para acariciarlo. Él estaba excitado, como ella había adivinado, y contuvo el aliento cuando ella lo tocó con valentía.

Ysmaine, no deberíamos. ¡El niño!"

"Hay otros placeres que podemos perseguir, señor". Ella cerró la mano alrededor de su fuerza y sintió que él inhalaba bruscamente. "Mi madre tenía una serie de sugerencias, precisamente para una situación como esta".

"¿Ella sabía?"

"Ella esperaba", confirmó Ysmaine y lo acarició con más valentía.

—Dics del cielo —susurró Gaston, deslizando los dedos por su cabello. Se dejó caer contra las almohadas con un grito ahogado de placer que hizo sonreír a Ysmaine y luego se rindió a su toque.

EL VIENTO se levantó cuando el grupo de Gaston desapareció de la vista, agitando la superficie del río y haciendo que las ramas de los árboles se doblaran bajo su paso. Era un viento antinatural, uno que hacía sonar el bosque lleno de espectros susurrantes, y empujaba las nubes a través del cielo que se oscurecía a un paso rápido.

Se avecinaba una tormenta, a menos que Duncan se equivocara.

No le gustaba poder oír poco de lo que le rodeaba, porque las ramas de los árboles crujían unas contra otras y crujían con el viento. Las hojas crujían. La maleza parecía haber cobrado vida. Él supuso que pequeñas criaturas buscaban refugio de la tormenta que se avecinaba y marchó más rápidamente hacia la aldea.

Quizás por eso no se anticipó a la piedra.

Duncan la vio desde la periferia de su visión, pensó que era una hoja que volaba, luego saltó cuando se dio cuenta de su error. Golpeó a Caledon de lleno en la grupa, con tanta fuerza que el caballo saltó y resopló.

Duncan miró hacia atrás, pero pudo ver poco porque el viento soplaba en esa dirección, sus dedos fríos se extendían desde el norte.

El caballo podría haberse estabilizado, pero le lanzaron dos piedras más y el caballo no quiso aceptarlo. Caledon se asustó y relinchó, rompió las riendas de la mano de Duncan y galopó hacia el pueblo. Las puertas apenas se podían distinguir a esta distancia, pero Duncan podía ver la linterna del centinela.

Evidentemente, Caledon también la vio. La bestia huyó directamente hacia la luz.

Duncan oyó que otro caballo se acercaba al galope y se preparó para el ataque. Giró y vio la silueta del caballo acercándose. El viento le arrojó polvo y hojas, oscureciendo su visión. Supuso que era un caballo con un hombre agachado en su silla. La criatura luchó contra las riendas mientras trotaba hacia él con determinación.

"No escaparás de mí esta vez, Donnchadh mac Domnall", gritó un hombre en gaélico, la amenaza en sus palabras hizo que el cabello de Duncan se erizara.

Que debiera llamar a Duncan por ese nombre dejaba todas las cosas claras.

El pasado de Duncan había vuelto para perseguirlo, y si ese hombre era el primero en atacarlo, no sería el último.

Pero la voz no provenía precisamente de la dirección correcta.

Parecía emanar del bosque en sombras a la derecha del caballo. ¿Era un truco del viento? El caballo se abalanzó sobre él, algo brillando en medio de la sombra de su lomo. ¿Un cuchillo? Duncan no podía imaginar otra cosa. Se mantuvo firme hasta que la bestia se acercó, luego, tan pronto como estuvo a su lado, dio un paso atrás con fuerza y golpeó al jinete.

El caballo pasó junto a él sin detenerse. El bulto cayó de su silla y se reveló como nada más que una capa envuelta en matorrales. El alfiler de la capa había sido lo que brillaba a la luz.

Duncan se inclinó para estudiarlo, no realmente sorprendido de volver a verlo. No ahora que había escuchado las palabras en gaélico. Extendió la mano para reclamarlo, como seguramente se esperaba que hiciera, el viento hacía que su abrigo volara a su alrededor. Se congeló cuando sintió la hoja de un cuchillo en su espalda.

Sonrió, sabiendo que no se podía ver su expresión, sabiendo que no era el único que demostraba ser predecible.

"Tenía la esperanza de llevarte al bosque de Valeroy", declaró el hombre detrás de él. Te vi a ti y a tu moza. Me hubiera gustado dejarte verme con ella."

A Duncan se le heló la sangre, pero aún no estaba preparado para ser provocado. Saboreó el calor de su furia, esperando el momento en que pudiera liberarse.

Ningún hombre violaría jamás su Radegunde.

"Dudo que pudieras haberla complacido", dijo él con suavidad.

El hombre se burló, como esperaba Duncan. "Dudo que me hubiera importado", dijo él y se rió en voz alta. —La habría hecho pedazos, Donnchadh, sólo para ver tu reacción. Quizás ella hubiera rogado piedad. Quizás te hubiera dejado matarla al final."

Su risa triunfal solo había comenzado cuando Duncan se dio la vuelta y le estrelló el puño en la nariz. El atacante se tambaleó hacia atrás, la sangre fluía copiosamente de su fosa nasal izquierda. Sus ojos se iluminaron con furia y se abalanzó sobre Duncan.

Quien se agachó y luego empujó su espada hacia arriba. Fue solo cuando la hoja se hundió en el vientre de su atacante que Duncan se dio cuenta de que su movimiento era como el de Gaston con el jabalí.

El jabalí, en opinión de Duncan, era un adversario más noble.

Su atacante jadeó y tropezó, pero Duncan le quitó el cuchillo de las manos y lo arrojó a la oscuridad. Se estrelló contra el suelo a cierta distancia y no se podía ver. El atacante alcanzó la espada de Duncan, aún incrustada en su propio vientre, pero Duncan agarró la cabeza del hombre con sus manos y la golpeó con fuerza contra un árbol cercano. El hombre se tambaleó y Duncan lo inmovilizó contra el árbol con una mano alrededor de su garganta.

El hombre luchó y Duncan apretó hasta que sus ojos se abrieron y se quedó quieto. Su rostro estaba rojo, su respiración se aceleró y su sangre fluía como un río.

"¿Quién eres tú?"

"¿Importa?"

Duncan lo golpeó con el puño izquierdo y sintió que se le soltaba un diente. El labio del hombre estaba agrietado y sangrando cuando Duncan repitió su pregunta.

El hombre se hundió en su agarre, se humedeció los labios y miró a Duncan justo antes de que levantara la rodilla. Duncan estaba preparado para el movimiento, dada esa mirada, y pateó los pies del otro hombre debajo de él. Agarró su espada, sacándola de la herida, y la sangre de su oponente fluyó más libremente. Cuando el hombre pudo haber luchado contra él de nuevo, Duncan tocó la garganta de ese hombre con la hoja.

"Tu nombre", repitió con más paciencia de la que sentía.

El otro trató de escupir para mostrar su desdén, pero la saliva le goteó por la barbilla. "Murdoch".

"¿Y por qué te envió mi padre?"

Murdoch volvió a burlarse, pero la sangre manaba de su boca. "¿Por qué piensas? ¿Para entablar conversación? ¿Para ver cómo te va? Escupió con más éxito esta vez, con odio en los ojos. "Domnall podría haber sido el padre que nunca tuve. Lo abandonaste porque no conocías su valor. Yo le habría servido mejor como hijo."

"Lo abandoné porque conocía su valor con gran precisión", corrigió Duncan. "¿Por qué ahora?"

"¿Qué te hace pensar que traicionaría su confianza?"

"Hubiera esperado que él enviara a Adam", dijo Duncan, refiriéndose a su hermano mayor. "O que Adam se hubiera encargado de la tarea él mismo".

"¡Adam está muerto!" declaró Murdoch, la emoción ganando a la discreción.

"¿Cómo? ¿Cuándo?"

"¡Si le sirvieras a tu padre, lo sabrías!"

Quizás yo también estaría muerto. Enviado por mi padre en una búsqueda que solo podría fallar, en pos de un sueño que es mejor abandonar." Duncan sintió remordimiento por la pérdida de su hermano, pero no se sorprendió. Adam siempre había creído en la locura de su padre.

Los ojos de Murdoch se iluminaron con furia. Domnall tiene razón. ¡No mereces ser su hijo! La sangre de los reyes corre por tus venas, pero tirarías todo y doblarías la rodilla al servicio de quienquiera que viera tu barriga llena. Eres una alimaña. No eres digno del nombre de tu padre ni del legado familiar."

"Y tú te vuelves tedioso", concluyó Duncan. "Puedes decirme lo que sabes y me ocuparé de que tengas ayuda. O puedes morir ahora, con mi ayuda." Movió la espada contra la garganta de Murdoch, dejándolo sentir el filo frío de la hoja. Sintió que el corazón de Murdoch saltaba y por un momento esperó no tener que hacer lo que hubiera preferido dejar sin hacer.

Entonces los ojos de Murdoch se entrecerraron en desafío, y claramente reunió su saliva para su última declaración.

Nunca lo logró. Duncan cortó la garganta de Murdoch limpiamente y arrojó su cadáver a un lado con disgusto. ¿Cuántos morirían en pos de ese sueño? E incluso si el sueño de su padre se cumpliera, ¿cómo podría sostenerse la victoria? Era una locura, la ambición crecía y no podía tener un buen final.

Se lo había dicho años antes, sus últimas palabras a su padre.

Domnall había despreciado a Gwyneth y habría pensado poco de Radegunde. No habría considerado que Radegunde fuera más digna que Gwyneth, de quien una vez dijo que no era digna de ser una puta en su corte. Duncan conocía mejor el mérito de ambas mujeres.

Una vieja furia se encendió profundamente dentro de él, y sabía que tendría que ver que ese asunto concluido él mismo.

Duncan limpió su espada con el abrigo de Murdoch, no le gustaba lo que había hecho, pero sabía que no tenía otra opción. Cogió el alfiler y se lo guardó en el bolso, sin alegrarse en lo más mínimo de volver a verlo. Vació el bolso de Murdoch, encontrando poco de valor en él, pero tomó lo que había allí. Arrojó la bolsa al bosque, como si los bandidos hubieran robado al mercenario. La capa no era lo suficientemente fina como para guardarla, por lo que también la arrojó a la maleza.

Miró al muerto por un momento, temiendo la tarea, luego lo despojó de sus ropas. Duncan tocó cada dobladillo y comprobó cada forro, pero el hombre no llevaba nada más que pudiera proporcionar información sobre sus orígenes.

Que Murdoch pensara que el padre de Duncan era un hombre digno decía todo, en verdad, lo que Duncan necesitaba saber. Se pasó una mano por el pelo, odiando que el pasado lo persiguiera en ese momento, luego se volvió para seguir a los caballos. Incluso el caballo de Murdoch se había dirigido a la aldea y estaba fuera de la vista. El viento tiró de la capa de Duncan mientras avanzaba, clasificando sus recuerdos.

Una cosa era segura: si su padre estaba empeñado en asesinarlo, Murdoch era el primero en ser enviado a cazar al segundo hijo de Domnall. Por lo que Duncan sabía, ya había más asesinos persiguiéndolo. Su futuro no estaría seguro hasta que él y su padre llegaran a un acuerdo.

Duncan dudaba que eso se lograra sin derramamiento de sangre.

Peor aún, la raíz del asunto era que no podía llevar a Radegunde a Escocia hasta que se resolviera esa vieja disputa.

~

EL CABALLO de Duncan había regresado a las puertas del pueblo, arrastrando las riendas, cuando Radegunde llegó allí. Miró hacia las sombras a lo largo del camino, pero no pudo ver ninguna señal del propio Duncan.

"Hombre irritante", murmuró ella, cruzando los brazos sobre el pecho como si eso pudiera mantener su preocupación bajo control. El portero le recordó que las puertas se cerrarían al atardecer, y ella echó un vistazo al sol poniente. Caía demasiado rápido hacia el horizonte.

El ruido de los cascos hizo que su corazón saltara, pero era otro caballo con una silla vacía. Un caballo. Más pequeño y menos fino.

Radegunde sintió como si una mano fría se hubiera aferrado a su corazón. Duncan no estaba solo.

"Dijeron que un guerrero tenía la intención de llevar su caballo a pie", dijo el portero, con el ceño fruncido. "No dos". Se acercó a ella y miró por el camino vacío. Él también miró entre el camino y el cielo. "No debería enviar a un guardia, no tan tarde", le dijo, su tono de disculpa. "Podríamos perder a más de un hombre".

"¿Es el camino tan peligroso?"

"Sí, en estos tiempos, los bosques están llenos de bandidos y ellos, como otros depredadores, cazan de noche".

Radegunde asintió entendiendo. Su corazón palpitante sonaba demasiado fuerte para sus propios oídos. Tenía las palmas húmedas. No Duncan. Él no podía ser arrebatado de ella ahora, no tan pronto.

Pero el camino permanecía obstinadamente vacío.

El sol se hundía cada vez más.

Las sombras se alargaban.

Cuando el último rayo de sol se hundió en el horizonte, el portero negó con la cabeza. "Lo siento", le dijo a Radegunde, luego cerró la puerta contra la noche. El sonido de la llave en la cerradura podría haber sido un toque de muerte, y Radegunde luchó por contener las lágrimas.

¿Qué le había pasado a Duncan?

Ella examinó su caballo, buscando una excusa para quedarse junto a la puerta. El caballo no había resultado herido, simplemente se había asustado y ya se había calmado. Supuso que era una buena señal, pero se preguntó de qué habría sido testigo. El otro caballo era del tipo que se puede comprar en un mercado. Estaba razonablemente sano y su silla era más adecuada que fina. Supuso que los llevaría a ambos a los establos.

El portero seguía mirando el camino desde su puesto de centinela y se aclaró la garganta. "¿Lo conoces?" le preguntó a Radegunde, y ella voló a su lado para mirar a través del rastrillo.

Para su alivio, un hombre cruzaba el puente a grandes zancadas con un propósito sombrío que le resultaba demasiado familiar. Llevaba una cota de cuero y su camisola brillaba blanca a la luz que proyectaba el farol sobre la puerta. También vestía un tabardo, envuelto alrededor de sus caderas y con cinturón, con el extremo echado sobre su hombro.

Radegunde se mordió el labio, porque sus piernas estaban muy bien.

"Sí", le dijo al portero. "¡Sí, es el jinete perdido y está sano!"

"¿Y su nombre?"

Radegunde le dijo.

El portero le sonrió y gritó. "¡Alto ahí! ¿Quién llega a estas puertas?

"Yo soy Duncan MacDonald", respondió, y Radegunde se llenó de alegría. "Y soy un compañero del señor Gaston de Châmont-sur-Maine".

"Y eres bienvenido", dijo el portero y abrió la puerta.

Duncan le dio las gracias al hombre y se apresuró a atravesar la puerta, con expresión sombría. Se veía sano, lo que era otro alivio, y sus ojos se iluminaron con un placer que envió calor a través de ella cuando vio a Radegunde.

"Tú, señor, debes dejar este hábito de enviar tu caballo a casa sin ti", dijo ella, sabiendo que sonaba enfadada por el alivio. "Estoy cansada del truco".

"Estuviste conmigo la última vez."

"Aun así. Debes poner fin a esta estratagema."

Duncan sonrió y la tomó en sus brazos, luego la besó rápidamente. "Necesitaba un buen paseo, no era más que eso".

Ella tocó su camisola y descubrió que la sangre en su manga estaba fresca. "Mentiroso", lo acusó en voz baja.

"No es mía", respondió él amablemente, su tono sombrío. Sabía por el brillo de sus ojos que la historia no era para compartir con otros.

"Me alegro de que hayas regresado, incluso si no puedes controlar tu caballo", bromeó ella y el portero se rió entre dientes. Ella apoyó la cabeza en el hombro de Duncan con alivio. Ella colocó su mano sobre su corazón, saboreando su ritmo constante bajo su palma.

Duncan la abrazó con fuerza, incluso cuando levantó la voz hacia el portero. "Vi que hay un mercenario muerto allá atrás, a la sombra del bosque". Se volvió e indicó un árbol que se elevaba sobre el dosel de los demás. "Su cadáver está detrás de ese gran roble viejo, aunque es difícil estar seguro de cuánto tiempo ha estado allí".

"Quizás ese sea su caballo," dijo el portero, señalando al otro caballo.

"Quizás. Les digo la ubicación ahora que recuerdo el lugar, en caso de que el señor Gaston desee que lo recojan mañana y le den un entierro cristiano.

"Recordaré el lugar", dijo el portero. "Aunque puede que quede poco de él por la mañana". Señaló con la cabeza hacia el bosque y Radegunde escuchó el aullido de un lobo.

"Un animal para otro", murmuró Duncan solo para los oídos de ella.

"¿Estás seguro de que no sabes nada de su desaparición?" preguntó el portero.

Duncan negó con la cabeza. "Estaba muerto cuando lo vi. Quizás haya otros villanos en estos bosques."

"De hecho, hay muchos en estos tiempos", coincidió el portero. "Qué curioso que su caballo llegara después del tuyo, si este es su caballo".

"Quizás fue un viaje errante", sugirió Radegunde. "Y siguió al caballo".

El portero volvió a reír. "Sí, hay una explicación. No sería la primera yegua en seguir a un semental, sin duda." Aparentemente tranquilizado por esta explicación, volvió a su tarea de asegurar las puertas para pasar la noche.

Duncan escoltó a Radegunde hasta su caballo. La subió a la silla con cuidado, luego tomó las riendas y su caballo le acarició el pelo con cariño. —Sí, solo quieres un cepillo y un poco de avena de mi parte, viejo pícaro —bromeó a la bestia y el portero se echó a reír.

"En el futuro, señor, tenga en cuenta que en marzo, nos gustan todas las puertas aseguradas al atardecer".

"Gracias por admitirme", dijo Duncan.

El portero del pueblo hizo un gesto a Radegunde. "Fue la doncella, señor. No creo que ella hubiera permitido que fuera de otra manera. Sin embargo, si no te hubiera reconocido y respondido por ti, habrías pasado la noche al otro lado."

Todos rieron juntos y Duncan condujo a Caledon hacia los establos. La puerta se cerró audiblemente detrás de ellos. "Dime", invitó él, en voz baja.

Leila se bañó en la habitación de mi señora y guardamos tu bolso allí. Ella lo ha puesto bajo su custodia y Bartolomé guarda la puerta. Mi señor Gaston está allí con la dama Ysmaine hasta la cena. Ella lo miró desde atrás, aliviada de que no mostrara signos de lesión.

"Un baño. Es una tentación adecuada después de este día, respondió él, y luego respondió a su pregunta. "Los alcancé justo cuando Gaston se llevaba una mano enguantada a los labios. Millard declaró que su advertencia era una locura, pero el señor Amaury reclamó los guantes. Quiere pedirle consejo a tu madre, pero a Millard no le agrada.

"Quizás él considere oportuno irse", dijo Radegunde con aspereza y Duncan se rió entre dientes.

"Deberíamos ser tan afortunados. Claramente, se necesitarán más que los eventos de este día para verlo fuera de aquí."

"Pero todo terminó bien para el señor Gaston, gracias a tu rápido viaje".

"Y tu pensamiento rápido".

"Me alegro", admitió Radegunde. El alivio la hizo consciente de su cansancio. Había sido un día largo y lleno de pruebas. También le hizo desear celebrar el regreso de Duncan en privado.

"¿Te desanimaría si te confesara que no tengo gusto por una comida en el salón esta noche?" Preguntó Duncan, con un tono de burla en su voz que la impulsó a estudiarlo de nuevo. Él le lanzó una mirada chispeante y ella se preguntó si había leído sus pensamientos. Confieso, muchacha, que mi apetito sigue otro camino.

"Dijiste que deseabas un baño", bromeó ella a cambio y él se rió entre dientes.

"Un baño y una velada contigo", confesó él. "No hay nada como el sabor de la mortalidad que me haga querer tener la seguridad de que todavía vivo, Radegunde".

"Comparto tu punto de vista en eso, sin duda". Radegunde le sonrió. "Y me tranquilizaría diciéndome que dices la verdad en esto, Duncan MacDonald".

"¿Cómo es eso?"

"Quiero ayudar en ese baño e inspeccionarte a fondo para ver si tienes heridas. Si tiene un rasguño que no me hayas mencionado, te enfrentarás a un ajuste de cuentas."

Él se volvió hacia ella con una sonrisa. "Estoy realmente asustado".

Y así debería ser. Esto podría llevar toda la noche."

—No toda la noche, muchacha —murmuró Duncan para que el mozo no lo oyera. "Tendremos otros actos para llenar las horas además de su inspección".

Radegunde sonrió, porque no podía esperar.

CAPÍTULO 16

$\mathcal{P}$ara alivio de Duncan, había una habitación reservada para él en los establos. Era más pequeña incluso que la que había tenido en Valeroy, pero le alegraba. Fergus esperaba su llegada y una sonrisa de alivio asomó a sus labios, ahuyentando la preocupación que había oscurecido su frente. Duncan esperaba que toda la oscuridad que el caballero había visto en el futuro se hubiera disipado.

Supuso que Fergus había hecho los arreglos necesarios para la habitación. Laurent llevó la alforja de Duncan a la habitación, y Duncan tuvo la impresión de que el escudero y Radegunde intercambiaban una mirada de complicidad, pero luego la puerta se cerró detrás de Laurent y Radegunde se arrojó a los brazos de Duncan. Ella lo aplastó contra la pared y tomó su rostro entre sus manos, besándolo con un ardor que lo encendió.

Cuando ella lo besó así, mostrando toda su pasión, Duncan no pudo resistirse. No pensaba en la templanza o en progresar lentamente, ciertamente no en saborear. Solo estaba Radegunde, dulce, caliente y vital, con la lengua entre los dientes y los dedos en la hebilla del cinturón. Ella dejó su cinturón a un lado y él le desabrochó el cinturón, luego aflojó los cordones de su kirtle. Ella se quitó la prenda con un abandono que lo hizo sonreír, luego regresó para besarlo de nuevo.

"Rápido esta vez, Duncan", murmuró ella contra sus labios, sus ojos bailando con la luz seductora que lo volvía loco. "Duro y rápido."

Duncan no pudo rechazar tal invitación. La tomó en sus brazos y se dirigió hacia el colchón, dejándose caer sobre él para que ella cayera encima de él. Ella se rió alegremente y él deslizó las manos por debajo de su camisola, luego la dejó a un lado. Pasó sus manos sobre ella cuando estuvo sentada encima de él con solo sus medias. Ella se incorporó y se despeinó el cabello, tomándose su tiempo para que él pudiera contemplar su perfección. Él se acercó y ahuecó sus pechos en sus manos, y ella echó la cabeza hacia atrás con placer mientras él jugueteaba con sus pezones hasta convertirlos en picos apretados.

Radegunde gimió, luego lo despojó de su tabardo más rápido de lo que podría haber esperado. Ella tomó su fuerza en sus manos, y él fue quien gimió entonces.

"Necesito un baño, Radegunde."

"Como yo, pero pronto necesitaremos otro". Ella se sentó encima de él, sus ojos brillaban mientras alivió su fuerza contra su calor resbaladizo. "Vamos a buscar el agua una vez en lugar de dos", dijo ella.

—Muchacha audaz —bromeó él. "Ni siquiera me he quitado la camisola".

"Y no es necesario, no esta vez".

Duncan no tuvo oportunidad de responder porque ella lo tomó dentro de ella en un movimiento audaz que los dejó a ambos jadeando. Sus manos se cerraron sobre su cintura y trató de frenar su corazón acelerado. "¡Radegunde!"

Ella rodó sus caderas, riendo cuando él gemía. Entonces se acostó sobre su pecho, todavía a horcajadas sobre él y sosteniéndolo con fuerza dentro de ella. "Creo que has sobrevivido a este día, Duncan", bromeó ella en un susurro travieso.

"¿Crees?" repitió él. "Parece que debo eliminar todas las dudas de tus pensamientos". Radegunde se rió, pero luego fue silenciada cuando Duncan capturó su boca con la suya. Él la hizo rodar sobre su espalda, amando cómo ella entrelazaba sus piernas alrededor de él, saboreando el dulce calor mientras se enterraba dentro de ella.

Entonces se movió lentamente, asegurándose de frotarse contra la tierna protuberancia de ella. Ella jadeó y él la besó de nuevo, entrelazando sus dedos con los de ella y sosteniendo sus manos sobre su cabeza. Se movía con deliberación, llevándolos a ambos a mayores alturas, saboreando los escalofríos que recorrían su carne. Él la vio ruborizarse. Vio sus ojos brillar. Se tragó el sonido de su gemido de placer. Ella apartó los labios de los de él y susurró su nombre, la vista de su placer redobló su pasión de nuevo.

Sus miradas se encontraron, su respiración se aceleró. Ella se retorció debajo de él y susurró su nombre de nuevo, frotándose contra él, tan cálida y acogedora que Duncan no podía pensar en un mejor lugar para estar. Él colocó su mano entre ellos y la acarició con la punta de un dedo áspero, observando su espalda arquearse y sintiendo sus uñas clavándose en sus hombros.

De repente sintió su calor apretarse a su alrededor, atrayéndolo más profundo, haciendo un reclamo propio, luego ella gritó con un placer que no podía confundirse con nada más. La sensación de ella llevó a Duncan a su liberación, más rápido y con más fuerza de lo que podría haber esperado, y rugió con furia.

Radegunde era su mujer.

Su compañera.

Su amor.

Y él la defendería para siempre. Él daría su propia vida por ella, sin dudarlo. La protegería, la amaría y la poseería durante todos los días de su vida.

No, por toda la eternidad.

RADEGUNDE ESTABA un poco inestable en sus pies cuando finalmente salió de la habitación en los establos. También estaba un poco más despeinada de lo que solía, pero llena de tal felicidad que apenas le importaba. Duncan le había vuelto a atar la faja y trenzado su cabello, asegurándose de que tuviera ambos zapatos en los pies antes de dejar su pequeño refugio. Su corazón estaba brillando, y el calor en los ojos de Duncan tenía una forma de hacerla querer cantar.

Si no regresar inmediatamente a su cama. Tres veces se habían amado, cada vez más lentamente que la vez anterior. Agotados y hambrientos, abandonaron los placeres de la cama por consideraciones más prácticas. Duncan iba a prepararles un baño. Radegunde iría a buscar comida.

Los establos y el patio estaban en silencio, porque la mayoría había ido al salón para la cena. Leila aún estaba en los establos y, con una mirada de Radegunde, tomó una posición de centinela fuera de la cámara de Duncan. El escudero parecía dormitar, pero Radegunde sabía que Leila se aseguraría de que la alforja de Duncan permaneciera intacta. Cuando Radegunde entró en el patio, pudo escuchar música en el salón y supuso que había juglares y que la mayoría se demoraba para disfrutar del entretenimiento.

Sonrió ante la convicción de que disfrutaría de su propio entretenimiento en la pequeña habitación de Duncan.

Fue en las cocinas donde Radegunde encontró el momento que buscaba.

Todavía estaba ocupado en esa parte del torreón, porque había mucho que limpiar de los preparativos para la cena y una buena cantidad de chismes para compartir. Incluso los que no solían trabajar en las cocinas estaban reunidos allí, y el cocinero estaba descontento al encontrarlos con tanta frecuencia en su camino. Radegunde imaginó que tenía mucho que ver que con los preparativos de la fiesta dentro dos días y que la vista de tantos holgazaneando mientras él trabajaba no era bienvenida. De hecho, la más perezosa de las doncellas de la dama Azalaïs estaba apoyada contra una mesa pesada, comiendo un plato de carne que evidentemente había sido recogido del gran salón. Ella observó a Radegunde con una sonrisa que hizo poco por redimir la visión que Radegunde tenía de ella.

Radegunde hizo su pedido al cocinero, quien envió a un muchacho pequeño por una olla con tapa. Había una olla de sopa sobre el fuego y olía muy bien. "Una sopa clara de caldo de pato", dijo el cocinero con un gesto de satisfacción. "No pensé que quedaría mucho después de la cacería de este día, pero todavía hay mucho". Revolvió el caldo humeante y ordenó al muchacho que fuera a buscar pan para Radegunde. Según he oído, tú y tu compañero hicieron bien este día en advertir a nuestro nuevo señor.

"Si él estaba realmente en peligro y no sólo buscaste ponerlo en contra de todos nosotros", agregó la doncella con malicia.

"Yo nunca haría una acción así", dijo Radegunde con una dulzura que no sentía. "Y realmente es mejor ser cauteloso".

"Supongo que la hija de una curandera sabrá mucho sobre el veneno y su administración", dijo la criada, pero Radegunde la ignoró.

"El señor Gaston sobrevivió tantos años en Ultramar", dijo el cocinero. "Eso no es poca cosa. O es robusto, afortunado o ambos."

Radegunde sonrió al cocinero mientras le agradecía. "Ambos, creo".

"Me alegro de que haya regresado", contribuyó el salsero. "Me recuerda lo mejor de su padre y su hermano, que es una buena combinación."

"Pero quizás no sea tan afortunado en su elección de novia", intervino la doncella. Sacó un trozo de carne de la salsa de la fuente con las yemas de los dedos, aparentemente hablando distraídamente, pero Radegunde reconoció que le gustaba causar problemas.

"No puedo entender lo que quieres decir", dijo Radegunde. "Mi señora es hermosa y de nacimiento noble, y una pareja adecuada para mi señor Gaston."

Las cejas de la criada se elevaron. "Si está dispuesta a enterrar a sus maridos". Ella movió el dedo hacia Radegunde, quien se dio cuenta de que todas las almas de las cocinas estaban escuchando. "Recuerdo por qué la hija mayor de Valeroy partió en peregrinación. Viuda dos veces, y en rápida sucesión. Sin embargo, aquí está, de regreso con un nuevo cónyuge, el tercero en tantos años, quizás el más rico de todos. Tan pronto como cruza el umbral de su herencia y la reclama como suya, su vida aparentemente corre peligro." Ella le dio un mordisco a la manzana, su mirada ávida. "No hace falta ser un hombre sabio para notar la similitud". Ella arqueó las cejas. "Y la hija de una curandera es su sierva más íntima. Me temo que nuestra nueva dama puede tener un plan."

Radegunde se mordió la lengua, porque no deseaba hacer más enemigos en ese salón de los que ya tenía al ver el solar debidamente limpio. Ella se esforzaba por pensar cómo podría sacar ventaja de la conversación y revelar la existencia del libro de una manera casual. Eres la doncella de la dama Azalaïs, ¿no es así? No creo haber escuchado tu nombre."

"Benedicta", dijo la criada con aspereza. "Y antes de que me preguntes, he servido en este salón desde que tenía diez años. Recuerdo la partida del señor Gaston." Comió otro trozo de carne y luego sonrió. Y recuerdo bien a la dama Eudaline. Ella no habría aprobado este matrimonio, sin duda. Sin duda, tu dama lo anticipó y decidió casarse temprano para evitar cualquier interferencia de los parientes del señor Gaston."

"Sin duda no," respondió secamente Radegunde. "Viajé a Ultramar con mi señora y fuimos acosados por ladrones". Todas las almas de la cocina se volvieron para escuchar, sin preocuparse por ocultar su interés. "Cuando llegamos a Jerusalén, me había enfermado de fiebre y no teníamos monedas. Mi señora iba todos los días a rezar, y fue allí, en la Iglesia del Santo Sepulcro, donde mi señor

Gaston la vio por primera vez. Le dio una moneda, como limosna, para medirla, y se alegró mucho cuando ella insistió en gastarla en una cura de un boticario para mí en lugar de comida para ella. Él nos vio a las dos alimentadas, con un buen caldo, muy parecido a este, y habiendo tomado la medida de la dama, decidió casarse con ella".

¿De verdad?", murmuró el cocinero, tanto él como sus ayudantes claramente cautivados por la historia.

"De verdad", dijo Radegunde. "Y fue el señor Gaston quien supo que la ciudad santa sería sitiada. Tenía la intención de vernos lejos a salvo, por lo que se casó con mi dama en la capilla de los Templarios en Jerusalén. Cabalgamos ese mismo día. Nos defendió de los bandidos en Acre, eligiendo quedarse solo mientras escapábamos al puerto, y apenas logró alcanzar el último barco con nosotros. Mi señora y yo estamos en deuda con el señor Gaston muchas veces por garantizar nuestro bienestar y nuestro regreso seguro. Ninguna de nosotras lo vería amenazado y mucho menos en peligro."

"¡Qué aventuras!" exclamó el cocinero, luego sirvió la sopa en la olla.

"Sí", dijo Radegunde con una sonrisa.

"Pero la dama Eudaline todavía podría haber objetado el matrimonio", insistió la criada.

Radegunde le dirigió una mirada a la mujer. —Sí, bien podría haberlo hecho. Por eso mi señora me envió a visitar a la dama Eudaline cuando estábamos en Valeroy, porque consideró apropiado que enviara saludos a la madre de su marido."

"¿Visitaste a la dama Eudaline?" Benedicta preguntó con dureza.

"Lo hice."

"¿Cómo la encontraste?"

"Sana y feroz. Me sentí intimidada por ella, sin duda."

La criada y la salsera rieron al unísono. "Esa sería la dama", dijo con evidente aprobación. "Hay días que la extraño mucho".

Los ojos de Benedicta se entrecerraron. "¿Y qué mensaje le envió a su nueva hija?"

Radegunde sonrió. Más que un mensaje, me confió un regalo para la dama Ysmaine. Un librito ricamente ornamentado y envuelto en seda. Mi señora estaba muy complacida con él y la buena voluntad que representaba, así como también aliviada de que la madre del señor Gaston aprobara el matrimonio de su hijo."

"¿Cómo pudo ella saber eso?"

"La dama Eudaline había escrito la historia completa de Châmont-sur-Maine en los márgenes del libro, así como todos los secretos que ella consideraba importante que mi dama supiera antes de que se estableciera en esta salón".

Hubo un momento de tenso silencio después de esta confesión.

"¿Secretos?" Benedicta repitió.

"¿Qué dice?" preguntó el cocinero.

"No lo sé", mintió Radegunde. "No sé leer, pero mi señora estaba fascinada. Permaneció despierta toda la primera noche, leyendo cada línea y luego otra vez. Ella ha insistido en que lo guarde en su baúl más fuerte para que no lo pierda."

Radegunde sabía que no se imaginaba la mirada que recorría la cocina.

"Debería haber pensado que sería su marido quien la mantendría despierta toda la noche", bromeó Benedicta, pero su expresión era maliciosa. "Aunque escuché que discuten demasiado en sus habitaciones esta pareja, y que él solo viene a ella para saldar la deuda matrimonial y poder tener un hijo con toda prisa."

Radegunde no tuvo que fingir sonrojarse. "Me temo que la discordia entre ellos se debe a mi elección. Prometí un compromiso a un guerrero al servicio del compañero de mi señor Gaston y el señor Gaston lo cree inadecuado."

"¿Un compromiso?" repitió el cocinero.

"Una promesa de lealtad que perdura durante un año y un día", brindó Benedicta con aspereza. "No puedo culpar al señor Gaston por encontrar fallas en este ritual pagano. ¿Por qué no intercambias votos ante un sacerdote? "

"Es el camino de la gente de Duncan".

Benedicta resopló. "¿Y tu dama está de tu lado en esto?"

Radegunde se enderezó. "Mi señora Ysmaine defiende mi derecho a elegir. Ella ha sido muy buena conmigo y me quiere feliz."

Benedicta enarcó las cejas. "Si siembras la disensión entre ella y su rico marido, podrías ser la próxima en morir en su compañía".

"Eso es indecoroso", acusó el cocinero. ¡No se puede hablar así de la señora del torreón!

Benedicta se puso de pie. "No seré la única en hablar así si hay una muerte prematura en este salón, en eso puedes confiar.".

Por mucho que a Radegunde le desagradara esa idea, temía que hubiera algo de verdad en ella. Se disculpó y se apresuró a regresar a los establos con la comida para ella y Duncan.

Ella había plantado la semilla y debía vigilar atentamente el libro de la dama Eudaline.

Era demasiado fácil recordar la convicción del señor Gaston de que una cerradura vieja, como la de la puerta del solar, podía tener cualquier número de llaves, lo que significaba que no importaba cuántas reunieran él y Bartolomé, podría haber otra.

DUNCAN HABÍA IDO A BUSCAR varios cubos de agua y una linterna cuando regresó Radegunde. Él pensaba en el futuro y la influencia de los acontecimientos de ese día en él. Que fuera perseguido tenía que cambiar sus planes, aunque no sabía cómo empezar a explicárselo a Radegunde. Él había pensado que su familia era tan irrelevante para su vida durante tanto tiempo que fue un shock saber lo contrario.

Su propio padre. ¿Le creería ella?

Ella entró en la habitación y lo miró fijamente. "Estás pensativo."

"Sí."

"Porque quieres dejarme aquí y tienes miedo de decírmelo." Ella habló con tanta confianza que él parpadeó sorprendido.

"Sabíamos desde el principio que debía regresar a casa con Fergus mientras tú permanecías con tu dama".

"Había considerado dejar el servicio de mi señora para acompañarte, ahora que tenemos un compromiso".

—No, Radegunde. No puedes hacer eso."

"¿Por qué no?" Radegunde apoyó las manos en las caderas y Duncan reconoció esa mirada de determinación. "Estamos unidos por tú propia tradición..."

"Estarás a salvo aquí. No puedo garantizar que ese será el caso si nos acompañas a Killairic".

"A salvo", se burló Radegunde. "Mi madre se reiría de que creas que una fortaleza encaramada en la Marcha Bretona es un refugio seguro."

Duncan volvió a su lado, tomando su mano entre las suyas. "Sin embargo, es más seguro que a donde viajo".

"Seguro que la casa de Fergus y su padre está bien defendida."

Sin embargo, él vio que ella sabía que ese no era su destino. "Solo quiero acompañar a Fergus a casa y luego pedirle a su padre que me libere de su servicio. La presencia de este hombre no fue un accidente. Me cazan y debo ver que el asunto se resuelva."

Pero derribaste a tu atacante. ¡El asunto está resuelto! "

Duncan negó con la cabeza, para su evidente consternación. "Él fue solo el primero. A menos que silencie al que lo envió, no será el último." Él frunció el ceño incluso mientras le acariciaba la mano. "Habrá otro que tomará su lugar, y otro y otro, hasta que este asunto sea aclarado. Es la forma de hacerlo."

"¿Qué tiene que ver ese asunto contigo?" Ella hizo un gesto hacia la alforja, pero Duncan negó con la cabeza.

"No, es mi propio pasado el que acecha mis pasos." Se sentó en el colchón junto a ella, abrazándola contra su costado. "Vamos a comer mientras te cuento de mi familia". Él frunció el ceño. "No es un cuento noble, pero es cierto. Tiene ese mérito, al menos."

Radegunde lo estudió un momento, luego sirvió la sopa en un cuenco y le ofreció un trozo de pan.

"Tú primero", dijo y ella sonrió ante su galantería mientras comenzaba a comer. Ella insistió en que él tomara un trozo de pan, que aún estaba caliente, pero Duncan tenía poco apetito. "En los reinos de Inglaterra y Francia, se prefiere que la sucesión del trono recaiga en el hijo mayor del rey, nacido de su esposa legítima", comenzó él. "Pero esta es solo una forma de definir la sucesión. En otros rincones del mundo, la sangre es importante, ya sea que un hombre la lleve a fuerza de su madre o de su padre. Puede que el hijo mayor no sea el más apto para gobernar."

"Y los matrimonios no se pueden hacer de la misma manera", contribuyó Radegunde. "Creo que en Escocia, un hombre puede tener muchos hijos con muchas mujeres".

"Así un hombre puede hacer en muchos lugares, pero tienes razón. Es la forma gaélica de dar mayor consideración a la línea de la madre de lo que se hace comúnmente en Inglaterra y Francia. Tampoco podemos permitirnos el lujo de los reyes débiles o los reyes jóvenes. Cuando las fronteras son asediadas por vikingos y otros vienen a saquear, cuando los jefes luchan entre sí, cada uno insistiendo en que debe ser el rey de todos, el líder de cualquier grupo de personas debe ser un guerrero y uno probado. Así que es entre los gaélicos donde el mejor hombre debería ser rey, no simplemente el hijo mayor del rey actual."

"Esto tiene sentido".

"Hace más de cien años, en Escocia, había un rey", continuó Duncan. "Su nombre era Mael Coluim, o Malcolm, y fue proclamado Malcolm II, Rey de Escocia, porque su linaje provenía de Kenneth Alpin, de la línea de reyes más antigua. Aunque era un hombre inteligente y un buen rey, no tenía hijos, sino tres hijas."

"Ahora hay un acertijo", bromeó Radegunde.

"Quizás no en algunos momentos y lugares, pero Malcolm era conocido por su ingenio y sus habilidades en la batalla. Sabía que no podía pasar la soberanía de su reino a una hija, ni siquiera al marido de una hija, no si deseaba que los reyes de Inglaterra consideraran apropiado a su heredero. Malcolm vio que los caminos del sur llegarían al norte, y estaba decidido a estar a la vanguardia del cambio, para ser mejor rey de toda Escocia."

"Entonces las hijas fueron una pesadilla para él".

"Podrían haber sido para otro hombre, pero Malcolm no era de los que perdían ninguna ventaja. Casó a sus hijas con otros reyes para ver sus fronteras más seguras. La mayor estaba casada con Thane de las Islas, hijo y heredero de un rey al oeste de Malcolm. La más joven estaba casada con el conde de Orkney, un rey del lejano norte. Y la hija del medio estaba casada con el rey de Mormaerdom, un rey en sus mismas fronteras al norte."

"Parece una buena estrategia".

"Y como deseaba que el hijo de una de sus hijas finalmente reclamara su propio trono, le dio a cada hija un broche de oro. Estos eran redondos al estilo romano, y la tela estaba sujeta con un alfiler a juego con forma de daga. Cada alfiler estaba engastado con piedras preciosas. El de los granates se le dio a la hija que se había casado con un miembro de la familia real de las Islas. El del ámbar fue otorgado a la hija que se había casado con un miembro de la familia en Orkney. El de las amatistas fue entregado a la hija que se había casado en la casa de los Mormaer. Su idea era que debían pasar el símbolo a través de su familia, y que significaría el rey nacido de su linaje."

"Supongo que hubo batallas por tales gemas".

"Sí, las hubo. Cuando Malcolm murió, el trono pasó a su nieto Duncan, hijo de la hija mayor, quien fue coronado con el broche de oro y granate en su manto. Fue entonces cuando comenzó la disputa. El primer hombre que desafió a Duncan fue de la línea de Mormaer. Su nombre era Mac Bethad y mató dentro de su propia familia para hacer suya la gema de amatista y oro. Una vez que estuvo prendido sobre su capa, volvió su mirada hacia el trono que Malcolm había llamado suyo y su primo que estaba sentado en él."

Radegunde se estremeció.

"Mató a su primo y reclamó el trono que, según insistía, era suyo".

"Él tenía dos de los alfileres, entonces."

No, no los tenía, porque la esposa de su primo era una mujer muy astuta. Ella huyó a un lugar seguro en otros reinos con sus hijos, llevándose consigo el granate y el broche de oro. Colocó a un hijo en Orkney y a otro en la corte de las islas occidentales."

"Deben haber tenido parientes en esas dos cortes, nacidos de las otras dos hijas de Malcolm", dijo Radegunde.

"Exactamente. En 1057, los hijos de Duncan eran mayores de edad. Uno se puso el broche de oro y granates y mató a Mac Bethad, tomando venganza por el asesinato de su padre. El hijo de Mac Bethad, Lulach, se puso el broche y asumió el mando, pero el hijo que regresó también lo mató. Fue coronado como Malcolm III en su época, con el broche de oro y granate en su capa."

"No son sólo los bretones los que necesitan más nombres", bromeó ella y Duncan sonrió.

"Evidentemente no".

"¿Se perdió el alfiler de amatista?"

"Se temía que fuera así, pero la verdad es que lo llevaron de regreso a Mormaer, donde se hicieron planes para volver a desafiar el trono".

"El rey con el broche de oro y granate debe haber sospechado esto."

"Él lo hacía. Todos lo hicieron, padre e hijo, uno tras otro. Era una sombra sobre su reinado, la posibilidad de que apareciera otro aspirante al trono."

"O conquistador".

"Sí. La sucesión de Malcolm II continuó a través de esta línea hasta David I, quien trató de poner fin a la contienda y asegurar su asiento en el trono. Vio mucho mérito en los caminos del sur y trajo más de ellos a Escocia. En 1130, se enfrentó a un desafío de Angus of Mormaer, el portador del prendedor de oro y amatista, y lo derrotó por completo. Angus fue asesinado y las tierras de Mormaer fueron puestas bajo el mando del trono y rebautizadas como Moray. Sin embargo, el alfiler eludió la captura."

"¿Y qué hay del ámbar y dorado?"

"En 1151, el rey Eystein II de Noruega capturó al conde designado por David y le exigió que pagara lealtad a Noruega. Se le entregó el alfiler y, más tarde, cuando David trató con Eystein, se lo entregó a David como garantía de buena fe".

"¿Y entonces solo el broche de oro y amatista quedó pendiente?" Preguntó Radegunde.

Duncan asintió. "Había pensado que ya estaría perdido, debido a la locura de mi padre, pero parece que yo he sido el tonto. Subestimé su ansia de poder."

Radegunde se sentó con el ceño fruncido. "No entiendo."

Duncan sacó el alfiler que le había quitado a Murdoch y lo sostuvo en la palma de su mano. Era redondo, de la misma forma que el regalo de Malcolm, pero sin gemas.

"Eso no es oro". Radegunde retrocedió un poco. "Ni siquiera parece plata".

"No lo es. Es simplemente estaño, una réplica del alfiler en sí. Es una burla, forjada para brillar y llamar mi atención para que pudiera tomarme desprevenido."

Radegunde jadeó de indignación. "¿Quién haría algo así?"

"El que me caza. Lo reconocí de inmediato por lo que era y me preparé, por eso no me mataron esta noche."

"Conoces a este villano lo suficientemente bien como para adivinar sus intenciones", susurró Radegunde.

Duncan asintió y clavó su mirada en la de ella. "Mi padre sostiene el broche de oro y amatista".

Ella parpadeó pero no dijo nada.

"Dejé mi casa en Moray hace veinte años, Radegunde, porque me enfermaban los combates. No había honor en ello y no se vislumbraba un final. En ciento cincuenta años, los aspirantes al trono se han criado por todas partes. Se necesitaría una matanza para eliminarlos a todos, y en su lugar elegí alejarme, ser simplemente un hombre."

"Amar a tu esposa", dijo ella con suavidad.

Duncan desvió la mirada. "Era demasiado tarde para eso", admitió él en voz baja.

"¿Quién era este hombre que te acechaba? Pensé que no reconocías al hombre del bosque."

"No lo hice. Es un hombre al servicio de mi padre. Me dijo su nombre. Yo no lo conocía, ni a él. Tiene poca importancia. Fue enviado para matarme, para perpetuar esta locura, a instancias de mi padre."

"¿Por él qué tendría que verte muerto si ya tiene el alfiler?"

"Tengo dos hermanos", le dijo Duncan y luego se dio cuenta de su error. "No, eso ya no es cierto. Tenía dos hermanos, uno mayor y otro menor. Este sinvergüenza me dijo que Adam, el mayor, está muerto." Él se detuvo por un momento.

"Lo siento."

"No hubo gran amor entre nosotros, Radegunde, porque él bebía de la copa de la ambición de mi padre. No dudo que murió en algún incidente que él mismo provocó. Lamento su muerte, pero de verdad, la única sorpresa es que le tomó tanto tiempo encontrar su fin."

"¿Y el más joven?"

"El hijo predilecto de mi padre. Guthred es más de diez años menor que yo, y este alfiler me dice que él es la elección de mi padre." Lo partió por la mitad dentro de su mano, luego oyó que su voz se endurecía. "No lo toleraré, Radegunde. No viviré el resto de mi vida perseguido, por un asaltante tras otro."

Ella cruzó los brazos sobre el pecho y lo miró furiosa, claramente no convencida de que no tuviera ningún papel en su búsqueda. "¿Entonces cabalgarás hacia Escocia y te pondrás en peligro?"

"No tengo más remedio que hacer eso". Él tomó su mano entre las suyas. "Entiende que te dejo atrás para tu propia protección."

Ella exhaló con fuerza y él supo que esta batalla aún no estaba ganada. "Entiende que no estoy tan convencida de que mi presencia tenga tan poco mérito. Es posible que necesites uno para proteger su espalda."

"No tú. No arriesgaré tu bienestar." él trató de engatusarla, sabiendo que no lo haría fácilmente. Tu dama te necesita. Quédate con ella hasta que Fergus celebre sus nupcias y viajen hacia el norte para compartir su alegría."

"No pueden viajar hacia el norte, no si él se casa antes de mayo", dijo obstinadamente. Ella estaba decepcionada y él lo sabía. Él también estaba decepcionado, pero no podía ser responsable de su desaparición.

No podría soportar la culpa y la pérdida.

Entonces volveré por ti, pero no te pondré en peligro, Radegunde. Él sostuvo su mirada, seguro de que su determinación era clara. "No cambiarás mi forma de pensar sobre esto".

"Hombre miserablemente terco", dijo ella, pero él no pudo soportar el insulto cuando vio el brillo iluminar sus ojos oscuros. "¿Cuándo te vas?" Ella le sirvió un plato de sopa, su expresión llena de desafío.

Espero que no pronto. Bartolomé tiene la intención de viajar al norte con nosotros, por lo que no podemos partir antes de que sea nombrado caballero y gane sus espuelas".

"Tal evento requiere preparación".

"De hecho, lo hace".

Radegunde se echó hacia atrás con expresión triunfante. "Entonces parece, señor, que tengo tiempo para tratar de hacerte cambiar de opinión".

Duncan no pudo evitar sonreír. "Por supuesto."

"O en su defecto, concebir a tu hijo".

Él escupió su sopa.

Radegunde lo estaba mirando con ojos brillantes. "Eso debería traerte de vuelta a mí con toda prisa".

"¿Dudas que volveré?"

Ella no respondió, pero frunció los labios. —Quizá seas tú quien deba aprovechar el tiempo que se nos ha asignado para convencerme de tu ardor —bromeó ella, con una actitud tan provocativa que Duncan no pudo resistirse. Vació el cuenco de sopa, porque estaba frío, y lo dejó a un lado, luego agarró los extremos de su faja con las manos y tiró de ella hacia él.

"Ven aquí, Radegunde", murmuró él, sus labios cerca de los de ella. "Necesitas un baño y una lección que no olvidarás pronto."

LUNES 14 DE SEPTIEMBRE DE 1187

DÍA DE LOS MÁRTIRES SAN CORNELIO Y SAN CIPRIANO

Los siguientes dos días pasaron en un alboroto. Había tanto por hacer, y Radegunde se sorprendió bostezando más de una vez. De hecho, ella y Duncan se amaban hasta tarde todas las noches y, a menudo, nuevamente por la mañana. No cabía duda de su ardor.

Tampoco había dudas de su determinación.

A Radegunde no le gustaba la idea de que Duncan saliera a caballo mientras los hombres de su padre aún lo perseguían, pero tuvo tiempo para discutir el asunto. El señor Gaston había decidido que 6 de diciembre Bartolomé fuera nombrado caballero, para lo que aún faltaban meses.

¿Quién sabía lo que podría suceder en ese tiempo?

Su preocupación más inmediata era que la dama Ysmaine ahora estaba enferma por las mañanas. Ella tenía el hábito de levantarse temprano para atender a su señora y sacar la leche de cabra de las cocinas antes de que muchos se despertaran. Si el cocinero entendía por qué ella hacía eso, tenía la discreción de no decir nada al respecto.

Ese día, Radegunde vio a su dama vestida y la acompañó hasta la mesa. Ella no confiaba en la dama para estar sola en las escaleras en su estado, y el señor Gaston estaba en el patio. De hecho, la sala en sí parecía estar vacía. Se apresuró a subir las escaleras para enderezar las sábanas antes de volver al lado de su dama, ya que la dama Ysmaine podría necesitar tomar una siesta, y abrió la puerta para oler una vela apagada.

No habían encendido velas esa mañana.

Ella había cerrado la puerta detrás de ellos. Ella se había ido solo unos momentos.

Pero Radegunde ya sabía lo que descubriría. Volvió a cerrar la puerta y luego cruzó el solar, viendo de inmediato que el broche del baúl más grande y fino no estaba exactamente como había estado. Abrió la tapa, preparándose para la verdad.

No estaba realmente sorprendida de que el libro de la dama Eudaline se hubiera ido.

La única pregunta era quién se lo había llevado.

Radegunde se sentó un momento, porque su corazón se había encogido de miedo de cómo podrían descubrir esa verdad.

MARTES 15 DE SEPTIEMBRE DE 1187

DÍA DE SAN NICOMEDES Y SANTA NICETAS

CAPÍTULO 18

Duncan estaba preocupado, pero no por el robo del libro de la dama Eudaline.

En su opinión, quienquiera que lo hubiera robado era culpable de un crimen que creía que estaba documentado en sus páginas. La trampa de la dama Eudaline estaba bien hecha. Su estratagema tendría éxito y habría un villano menos en el mundo.

No, su preocupación era su propio futuro.

O más concretamente, su futuro con Radegunde.

Duncan solo quería garantizar la seguridad de ella, pero no hacía ningún progreso para convencerla del mérito de su preocupación. Ella era atrevida, su dama, pero eso no cambiaba su deseo de protegerla. Luchó por permanecer quieto mientras ella dormía a su lado, sin querer despertarla con su inquietud.

Por supuesto, falló.

La luz apenas se deslizaba por debajo de la puerta de la habitación en los establos que habían hecho suyos, cuando Radegunde se dio la vuelta. Duncan se acostó de espaldas como lo había hecho durante toda la noche y cerró los ojos como si estuviera dormido.

No quería discutir con ella.

Al mismo tiempo, no quería guardar silencio sobre su preocupación. Quizás podría encontrar las palabras adecuadas con un poco más de pensamiento.

Radegunde apoyó los codos en su pecho y apoyó su peso contra él. "No finjas dormir ahora", lo reprendió, su tono bromista. "Se necesitaría una mujer menos observadora que yo para dejarse engañar. No has dormido en toda la noche."

Duncan hizo una mueca y luego le sonrió. "No quería engañarte, solo quería evitar interrumpir tu sueño".

"¿Por qué te preocupas?"

"Yo no estoy…"

—Sí, lo estás, Duncan, y cuanto antes me confieses la verdad, antes veremos que se resuelva. Cuando él vaciló, ella arqueó una ceja y le sonrió. "¿Seguramente no tienes más secretos que ocultarme?"

Duncan suspiró. "No es un secreto, sino un miedo."

"Cuéntamelo y puede parecer menos".

"Lo dudo." Duncan se sentó y la sentó en su regazo. Radegunde se acurrucó contra él, como un gato satisfecho, y se preguntó cómo se alejaría de ella, incluso cuando tuviera la intención de regresar. Nunca había estado tan preocupado por los peligros en sus días venideros como ahora, porque no deseaba separarse de Radegunde por un día.

Mucho menos meses.

Ella lo observó y debió haber adivinado algo de sus pensamientos, porque entrecerró los ojos. "Quieres dejarme."

Sabes que viajaré a Escocia con Fergus. Hemos hablado de esto."

Radegunde se echó hacia atrás. "Hay más. ¿Qué más has decidido que no hayamos discutido?

Duncan tomó la advertencia de su tono, pero sabía que no podía retener su conclusión por más tiempo. "No creo que debas viajar hacia el norte después de que nazca el bebé de la dama Ysmaine. Quiero que te quedes aquí hasta que yo regrese." En cierto modo, fue un alivio decirlo en voz alta.

En otro, parecía que se había equivocado al hacerlo.

Los ojos de Radegunde brillaron y se soltó de su abrazo. Ella cruzó la habitación hasta el cubo de agua que él había traído la noche anterior y se quitó la camisola. Se lavó con furiosa prisa y se puso la camisola y las medias más rápido de lo que él hubiera creído posible.

Luego se giró para enfrentarse a él, su disgusto era evidente. "Así que me abandonarías. Este es el mérito de tu palabra jurada y nuestro compromiso."

Duncan se puso de pie. "No, este es el precio de saber que mi propio padre caza mi pellejo", replicó él. "No te veré en peligro".

En cambio, me verás sola. Sus labios se tensaron. "¿Cuándo piensa partir Fergus?"

"Después del Yule."

Ella contaba con las yemas de los dedos. "Lo que significa que nuestro compromiso de un año y un día durará menos de cuatro meses antes de que nos separemos".

"Volveré a ti al final de nuestro año y un día prometidos".

Ella extendió una mano. "¿Por qué no debería ir yo contigo?"

Tienes que atender a la dama Ysmaine.

"Entonces iré a ti después del nacimiento".

"No es seguro…"

"¡Seguro! Duncan, deseo la aventura y una vida vivida plenamente. Estar a salvo, quedarse atrás, estar sin el hombre que amo, eso no es vivir. Bien podría unirme a un convento.". Ella se puso su kirtle y ató los lados con gestos salvajes. "Pensar que quise sugerirte que yo viajara a Escocia en el grupo con Fergus y comencemos nuestra vida juntos sin demora".

"No, no puedes."

Ella le dirigió una mirada que podría haber infundido miedo en el corazón de un hombre menor. "¿Quieres instruirme, como si fuera una niña?"

"¡No, yo te protegería!"

"¡Y yo estaría contigo!" Ella lo fulminó con la mirada. "Veo que has hecho tu elección. Cabalgarás hacia el norte sin mí, pero acompañaré a la dama Ysmaine y al señor Gaston a Killairic para ver a Fergus casarse en primavera.

Duncan negó con la cabeza. —No, Radegunde. No debes."

Ella respiró hondo y le dirigió una mirada venenosa. "¿Por qué no?"

Duncan dio un paso adelante y tomó su mano para hacer su súplica. "Debes ver que la forma más sencilla de atraparme o amenazarme sería poniéndote en riesgo. Haría cualquier acto para garantizar tu seguridad, Radegunde, y cualquier hombre que me conozca lo adivinará. Él le apretó la mano entre las suyas. "Te lo ruego, quédate aquí para que sepa que estás bien."

Radegunde miró su mano capturada dentro de la suya. Duncan no podía adivinar sus pensamientos ni entender por qué su estado de ánimo de repente se había vuelto tan reservado. "¿Es esa la verdadera razón?" dijo ella en voz baja, y él no entendió su duda. Ella levantó la mirada hacia él y él vio las lágrimas brillar en sus ojos. "¿O es que tu amor todavía no es tuyo para dar?"

Duncan no entendió lo que ella quería decir durante un largo momento, por lo que perdió la oportunidad de refutar su conclusión.

Radegunde apartó su mano de la de él con impaciencia. "¡Lo sabía!" declaró ella, agarrando sus zapatos y poniéndolos con prisa. Él vio que sus lágrimas comenzaban a caer. "¡Aún amas a Gwyneth! ¡No me queda nada de tu corazón! "

¡Radegunde! ¡Eso no es así! "gritó Duncan, pero no tuvo oportunidad de defender su caso.

Un grito de angustia resonó de repente en el torreón. Fue un sonido tan horrible que el silencio lo siguió, como si la sangre de cada alma al alcance del oído se hubiera convertido en hielo. Un escalofrío recorrió la espalda de Duncan y Radegunde abrió la puerta.

"El libro", murmuró ella, luego se arrojó fuera de la habitación.

Duncan fue rápido detrás de ella, aunque temía que fuera demasiado tarde para ayudar a la víctima.

RADEGUNDE CRUZÓ CORRIENDO el patio hacia la torre, tratando de olvidar su frustración con Duncan. ¡Miserable hombre! ¿Cómo podía Duncan seguir amando a una mujer muerta, cuando ella estaba viva y preparada para concederle todo lo que tenía para dar?

Supuso que él pensaba que era más noble decirle la verdad más temprano que tarde. ¡Hombre tonto!

Radegunde tropezó en el patio, recordando demasiado bien sus palabras antes del compromiso.

Te admiro. Me gusta cómo te ríes y que eres terca y franca. Admiro cómo saboreas la vida y que crees que puedes hacer que las cosas sean como deseas. Y te encuentro más atractiva que cualquier mujer que haya conocido.

Ni una palabra sobre el amor.

Ni siquiera de cariño.

Y ahora hablaba de protección, como si ella fuera un pájaro que necesita una jaula segura. ¿No sabía él nada de su naturaleza? ¿Entendía él tan poco de lo que ella deseaba? Ella había esperado que Duncan le confesara su amor a tiempo, que sus acciones hablaran de la verdad de su corazón.

Gwyneth. Él había dicho que amaba a Gwyneth.

Y él todavía llevaba ese mechón de cabello rojo dorado.

Una mujer que había conocido, amado y perdido incluso antes de que naciera Radegunde.

Ella admitiría que él era leal y sincero, pero con eso, su admiración llegaba al límite. ¿Por qué él no podía amarla?

Ella estaba tan segura de que la dama Ysmaine se había equivocado en su opinión sobre el intercambio de votos y su mérito, pero ahora la convicción de Radegunde vacilaba. ¿Había sido una tonta al entregarle todo a Duncan? La posibilidad hizo que se le hiciera un nudo en el estómago.

Radegunde se lanzó a través de la puerta al salón y se apresuró a subir las escaleras. Ya había una multitud de sirvientes atraídos hacia las habitaciones en la cima.

"¡Azalaïs!" un hombre rugió en aparente desesperación desde arriba. La compañía se congeló, y Radegunde se abrió paso a través de sus filas con más facilidad en ese momento.

El solar ocupaba la cima de la torre, pero había habitaciones debajo. La viuda del señor Bayard había reclamado una de esas habitaciones con su hija menor, Rohese, mientras que el señor Millard y la dama Azalaïs ocupaban la otra. Radegunde pudo ver a la dama Ysmaine y al señor Gaston en la puerta de esa habitación. Debía de haber sido el señor Millard quien había gritado.

El señor Gaston estaba en camisola y golpeaba la puerta. La dama Ysmaine se había apoderado de una bata, pero tenía los pies descalzos y los ojos muy abiertos. Ella tendría frío. Radegunde se movió con mayor velocidad. Su dama echó un vistazo escaleras abajo y el alivio tocó sus rasgos al ver a su doncella. Hizo una seña y Radegunde llegó a su lado justo cuando se abría la puerta.

"Escuché el crujido", susurró la dama Ysmaine.

¿El crujido? Radegunde no entendió de inmediato.

"Ella saltó y se golpeó la cabeza contra las rocas", agregó la dama Ysmaine en voz baja y Radegunde se sintió enferma. Solo podía imaginar lo horrible que debía haber sido el sonido del impacto. Se aferró a la mano de su dama, mejor preparada para lo que fuera que encontraran dentro.

La puerta se abrió para revelar al señor Millard, que parecía demacrado. "Ella saltó por la ventana", dijo él con tal remordimiento que Radegunde inmediatamente dudó de su sinceridad. Los demás se quedó sin aliento. "Me desperté y la encontré leyendo, luego se levantó de un salto y se arrojó a la muerte antes de que pudiera detenerla". Él se frotaba la frente y lloraba. La compañía murmuró consternada, las nuevas se repitieron en susurros horrorizados.

"¿Pero por qué?" Preguntó el señor Gaston. Cuando Millard no respondió, el señor Gaston pasó junto a él y entró en la habitación. Radegunde y la dama Ysmaine lo siguieron.

La cama estaba deshecha y había un taburete junto a la ventana. El libro de la dama Eudaline estaba en el suelo junto a él con las páginas abiertas. El señor Gaston se acercó a la ventana y apoyó las manos en el alféizar para mirar hacia afuera. La ventana estaba debajo de una en el solar y miraba al sur, sobre el río y hacia Angers.

El señor Gaston se santiguó, luego se volvió con una mueca, agarrando el codo de su esposa y guiándola lejos de la ventana. "No hay nada que hacer por ella ahora", murmuró, luego convocó a un par de hombres con un chasquido de dedos.

Radegunde se deslizó alrededor de la pareja hasta la ventana y miró por sí misma. Muy abajo, vio el cuerpo destrozado de la dama Azalaïs, inmóvil sobre las rocas en la base de la torre y medio sumergido en el río. Llevaba sólo una camisola, que ahora se pegaba húmeda a su cuerpo pálido, y su cabello estaba suelto. Radegunde vio sangre roja fluyendo de la cabeza de la dama. La corriente del río se arremolinaba alrededor de la torre y tiraba del cadáver. Mientras Radegunde observaba, el cuerpo fue desalojado de la roca para flotar brevemente y luego desaparecer bajo la superficie.

Ella se sintió un poco enferma por la sangre que manchaba el agua del río y giró para encontrar a Duncan entre los apiñados en la puerta. Su mirada estaba fija en ella y, a pesar de lo irritada que estaba con él, ella extrajo fuerzas de su presencia. Él se veía molesto y ella sabía que era porque su discusión no estaba completa.

Él tenía más que decir y ella tenía que admitir que si deseaba defenderse, no podía dejar de sentir algo por ella.

Ella también quería escucharlo.

Radegunde supuso que no era del todo malo que quisiera verla protegida. Sí, había algo de verdad en su afirmación de que otros podrían usar su presencia para atacarlo.

Quizás ella había sido demasiado dura. O demasiado rápida para juzgar.

El hecho es que una sola confesión pondría todo en orden entre ellos. Radegunde sostuvo la mirada de Duncan durante un largo momento, deseando que dijera esas dos dulces palabras. Él la miró y arqueó una ceja en silenciosa pregunta. Radegunde se dio cuenta de que esperaba alguna señal de ella de que estaba sana. Ella asintió un poco y vio alivio en sus rasgos.

Su corazón se ablandó ante eso. Había algo que decir de un hombre tan constante que ni siquiera una discusión le quitaba el sentido del deber hacia ella.

Quizás sus acciones revelaban la verdad de su corazón.

Aun así, Radegunde deseaba escuchar eso de sus propios labios.

"Tendrán que recuperarla río abajo", informó el señor Gaston a los hombres. "Querría que regresara a la capilla a toda prisa, para que pudiera ser enterrada aquí, junto a su padre".

La dama Ysmaine separó los labios, pero al mirar a su marido, no dijo nada.

Radegunde lo entendió. Si era cierto que Azalaïs se había suicidado, no podía ser enterrada junto a su padre en un terreno sagrado.

¿El señor Gaston dudaba de la historia del señor Millard?

"Se hará", dijo Duncan, señalando a varios otros hombres.

El corazón de Radegunde se calentó porque Duncan se ofrecía como voluntario para emprender la desagradable tarea. Su lealtad y firmeza eran la razón por la que lo amaba, y anhelaba de nuevo que él pudiera entender sus propios méritos antes de su partida.

—Date prisa antes de que viaje demasiado lejos, por favor —le gritó el señor Gaston, cuyas botas resonaron en las escaleras. "Es imperativo que sea enterrada con honor aquí en su casa."

El señor Millard, para sorpresa de Radegunde, no agradeció al señor Gaston por esto. En cambio, miró al otro caballero con los ojos entrecerrados.

¿Qué sabía él?

"No temas, señor Gaston", declaró Duncan. "Será hecho."

Radegunde vio que la dama Marie y Rohese habían llegado, pero la doncella más joven parecía reacia a cruzar el umbral de la habitación. ¿Había visto la muerte de su hermana o simplemente anticipaba un espectáculo espantoso? La dama Marie se movió rápidamente para consolar al señor Millard, pero Rohese se mantuvo firme, pálida y temblorosa. Parecía que no se atrevía a dar un paso más. Radegunde no podía culparla por no querer ver a su hermana en tal estado.

¿Habían sido cercanas las hermanas? Sin duda, Radegunde sabía poco de ellas.

"Ven, rezaremos por ella". La dama Ysmaine instó a las dos mujeres nobles a que abandonaran la habitación, mientras el señor Gaston conducía a la casa a su trabajo. "Radegunde, por favor, acompáñame".

Fue entonces cuando Radegunde notó que el libro ya no estaba en el suelo. Ella esperaba que el señor Gaston la hubiera reclamado, pero no podía estar segura. Parecía una mala idea preguntarle cuando había tantos que podrían escuchar su pregunta.

¿Quién más había estado lo suficientemente cerca para reclamarlo? Hizo una lista mientras sus observaciones estaban frescas. El señor Gaston. La dama Ysmaine. El señor Millard. La dama Marie. Quizás un sirviente al que no había podido observar mientras miraba por la ventana.

Las tres mujeres nobles bajaron juntas las escaleras para ir a la capilla, el sacerdote las esperaba en el rellano muy por debajo de ellas. Dio el pésame a la dama Marie y él mismo parecía bastante desconcertado.

"Esto es tu culpa", cargó Benedicta en un susurro, deslizándose en el grupo al lado de Radegunde como una sombra oscura. "No imagines que lo voy a olvidar".

Benedicta. Si no había estado en la habitación, había estado cerca. Radegunde encontró la mirada maliciosa de la otra mujer y agregó su nombre a la lista de quienes podrían tener el libro.

～

EL SALVAJE de los bosques no era un hombre impulsivo. Años atrás había aprendido a elegir su camino con cuidado, porque una decisión rápida podía desviar a un hombre.

Incluso podría costarle todo lo que amaba.

Pero era hora de dar un paso adelante. Era el momento de exigir justicia. El regreso de Gaston de Châmont-sur-Maine a la propiedad de su familia, y el apoyo que le mostraba Amaury de Valeroy, convencieron al hombre salvaje de los bosques de que la bondad volvería a prevalecer. En realidad, había perdido la noción de los años, porque en el bosque sólo había habido el ritmo de las estaciones desde que se había separado de Mathilde. No se había dado cuenta de que había pasado tanto tiempo, no hasta que vio su Radegunde completamente desarrollada.

No había podido pensar en nada más desde que la había dejado con Duncan en Valeroy. Su pequeña y valiente Radegunde, una mujer.

Ahora él era muy consciente de cuánto había perdido.

No, esos años no se habían perdido. Habían sido robados.

Él podría haber elegido convertirse en un exiliado, pero era menos una elección que la falta de otras opciones. Al final, se había retirado solo al bosque para proteger a los que amaba, pero ahora veía que solo podía proteger a Mathilde y Radegunde y a los niños si el villano responsable de sus problemas era llevado ante la justicia.

Ese hombre estaba en Châmont-sur-Maine, y con el regreso de Gaston, el hombre salvaje de los bosques se atrevió a esperar que esta vez se creyera su palabra.

La banda de trovadores, una alegre compañía que pasaba por el bosque, ofrecía la oportunidad perfecta para lograr su objetivo. De hecho, su llegada oportuna lo convenció del valor de su elección.

Los trovadores no estaban tan convencidos de que debían sumarlo a su compañía, pero el salvaje del bosque confesó que conocía a un barón que agradecería sus habilidades en su salón. Era muy seguro que Gaston celebraría su regreso a la fortaleza de su padre, y los trovadores estaban lo suficientemente contentos como para apostar un lugar en sus filas por tales noticias.

La única condición de su líder era que su nuevo compañero se bañara y se cambiara de ropa.

El salvaje del bosque lo hizo mejor que eso. Les pidió que le ayudaran a cortarse el pelo. Pidió prestado un cuchillo afilado y se afeitó la barba. Se lavó y se vistió con ropa prestada, luego se aseguró de que la capucha le cubriera el rostro.

Pero sabía que caminaba más alto, con determinación y justicia en su paso.

El ajuste de cuentas había llegado.

EL GRUPO de Duncan se vio obligado a navegar río abajo para recuperar a la dama Azälais, casi hasta Angers. Incluso entonces, el río no la entregó fácilmente, porque ella se había enredado en algunas ramas, que habían sido empujadas contra las rocas en medio del río. El Maine era ancho y fluía constantemente hacia el sur, sus aguas estaban fangosas después de las lluvias recientes. El río llegaba hasta la cintura y la superficie era engañosamente lisa. La corriente subterránea era más fuerte de lo que se podía esperar, y les llevó bastante tiempo recuperar a la dama de forma segura.

Al final, fue Duncan, atado al final de la cuerda asegurada a los caballos en la orilla, quien liberó a la dama de las ramas. Su piel había palidecido a un tono enfermizo y los moretones de su caída estaban lívidos en su carne. Sus rasgos estaban contorsionados, una clara indicación de que había muerto de dolor, y sus ojos estaban abiertos. Se veía tan miserable y destrozada que Duncan no solo se santiguó antes de tocarla, sino que dijo una oración silenciosa por su alma. Entonces le cerró los ojos y, a pesar del tirón del río, trató de aliviar la mueca de su rostro.

Fue difícil no encontrar dura la justicia de la dama Eudaline en este caso, incluso si se había dictado correctamente.

Sin embargo, era ahí, en el río, mientras liberaba a una mujer muerta del grupo de ramas muertas y el torbellino del río, que la claridad llegó a los pensamientos de Duncan. La dama Azalaïs se había levantado esa mañana, como cualquier otra, y había elegido leer mientras esperaba el despertar de los demás. Ahora estaba muerta, joven y engañada, en opinión de Duncan.

No se podía saber cuándo uno se enfrentaba al último día.

No había ninguna razón para no saborear cada momento y cada placer.

Él sintió un calor inundarlo. Radegunde tenía razón en su alegría, en su abrazo intrépido de los placeres y tormentos de cada día, en su deseo de aventura y experiencia. Radegunde tenía razón en celebrar cada día la felicidad que se pudiera reclamar, en saludar con deleite el amanecer, en negarse a preocuparse por cualquier fatalidad pendiente.

El presente no debe dejarse de lado, seguramente no por la posibilidad de infelicidad en el futuro.

Él había sido un tonto.

Él debería saborear cada momento con su Radegunde y asegurarse de que ambos guardaran ricos recuerdos de ese tiempo juntos. Él sabía que solo había una manera de tranquilizar a su dama y ganarse su perdón. No era un hombre para hablar de sus sentimientos, pero se dio cuenta de que, en este caso, tendría que hacer todo lo posible para enmendarlo.

¿Le creería ella?

Él debía asegurarse de que ella lo hiciera, de una forma u otra.

Duncan liberó el cadáver, decidido a regresar rápidamente al torreón. Llevó a la dama Azalaïs a la orilla sin mucho esfuerzo. Resbaló una vez, pero no perdió la carga ni el equilibrio, y se sintió aliviado al verse libre de las gélidas aguas del río. Duncan se alegró de que hubieran traído un sudario, porque era indecoroso que muchos la vieran así. Los otros hombres fueron silenciados al ver a la noble, todos mojados hasta los huesos y asqueados por la tarea.

Cuando estuvo envuelta, vio a uno de los hombres al servicio de la casa enjugarse una lágrima. "Era una buena mujer", murmuró ese hombre. "Dulce y amable".

"Una joya brillante".

"Animada y poseedora de una risa musical".

"Nunca la escuché reír", dijo Duncan, pensando que esos rasgos tenían poco que ver con la mujer que parecía tan insustancial como un fantasma. De hecho, apenas había notado su presencia en el salón, tan silenciosa había estado. Sus prendas se pegaban a su cuerpo, enfatizando su esbelta figura. Al menos, ella no había estado embarazada.

En este día, Radegunde no tendría que llorar a ningún bebé.

"Ella cambió mucho después de su matrimonio", ofreció el tercero, y los dos primeros lo miraron con el ceño fruncido.

"No hablaré mal de los muertos", dijo el primero. "Dios bendiga su alma."

La oración se repitió y el ligero peso de la dama se levantó entre ellos. No habían traído un carro, y Duncan consideró impropio atarla a una silla de montar. Al final, se colgó una hamaca improvisada entre dos de los caballos y se colocó el cadáver sobre ella. No se apresuraron mucho, pero en cierto modo, Duncan pensó que era apropiado que su regreso fuera lento, como el de una procesión fúnebre.

Incluso si le irritaba no estar al lado de Radegunde.

Los aldeanos se alinearon en el camino cuando el grupo se acercó, y más de uno quedó claramente afectado cuando la procesión pasó al puente. Entonces habían escuchado las noticias y eran conscientes de la carga que llevaban Duncan y los hombres. Estaban tan silenciosos que los cascos de los caballos parecían extraordinariamente ruidosos, e incluso el gruñido del vientre vacío de un hombre llegaba lejos.

Duncan y los hombres llevaron su carga al puente, moviéndose aún más lento. Duncan vio que el sacerdote estaba en la puerta del torreón, esperando dar la bienvenida a la dama a casa. La dama Ysmaine y el señor Gaston estaban detrás de él, con expresiones solemnes, luego el señor Amaury, la dama Marie, el señor Millard y Rohese.

Entonces él se preguntó quién la prepararía para el entierro y esperaba que a Radegunde no se le asignara esta tarea.

Estaban en el punto medio del puente cuando el centinela gritó. "¡Llega un grupo!" Duncan se volvió con los otros hombres y vio una pequeña compañía noble que galopaba a lo largo de la orilla hacia la aldea, siguiendo el mismo camino que su propio grupo había seguido el día anterior. Los estandartes llevaban la insignia de Valeroy.

El señor Amaury dio un paso adelante con evidente preocupación. Duncan y su grupo atravesaron las puertas con su carga y el señor Amaury se persignó antes de cruzar el puente para recibir a los recién llegados.

Duncan entregó el cadáver de la dama a un par de sirvientas que esperaban. Dos de los hombres de su grupo continuaron llevando la ligera carga a la iglesia junto con las sirvientas. Duncan luego miró hacia atrás al grupo que llegaba para ver que un jinete había desmontado.

Era el hermano de Radegunde, Michel. Ese hombre agarraba el bozal de un caballo blanco para conducirlo por el pueblo, con su propio caballo quedándose atrás. La dama Richildis cabalgaba sobre el caballo blanco, seguida por un par de doncellas y una mujer que Duncan se dio cuenta de que era Mathilde. Fue su postura la que reveló su identidad, aunque no pudo ver su expresión hasta que el grupo cruzó al otro lado del puente.

Mathilde se encontró con la mirada de Duncan y luego examinó el torreón, claramente preocupada. Duncan le dio las riendas de su caballo a un escudero, luego caminó tras el señor Amaury, esperando poder aliviar los temores de Mathilde, fueran los que fueran.

"¿Qué está mal?" el señor Amaury exigió con calidez silenciosa cuando estaba junto a su esposa. Él tomó las riendas de Michel, quien hizo una reverencia y dio un paso atrás.

"Mathilde vio una sombra", murmuró la dama Richildis. "Un presagio de fatalidad".

"Y con razón", respondió el señor Amaury. "Porque la hija mayor de Bayard, Azalaïs, ha muerto esta misma mañana".

Tanto la dama como la curandera se persignaron y Michel miró hacia atrás con consternación, luego hizo lo mismo.

"Ella tenía el libro", dijo el señor Amaury en voz baja.

"Pobre niña", dijo la dama Richildis con un movimiento de cabeza. "Entonces tenías razón, Mathilde, pero no llegamos a tiempo".

"La sombra no se desvanece", dijo Mathilde con convicción. Agarró la mano de Duncan y él se anticipó a su pregunta.

"Radegunde está bastante sana, si bien molesta conmigo esta mañana".

Mathilde sonrió. "No tengo ninguna duda de que volverás a ganarte su respeto".

"Tengo toda la intención de hacerlo".

"Sabía que había una razón por la que me gustabas, Duncan MacDonald".

—Hay otro asunto sobre el que quisiera contar con tu consejo, Mathilde —dijo el señor Amaury, y luego contó rápidamente la historia de los guantes de caza.

"Dios en el cielo", dijo la dama Richildis. ¡Nos alegra que le hayas contado esas historias a Radegunde, Mathilde! ¡Imagínate la reputación de Ysmaine si enterrara a un tercer marido! Aunque la culpa no sería suya, puedo escuchar con justicia las historias que se contarán sobre ella,

La expresión de Mathilde era sombría. "Me gustaría examinar tanto el libro como los guantes, si se puede hacer".

"Reclamé los guantes", dijo el señor Amaury, luego se volvió hacia Duncan, su actitud expectante.

"Me esforzaré por recuperar el libro, mi señor," dijo Duncan con una reverencia.

"Disimuladamente, si se puede hacer, Duncan", dijo el señor Amaury, sus labios apenas moviéndose.

Duncan asintió mientras el grupo continuaba hacia las puertas.

"¡Pensé en llegar para una fiesta, no para un funeral!" La dama Richildis exclamó, haciendo un claro intento de disfrazar el motivo de su llegada. Desmontó cuando estuvo en el patio con la ayuda de su marido y luego tomó las manos de la dama Ysmaine. "Hija mía, ¡qué prueba te ha llegado!"

Duncan vio a Radegunde detrás de su dama y por eso vio su alegría por la llegada de su madre y su hermano. Él sonrió cuando ella miró en su dirección, pero ella desvió la mirada.

Afortunadamente, tenía el plan perfecto para ganarse su favor de nuevo.

Primero, sin embargo, necesitaba un baño.

CAPÍTULO 19

El señor Gaston no se había llevado el libro, ni la dama Ysmaine. Radegunde había preguntado en la primera oportunidad y había considerado las posibilidades mientras Duncan no estaba.

¿Quién había reclamado el libro?

¿Su desaparición significaba que todavía había un villano en el salón del señor Gaston? Radegunde temía que fuera así.

Ella estaba más que contenta de ver a su madre y su hermano llegar a la fiesta con la dama Richildis. Más ayuda con este acertijo solo podría resolverlo antes.

—Entonces estás molesta con Duncan —susurró Mathilde cuando madre e hija se abrazaron por primera vez.

Radegunde se echó hacia atrás para mirar a su madre. "¿Supiste eso en un sueño?"

Mathilde sonrió. "Él me lo contó".

"¿De verdad?" Esa confesión hizo poco por mejorar el estado de ánimo de Radegunde. "Parece que es menos reservado contigo que conmigo."

O que habla bien. Estás enfadada, como pocas veces lo estás." Mathilde le pasó la mano por el codo a su hija y siguieron a la dama

Ysmaine y a la dama Richildis hasta el salón. Radegunde vio los ojos de su madre entrecerrarse mientras estudiaba a la dama Ysmaine y ella captó su mirada de reojo. Radegunde asintió y su madre sonrió comprensiva. "Es bueno entonces que haya venido".

"¿Seguramente las noticias de mi señora no son la sombra que vislumbraste?" Susurró Radegunde.

"Espero que no." Mathilde le dio una pequeña sacudida al brazo de Radegunde. "Y no me digas que fue un presagio de ti dejando de lado el amor de un buen hombre".

"Ahí está el meollo del asunto. Nunca me ha dicho que me ama."

"Porque está claro en todo lo que hace".

"No, ama a su esposa muerta".

"¿Por qué dices eso?"

"¡Me dejará atrás cuando viaje a casa!" Radegunde extendió una mano. "Me dice que me quede aquí hasta su regreso".

"Teme por tu futuro", dijo su madre con sorprendente cautela.

"Así que él insiste". Radegunde suspiró. "Quisiera estar con él, mamá. Entiendo que puede que no regrese, pero compartiría cada momento posible."

"No es tan repugnante que un hombre desee protegerte".

"¡Mamá! Pensé que te pondrías de mi lado en esto. Ha hablado de su amor por su difunta esposa, pero no ha dicho nada sobre mí. Yo quisiera conocer la inclinación de su corazón".

"¿No lo ves en sus hechos? Se comprometió contigo."

"Y no quiso continuar nuestras relaciones, por temor a que yo pudiera concebir un hijo".

"¿Verdaderamente?" Mathilde asintió aprobando esta idea. "Tampoco es tan malo para un hombre defender el futuro de una mujer".

"Rechacé su inclinación", dijo Radegunde. "Deberías saberlo. Me negué a tomar la hierba que me enviaste."

Mathilde examinó a su hija. "Te arriesgas."

"Yo daría a luz voluntariamente a su hijo. ¡Lo amo! No puede haber medias tintas."

A Radegunde le sorprendió que su madre frunciera el ceño. "No te equivoques, niña, porque no me arrepiento de ninguno de ustedes, pero mi vida a menudo hubiera sido más simple si tu padre se hubiera quedado conmigo o hubiera abandonado mi cama por completo. No pude resistirme a él ni a sus caricias, pero no es un camino fácil ser madre sin un hombre a tu lado."

"¿Crees que me equivoco?"

"Creo que sabes lo suficiente del mundo para tomar tus propias decisiones", dijo Mathilde con suavidad. "Y creo que si te quedas a solas con un bebé, no será por ninguna elección hecha voluntariamente por Duncan."

"Porque él cumpliría con su deber conmigo".

"Por supuesto."

Radegunde suspiró. "¿Pero qué pasa si Duncan me defiende solo por deber?" ella preguntó. "¿Y si de verdad todavía ama a su esposa perdida?"

Mathilde negó con la cabeza con una confianza que Radegunde no podía compartir en este asunto. "El amor no es así y lo sabes. Él podría amarlas a las dos."

"Quiero que él elija. O al menos que me ame mejor."

"Y ahí está tu error", dijo Mathilde secamente. "Eso es orgullo y no amor. No repitas mi error, Radegunde."

"No entiendo."

Yo amaba a tu padre. Todavía lo hago. Estaba convencida de que me amaba, pero me guardaba secretos". Mathilde parecía pensativa. "Y así, en mi audacia, me equivoqué. Le pedí que eligiera entre sus secretos y nuestro matrimonio." Ella sacudió su cabeza. "Él no tomó la decisión que yo creía inevitable. Y así, al exigir más de su amor, me quedé con menos. Durante un tiempo, vino por placer, pero luego ya no." Sostuvo la mirada de Radegunde con firmeza. "Me engañé a mí misma, porque no sabía qué carga él llevaba. Está claro que era más grande que su amor por mí, y cuando insistí en que eligiera, perdí.".

Radegunde se sorprendió con esta confesión. Ella creía que su madre nunca se equivocaba, por lo que se estremeció al saber lo contrario. "Seguramente no me aconsejas sobre el mérito de la paciencia", dijo ella, esperando hacer sonreír a su madre.

Mathilde sonrió. "Hablo de confianza, Radegunde. Donde hay amor, debe haber confianza".

"Quiero que me haga una dulce confesión".

Y si lo presionas demasiado, puedes engañarte a ti misma. No hay nada de malo en que un hombre sea lento en confesar lo que está en su corazón. Los hechos de Duncan dicen la verdad más alto."

Radegunde hizo una mueca. "Todavía me gustaría escuchar las palabras".

Su madre sonrió. "Y oro para que los escuches antes de la Navidad". Ella besó la mejilla de Radegunde. "No atormentes al hombre por su honestidad o el honor que te hace, y piénsalo dos veces antes de obligarlo a tomar una decisión".

Radegunde pudo ver el mérito de ese consejo. Si obligaba a Duncan a elegir, y él no estaba dispuesto a confesar su amor, perdería incluso su tiempo juntos antes del Yule. Ella quería cada día y cada momento en su compañía, porque apreciaría cada recuerdo después de su partida.

Mathilde y ella llegaron al salón donde la dama Ysmaine pedía una copa reconstituyente de vino caliente para su madre.

"Hace un poco de frío aquí en el salón", dijo la dama Richildis con un elaborado escalofrío. "¿No podríamos sentarnos en el solar?"

Mathilde se volvió y tomó las manos de Radegunde. "Iré con las damas", dijo rápidamente. "Una vez que la dama Richildis sepa lo que me has confiado, querrá estar segura de que mi sueño no involucraba la condición de la dama Ysmaine".

"Pero yo puedo atender a mi señora..."

—No dejes que esta peles con Duncan se agrave, niña. Es un desacuerdo y nada más, por lo que no merece tal influencia".

"¿Pero qué debo decirle?"

Mathilde metió la mano en su bolso y sacó una bola del jabón en bruto que hacía cada otoño. Lo puso en la mano de Radegunde. "Si alguna vez vi a un hombre deseoso de un baño, ese es Duncan

MacDonald este día. ¿Seguramente se merece un poco de consuelo por ver completada una tarea tan lúgubre? "Ella cerró las manos sobre las de Radegunde. "Que hable y no temas ni a sus palabras ni a su corazón".

Radegunde esperaba que la certeza de su madre no estuviera fuera de lugar. Madre e hija compartieron una sonrisa, luego Radegunde besó las mejillas de su madre. Agarró el jabón y corrió hacia el patio en busca de Duncan.

∼

DUNCAN TEMÍA que nunca sacaría el hedor de la muerte de su piel y su atuendo. No podía cortejar el favor de Radegunde en tal estado, lo que lo hacía doblemente irritante.

Había hecho rodar la gran bañera hasta un rincón de los establos y había traído agua balde por balde, con la ayuda de Laurent y Hamish. Despidió a los escuderos y se desnudó cuando la bañera estuvo medio llena. El agua del pozo estaba fría y se estremeció cuando entró en ella, luego cerró los ojos y se agachó bajo la superficie. Se frotó todo el cuerpo con un paño áspero, pero el olor no se disipaba fácilmente.

Duncan empezó a sospechar que el olor estaba en su memoria, pero aun así lo enfermaba. Una mujer joven, muerta demasiado pronto. Otra muerte innecesaria. Su estómago se revolvió mientras se preguntaba si todo había salido mal.

¿Era su mala suerte la sombra que Fergus veía en el futuro? ¿Había llegado ese día predestinado? A Duncan no le gustaba que él y Radegunde se hubieran separado tan mal. Se sentía inquieto y agitado como rara vez lo hacía. La pérdida de Gwyneth había sido devastadora, pero Duncan se dio cuenta de que Radegunde no solo había reclamado su afecto, sino que le había robado su corazón.

Él no podía imaginarse estar sin ella.

Ni siquiera podía soportar un desacuerdo con ella.

Ella era la misma sangre de su corazón.

Sin embargo, temía que una dulce confesión fuera inoportuna. Si iba a perder su búsqueda para dejar descansar su pasado, quería que Radegunde se enamorara de nuevo, que fuera feliz, que se casara con otro. Si él le confesaba su amor, ella podría ser lo suficientemente terca como para aferrarse a su memoria y engañarse a sí misma de lo que él consideraba que le correspondía.

¡Maldito su padre y sus miserables ambiciones! Duncan se frotó, sin importarle si su piel quedaba en carne viva.

¿Cuál era la sombra vista por Mathilde? ¿la misma que atormentaba a Fergus, u otra? Duncan sacudió su cabello y miró el agua sucia, sabiendo que no podría cambiarla él mismo sin pasar por todo el patio con una vista de su desnudez.

O volver a ponerse su ropa sucia.

Y no podía convocar a los escuderos. Laurent era verdaderamente Leila y Hamish había sido convocado para servir a Fergus.

La irritación de Duncan aumentó mientras se lavaba la cara una vez más. Su molestia fue perturbada por un olor desconocido.

No la muerte.

No la suciedad del río.

Duncan abrió los ojos para encontrar una barra de jabón frente a él.

En la mano de una mujer. Su corazón saltó a su garganta.

Radegunde sonrió cuando él la miró a los ojos. "Creo que progresarás poco sin él".

¿Había sido perdonado? ¿Cómo? ¿Por qué? Duncan descubrió que no le importaba. "Te doy las gracias, muchacha. ¿Dónde escondías esta maravilla?

"¿Muchacha?" Repitió Radegunde. Ella cruzó los brazos sobre el pecho y lo miró, pero había un brillo en las profundidades de su mirada que le dio mucho ánimo. "Si vas a hablarme como si fuera una extraña, te veré ahogado en esta bañera, Duncan MacDonald".

Él se rió entre dientes a pesar de sí mismo y le gustó que ella le devolviera la sonrisa. "Temía que harías eso si te llamara de otra manera".

"Podrías probar algunas alternativas". Los modales de Radegunde se volvieron coquetos y, aunque Duncan no pudo nombrar el motivo de su perdón, lo agradeció.

Y no volvería a equivocarse.

"Esposa", dijo. "Compañera." Ella le dirigió una mirada cautelosa y él dejó caer la voz. "Señora mía", dijo, alcanzando su mano cuando su expresión se suavizó.

"Sabes que no soy una dama".

"Tú eres mi señora, si no soy tan tonto como para poner en peligro ese honor". Duncan respiró hondo. "Tienes razón, Radegunde, en tu pasión por saborear cada momento. Los acontecimientos de este día me han hecho darme cuenta de lo incierto que puede ser todo. Entiende que solo deseaba protegerte".

"No deseo estar protegida de ti, Duncan."

"Ni yo de ti". Le besó los dedos. "No puedo entender por qué ha cambiado tu actitud, pero lo agradezco".

"Quizás pensé en estar sin ti".

"Ciertamente consideré el futuro sin ti y encontré que era escaso".

Radegunde se rió encantada y se arrojó sobre él, luego retrocedió. "¡Hueles mal, Duncan!"

"Lo sé." Él blandió el jabón y le robó un beso. "Sin embargo, tú, como la mujer inteligente que sé que eres, has ofrecido la solución".

"Mi madre lo hace. Ella lo trajo con ella."

"¿Ella sabía que iría a buscar un cadáver?"

"No me parece. Ella siempre tiene alguno, y ahora nosotros también. No es tan bueno como el jabón que Joscelin le concedió a la dama Ysmaine.

"Pero tampoco huele a rosas". Duncan lo olió con agradecimiento. "Me gusta mucho este aroma".

"¿Entonces volvemos a ser aliados?"

"Sí, para mi alivio. No volvería a discutir contigo, Radegunde.

"Ni yo contigo". Radegunde arrancó el jabón de la mano de Duncan y lo apoyó en el borde de la bañera para partirlo en dos.

Ella le devolvió el trozo más pequeño. Ella se puso de pie más alta, su propósito habitual restaurado, y él encontró su propio humor enormemente mejorado por su presencia alegre. "Me alegro de que te guste el aroma, porque tu atuendo también se lavará con él. ¿Necesitas otro balde de agua? Lo traeré si no se puede encontrar a ningún muchacho. Laurent puede ayudarme a restregar tu abrigo. Con este viento y el último rayo de sol, puede que esté seco antes de la cena."

"Gracias, Radegunde". Duncan sentía que los obstáculos eran menos insuperables con Radegunde a su lado, eso era seguro.

"Te exigiré un pago, sin duda".

"Y me alegraré de cumplir tu deseo".

"Es una promesa que recordaré". Ella le dedicó una sonrisa maliciosa y luego se puso a trabajar. Hizo una mueca mientras recogía sus prendas. "¿Ha habido alguna vez un río tan fangoso como este? ¡El olor!"

"Quizás podrías traer mis calzas cuando tengas la oportunidad".

Radegunde se giró para mirarlo y sus ojos bailaron con una alegría familiar. "Me gusta más tu abrigo".

"Pero tendrá que secarse".

Ella rió. "Quizás me gustaría tenerte aquí, desnudo".

Duncan sonrió. "Quizás no lo encontraría tan caluroso. Podríamos comenzar con tu lista de deseos."

"Podríamos, si no hubiera trabajado tanto este día". La sonrisa de Radegunde calentó a Duncan hasta los dedos de los pies y se dio cuenta de que ella podía ver el efecto de su presencia en él. "Quizás te pongas tus calzas solo para ver que no estoy tentada a olvidar mis quehaceres".

"Quizás sea la única opción sensata", coincidió Duncan. "Porque ya estoy profundamente tentado, simplemente por la reaparición de tu sonrisa, y si estuvieras empeñada en la seducción, no tendría la capacidad de resistirte".

Su sonrisa se amplió y él supo que ella estaba complacida. Duncan se sintió desgraciado por haberle dado dudas. "Ven aquí, señora mía", murmuró, haciéndola señas con un dedo. "Creo que un beso está justificado ahora que hemos hecho las paces".

Cuando ella se arrojó sobre él esta vez, no retrocedió, sino que se demoró mucho para saborear su beso. Su respuesta calentó su sangre y prendió fuego a Duncan, llenándolo de un anhelo por esa mujer que sabía que nunca se saciaría. Inclinó su boca sobre la de ella y la besó concienzudamente, tratando de decirle con su caricia lo mucho que ella significaba para él.

Fue Duncan quien puso distancia entre ellos esta vez, y su suspiro arrepentido provocó la sonrisa traviesa de Radegunde nuevamente. "Te mojarás y tendrás frío", gruñó él. Su mirada se dirigió hacia abajo y se deleitó claramente en su influencia sobre él.

"Prometo que no pondré a prueba tu decisión", susurró ella y tocó sus labios con los de él de nuevo.

"Tu sola presencia pone a prueba mi desición", le informó Duncan. "Pero tienes razón en que debemos aprovechar al máximo cada día tal como viene".

"Y tienes razón al pensar en el futuro", cedió Radegunde. "Dado que ambos tenemos razón, no hay razón para estar en desacuerdo".

"Mis pensamientos exactamente." Solo podría haber otro dulce beso después de tal acuerdo, pero antes de que ella se alejara, Duncan le susurró al oído. "Tengo una solicitud que no sé cómo llenar".

"¿Sí?"

"Sí. El señor Amaury me pidió que encontrara el libro para que tu madre pudiera examinarlo. ¿Sabes quién lo tiene?

Radegunde se puso seria de inmediato y negó con la cabeza. "Estaba allí, en el suelo donde ella lo había dejado caer. Pero luego miré por la ventana y cuando me di la vuelta, ya no estaba."

Duncan frunció el ceño. "Alguien lo recogió".

"Sí. No fueron la dama Ysmaine ni el señor Gaston, porque yo les pregunté. Antes de que pudiera preguntar, Radegunde le tocó la oreja con los labios. "Recuerdo quién más estaba allí". Ella susurró una lista de nombres.

La dama Marie.

El señor Millard.

Posiblemente la doncella Benedicta u otro sirviente.

Ella se echó hacia atrás y sostuvo su mirada, la suya llena de preocupación. "Es una lista demasiado larga", murmuró. "Somos sólo dos y ellos son tres o cuatro".

Entonces debemos elegir a nuestro sospechoso más fuerte. Yo vigilaré a Millard", dijo Duncan.

Y yo a la sirvienta. asintió Radegunde. "Porque desconfío más de ella".

Duncan asintió. "Ten cuidado". Él le sonrió, sin embargo, agarrándose con fuerza a su mano, sintiendo su pulso saltar. "No perdería otro momento contigo antes de Yule".

Radegunde asintió y se enderezó, su expresión llena de determinación familiar. "Entonces debemos llenar este tiempo con recuerdos, para sostenernos mejor a los dos cuando estemos separados".

Duncan no pudo encontrar ningún argumento contra eso.

De hecho, estaba decidido a darle a su dama un buen recuerdo esa misma noche. Una reconciliación merecía una celebración, en su opinión, y Duncan deseaba hacer una dulce confesión a Radegunde con su toque, si no con palabras.

RADEGUNDE NO TUVO tiempo de buscar ni a Benedicta ni al libro, pero al final, poco importó.

Benedicta la encontró a ella.

Radegunde tuvo una gran demanda durante el resto de ese día. La dama Richildis no deseaba imponerse a la dama Marie, por lo que sus doncellas confiaron en Radegunde. Después de limpiar el abrigo de Duncan y traerle sus calzas para él, además de celebrar el final de su pelea con besos que la dejaron ansiosa por la llegada de la noche, Radegunde los dirigió y atendió a su dama, y también fue a buscar a su propia madre. La cocina estaba llena de gente y el salón se estaba preparando para la fiesta del día siguiente.

Uno de los aldeanos trajo el balde diario de leche de sus cabras y el cocinero rugió que Radegunde lo viera despachado a su destino. Entre organizar la cena para esa noche y prepararse para la mañana, parecía estar al límite de su ingenio.

"¡Toma la leche, te lo ruego! No tengo ni un dedo de espacio de sobra ", se quejó. Radegunde agarró el cubo y se dirigió hacia las escaleras.

—Supongo que esto es sólo el comienzo —susurró Benedicta, tan cerca de Radegunde que ella saltó y estuvo a punto de derramar la leche.

"Sí, hay mucho que hacer antes de la fiesta".

Benedicta se rió aunque el sonido fue áspero. "Me refiero al comienzo de la muerte en Châmont-sur-Maine", dijo ella. Estaba claro que la doncella mayor había estado llorando y Radegunde sintió una punzada de simpatía por ella. Adivinó quién había preparado el cuerpo de la dama Azalaïs y, en verdad, esa era una tarea que ninguna doncella deseaba realizar para su ama.

Entonces la otra doncella se inclinó hacia delante, con malicia brillando en sus ojos, y Radegunde olvidó su compasión. "¿Quién será el próximo?" ella siseó. ¿el señor Millard? ¿la dama Marie? ¿Dejará tu señora de matar antes de que todos sean acabados? Radegunde trató de ignorar la ráfaga de veneno, pero Benedicta la siguió. "¿Y cuál fue su crimen? ¿Conocer al señor Gaston antes que ella? ¿Proporcionar competencia en el futuro a cualquier niño que ella pueda tener? "

Radegunde giró en las escaleras para enfrentarse a la doncella mayor. "No deberías ser tan tonta como para menospreciar a la dama de la fortaleza".

—Quizá no sea la señora de la fortaleza la responsable —dijo Benedicta con picardía. "¿No le sirves de todas las demás formas? Tal vez tú, con tu seguro conocimiento del veneno y su capacidad para anticipar dónde se podría encontrar, fuiste la que viste a mi dama muerta.

"¡Yo!" Radegunde estuvo a punto de dejar caer el cubo. "¿Cómo te atreves a pronunciar tal acusación?, y sin pruebas..."

Benedicta se rió entre dientes. "Oh, eres demasiado lista para dejar pruebas, ¿no es así? ¿Quién envenenó el libro? ¿Fue realmente la dama Eudaline? Ella se inclinó más cerca y bajó la voz. "¿O fueron tú y tu diabólica madre?"

Radegunde jadeó.

"Sí, ella sabe mucho sobre veneno, ¿no es así? Y mucho tiempo al servicio de la familia de su dama. Quizás no fue la dama Ysmaine quien aseguró la muerte de sus dos primeros maridos, sino su doncella".

"¡No!"

Benedicta sonrió. "Tampoco hay pruebas de tu inocencia".

"¿Y tú también me llamarías mentirosa?"

"Tú nos hablaste del libro. Dijiste que lo buscaste. Estaba envenenado y lo sabías. Oh, veo tu estratagema ahora, cuando es demasiado tarde para mi señora." Los ojos de Benedicta se entrecerraron. "Apostaría a que te gustaría recuperarlo, que podrías asegurarte de que nadie pueda probar que mataste a mi señora".

"Me gustaría verlo asegurado para que nadie más resulte herido".

Benedicta se burló. "Porque eres más compasiva que todo. Por supuesto. Así como tu hombre es simplemente un hombre de armas, que hace un noble servicio a su señor."

"¡Claro que lo es!"

¿Y qué hay del hombre encontrado muerto junto al viejo roble? El que fue encontrado la mañana después de que tu amante fue el último en atravesar las puertas." Benedicta escupió. Los dos son asesinos y no me importa si hacen eso por su señor y su dama, como por su propia satisfacción. Recuerda mis palabras: serás descubierta y se te hará pagar por tus pecados."

Benedicta miró a Radegunde una vez más, luego giró y marchó

de regreso a la cocina con la barbilla en alto. Radegunde la siguió con la mirada, hirviendo de ira.

Fue solo porque no se había dado la vuelta que escuchó las pisadas. El más mínimo trozo de cuero sobre piedra, una sombra fugaz, y estuvo sola de nuevo.

¿Quién había escuchado?

¿Y esa persona creía las palabras de Benedicta?

Estaba claro que Radegunde estaba angustiada cuando regresó a su habitación esa noche. Duncan había hecho los preparativos para una seducción, pero supo con un vistazo que ella tenía mucho que decir primero.

"¡Criatura irritante!" declaró cuando la puerta se cerró detrás de ella. "No tengo ninguna duda de que ella sabe mucho de este asunto. De hecho, ¡espero que disfrute de los problemas que causa! "

"¿Benedicta?" Duncan removió las brasas del brasero, le sirvió una copa de vino y convenció a su indignada dama de que se sentara en elcolchón. Una vez allí, la metió bajo su brazo y la capa y esperó.

"¿Quién más?" La historia del veneno de Benedicta se derramó rápidamente, llenando a Duncan de ira de que alguien pudiera difamar tanto a su dama. "¿Crees que alguien le creería?" Radegunde preguntó a modo de conclusión, claramente horrorizado por la posibilidad.

"Sólo un tonto creería una acusación de sus labios", dijo él con vigor. "Tu dama y su familia te conocen, y confían en ti. El más mínimo encuentro me convenció de tu integridad y solo una mirada me dijo la verdad sobre la naturaleza oscura de esa persona."

Radegunde sonrió un poco y giró la taza en sus manos.

"No te he dicho todavía de nuestra buena suerte esta noche", dijo Duncan. "El castellano ha abierto la primera de las barricas para asegurarse de que el vino es bueno para el día siguiente. Me tomé la libertad de ofrecer ayuda para asegurar su mérito."

"Pensé que era mejor de lo habitual". Radegunde tomó solo un sorbo antes de dejarlo a un lado.

—Suéltalo —ordenó Duncan con afecto.

Su sonrisa brilló brevemente, luego frunció el ceño nuevamente. "Soy escéptico".

"¿De todos, o algún detalle en particular?"

"Es Azalaïs".

"Una tragedia", estuvo de acuerdo él, tomando un sorbo más considerable de vino mientras la miraba. Estaba bueno. "¿O es la prisa del funeral lo que te preocupa?"

"No, es la propia Azalaïs. Ha pasado mucho tiempo desde que conocí a una mujer tan casi invisible. Era mansa y tranquila, pálida en su color y tranquila en su vestido. Apenas me di cuenta de ella a nuestra llegada, o de su hermana menor, sin embargo, son hijas de sangre noble criadas en una propiedad excelente. Deberían haber sido mimadas, si no complacidas, y algo exigentes. En cambio, son como ratones. Son más diferentes de las hermanas de Valeroy de lo que podría haber imaginado." Ella encontró su mirada. "¿Qué las haría tan tímidas?"

"No se puede empezar a especular".

"Sí, pero uno puede", insistió Radegunde. "De hecho, hay que especular, porque no tiene sentido que una mujer así tenga la osadía de robar un libro del interior de un baúl en la habitación de mi señora, ¡en el mismísimo solar!"

Duncan consideró esto. "Una persona tranquila puede hacer mucho cuando se le provoca".

"¡Exacto!" Radegunde asintió, sus ojos brillaban. "¿Pero qué, o quién, la provocó?" Ella se recostó, pero él se dio cuenta de que todavía estaba pensando con furia. Ella sacudió su cabeza. "No creo que ella haya robado el libro. No, creo que Benedicta lo robó. Ese robo está más de acuerdo con su naturaleza."

"Pero ella podría haberlo hecho a pedido de su dama".

Radegunde frunció los labios. "Salvo que todavía no he oído a ninguna de las hermanas dar una orden directa a ninguno de los sirvientes. No, su madre o Benedicta mandan a otros en su nombre." Ella contuvo el aliento y se volvió hacia Duncan. "O Millard", susurró. "Lo escuché ordenar un baño para su dama la otra mañana e hizo que todos los sirvientes se apresuraran".

—Quizá Benedicta te escuchó hablar del libro y luego se lo robó para que su dama supiera la verdad de lo que la dama Eudaline le había confiado a la dama Ysmaine —sugirió Duncan. "¿Fue por su propia voluntad, o se le ordenó que hiciera lo mismo?

"Ella es haragana", dijo Radegunde, con tono despectivo. "No creo que ella emprendiera ninguna tarea por su propia voluntad. Alguien le pidió que lo hiciera, incluso esperó a que se completara la tarea. Estoy segura de ello."

"¿Por qué no Azalaïs? Si era tan tímida, podría querer que otro hiciera el acto."

"¿Consideraría ella siquiera el robo? Me imagino que es más probable que le preguntara a la dama Ysmaine si podría verlo. Ella hizo una mueca. "En un susurro, cuando no hubiera nadie más".

"Y sin embargo, ella claramente tenía el libro. Sigo pensando que Benedicta pudo haber robado el volumen por su propia voluntad y luego se lo ofreció a ella.". Duncan se encogió de hombros. "O haber sido sorprendido con él, habiéndolo tomado por curiosidad o incluso para fastidiarte, y haber sido obligada a entregarlo".

¿Obligada a entregarlo? ¿A Azalaïs? Radegunde se rió entre dientes. —Oh, Duncan, nunca hubo una mujer noble tan dominada por su doncella como Azalaïs. No, tendría que ser un alma más fuerte quien reclamara cualquier artículo de Benedicta. Miserable criatura."

Duncan solo pudo estar de acuerdo con esa evaluación.

"Azalaïs tenía algo de audacia, está claro", dijo. "Quizás hayas adivinado mal su carácter".

"¿Cómo es eso?"

"Ella saltó de la torre cuando supo que estaba envenenada. Tal salto no es para los débiles de corazón, incluso si ella deseaba acortar su propio sufrimiento."

"Eso es cierto", asintió Radegunde en voz baja, y supo que ella estaba recordando los eventos de la mañana.

"Podría ser una mejor marca de su naturaleza", continuó Duncan. "¿Qué pasaría si estuviera callada solo porque ella y su esposo temían la intención del señor Gaston y no deseaban provocarlo?"

"El señor Millard no sufre de tal preocupación". Radegunde finalmente bebió un sorbo de vino, lo que animó a Duncan a que no tenía la intención de que se desperdiciara y luego lo dejó a un lado. "¿Y si Azalaïs no saltó?"

"¿Qué locura es esta? ¡Su cuerpo estaba en el río! "

Radegunde se acercó más con los ojos brillantes. "¿Y si fue arrojada desde la ventana?"

Duncan parpadeó. "¿Pero por qué?"

"Porque quien estaba con ella vio que había sido envenenada y supo que iba a morir".

Duncan no entendió. "Pero se sabía que el libro provenía de la dama Eudaline. Evidentemente, el señor Millard estaba con ella, pero no podría haber sido acusado de envenenar las páginas."

Radegunde frunció el ceño. "¿Pero qué pasaría si alguien la obligara a leer el libro en voz alta, de modo que ella corriera el riesgo en lugar de la persona que deseaba conocer el contenido del libro?"

"¿Por qué la dama Azalaïs haría tal cosa?"

"Porque tenía miedo". Radegunde se enderezó, sus labios se tensaron con resolución. Miedo, Duncan. Eso es lo que vi en los ojos de Rohese. No pude entender completamente su reacción en ese momento, pero su expresión era de terror."

"¿Miedo de que?"

"De ser la próxima". Radegunde se puso de pie de un salto y comenzó a caminar por la habitación, sus palabras eran bajas y rápidas. "Considera esta posibilidad. El señor Millard está muy preocupado por su propia riqueza. Se casó con Azalaïs apresuradamente después de la muerte de Bayard, con la esperanza de convertirse en el señor de la propiedad. Es posible que se haya ganado su corazón con su encanto, pero también es posible que forzara su voluntad sobre todos ellos."

Duncan se vio obligado a ser el abogado del diablo. "Tres

mujeres indefensas podrían haber dado la bienvenida a un caballero a su salón."

Y han sido susceptible a sus relatos sobre cuál podría ser su futuro, en caso de que permanecieran indefensas. En su vulnerabilidad, la dama Marie aceptó su pedido por la mano de su hija." Radegunde asintió y Duncan tuvo que estar de acuerdo en que tenía sentido.

"No habrían estado seguros de que el señor Gaston regresaría, a pesar de que la dama Marie le escribió".

"Por supuesto. Pero el señor Gaston regresó, por lo que cualquier aspiración por la propiedad tuvo que ser descartada con su llegada. Azalaïs podría haber perdido parte o incluso todo su atractivo como esposa, ya que no ofrecía ni título ni fortuna, y aún no había concebido un hijo. El señor Millard podría preferir encontrar una nueva esposa".

"Pero primero debía quedar viudo, y ella era casi veinte años menor que él".

"La naturaleza necesitaría ayuda, sin duda. Luego vino la historia del libro. ¿Qué podría decirle la dama Eudaline al señor Gaston sobre la historia de la morada de su padre? ¿A quién le importaría más que el hijo del mayor competidor del señor Fulk? "

"Millard, hijo de Sebastién de Saint-Roux".

Los ojos de Radegunde se iluminaron con triunfo. "El competidor que creía que Châmont-sur-Maine podría haber llegado a su mano por gracia del rey".

Duncan asintió. "Y quizás haya justificación en el libro para apelar al rey por ese resultado. Quizás el reclamo del señor Gaston sobre la propiedad no sea tan seguro y su madre deseaba advertirle".

"¡Precisamente! Y así, el señor Millard se entera del libro. Cree que ofrece una oportunidad. Le ordena a Benedicta que lo robe. Luego le ordena a la dama Azalaïs que se lo lea en voz alta, porque sospecha. Y cuando la envenenan, él comprende de inmediato lo que ha sucedido."

"Y la arroja por la ventana a su muerte, fingiendo que ha saltado.

¿Pero por qué?" Duncan negó con la cabeza. "Volvemos al mismo tema. En cualquier caso, habría muerto en unos momentos".

Radegunde se sentó con un ruido sordo al lado de Duncan. "Él quería ocultar algo".

"¿Qué?" Duncan no entendió su significado. "Ella no podría haber revelado ningún secreto, no una vez que fue envenenada.

"¿No? Duncan, estoy sorprendida de ti. Hay una historia que su cadáver podría haber contado, pero la caída a las rocas aseguró que no pudiera." Ella habló sombríamente, luego apuró la taza. "Si estoy en lo cierto, es un demonio". Entonces reclamó su taza y también bebió su contenido, pero no le dedicó la sonrisa que él esperaba.

No, había una sombra en la mirada de su amada.

Y un desafío.

Ese fue el momento en que Duncan entendió su significado.

Contusiones. Millard podría haber tratado de ocultar los moretones en el cuerpo de su esposa asegurándose de que su cadáver fuera golpeado por tal caída.

Una vez que tuvo la idea, las otras piezas del rompecabezas encajaron fácilmente en su lugar. No era de extrañar que el hombre hubiera instado a un entierro rápido. No era de extrañar que la propia doncella de la dama fuera quien la vistiera para el entierro. No es de extrañar que los hombres de la casa dijeran que su naturaleza había cambiado con el matrimonio. Si ella hubiera llegado a temer a su marido o a sus puños, bien podría haberse vuelto más callada y sumisa.

Duncan se sintió mal.

¿El señor Gaston había sospechado la verdad? ¿Por eso había insistido en que enterraran a su sobrina en tierra consagrada? ¿O su elección había sido una simple cortesía a la memoria de su hermano? Duncan se dio cuenta de que Radegunde lo estaba observando de cerca.

"La viste", susurró ella. "¿Estaba magullada?"

"Sí, de la cabeza a los pies. Estaba demasiado golpeada para que se notara una vieja herida debajo de la nueva. Si esa era su intención, lo logró."

"¡Canalla! ¡Debería pagar! "

Pero no tenemos pruebas, Radegunde. No podemos hacer tal acusación contra un noble sin pruebas. Simplemente lo refutará. El único resultado será el empañamiento de nuestra reputación por atrevernos a hablar mal de uno de nuestros mejores sin una aparente justificación".

"Un hombre así no es mejor que nosotros".

Duncan estuvo de acuerdo pero no dijo nada.

Los labios de Radegunde se tensaron con una determinación que conocía bien. "No me gusta."

"Tampoco a mí." Él tomó su mano entre las suyas. Pero incluso si tienes razón, la dama está muerta. Ella no puede sufrir más".

"Es un pobre consuelo, Duncan".

"Sin embargo, es el único que tenemos". Él la arropó contra su costado y ella suspiró.

"Necesito un beso, Duncan", murmuró Radegunde. "Un beso para calentarme hasta los dedos de los pies y una noche en tu cálido abrazo".

Duncan la atrapó de cerca, muy dispuesto a proporcionar eso.

"¿Me hablarás de Escocia?"

"Con placer."

Pero primero, él se ocuparía del placer de su dama.

MIÉRCOLES 16 DE SEPTIEMBRE DE 1187

DÍA DE SANTA EUFEMIA

CAPÍTULO 20

En la mañana de la fiesta, toda la familia se levantó temprano. La comida debía comenzar al mediodía y continuaría hasta la noche. Había juglares y trovadores que actuaban y tal cantidad de comida que Radegunde estaba asombrada. Los aldeanos formaron una línea a través del puente tan pronto como se levantó el rastrillo y el torreón estaba alborotado.

Llegó una compañía de trovadores y fueron invitados a entretener en el salón. Por su aspecto, habían dormido en el bosque la noche anterior, quizás más de una noche, pero su líder tenía una voz fina y clara. Dos de la compañía habían hecho malabarismos mientras su líder le contaba sus habilidades al señor Gaston.

Duncan imaginó que el hombre también se daba cuenta de que aceptaba la noción de canciones y bromas, ya que los trovadores llegaban justo después de la misa fúnebre.

O tal vez buscaba ver sonreír a la dama Ysmaine. Radegunde le había confesado a Duncan que su señora se sentía incómoda por las mañanas con su embarazo. Era bueno que Mathilde y la dama Richildis hubieran llegado, porque su presencia ayudaría tanto a aliviar las preocupaciones de la dama Ysmaine como sus atenciones.

Cuando se sirvió la comida, el salón estaba lleno de alegría, que sin duda fue alentada por el generoso flujo de vino y cerveza. Los aldeanos vitorearon al ver el jabalí asado, que era mucho más grande de lo que Duncan recordaba. Los trovadores cantaron una canción improvisada al valor del señor Gaston, que el señor de la fortaleza reconoció con una sonrisa.

No era improbable que el funeral de la dama Azalaïs esa misma mañana también hubiera hecho que los que aún vivían desearan celebrar su estado afortunado.

Se sirvió la comida y los trovadores empezaron a dar una serenata a la compañía mientras disfrutaban de la cena. Duncan se sentó al fondo del salón, cerca de la puerta, donde podía observar a los demás. En este día, aceptó solo una copa de vino y la hizo durar.

Algo iba a pasar. Él podía sentirlo en sus huesos, y la vigilancia de Fergus solo amplificaba su propia impresión.

Después de todo, era natural que cualquier desafío al liderazgo del señor Gaston saliera a la luz ese día. ¿El señor Millard se quedaría o se iría? ¿Qué elegiría hacer la dama Marie? Indudablemente, se habían tomado decisiones y se anunciarían en la fiesta. Duncan deseaba tener noticias de Wulfe, aunque sólo fuera para saber con certeza que Christina estaba bien y que Everard había sido llevado ante la justicia. Pero todavía era temprano para eso. Era posible que Wulfe todavía estuviera persiguiendo al villano.

Cuando todos se hubieron saciado, el señor Gaston se puso de pie y aplaudió. "Les agradezco a todos por acompañarme en la celebración de este día, y espero que la carne sea suficientemente."

Los aldeanos vitorearon y golpearon sus copas sobre las mesas.

"Quiero que disfruten y se relajen, tal vez bailen con alguien que les haya llamado la atención". El señor Gaston sonrió ante la entusiasta reacción a esa sugerencia. Señaló a los trovadores. "Y aquí tenemos una troupe para guiarnos en la alegría. Que sus canciones y cuentos les traigan placer a todos."

Un aplauso atronador siguió a estos pocos comentarios y la compañía de trovadores ambulantes avanzó hacia la mesa principal.

Duncan los observó y supo que pronto invitaría a bailar a Radegunde. Su madre Mathilde le lanzó una mirada de advertencia, como para recordarle lo del pie de su hija, y Duncan la saludó con comprensión. En ese momento, vio el asombro tocar los rasgos de Mathilde.

Los trovadores estaban pasando junto a ella y ella miró a uno, todo el color desapareciendo de su rostro. Luego bajó la mirada y se apresuró a componerse. Si Duncan no la hubiera estado mirando en el mismo momento de su consternación, se habría perdido su reacción.

Tal como estaban las cosas, él se preguntó qué lo había causado. ¿Había reconocido a alguien en el grupo? Había un hombre más alto que el resto, un gran oso de hombre, y Duncan sintió que había algo familiar en su forma de caminar.

Entonces el hombre dio un paso adelante y levantó la voz, y Duncan lo supo.

Era el salvaje del bosque.

Los ojos de Radegunde se agrandaron al oír la voz del hombre, lo que verificó su propia conclusión.

Su padre había abandonado el bosque.

Duncan se sentó más alto para mirar y escuchar. El hombre salvaje del bosque parecía mucho más respetable que en el bosque. Llevaba un atuendo que claramente había sido donado por otros, porque no le quedaba demasiado bien, pero estaba limpio. Se levantó la capucha y se inclinó sobre un laúd. Esa pose ocultaba sus rasgos de los que estaban sentados en la mesa alta, pero Duncan había vislumbrado su rostro ensombrecido. Se había cortado el pelo y afeitado, y era un hombre finamente trabajado.

Radegunde y sus hermanos tenían su color.

"Si mi señor me perdona por ser tan audaz, lo considero demasiado pronto para bailar después de una comida tan generosa", dijo el líder de la compañía, su voz fácilmente transmitiendo a los demás. "Quizás una historia primero le vendría mejor a todos."

Hubo un rugido de asentimiento a esto y el líder hizo un gesto hacia el hombre salvaje del bosque. "Tenemos un narrador de historias en nuestras filas".

El padre de Radegunde se puso de pie, entregó el laúd a otro y cruzó las manos delante de él. Mantuvo la cabeza inclinada. "Solo conozco un cuento", continuó. "Así que espero que encuentre tu favor."

Una risa recorrió a los demás. Hubo un bullicio de actividad mientras las copas se llenaban y la gente se movía para sentarse más a gusto. Se arrojaron huesos a los perros, que los mordisqueaban contentos debajo de las mesas. El padre de Radegunde saludó con la cabeza a su compañero con el laúd y ese hombre tocó una cuerda de acompañamiento.

"Una vez hubo un hombre", comenzó. "Más que un hombre, era un caballero y un señor. La torre de su torreón era alta, sus caballos eran magníficos y sus bosques abundaban en caza".

"¡Conocemos a ese caballero!" gritó uno de los aldeanos. "¡Él es el señor Gaston!" Los demás aplaudieron esta idea y Gaston hizo señas a los demás para que guardaran silencio.

El padre de Radegunde sonrió. —No, no el señor Gaston, porque este señor tuvo mala suerte en el matrimonio. Él amaba a su esposa con todo su corazón, pero ella murió al dar a luz a su primer hijo, luego el hijo murió poco después."

Duncan miró, porque sabía que su Radegunde derramaría una lágrima ante este detalle, y ella lo hizo. Su corazón se apretó ante esa evidencia de su compasión, y se sintió nuevamente honrado de que ella hubiera aceptado casarse con él.

"No, no el señor Gaston", dijo ese hombre y reclamó la mano de su esposa dentro de la suya. Más de uno en la multitud sonrió ante su gesto, al igual que la dama Ysmaine.

"Este señor estaba tan desconsolado por la pérdida que declaró que no volvería a casarse. Fue en su dolor que se enteró de más noticias tristes. Él tenía una prima dama, no tan rica como él, pero de gran belleza y casada con un honorable caballero. Ese caballero había muerto en batalla, casi al mismo tiempo que la esposa del señor había muerto al dar a luz, y la prima del señor se había quedado sola con sus hijos pequeños. Ella tuvo mellizos del caballero perdido, un niño y una niña, y envió un mensaje a su primo para pedirle ayuda en esos tiempos lamentables. El señor hizo mejor que enviarle dinero: la invitó a ella y a los niños a vivir con él. En verdad, como solía decir, ellos le dieron el regalo porque le devolvieron la luz del sol a su morada."

Duncan sonrió porque Radegunde estaba más satisfecha con la historia ahora.

"Los niños crecieron y florecieron bajo el cuidado del señor, volviéndose tan queridos para él como si hubieran sido sus propios hijos. A su prima, sin embargo, no le fue tan bien. Ella no podía afrontar los días y las noches sin su verdadero amor y se desvaneció en fuerza. Dos inviernos después de su llegada a la propiedad de su primo, ella se resfrió y murió. Después de algunas consultas con sus parientes, el señor resolvió criar a los gemelos como si fueran suyos. Él contrató tutores para el niño y la niña, y se aseguró de que el niño estuviera entrenado para ganar sus espuelas. Los niños se convirtieron en excelentes nobles, la dama tan hermosa como el amanecer y su hermano apuesto y lleno de valor. El señor nombró caballero al muchacho con su propia espada cuando llegó ese momento, y realmente, no se podría haber dicho si los gemelos o el señor se amaban más entre sí. Hubo rumores de que tenía la intención de convertir al muchacho en su heredero, pero ninguno de los caballeros habló de eso con otros."

Duncan bebió un sorbo de vino, asombrado. ¿El padre de Radegunde compartía su propia historia?

"Debido a que el señor no deseaba perder al hijo de su prima en la guerra, insistió en que el muchacho participara solo en torneos, actividad en la que el joven caballero se destacaba. Ganó muchas guirnaldas de doncellas y más elogios. A su hermana le encantaba el boato de estos eventos, por lo que a menudo viajaban juntos cuando lo invitaban a participar. Si el lugar estaba cerca, el señor también iba a mirar, pero en sus años de invierno, estaba menos inclinado a viajar distancias. Y así fue en uno de esos torneos, la hermana conoció a un caballero que estaba muy enamorado de ella. De hecho, el vigor de su interés por ella solo era igualado por el desinterés de ella por su traje. Discutieron, y este caballero trató de sujetarla, con tanta fuerza que le dejó moretones en la muñeca."

La multitud se quedó sin aliento ante esto. Duncan sintió que sus ojos se estrechaban, porque era una historia demasiado familiar. Radegunde escuchaba con avidez, mientras Millard parecía molesto. Rohese estaba pálida y se miraba las manos en el regazo.

"Ella se las mostró a su hermano en su viaje a casa, confesando que el caballero había declarado que tenía la intención de casarse con ella y que si ella no estaba de acuerdo, él la dejaría sin otra opción. Ella estaba resuelta a no molestar a su guardián con este asunto, aunque su hermano argumentó ese camino, y esperaba que pudiera resolverse silenciosamente entre dos caballeros comprometidos con el honor."

Hubo un murmullo de indignación por el hecho de que una dama y una doncella fueran tratadas tan mal.

"Y así fue como el hermano decidió defender a su hermana de este otro caballero. Él sabía el nombre del perro y sus colores. Esperó para aceptar otra invitación al torneo hasta que supo que ese caballero estaría allí. Había esperado viajar solo, discutir el asunto con el caballero y disuadirlo, pero la hermana no quería saber de eso. Ella estaba resuelta a acompañarlo y ver al caballero avergonzado y su honor defendido. Ella no podía dejarse influir, tan grande fue su determinación."

Duncan sonrió en su copa, muy familiarizado con una mujer de tal determinación.

"Y así la pareja partió junta, como lo habían hecho tantas veces antes. El joven caballero habló con el que deseaba cortejar a su hermana, y el caballero se rió del asunto. El joven caballero pensó que el asunto se había resuelto, por lo que ingresó a las listas y ganó muchos elogios ese día. Fue un triunfo, el mejor día de su vida, y estaba ansioso por llevar el botín a casa al señor y tío, quien les mostraba tan buen cuidado."

El padre de Radegunde hizo una pausa y la multitud quedó absorta. "Fue solo cuando lo cubrieron de flores y lo rodearon admiradores, que se dio cuenta de que no se veía a su hermana".

El narrador hizo una pausa para tomar un sorbo de vino. Incluso los perros parecían estar esperando la siguiente parte del cuento, tan callados estaban.

El caballero dejó su caballo al cuidado de su escudero y se apresuró a ir a la tienda de su hermana, colocada junto a la suya. Ella no estaba allí, ni estaba en su propia tienda. No estaba con las damas de la corte, ni en el salón donde ofrecían un refrigerio. Siguiendo un impulso, se dirigió a la tienda del caballero que había estado tan decidido a ser el pretendiente de su hermana. Escuchó sonidos de una lucha desde adentro y cargó con su espada desenvainada."

La multitud se inclinó hacia adelante.

Su hermana estaba allí, de hecho, aunque no en ningún estado en el que él debería haberla visto. Sus muñecas estaban atadas y sus faldas alrededor de sus caderas. El caballero estaba encima de ella, con una pesada mano sobre su boca, y luchaban poderosamente mientras él se esforzaba por reclamar su virginidad. Ella clavó la rodilla en él y se agitaba bajo su peso, luego vio a su hermano y se quedó paralizada, con una súplica en los ojos. Y él sabía que si no intervenía, ese hombre tomaría su virginidad, quien entonces podría obligarla a casarse con él. La idea llenó al joven caballero de tal furia que levantó su daga y se la arrojó al hombre que violaría a su hermana.

Aquellos que escucharon la historia jadearon como uno solo.

"Pero una serpiente es astuta y se preocupa por su propia preservación por encima de todo. El caballero abusivo había escuchado la entrada del hermano, aunque fingía lo contrario. Vio la expresión de la hermana y adivinó lo que haría el caballero. Y cuando se soltó el cuchillo, el caballero rápidamente hizo rodar a la dama encima de él, de modo que la hoja voladora aterrizó en su espalda en lugar de en la suya propia.".

"¡Oh!" la multitud gritó como una.

Duncan vio que el señor Amaury y la dama Richildis intercambiaban una rápida mirada. ¿Sabían ya esa historia? ¿Era verdad? El señor Gaston miraba la mesa con el ceño fruncido. Duncan sabía que Gaston no aprobaba los torneos, ni jugar a la guerra. Sin embargo, él podría recordar la historia.

Más concretamente, si el honorable caballero era el padre de Radegunde, ¿qué significaba eso para sus perspectivas?

Continuó el narrador. "El villano echó a un lado a la doncella con desdén mientras la sangre se filtraba de ella. "Ella no tiene ningún valor para mí ahora", declaró. Luego miró al caballero y sonrió. Y no volverás a ganar en la justa, no con esta mancha en tu honor. El hermano no entendió las palabras y, en verdad, no le importó. El caballero se fue y el hermano cayó de rodillas junto a su hermana. Inmediatamente vio que su herida era profunda. El cuchillo estaba enterrado hasta la empuñadura en su espalda y seguramente le había atravesado el corazón. Él la tomó en sus brazos, llorando y rechinando los dientes. Ella lo perdonó y besó su frente, sus lágrimas se mezclaron mientras ella moría en su abrazo."

Más de uno en el salón se secó una lágrima, incluida Radegunde.

"Fue solo después de que la hermana diera su último suspiro y el caballero cerrara los ojos que se dio cuenta de que ya no estaba solo. El barón que había organizado el torneo estaba en la apertura de la tienda, todos los invitados se reunieron detrás de él. "Ella me habría seducido", declaró el malvado caballero. Tenía la intención de casarme con ella mañana y tratarla con todo honor y dignidad, pero su hermano afirmó que no permitiría el matrimonio. Me temo que no permitiría que ella fuera feliz. " El caballero se mostró incrédulo, pero muchos creyeron ese cuento, pronunciado con tal convicción, y ante la verdad de su propio cuchillo en la espalda de su hermana, no pudo pensar en ningún cuento que pudiera disculparlo, incluso la verdad ".

"Pobre cordero", murmuró una de las mujeres del pueblo y su esposo le ofreció una servilleta para sonarse la nariz.

"El caballero fue relevado de todo lo que había ganado ese día, deshonrado como el otro caballero había declarado que sería. Él se llevó a su hermana a casa para que la enterraran y se enteró de que la historia había sido entregada rápidamente al señor que los había acogido. Ese hombre estaba furioso y sintió que el joven caballero había actuado precipitadamente a un gran costo. Tal era su enfado que el caballero nunca le dijo la verdad. Abandonó su armadura y armas, su caballo y todas sus pertenencias, y dejó atrás su vida. Desanimado, se internó en el bosque, decidido a morir allí solo como penitencia por su propia locura."

Así que era su historia. El padre de Radegunde era un noble, Duncan había llegado demasiado alto al comprometerse. La comprensión hizo que el vino se agitara en su estómago.

"Es un cuento para disipar el ambiente más festivo", murmuró un hombre.

"Pero ese no es el final", dijo el narrador, levantando un dedo. "Porque rápidamente se enteró de que no estaba solo en el bosque. No solo había muchas criaturas compartiendo el bosque con él, sino que también había una hermosa joven que iba a buscar plantas en busca de medicinas. Él la notó primero porque ella cantaba suavemente en voz baja, y el sonido lo atrajo como una polilla a una llama. Él se sintió fascinado por ella, siguiéndola, esperando su regreso, pero sin atreverse a hablar con ella. Él temía volver a perder el consuelo de la belleza en su vida y por eso permaneció en silencio".

"Quizás ella vio la verdad de su corazón, pero sabía que él tenía que hablar primero", dijo Mathilde en el silencio del salón.

Duncan sonrió ante la reacción de la multitud, porque hasta ese momento no habían adivinado que la historia tenía sus raíces en la verdad. Charlaron entre sí y miraron entre el narrador y Mathilde, que solo tenían ojos el uno para el otro.

"Y por eso él fue bendecido con su compañía, porque ella era más audaz que él", dijo el padre de Radegunde.

"Quizás simplemente no sabía qué estaba en riesgo", respondió Mathilde.

"Quizás era mejor así", dijo el padre de Radegunde, con la voz endurecida. "Porque la noticia llegó a sus oídos un día, algunos años después, de que el caballero que había matado a su hermana estaba buscando activamente al hermano. Parecía que deseaba que la verdad fuera silenciada para siempre, y el hermano no tenía ninguna duda de que este caballero haría daño donde fuera necesario para ver su fin logrado. Y así el hermano dejó a la hermosa mujer, aunque la amaba de verdad, aunque ella le había dado un hijo fuerte y una hija tan hermosa como ella".

"Se fue sólo porque temía que el villano les hiciera daño, como había sido con su hermana", dijo Mathilde.

El padre de Radegunde inclinó la cabeza. "Ningún hombre podría soportar el peso de un crimen así puesto injustamente a su puerta. No dos veces en una vida." Sus palabras eran gruesas y su voz ronca. Luego levantó una mano. "Pero tal era el control que esta mujer tenía sobre el corazón del hermano, que él no podía olvidarla o incluso mantenerse alejado para siempre. Volvía a ella furtivamente, cuando podía, robándose momentos de placer con ella a intervalos demasiado separados. Él echaba de menos hablar con ella y buscar su consejo. Él echaba de menos la confianza fácil que una vez había sido parte de su matrimonio, pero él temía poner en peligro su bienestar. Era como un ratón, sacando migajas de la mesa que no se extrañarían, sin atreverse a esperar más. Él se había perdido los nacimientos de sus otros tres hijos, pero los amaba a todos de todos modos."

"Seguramente algún día, el héroe de tu historia deberá abandonar el bosque y buscar justicia", dijo el señor Amaury, sin especulaciones en su tono.

El padre de Radegunde hizo una reverencia. "Seguramente sí, y él hace lo mismo este día". Se enderezó y observó a la multitud, orgulloso de su postura y un desafío en sus ojos. "Él está de pie ante ti y pide al señor Gaston y al señor Amaury justicia contra el demonio que le ha robado todo".

Mathilde se llevó las manos a los labios. Los ojos de Radegunde estaban muy abiertos, pero los de su hermano Michel estaban aún más abiertos.

"¡Rayos!" El señor Amaury declaró mientras se ponía de pie.

"¡Amaury!" la dama Richildis susurró. "¡No hables así ante la multitud!"

"¿Por qué no?" El señor Amaury gritó, su rostro encendido. "El caballero más valiente que he conocido en el campo de batalla está vivo, cuando todos pensaban que estaba muerto. ¡Thierry de Roussignon! ¡Pensé que nunca te volvería a ver! "

"Ni siquiera en el cielo, Amaury, con la reputación que me dieron", bromeó el padre de Radegunde y Amaury se rió.

"Nunca te creí culpable de eso", replicó él. Amaury dejó la mesa alta y marchó hacia el padre de Radegunde, estrechando la mano de su viejo camarada con entusiasmo y luego concediéndole un abrazo digno de romperle las costillas.

"Entonces, el viejo cuento tiene sus raíces en la verdad", dijo Gaston en voz baja.

Duncan notó que Millard se apartaba de la mesa. Duncan sacó su espada de forma encubierta, pero Fergus se puso de pie con suavidad y bloqueó el camino de Millard. Fergus se apoyó contra la pared con despreocupación y sonrió cuando Millard lo miró.

"¿Pero por qué contar tu historia ahora?" Preguntó el señor Gaston. "¿Por qué compartirla aquí?"

El padre de Radegunde se enderezó y su tono se volvió solemne. "Primero, porque has regresado y hace mucho que supe de tu sed de justicia", dijo y el señor Gaston inclinó la cabeza. "Y también porque el villano que aseguró la muerte de mi hermana está aquí, señor". Thierry levantó un dedo y señaló la mesa principal. "Su nombre es Millard de Saint-Roux".

"¿Qué locura es esta?" —Preguntó Millard, incluso mientras el salón estallaba en charlas. "¿Voy a ser acusado por un extraño en el salón de los parientes de mi esposa?"

"¿Tienes una defensa?" Preguntó el señor Gaston.

"No necesito una", replicó Millard. "Es su palabra contra la mía, y esta historia es una locura que nadie puede creer en ella". Él miró a Gaston. "Tú no estabas ahí."

"Yo no", reconoció el señor Gaston. "No en un torneo donde los hombres juegan a la guerra. Sin embargo, uno escucha cuentos."

"Chismes", dijo Millard con desdén.

"No chismes, porque yo estuve en ese torneo", dijo el señor Amaury suavemente. "Recuerdo la muerte de esa doncella y las acusaciones hechas contra su hermano". Puso una mano sobre el hombro del padre de Radegunde. "Acusaciones que nadie que conociera a este caballero creía".

"Su señor les creyó, según su propio relato", argumentó Millard. Seguramente ese barón lo conocía mejor que la mayoría.

"Seguramente ese hombre por encima de todos los demás podría haber hablado con prisa y dolor", respondió el señor Amaury.

"Esto es una locura", dijo Millard, como si pudiera descartar la acusación con su actitud. Hizo como si quisiera dejar la mesa, pero Fergus no lo dejó pasar. "No me quedaré para ser tan insultado. ¿No es suficiente que mi esposa haya tenido su descanso final este día? "

El señor Amaury se volvió hacia el señor Gaston, con la mano abierta en una invitación a tomar una decisión. Gaston frunció los labios. "Esta debe ser la justicia del rey", comenzó a protestar, pero el padre de Radegunde habló en el mismo momento.

"Abandonaré los cargos en su contra", le dijo Thierry a Millard con orgullo. "Si permites que la justicia divina decida la verdad".

"¿Qué es esto?" Preguntó el señor Gaston.

"Combate mortal", dijo Thierry con sombría resolución. "Que Dios se asegure de que el hombre inocente triunfe, porque Él conoce la plenitud de la verdad tan bien como nosotros dos". Él le ofreció la mano y Millard lo miró durante un momento cargado.

"El juez supremo", murmuró el señor Amaury.

"Juegos de guerra", dijo el señor Gaston.

"Se hace la voluntad de Dios", respondió el señor Amaury. Puso una mano sobre el hombro del señor Gaston. "Podría ser lo mejor".

"Sí, lo será". Millard saltó de la mesa alta, marchó por el suelo y tomó la mano de su rival. "Que Dios sostenga a los suyos", declaró. "Veré esta mentira silenciada".

"Veremos a un mentiroso silenciado, sin duda", respondió Thierry.

Duncan se pasó una mano por la frente. ¿Habrá un segundo funeral en este día? El señor Gaston y el señor Amaury conferenciaron, los modales del anciano eran insistentes.

Mientras tanto, Millard y Thierry se dirigieron al patio con la misma resolución, y los escuderos se apresuraron delante de ellos para reunir armaduras y armas. La multitud se levantó y fluyó hacia el patio con evidente entusiasmo, muchos volviendo a llenar sus tazas antes de salir del salón. Duncan vio que Mathilde agarraba el hombro de la doncella de la dama Richildis, luego tomaba aire y seguía a los aldeanos. Mantuvo la mirada baja y él supuso que creía que esta era la sombra que había temido.

Él buscó a Radegunde solo para verla escabullirse del pasillo. ¿A quién seguía? Miró hacia la mesa principal y notó que la dama Ysmaine estaba pálida, aunque el señor Gaston la atendía. ¿Radegunde traía algo del solar para su dama? Duncan examinó la multitud y vio que la dama Marie y su hija Rohese estaban desaparecidas.

¿Ellas querían recuperar el libro para Millard? ¿O tenían otro objetivo?

¿Radegunde las perseguía?

Duncan retrocedió hacia las sombras, dejando que la multitud pasara junto a él, mientras debatía sus opciones. ¿Debería ayudar con los preparativos para el combate mortal y dejar que Radegunde averiguara lo que pudiera? ¿O debería perseguirla, en caso de que ella necesitara protección? Si ella solo tuviera la intención de recuperar una ficha para la dama Ysmaine, su ayuda no sería necesaria.

Cuando vio a Benedicta dirigirse hacia las escaleras, tomó su decisión. Los modales de esa doncella eran encubiertos y era demasiado fácil recordar su disgusto por Radegunde.

Y la convicción de Radegunde de que ella era malvada.

Duncan sacó su espada y la siguió, incluso más sigiloso que su presa.

¿PODRÍA SER VERDAD?

¿Podría su padre ser un noble caballero, uno desacreditado por un mentiroso y un pícaro?

A Radegunde le resultaba fácil creer que las cosas habían sido así. Ella esperaba que su padre luchara mejor que Millard y que ese día se hiciera justicia. Ella quería mirar y también apoyar a su madre, pero algo estaba en marcha.

¿Por qué la dama Marie había vuelto a subir las escaleras?

¿Por qué había arrastrado a Rohese con ella?

Radegunde sabría la verdad. Ella se aferró a las sombras mientras perseguía a la pareja, aguzando el oído para escuchar las palabras de la dama Marie.

"Es un momento tan bueno como cualquier otro para resolver el acertijo", le declaró ella a su hija, casi instando a la doncella a subir las escaleras.

"Prefiero ver la batalla", declaró Rohese. "¡Quiero verlo morir!"

"No morirá, tonta". El tono de la dama Marie fue despectivo. "¡Debemos encontrar algún detalle a nuestro favor!"

"Tú favor, quieres decir", se quejó Rohese. "Es tu culpa que todo haya salido mal, y tu culpa es que Azalaïs esté muerta".

"¿Qué es lo que te pasa? ¿Por qué te has vuelto desafiante en este día de todos los días? "

"¡Azalaïs está muerta!" gritó Rohese. Ella hizo lo que le pediste, pero no hizo ninguna diferencia. Ella está muerta, y es tu culpa, y no haré lo que me digas. ¡Yo no quiero morir!"

Una bofetada resonó en el hueco de la escalera. "Harás lo que se te diga..."

"¡No lo haré!"

Unos pocos pasos sonaron en las escaleras, como si Rohese fuera a huir, pero luego Radegunde la escuchó jadear. Se asomó para ver que la dama Marie sostenía un puñado del cabello de su hija y la tenía apoyada contra la pared. "No seas ridícula", dijo la dama Marie en un susurro acalorado. "Triunfaremos juntas o no triunfaremos en absoluto".

"Huiré".

"¿Quién te alimentará?" la dama Marie se burló. "¿Quién velará por tu bienestar?"

Rohese se burló. "¿Cómo tú lo haces, mamá?"

Muerde tu lengua y busca el libro.

"No me casaré con él".

"Harás lo que te diga".

Rohese soltó un pequeño chillido y Radegunde se preguntó si debería intervenir. ¿Podría ella proteger a la doncella de su propia madre? Ella no se lo imaginaba, porque la dama Marie simplemente la despediría, y Radegunde nunca descubriría qué detalle buscaba la dama Marie y por qué.

Ella siguió a las mujeres por las escaleras hasta el último piso. ¿Querían entrar al solar? Radegunde hizo una pausa cuando escuchó el sonido de una piedra raspando. Miró por encima del borde de los escalones para ver que se había quitado una piedra en la pared exterior fuera de la puerta del solar. Ocultaba un espacio, donde evidentemente la dama Marie había escondido el libro porque lo sacaba ahora. Entonces sacó una llave de su cinturón e instó a Rohese a la puerta del solar.

"Ya no es tu habitación", protestó Rohese mientras su madre abría la puerta.

Y, sin embargo, es la habitación más privada del torreón. Nadie nos encontrará ahí". La dama Marie le dio a Rohese un pequeño empujón para que entrara en la habitación. "¡Debemos aprender lo que sabía la dama Eudaline!"

"Seguramente solo será un rumor".

Puede que conozca alguna deficiencia en la afirmación de Gaston, o incluso en la de su padre, Fulk. Podríamos encontrar pruebas que Millard agradecería."

"Has dibujado una telaraña, mamá, de la que no hay forma de escapar". Rohese miró a su madre con desdén. "Nunca debiste haber envenenado a papá".

Radegunde reprimió su jadeo de sorpresa, pero Rohese no había terminado.

"Hice lo que tenía que hacer", insistió la dama Marie. "Así como tú harás lo que se debe hacer".

"¿Te imaginaste que tu amante se casaría contigo, en lugar de con Azalaïs? ¿Es por eso que papá tuvo que morir?

¿Amante?

— ¡Oh, eres un tonta insípida, Rohese! ¿Qué mérito tiene tener ojos si te niegas a usarlos? "La hija hizo otro chillido, luego la puerta del solar se cerró de golpe detrás de la pareja.

Radegunde esperó, luego respiró hondo y se arrastró hacia la puerta. Se agachó ante ella y miró a través de la cerradura. Vio a Rohese sentada en un taburete, el que usaba la dama Ysmaine por la mañana cuando Radegunde la peinaba. Por orden de su madre, Rohese abrió el libro. "No se abre completamente".

"No importa. Lea las notas al margen en voz alta. Aquí."

"Deberías ordenarle a Benedicta o a una criada que te lo lea".

"Benedicta no conoce sus letras y no confío en ninguna otra. ¡Lee!"

¿Su madre o su marido le había ordenado a Azalaïs que leyera en voz alta? Radegunde esperaba que hubiera sido Millard, porque entonces existía la posibilidad de que la dama Marie no supiera que el libro estaba envenenado y no condenara deliberadamente a su otra hija.

O tal vez Rohese se mostraba desafiante porque sabía la verdad. Radegunde se mordió el labio y escuchó. Muy pronto, las familiares palabras salieron de los labios de Rohese.

"Llegué como nueva esposa en 1153, sabiendo muy bien que mi predecesora, Rohese, había sido enterrada hacía solo seis meses".

Rohese hizo una pausa. "Tu abuela", dijo la dama Marie. "Tu padre insistió en que te nombramos en honor de su madre".

Radegunde parpadeó ante la amargura en el tono de la dama, pero Rohese continuó leyendo.

"Ella y su hijo menor murieron cuando se volcó un bote. Fulk no creyó que fuera un accidente. Él confesó que estaba contento de haber llevado a Bayard con él en el viaje de ese día, porque había decidido hacerlo en el último momento. Solo tenía seis años y debería haber estado en ese barco con su madre y su hermano menor. Habían planeado la excursión semanas antes y el niño estaba decepcionado de que se lo negaran en el último momento".

Radegunde oyó caminar a la dama Marie. Parecía que sus pasos se estaban volviendo más rápidos.

Fulk tenía sospechas de quién podría ser el culpable. Châmont-sur-Maine sólo había llegado a sus manos en 1142, por concesión de Godofredo de Anjou, como recompensa por su leal servicio. Fulk la mantuvo contra el asalto de Elías II en 1151, y la concesión fue reafirmada por el rey Henry. Pero Fulk no fue el único que deseaba tal regalo de la mano del rey".

"¿Y?" Marie preguntó cuándo Rohese se quedó en silencio.

"Las páginas están pegadas", protestó su hija y Radegunde miró por el ojo de la cerradura cuando la doncella se llevó las yemas de los dedos a los labios.

Ella no pudo permanecer en silencio.

"¡No te lames los dedos!" gritó, irrumpiendo en el solar. Ambas mujeres la miraron con ira y consternación. "Las páginas están envenenadas. ¡Eso es lo que mató a la dama Azalaïs!

"Un salto desde la ventana mató a mi hija", corrigió la dama Marie con voz dura.

Rohese miró a las dos con evidente alarma y luego dejó que el libro cayera al suelo. "¡Mamá! ¡No podrías haberlo sabido! "

La dama Marie tomó el libro y se lo entregó a Radegunde. "Lee", ordenó. Ella señaló a su hija cuando Radegunde vaciló. Y tú, cierra la puerta. Ésta no volará a su ama para contarle historias.

"Mamá", murmuró Rohese, con una advertencia en su tono.

"Le ordeno que sólo lea", dijo la dama Marie y su mirada era dura. "No creo tal cosa como las páginas envenenadas. Si esta es tan inteligente, déjela que se defienda."

Rohese se acercó a la puerta y giró la llave en la cerradura. Ella permaneció junto a la puerta, con los ojos muy abiertos y su incertidumbre clara.

Parecía que había aprendido mucho de su madre ese día.

Radegunde sabía que no podía dominarlas a ambas. De hecho, quería saber qué había escrito la dama Eudaline y sabía que podía frustrar la trampa. Tenía que creer que algún alma acudiría en su ayuda en poco tiempo, y también sospechaba que la dama Marie destruiría el libro si su contenido la condenaba a ella o a cualquiera a quien defendiera.

Bajo la atenta mirada de la dama Marie, Radegunde fue a buscar un paño viejo y la jarra de agua que había traído esa mañana para la dama Ysmaine. Todavía no estaba vacía y el agua estaba limpia. Se puso un par de guantes que la dama Ysmaine ya no favorecía y esperaba que a su ama no le importara la pérdida. Tendrían que ser quemados. Luego mojó el borde de las páginas, usó su cuchillo para liberar la página siguiente y continuó leyendo la confesión de la dama Eudaline.

CAPÍTULO 21

$\mathcal{D}$uncan se arrastró escaleras arriba, sin saber adónde había ido Benedicta. De hecho, tampoco podía ver a la dama Marie, la dama Rohese o Radegunde. La fortaleza podría haber estado abandonada. Sin embargo, cuando subió al último piso de la torre, escuchó la voz de Radegunde desde el interior de la habitación.

¿Estaba leyendo en voz alta?

"El mercenario Sebastién de Saint-Roux también había servido a Geoffrey de Anjou y se creía merecedor de una recompensa. Fulk dijo que habían discutido cuando a él le concedieron Châmont-sur-Maine. No tenía pruebas de que Sebastién pudiera haber sido responsable de la posterior desaparición de su esposa e hijo, pero creía que su adversario era capaz de tal violencia en pos de sus propios fines. Fulk estaba atento al proteger a Bayard y despidió a varios hombres de su servicio porque no estaba seguro de sus alianzas. Parecía que esto fue suficiente, porque no hubo otros incidentes. Le di a Fulk otro hijo, Gaston, lo que alivió sus preocupaciones por el futuro, y los niños eran tan cercanos como hermanos de sangre. Al hijo de Sebastién, Millard, se le prohibió la entrada a la fortaleza, incluso cuando entrenaba para sus espuelas al mismo tiempo que Gaston."

¡Ella leía del libro de la dama Eudaline!

Radegunde no podía estar lamiendo las páginas para separarlas, sin tener en cuenta lo que sabía del veneno.

Duncan se apresuró a la puerta y puso su ojo en el ojo de la cerradura. Para su alivio, Radegunde se había puesto guantes y vio que separaba las páginas con agua y un cuchillo.

Su inteligente dama había encontrado una solución.

Él se aseguraría de que tanto el cuchillo como los guantes fueran destruidos.

La dama Marie se paseaba repetidamente por su campo de visión, casi irreconocible en su furia, y él no podía ver a Rohese desde su posición ventajosa. Duncan escuchó, seguro que con más testigos del contenido del libro sería mejor.

Permítanme contarles más sobre la desaparición de Fulk. Fulk cabalgó para hablar con Sébastien, aunque no le dijo a nadie su intención excepto a mí, y salió solo. Regresó con una herida de lanza, pero no acusó a Sébastien. Me ordenó que me asegurara de que Gaston abandonara Francia de inmediato, porque sabía que él no podría sobrevivir a la herida. Él estaba convencido de que Bayard estaría a salvo mientras Gaston respirara. Yo tenía muchas preguntas, pero hice lo que me ordenó y le escribí a mi hijo, que estaba al servicio de los Templarios. Me enteré poco después de la partida de Gaston hacia Ultramar. Me retiré al convento después de la muerte de Fulk para llamar la atención de Gaston, mi curiosidad no disminuyó. He hecho averiguaciones estos años y finalmente me he enterado de que Bayard estaba a salvo, no porque Gaston respirara hondo ni siquiera porque Sebastién había muerto, sino porque Sebastién había cambiado su estrategia para reclamar Châmont-sur-Maine".

Hubo una pausa.

"Hay un trozo de vitela entre las páginas", dijo Radegunde, soltándolo y frunciendo el ceño. "Parece ser un árbol genealógico".

"¡No! ¡Dame eso!" La dama Marie gritó y agarró el trozo. Radegunde se abalanzó sobre él, pero la dama lo sostuvo en alto. Duncan probó la puerta, temiendo que todo saliera mal.

Estaba bien cerrada.

"¡Ella sabía! ¡La bruja!" La dama Marie declaró y se arrodilló ante el brasero. Intentó golpear el pedernal mientras defendía la vitela de Radegunde.

"¡No la destruirás!" Radegunde luchó contra la dama Marie por la custodia del pedernal. Para satisfacción de Duncan, ella se la arrebató a la noble. La arrojó por la ventana y recibió una bofetada por su desafío. El golpe la hizo tambalearse hacia atrás y Duncan intentó abrir la puerta de nuevo.

"¿Quién se lo dijo?" Preguntó la dama Marie. "¿Quién me traicionó?"

"¿Quién le dijo qué?" Preguntó Rohese, sonando temerosa de la ira de su madre. Ella debía de estar parada cerca de la puerta, fuera de la vista de Duncan.

—No te corresponde a ti saberlo —replicó la dama Marie, incluso mientras Radegunde intentaba volver a reclamar la vitela. Las mujeres se pelearon por ella.

"¡Más secretos!" Rohese gritó, como si alguna barrera se hubiera roto dentro de ella. Se abalanzó a la vista, lanzándose sobre su madre. "¿No es ésa la raíz de todos los males en este lugar? ¡Déjeme ver!" la dama Marie mantuvo el trozo de vitela fuera de su alcance.

Duncan saltó ante el peso de una mano sobre su hombro y se dio cuenta de que el señor Gaston y la dama Ysmaine habían llegado, con Bartolomé detrás de ellos. Él se hizo a un lado para que Gaston pudiera ver mejor los acontecimientos, aunque se mostraba reacio a perder de vista a Radegunde.

"¡Desgraciada!" gritó la dama Marie, luego Duncan escuchó el peso de alguien caer al suelo. Tenía ganas de ver, pero Gaston frunció el ceño y se enderezó.

"Allí. Nadie lo sabrá ahora", dijo la dama Marie con satisfacción.

El señor Gaston murmuró a Bartolomé y ese hombre huyó escaleras abajo. ¿Ella había arrojado la vitela por la ventana? Duncan supuso que Bartolomé había sido enviado a recuperarla antes de que el río se llevara todo lo que estaba escrito en él.

—Te echaré tras eso si no lees el resto —amenazó la dama Marie.

Radegunde se aclaró la garganta y comenzó a leer de nuevo. Como revela el documento adjunto, Bayard se casó sin saberlo con la hija bastarda de Sebastién. Aunque Marie se había criado en Roquelle, no era de la sangre de esa familia. Ellos aceptaron el pago de Sebastién para criar a su hija bastarda como propia, y fue él quien sugirió al señor de la mansión que su mejor matrimonio sería con el hijo de Fulk. Y así es que Sebastién podría haber ganado la propiedad para sus parientes al final, si Marie le hubiera dado un hijo a Bayard. Cuando no lo hizo, el plan se frustró. Cuando descubrí su linaje, le envié un mensaje a Bayard porque no deseaba que abrigara una víbora en su propia cama". Hubo un crujido cuando Radegunde volvió a abrir las páginas. "Él murió al día siguiente de recibir mi misiva".

"Una coincidencia", insistió la dama Marie.

"Un asesinato", corrigió Rohese. "Tú lo mataste. ¡Mataste a papá!

"¡Él quería echarme fuera!" gritó la dama Marie. "¡Ella me traicionó con mi propio marido!"

"Y entonces lo envenenaste a él, al esposo que te había tratado con honor y dignidad", acusó Rohese.

"Eso es suficiente". El señor Gaston colocó la llave en la cerradura y la giró de manera audible. Aunque estaba sereno, el vigor con el que abrió la puerta de una patada mostró su enfado. Las tres mujeres se giraron para mirarlo con sorpresa. —Dice mucho de tu naturaleza que creyeras que el asesinato de tu propio cónyuge era una solución adecuada —le dijo sombríamente a la dama Marie—.

Sus ojos se iluminaron de ira. "¿Y a quién defenderías si estuvieras obligado a elegir entre tu cónyuge y tu sangre? ¿Tomarías a Ysmaine en lugar de a Bayard o al revés?

"Pensaba que Millard era tu amante", susurró Rohese, con el rostro pálido.

"¡Silencio!" la dama Marie espetó.

"El árbol genealógico era evidencia de tu traición", continuó Gaston. "¿Sebastién tenía más hijos ocultos?"

La dama Marie los miró a todos desafiante. "Nunca se sabe."

Se oyó el sonido de unas pisadas detrás de ellos, y Bartolomé llamó a la puerta abierta, con la respiración agitada. Hizo una reverencia y le entregó un trozo de vitela húmedo a Gaston. "Lo atrapé tan pronto como pude, mi señor."

"¡No!" La dama Marie susurró, pero ya era demasiado tarde. El señor Gaston escaneó el documento y luego se lo entregó a su esposa.

"Es verdad. Millard es tu hermano", dijo él. "¡Sin embargo, lo casaste con su propia sobrina!"

"Medio hermano", corrigió brevemente la dama Marie.

La dama Ysmaine frunció el ceño al ver el trozo de vitela. "Pero te criaron como hija de la casa de Roquelle".

"Les pagaron y les pagaron bien para que me abrigaran y ocultaran mi verdad. No les debo nada."

"Y así, la búsqueda de Sebastién para mantener Châmont-sur-Maine fue perseguida por su engendro", dijo Gaston. "Salvo que no diste a luz un hijo".

"Azalaïs lo habría hecho, si no hubieras vuelto a casa tan rápido", insistió la dama Marie. "O Rohese en su lugar".

"¡Casada a la fuerza con mi tío!" Rohese susurró horrorizada. "Es sacrílego".

"Y sin embargo, me escribiste", reflexionó el señor Gaston. "Convocándome a casa".

La dama Marie exhaló con irritación. "No tuve elección. El obispo llegó y me preguntó si te habían notificado. Yo le había dicho que no tenía medios para ver que te llegara alguna misiva en Ultramar, pero él se ofreció a garantizar su entrega." Sus labios se tensaron. "Pensé que estarías muerto, o que para cuando regresaras, Azalaïs habría dado a luz a un heredero. Creí que mi hermano podría defender lo que debería ser nuestro." Sus ojos se entrecerraron. "De hecho, recé con todas mis fuerzas por tu desaparición".

"Y la pequeñez de tus oraciones es evidencia del juicio divino sobre ti". La dama Ysmaine dio un paso adelante y puso la mano sobre el codo de su marido. "Porque mi señor esposo encontró aliados en su rápido viaje a casa."

La dama Marie los miró a ambos, su disgusto era evidente.

—También me habrías casado con él —repitió Rohese con tono amargo—. "Y me hubiera pegado a mí, como pegaba a Azalaïs. No eres una madre, sino una víbora que no se preocupa por nadie".

"¡Muérdete la lengua!"

—No, diré la verdad y se lo confesaré todo al tío Gaston, porque es un hombre de honor como papá. Millard morirá en ese duelo, por la gracia de Dios, y con razón, porque es un demonio del infierno. Azalaïs lo sabía bien." A Rohese se le soltó la lengua. —Creí que era él quien había envenenado los guantes del tío Gaston, pero no es tan listo, ¿verdad, mamá? Fuiste tú, ¿no es así? ¿No eres tú la que sabe tanto sobre veneno en esta fortaleza?

"Ella sabe tanto como yo", dijo la dama Marie, señalando a Radegunde.

"Pero ella me salvó de tu plan con los guantes", dijo el señor Gaston con determinación. "La verdad de la naturaleza de Radegunde es revelada por sus hechos, así como tu verdad es mostrada por los tuyos". Los labios de la dama Marie se tensaron. Pasarás esta noche en el calabozo, aunque lamento que sea necesario tratar así a la viuda de mi hermano.

"Que ella sea la asesina de Bayard lo absuelve de tal compasión", dijo la dama Ysmaine y el señor Gaston asintió con la cabeza.

Ante su gesto, Duncan se acercó a la dama y le ató las muñecas a la espalda. Su furia era palpable. Te arrepentirás de esto, Gaston. Te lo garantizo".

"Me temo que serás tú quien se arrepienta de sus elecciones", dijo Gaston. "El rey no mira con buenos ojos a los asesinos".

"¡No me enviarás a su corte!"

"De hecho, lo haré, porque no se puede decir que sea imparcial en este caso". La dama Marie estaba furiosa, pero el señor Gaston sonrió a su sobrina. Y tú elegirás tu propio curso, Rohese. Puedes permanecer en mi casa."

"Me gustaría compartir la verdad de mi madre con las personas que he conocido como mis abuelos", dijo la doncella. "Se les debe eso, aunque no lo aceptarán". Ella cuadró los hombros. "Son buenas personas y no pueden haber sabido del plan de mi madre".

Que hubieran aceptado el pago de este Sebastién para criar a su hija bastarda era un crédito dudoso, en opinión de Duncan, pero tal vez habían sido engañados por ese hombre. Sin duda, también fueron engañados por su hija adoptiva.

La dama Ysmaine sonrió. Y al asumir esta tarea, demuestras tu propia naturaleza, Rohese. Nos aseguraremos de que viajes allí de forma segura". Atrajo a la mujer más joven a su lado, y Rohese pareció agradecer la atención, aunque todavía parecía conmocionada.

"Robas mi casa y mi hijo", murmuró la dama Marie cuando Bartolomé la instó a salir de la puerta. "Me han engañado bien y verdaderamente este día". Con eso, bajó las escaleras.

"No puedo descansar en esta habitación, Gaston", dijo la dama Ysmaine. "Ahora no."

"Me aseguraré de que haya vino para ti en la mesa", dijo el señor Gaston, luego le ofreció un codo a su esposa y el otro a su sobrina. Le entregó la llave a Duncan.

Cuando se marcharon, Duncan cruzó la habitación y encendió el brasero, asegurándose de que las llamas se elevaran. Reclamó el cuchillo de la mano de Radegunde y lo arrojó a las llamas. El libro de la dama Eudaline y el trozo de vitela fueron envueltos y colocados en una cartera para ser enviados al rey, luego Radegunde arrojó los guantes manchados al fuego también.

"Dios del cielo, está hecho", susurró, luego cayó en sus brazos. "Nunca sospeché de ella. ¿Acaso tú?"

"La conocía muy poco para adivinar". Duncan no tenía nada

bueno que decir sobre una mujer que sacrificaría a su propia hija por sus fines. De hecho, se sintió tan aliviado de que Radegunde estuviera sana que descubrió que no tenía capacidad para hablar. La atrajo a su abrazo y la abrazó con fuerza. Ella besó su garganta y se hundió contra él justo cuando sonaba la fanfarria desde el patio de abajo.

"Mi padre", susurró ella.

"Sospecho que peleará bien", dijo Duncan, esperando tranquilizarla.

"Debo ver."

Sin embargo, Radegunde agarró la mano de Duncan con fuerza mientras la conducía fuera de la habitación, y esperaba tener razón.

RADEGUNDE SE ALEGRÓ de que se perdieran el comienzo de la batalla, porque los hombres luchaban tan duro que ella apenas podía soportar mirar. Eso no era una broma en la guerra. Uno de ellos moriría. Para cuando Duncan le encontró un lugar ventajoso en el patio, Thierry estaba apoyando a Millard contra la tierra compacta con golpes poderosos. Ambos hombres lucían heridos y tenían manchas de sangre fresca en sus armaduras, pero Millard parecía estar cansado.

O tal vez le había angustiado ver a la dama Marie siendo llevada al calabozo.

Radegunde se preguntó si la vigilia de su padre en el bosque le estaba sirviendo bien, porque ese intervalo no pudo haber sido una vida fácil. Por el contrario, Millard había estado saboreando los placeres de Châmont-sur-Maine esos últimos meses y podría haber descuidado su práctica.

Esperaba que fuera así y que su padre triunfara pronto.

Tenían una maza y una espada cada uno, y ambos caballeros sostenían la maza en su mano derecha. Thierry blandió la maza, pero Millard saltó repentinamente hacia adelante. Bajó su propia maza con tal vigor que debió haber fingido su agotamiento. Su proximidad le dio a Thierry pocas posibilidades de evadir el golpe y la maza aterrizó con fuerza en su muñeca. Radegunde jadeó. Estaba segura de haber escuchado el crujido de un hueso. Thierry dejó caer su propia maza, su dolor era evidente, y Millard la apartó de una patada. El equilibrio cambió y Millard comenzó a hacer retroceder a Thierry a través del patio.

Ella se aferró a Duncan, aterrorizada por el destino de su padre.

Millard blandió su maza mientras Thierry atacaba con su espada. La hoja fue barrida con estrépito, aunque su padre se lanzó tras ella. Millard lo persiguió, la maza se balanceaba arriba, pero Thierry se retorció y pateó los pies de Millard. Millard tropezó. Thierry se puso de pie rápidamente y Millard se congeló cuando la punta de la hoja recuperada de Thierry estaba contra su garganta. Había un hueco allí, entre la cota y la cofia, y la punta de la hoja había encontrado piel.

Millard soltó la maza.

Dejó caer la espada.

—Hasta la muerte —le recordó Thierry. La multitud contuvo el aliento y esperó a que Thierry diera el golpe mortal.

Pero no. Levantó la espada y dio un paso atrás. Hubo un pinchazo de sangre en la garganta de Millard y nada más. Thierry se quitó el casco y se volvió hacia Gaston. Su cabello estaba húmedo y su rostro estaba pálido. Radegunde supuso que tenía la muñeca rota.

"¿No ha habido suficiente muerte en este salón últimamente?" —Preguntó Thierry, su voz era un murmullo de razón y Radegunde volvió a adorar a su padre.

La multitud sonrió como una.

Luego jadearon en voz alta, porque Millard saltó detrás de su oponente. Aterrizó sobre la espalda de Thierry con tanta fuerza que el otro hombre se tambaleó. La multitud gritó de indignación, pero Millard había sacado su cuchillo y lo había puesto contra la garganta desnuda de Thierry. Mathilde palideció. Radegunde no pudo soportar parpadear.

"Marie y yo saldremos de esta fortaleza, con Rohese", declaró Millard.

"Sabes que no puedo permitir eso", dijo Gaston en voz baja.

Millard hizo ademán de mover el cuchillo.

Thierry se desplomó derrotado.

Millard sonrió.

En un abrir y cerrar de ojos, Thierry giró en manos de Millard. Le dio una patada en los pies a Millard desde debajo de él, arrojó a ese hombre de espaldas y le dio una patada en la ingle. Cuando Millard gimió, Thierry agarró la espada de su oponente y la sostuvo debajo de su barbilla.

"No habrá otra muerte en esta fortaleza en este día", dijo el señor Gaston con autoridad. "Millard puede mantener su vida, con la condición de que pida el perdón de Thierry de Roussignon de rodillas ante todos nosotros".

"Y luego caminaré libre", dijo Millard.

Gaston negó con la cabeza. "Y luego saborearás la hospitalidad de mi mazmorra, con tu hermana". Muchos en la multitud se quedaron sin aliento ante esa revelación. "Mañana te acompañarán a la corte del rey para ser juzgado por tus crímenes".

Millard se burló. "No besaré la bota de ningún hombre".

"Que así sea." Gaston hizo un gesto.

Dos de los templarios que habían acompañado a su grupo desde París se adelantaron y ataron las muñecas de Millard a la espalda. Fue empujado a cruzar el patio, incluso mientras gritaba en protesta, luego desapareció en el pasillo donde se encontraba la entrada a la mazmorra.

El señor Gaston respiró hondo visiblemente. "Thierry, enviaré una misiva a tu antiguo patrón, explicándole todo lo que hemos aprendido este día. Si lo visitaras para reconciliarte, te confiaría esa carta".

"Me sentiría honrado de entregarla, señor Gaston". Thierry hizo una profunda reverencia. Se volvió y le ofreció la mano a Mathilde, que se apresuró hacia él con evidente alegría. Él la tomó en sus brazos y la hizo girar. Radegunde no era la única que se alegraba de ver a su madre tan bien recompensada.

Por supuesto, Mathilde se apresuró a examinar la muñeca de Thierry y lo llevó a un lado para poder atenderla. Thierry no parecía dispuesto a protestar por ninguna de sus atenciones. La dama Richildis sonrió complacida a la pareja reunida. Michel parecía asombrado y complacido, y el propio corazón de Radegunde latía con fuerza porque se había hecho justicia.

"Y debe tomar a su hijo como compañero", declaró el señor Amaury. "Porque se han conocido poco el uno al otro estos años, y lo ahorraría de mi servicio para tal búsqueda".

Hubo más formalidades y respuestas amables antes de que Radegunde fuera abrazada por su padre. Las felicitaciones y los buenos deseos resonaron en el patio, luego el llamado del señor Gaston para bailar en el salón fue recibido con entusiasmo.

Duncan se aferró a la mano de Radegunde y regresaron al salón mientras los juglares tocaban una alegre melodía. Las mesas fueron empujadas hacia atrás y toda la multitud se lanzó a la pista para bailar. Sería tarde antes de que la alegría se calmara, y si Marie y Millard se quejaban de su situación, nadie escuchó su protesta.

Ni se preocuparon por su malestar.

VIERNES 25 DE DICIEMBRE DE 1187

DÍA DEL NACIMIENTO DE JESUCRISTO

CAPÍTULO 22

Radegunde intentó disfrutar de las festividades de la temporada, pero no podía olvidar que Duncan se marcharía pronto. Mucho había ocurrido en los meses transcurridos desde la fiesta y el regreso a casa del señor Gaston. Se descubrió que la dama Marie y el señor Millard habían desaparecido del calabozo la mañana siguiente a su encarcelamiento. Había quedado claro que Benedicta los había ayudado a escapar porque esa doncella había desaparecido al mismo tiempo. Rohese también se había ido, aunque nadie creía que hubiera acompañado a su madre de buena gana.

La dama Ysmaine comentó que el señor Gaston había sido demasiado generoso con el vino la noche anterior, porque parecía que todos había dormido demasiado bien. El padre de Radegunde había emprendido la búsqueda de la justicia y cabalgaba en busca de la pareja. Se había pensado que buscarían a la familia que había criado a la dama Marie y buscarían refugio allí. El señor Gaston había escrito una misiva a Roquelle para avisarles de la verdad, así como otra al rey. El libro y el trozo de vitela estaban guardados en la tesorería.

En noviembre, Thierry y Michel habían regresado con un correo

371

del rey y la sangre de Millard en la espada de Thierry. El villano había muerto, el rey mantenía cautiva a Marie en espera de su justicia y Rohese disfrutaba de los placeres de la corte del rey. Radegunde esperaba que ella encontrara un pretendiente allí. Dos de los templarios habían escoltado al mensajero hasta la corte del rey, dos habían regresado al Templo de París y los dos últimos de los seis que habían escoltado al grupo desde París iban a viajar con Fergus a su casa en Escocia.

El padre de Radegunde, Thierry, había sido nombrado heredero de la propiedad de su antiguo tutor, y Mathilde había dejado su choza en Valeroy para convertirse en la señora de esa propiedad. Michel permaneció en Valeroy, aunque ahora el señor Amaury lo entrenaba para sus espuelas. Sus otros hermanos estaban con sus padres y no dudaba de que saborearan el cambio de circunstancias. Radegunde también había sido invitada, pero decidió quedarse con la dama Ysmaine, que había estado muy enferma con su embarazo. Era justo y bueno que permaneciera al servicio de la dama Ysmaine hasta que naciera su hijo.

Seguramente Duncan volvería con ella poco después de eso. Cuanto más se acercaba su partida, más preocupada estaba Radegunde por su destino.

Bartolomé había sido nombrado caballero a principios de diciembre y se veía muy bien con su nueva vestimenta. Para sorpresa del señor y la dama de Radegunde, él estaba decidido a cabalgar hacia el norte con Fergus después del Yule. Radegunde no entendía completamente su propósito, pero Duncan decía que Bartolomé estaba decidido a tomar una ruta en particular a través de Inglaterra y que Fergus no veía ninguna razón para desafiarla, aunque hacía que la ruta a casa fuera más larga.

Ella se preguntaba qué futuro veía Fergus.

Radegunde le había dado un regalo a Leila en ese Yule, porque se habían hecho amigas y ella sabía que Leila se quedaría con Fergus. Ella le había ofrecido a Leila en secreto un vestido de lana verde y un sencillo cinturón negro, ambos vestidos de mujer, y Leila los había acogido con el mayor entusiasmo. Radegunde deseaba haber contactado a la prima de Leila en Ultramar, pero no había forma de hacerlo. En cambio, escuchaba los recuerdos de Leila y la consolaba cuando extrañaba lo que había dejado atrás.

Wulfe y Christina habían llegado para el nombramiento de caballero de Bartolomé y trajeron noticias de que Everard había sido derrotado, pero lo más sorprendente es que Wulfe había dejado a los Templarios y había sido nombrado heredero de su padre. Christina había sido devuelta a su noble familia y luego cortejada por Wulfe. Su nombre resultó ser Juliana en verdad, y el de él sir Ulric von Altesburg, pero Radegunde solía llamar a ambos por los nombres que conocía mejor. Juliana estaba encinta.

Radegunde, para su decepción, no lo estaba.

Se levantó esa mañana con el corazón apesadumbrado, sabiendo que el señor Fergus cabalgaría pronto. Ella tenía sangre en los muslos, lo que significaba que no tenía al hijo de Duncan y que no iban a tener intimidad cuando estaban tan cerca de separarse.

Parecía de lo más injusto.

Ella sintió la mirada de Duncan sobre ella mientras se vestía, pero no se atrevió a mirarlo. No quería llorar durante sus últimos días juntos y sabía que él enfrentaba la incertidumbre. A pesar de su esperanza en el futuro, sintió que su partida marcaría el final de todo lo que habían compartido.

Duncan la tomó por los hombros con las manos y la besó en la nuca, antes de girarla para mirarlo. Su mirada era solemne y Radegunde sospechaba que podía leer sus pensamientos.

"Será una comida feliz este día", dijo él, como si tratara de persuadirla para que sonriera. "Habrá carne de venado en abundancia, lo que debería agradarte".

"Sí, lo hace". Radegunde intentó sonreír y falló. "¡El verano parece tan lejano!"

Duncan frunció el ceño y apretó sus hombros con más fuerza. "No estoy convencido de verte incluso entonces", admitió él, y ella se dio cuenta de lo que le preocupaba.

—No insistas en que te espere aquí, Duncan. La dama Ysmaine y el señor Gaston viajarán hacia el norte para la boda, sin duda. Encontraré una niñera para el bebé y..."

"Me temo que Fergus no se casará con su prometida".

Radegunde estaba asombrada. "¡Pero él la ama tanto! Ha comprado tantos regalos para la dama Isobel."

Duncan frunció el ceño. "Sin embargo, nunca estuve seguro de que le devolvieran la mirada". Él sostuvo su mirada. "Creo que Fergus también teme su recibimiento".

"Entonces, ¿qué haremos?"

Devolveré a Fergus a Killairic como prometí y pediré la liberación del servicio de su padre. Entonces cabalgaré hacia el norte y pondré fin a la búsqueda de mi padre para que me maten."

"Yo podría ayudarte", comenzó ella, pero el dedo de Duncan cayó sobre sus labios para silenciarla.

"No te pondré en tal peligro y lo sabes bien. Créeme, Radegunde. Volveré a ti en el último día de nuestro compromiso si estoy vivo para hacerlo."

Ella suspiró, sabiendo que había tomado su decisión. "Conoces sus planes, ¿no?" El asintió. "¿Cuándo te vas?"

"A primera luz del día siguiente".

Radegunde contuvo el aliento.

"Quería que tuviéramos esta Navidad juntos, sin temores por el futuro".

"¿Cómo no puede haber temores por el futuro?" preguntó y una vez que comenzó, Radegunde no pudo detenerse. ¡Te irás y es posible que nunca te vuelva a ver! ¡Puede que nunca sepa tu destino, si es terrible! "Ella contuvo el aliento, luego hizo un gesto hacia sus propios muslos. "Y ni siquiera tendré a tu hijo para que me consuele". Su voz vaciló. "Oh, Duncan."

Él la abrazó y la besó en la sien. —Podría ser mejor así —le recordó él gentilmente.

Las lágrimas de Radegunde brotaron y no trató de detenerlas. "Te amo, Duncan. Ojalá pudiera tener a tu hijo."

"Y yo te amo, dulce Radegunde".

Ella contuvo el aliento y lo miró a los ojos. "Nunca has hecho esa confesión".

"¿Mis hechos no te dijeron la verdad?"

El hecho de que sus palabras se hicieran eco de las garantías de su madre hizo que Radegunde se sintiera ciega. "Temía que amaras solo a Gwyneth".

"¡No!" Él la agarró por los hombros con más fuerza y le sostuvo la mirada, su determinación se apoderó de ella. "Amaba a Gwyneth y aun así honro su memoria. Murió al dar a luz a mi hijo, y nunca podré olvidar eso." La comisura de su boca se levantó y la miró con asombro. "Pero tú, mi Radegunde, eres una alegría más allá de toda expectativa. Eres tú quien me ha enseñado a tener esperanza de nuevo, tú quien has reclamado mi corazón como tuyo."

"Oh, Duncan." Después de todo, iba a llorar. Radegunde sollozó.

Entonces él le tomó la barbilla con la mano y le inclinó la cara hacia arriba, observándola con tanto amor en sus ojos que su corazón se aceleró. "Me pondrá a prueba realmente dejarte atrás, aunque sé que es mi deber", susurró él, con la mirada atenta. "Yo amaba a Gwyneth, pero ese amor era una tenue sombra de lo que siento por ti. Eres la sangre de mi corazón, Radegunde. Nunca dudes de lo contrario."

Antes de que ella pudiera responder, él la besó con un dulce fervor que la tranquilizó por completo. Ella envolvió sus brazos alrededor de su cuello y se rindió a su toque, dándole la bienvenida con todo lo que tenía para dar. Duncan rompió el beso con una desgana tan obvia que ella rezó de nuevo para que volviera rápidamente.

"Y ahora tu regalo este Yule", dijo él, su tono de broma.

"¡No tengo ningún regalo para ti!"

"No estés tan segura de eso. Tengo un regalo para ti y te pediría uno a cambio."

Radegunde lo miró sin saber qué planeaba. Sin embargo, había un brillo en sus ojos que a ella le gustó mucho.

Duncan se volvió entonces, hacia su alforja, que vio que había empacado mientras ella dormía. Sacó una conocida bolsa de seda roja de sus profundidades y su corazón se apretó. Ya no llevaba la ficha dentro de su camisola o incluso en su bolso, pero aún tenía la trenza del cabello de Gwyneth.

Radegunde no dijo nada, sino que confió y esperó.

Duncan reavivó el fuego en el brasero y cuando las llamas saltaron, sacó la trenza de cabello rojo-dorado. "El pasado es como ceniza, mi Radegunde, y te lo demostraré," dijo él en voz baja. "No te dejaría ninguna duda sobre tu derecho sobre mí". Él dejó caer el cabello al fuego y lo dejó arder, la última muestra de su difunta esposa.

Él se enderezó y lo vio arder hasta la nada, su actitud solemne. "Hay quienes dicen que Yule es la noche más oscura del año y, por lo tanto, el comienzo de nuestro viaje hacia la luz nuevamente. Puede ser un momento de renacimiento y renovación." Él arrojó la bolsa a las llamas tras ella, y la seda humeó mientras la devoraba. Cuando se volvió, su corazón tronó. "Y entonces empezaría de nuevo, Radegunde, con mi corazón seguro en tu posesión".

"Así como el mío está seguro en la tuya", dijo ella, parpadeando rápidamente para disipar sus lágrimas.

"¿Me darás una trenza de tu cabello, sangre de mi corazón?" preguntó él, su mirada llena de amor y su voz ronca.

"Pero la bolsa se ha ido".

Duncan sonrió y le ofreció la mano. "Lo usaría alrededor de mi muñeca, si lo atas ahí".

Radegunde sí lloró entonces, lágrimas de felicidad que no obstaculizaron su capacidad para entregar el regalo que él pedía. Se quitó tres de sus propios cabellos y los trenzó mientras Duncan sostenía el extremo. Le tomó unos momentos, porque su cabello era largo, pero se sintió apreciada mientras él la miraba. Cuando ella lo envolvió alrededor de su muñeca y ató los extremos, él la besó una vez más.

Ella sintió la tensión en él cuando levantó la cabeza y se echó hacia atrás para examinarlo. "¿Qué es? ¿Hay algo que no me hayas dicho?

Duncan hizo una mueca. Sus dedos se enredaron en el cabello de su nuca, su toque le hizo sentir un cosquilleo.

"¡No me protejas de la verdad, Duncan!"

"El hombre al que maté hace tantos años", admitió. "El hombre que había hablado primero en nombre de Gwyneth, era mi amigo y el guerrero más leal de mi padre. Mi padre, como señor, me perdonó, pero hubo quienes dijeron que le mostraba favor a su hijo, que si yo hubiera sido hijo de otro, me hubieran condenado. Mi hermano menor, Guthred, era de ese grupo."

"Así que no puedes confiar en la misericordia de Guthred, incluso si tu padre se inclinara a concederla".

"No puedo."

"¿Cómo puede ser que tu padre te perdonó entonces pero te caza ahora?"

Duncan hizo una mueca. "Quizás pensó en ganar mi lealtad a su causa mostrándome misericordia". Su mirada se cruzó con la de ella. "Quizás él no es realmente el que me caza".

Radegunde contuvo el aliento.

Él frunció el ceño. —Debo reclamar el alfiler de amatista para que este asunto se resuelva, Radegunde. Puede que me vea obligado a matar a mi hermano para lograr ese fin". Él sostuvo su mirada. "Puede que no tenga éxito".

"Lo harás", dijo ella con vigor. "La justicia prevalecerá, como sucedió con mi padre y Millard".

Duncan sonrió entonces, las yemas de sus dedos se deslizaron por su mejilla y sus ojos brillaron. "Entonces triunfaremos también y construiremos el futuro que deseamos por encima de todo".

"Sí, lo haremos", juró ella y lo creyó con todo su corazón.

Incluso antes de que Duncan la besara una vez más.

SÁBADO, 1 DE MAYO DE 1188

DÍA DE LOS APÓSTOLES SAN FELIPE Y SANTIAGO EL MENOR

CAPÍTULO 23

$\mathcal{A}$lgo andaba mal.

Radegunde lo vio de la manera pensativa del señor Gaston. Él tenía la nueva costumbre de pararse en las murallas de Châmont-sur-Maine y observar la tierra en todas direcciones. Habría sido necesaria una persona menos observadora que Radegunde para no darse cuenta de que la correspondencia entre el señor Amaury y el señor Gaston se intercambiaba con más frecuencia, a menudo a diario. Una o dos veces había habido humo en el horizonte, y el señor Gaston había estado pensativo cuando llegó al solar. Justo el día anterior, un templario había enviado una misiva desde París, aunque el señor Gaston no había hablado de ello.

Radegunde no creía que hubiera confiado en la dama Ysmaine, porque ella luchaba más con su embarazo a medida que se acercaba su momento. De hecho, la dama Ysmaine no había sido bendecida con un embarazo fácil, pero estaba decidida y fuerte. El bebé pateaba con una frecuencia cada vez mayor y, aunque su dama estaba cansada, Radegunde esperaba que todo terminara bien.

El señor Gaston era considerado con su esposa y constantemente trataba de asegurar su comodidad. Por esa razón, por mucho que hubiera escuchado las palabras, Radegunde sospechaba que ocultaba sus preocupaciones sobre otros asuntos a su esposa.

Radegunde se sentía sola sin la presencia de Duncan, aunque saboreaba las noticias que Bartolomé había traído a su regreso el mes anterior para ser investido con su propiedad en Inglaterra. Incluso él tenía una esposa, lo que hizo que Radegunde se sintiera aún más sola. Ella le preguntó repetidamente por todos los detalles sobre Duncan, pero él había sido indulgente.

Quizás Bartolomé había aprendido el anhelo del amor.

Ella contaba los días hasta el aniversario de su matrimonio con Duncan. Parecía a una eternidad de distancia. Hasta el momento, no había ninguna invitación al casamiento en Escocia, lo que le hizo creer que Duncan tenía razón sobre la dama Isobel.

Radegunde se sintió aliviada y llena de temor cuando la dama Ysmaine titubeó en las escaleras esa noche. Se retiraba temprano, ante la insistencia del señor Gaston, porque se había sentido incómoda todo el día y había dormido mal la noche anterior. Radegunde la acompañó, y la dama Ysmaine le apretó la mano. Radegunde la sintió temblar y vio la onda de la primera contracción.

¡Radegunde! ¡Es hora! "

"Sí, mi señora", dijo Radegunde con enérgica confianza. "Es hora y pronto todo estará hecho. Dudo que se haga tan rápido como usted prefiere, porque esto es solo el comienzo". Ella sonrió y tomó el codo de su dama, urgiéndola al solar. La dama Ysmaine se tranquilizó visiblemente con el humor confiado de su doncella, y Radegunde gritó que llamaran al señor Gaston.

En un santiamén, la dama Ysmaine estuvo sentada en el borde de la gran cama, vestida sólo con su camisón, con el pelo suelto. Habían corrido las contraventanas, habían encendido las velas y el brasero, y habían corrido las cortinas de la gran cama en los otros lados para que pudiera estar más abrigada. Radegunde tenía la intención de peinarlo y trenzarlo, porque la atención podría calmarla. La dama enseñó los dientes mientras otra contracción recorría su cuerpo y respiraba rápidamente cuando el señor Gaston cruzó el umbral.

Dos contracciones tan rápidas seguidas y tan tempranas. Radegunde estaba sorprendida y un poco asustada por la importancia de eso.

El señor Gaston reclamó la mano de su esposa y ella lo apretó hasta que pasó la contracción. Radegunde secó la frente de la dama Ysmaine mientras sonreía a su preocupado esposo.

"Entonces, ¿tomarías este momento para decirme qué te preocupa?" La dama Ysmaine preguntó a la ligera y Radegunde vio que el señor Gaston estaba sorprendido por la solicitud. "Oh, Gaston, sé que reflexionas sobre algún curso de acción, y aunque aprecio que no desees molestarme con preocupaciones mundanas, agradecería la distracción en este momento".

"Debería llamar a Mathilde", dijo él en su lugar.

"Sospecho que no habrá tiempo", le informó Radegunde, manteniendo la voz calmada con esfuerzo. "Mi madre tenía la intención de venir a mediados de mes, al igual que la dama Richildis, pero parece que este bebé tiene la intención de llegar temprano. Es raro que un primogénito esté tan decidido a dejar el útero."

"Entonces no tiene la paciencia de su padre", bromeó la dama Ysmaine.

Pero el señor Gaston miró a Radegunde. "¿Debo llamar a la partera en el pueblo?"

"No es necesario", dijo la dama Ysmaine. "Tengo a Radegunde y a ti, y todo estará bien". Ella contuvo el aliento y palideció, sintiendo claramente otra contracción. Radegunde estaba asombrada y un poco preocupada de que el niño llegara con tanta prisa.

¿Seguramente no nacería muerto? Ese trabajo de parto mostraba el vigor de un aborto espontáneo y ella temió el resultado.

Pero el bebé había pateado solo esa tarde.

Ella no podía hacer nada más que atender ella misma a su dama. Mathilde no podía ser traída en menos de un día y una noche, y Radegunde creía que ese bebé llegaría, de una forma u otra, al amanecer. De hecho, podría llegar antes que eso.

Radegunde terminó rápidamente la trenza del cabello de su

dama y ató el extremo. Cuando la dama Ysmaine asintió que estaba a gusto, Radegunde se apartó de su lado para que la pareja pudiera conversar. Aun así, podía escuchar sus palabras.

El señor Gaston murmuró a su esposa. "Son las acciones de Ricardo las que me preocupan", confió él.

"Ha tomado la cruz. Tú me dijiste eso." La dama Ysmaine estaba muy concentrada en las palabras de su marido.

"Antes de la Navidad, en Tours, tan pronto como se conocieron ampliamente las nuevas de Ultramar".

"Entonces, partirá en cruzada".

"Al igual que su padre. Sabes que Henry tomó la cruz en enero en Gisors, cuando se recibieron noticias de la rendición de Jerusalén a Saladino".

—Sí, así nos lo dijo cuando estuvo aquí para conceder Haynesdale a Bartolomé. ¿Qué pasará con Aquitania en ausencia de Ricardo? "

"Creo que la reina Leonor volverá a gobernarlo, en lugar de su hijo preferido, aunque el rey preferiría concedérselo a su hijo menor, John. El angevino no renunciará fácilmente a la dote de la reina Leonor, sin duda.

"¿Henry puede quitárselo a un hijo y dárselo a otro?"

—No, si Ricardo no renuncia a la propiedad. Y realmente, la exigencia de Henry de que haga lo mismo ha creado una brecha entre ellos. Ricardo también rindió homenaje a Felipe II de Francia antes de la Navidad, porque si bien la división entre padre e hijo es cada vez más amplia, no es nueva. Sin duda, él y Philip unirán fuerzas contra Henry".

Radegunde se enderezó ante eso.

"¿Habrá guerra?" Preguntó la dama Ysmaine, claramente esperando que ese no fuera el caso.

"Habrá, como mínimo, batallas por la supremacía y por el control de Anjou, Normandía y Aquitania".

"Y tú defiendes la Marcha bretona", dijo la dama Ysmaine.

"Sí." El señor Gaston hizo una mueca.

"¿Seremos atacados?"

El señor Gaston besó la mano de su esposa. "No si puedo tomar un rumbo entre estos reyes y sus deseos. Este es el asunto que más me preocupa"

"Si alguien puede hacer eso, Gaston, serás tú".

"Gracias, señora mía, pero tengo una preocupación".

"¿Irás a Ultramar otra vez, Gaston?"

—No, Ysmaine. Estos viajes han quedado atrás, pero es posible que emprendamos un viaje más pequeño". El señor Gaston se volvió hacia Radegunde y ella se sonrojó al haber sido sorprendida escuchando tan abiertamente. Hizo una reverencia y se habría disculpado, pero el señor Gaston hizo un gesto de impaciencia. "No hablaría en tu presencia, Radegunde, sin la expectativa de que escucharas mis palabras. Sé muy bien que no las repetirás."

"Gracias mi Señor."

"¿Qué te ha dicho Duncan de Killairic?"

"Que es justo, pero no tan justo como Mormaer, donde nació".

El señor Gaston sonrió ante esto.

"Que se encuentra en la costa occidental de Escocia y está firmemente defendida". Radegunde frunció el ceño, esforzándose por recordar más. "Que Fergus y su padre son hombres de buena reputación y que se mantiene la justicia en Killairic. Tengo la impresión de que es una propiedad hermosa y próspera".

"¿Y sus enemigos?"

"No me dijo nada, señor, aunque parece que todas las propiedades tienen algunos oponentes". ¿El señor Gaston pensaba viajar a Escocia? ¿Sabía más de los planes de boda de Fergus e Isobel?

¿Y qué hay de Duncan?

El señor Gaston parecía pensativo. "De hecho, aunque no creo que se base en la Marcha".

"No, mi señor, ni yo" Radegunde respiró hondo y decidió preguntar qué era lo que más deseaba saber. "La dama Isobel, la prometida del señor Fergus, es de una familia vecina, pero Duncan temía que sus afectos pudieran haber cambiado mientras el señor Fergus no estaba".

"Él tenía razón", dijo el señor Gaston rotundamente y su corazón se hundió. "Recibí una misiva de Fergus, advirtiéndome que no se celebrarían nupcias en Killairic esta primavera. La dama Isobel se casó con otro y ya le ha dado un hijo a su esposo".

Entonces no viajarían a Escocia y ella no vería pronto a Duncan. Radegunde se giró para ocultar su reacción y se ocupó de doblar la camisola de dama.

¿Y si Duncan no regresaba? ¿Y si no pudiera? Radegunde nunca había querido considerar la posibilidad de estar sin él.

"¡Mientras él le era tan leal!" Declaró la dama Ysmaine. "¡Qué indignante! ¿Después de comprarle tantos regalos? Nunca había visto a un hombre tan enamorado como él".

"¿Nunca?" Preguntó el señor Gaston, buscando claramente su sonrisa, y la dama Ysmaine se rió.

"Rara vez", corrigió ella, con los ojos brillantes. "¡Ella no es digna de él, sin duda!"

La dama Ysmaine jadeó de repente de nuevo, su agarre apretado sobre la mano del señor Gaston. Esa contracción fue más prolongada y vigorosa, lo que se sumó a la preocupación de Radegunde por la salud del bebé.

Se dio cuenta de que el señor Gaston la miraba de cerca e imaginó que veía sus miedos. Sin embargo, sonrió para la dama Ysmaine, sabiendo que podría ser fatal para la madre perder la esperanza. "Quizás duerma mejor esta noche, mi señora, con su trabajo de parto detrás de usted", dijo él alegremente.

"Dios del cielo, no sabía que un niño pudiera llegar tan rápido".

"Impaciente por ver el mundo, está claro", dijo Radegunde enérgicamente. "No temas, porque estamos preparados". Entonces llamó a más sirvientas, convocando tanto el agua caliente como la silla de parto que había sido preparada para su ama.

"¿Prefieres que me quede o me vaya?" El señor Gaston le preguntó a su esposa.

La dama Ysmaine le apretó la mano. Quédate, Gaston, porque no temeré mi destino cuando estés aquí.

Él volvió a besarle la mano, luego Radegunde les hizo un gesto a ambos. "Quisiera que caminara un poco, mi señora".

—Cuéntame más, Gaston —suplicó la dama Ysmaine cuando se puso de pie. "Hablaste de un viaje. ¿Cuándo y hacia dónde?

Pero el señor Gaston no tuvo oportunidad de responder. Otra contracción se apoderó de la dama y echó la cabeza hacia atrás mientras se sacudía de la cabeza a los pies. Rompió fuente y el fluido oscuro se esparció por el suelo.

El señor Gaston levantó la mirada para encontrarse con la de Radegunde y ella forzó una sonrisa. "¿De dónde vino este con tanta impaciencia?" preguntó ella a la ligera, aunque sabía que el señor Gaston comprendía bastante bien su preocupación.

Mientras Radegunde ayudaba a la dama Ysmaine a sentarse en la silla de parto y miraba entre sus muslos, rezó para que todo estuviera bien y el bebé estuviera sano.

~

TORVEAN, al sur de Inverness, Escocia

ESA NOCHE no habría incendios de Beltane.

De hecho, a Duncan le parecía que quedaba poco para quemar en las tierras que recordaba como verdes y exuberantes de brezos. El suelo estaba chamuscado y ennegrecido, los pocos árboles sin vida, y pensó que todavía podía oler el humo en el aire. En su viaje hacia el norte, había oído hablar de la devastación del verano anterior, el pillaje y la matanza, pero nada podría haberle dado suficiente advertencia para la vista.

Este era el logro de su padre: la tierra devastada y estéril; la gente se había dispersado y sin duda estaba aterrorizada. Los carroñeros seguían sus pasos, los lobos tan cerca que su caballo estaba inquieto. Sombras oscuras volaban en círculos sobre sus cabezas, aves de presa esperando su oportunidad. Los lobos aullaban muy cerca. Duncan supuso que eran al menos cuatro. Caledon relinchó y movió los oídos, más que contento de correr un poco más rápido.

La devastación hizo que Duncan quisiera llorar por todo lo que se había perdido.

Lo único bueno era que no había traído a Radegunde con él. Ella estaba a salvo, ya que nadie podía estar en su tierra natal en ese momento. Estaba plagada de rebeldes y forajidos, hombres que venderían sus almas por un centavo y estaban más que dispuestos a tomar lo que no les correspondía.

Duncan podría haberse desesperado si no hubiera tenido tanta confianza en el mérito de sus compatriotas. Necesitaban un líder en el que pudieran confiar. Quizás el rey de Escocia proporcionaría ese gobernador.

El padre de Fergus había estado más que dispuesto a liberar a Duncan de su servicio, una vez que su amado hijo regresara sano y salvo a casa. La dama Isobel no había estado en Killairic para conocer a su prometido, y una sombra había tocado la frente del hombre mayor ante la pregunta de Fergus sobre su bienestar. A Duncan no le sorprendió que ella se hubiera casado con otro, porque durante mucho tiempo la había considerado inconstante, pero no podía adivinar la plenitud de las sospechas que Fergus pudiera haber tenido. Él podría haberse demorado, pero el joven había insistido en que Duncan abandonara el salón, en busca de su propio destino, para poder cumplir mejor su palabra a Radegunde.

Uno de ellos debería estar feliz en el amor, había dicho Fergus.

Había habido noticias en Killairic sobre Escocia y la guerra, batallas que habían tenido lugar desde su partida hacia Ultramar y fronteras que habían cambiado. Lo más importante para Duncan fue la batalla decisiva en Galloway que había puesto esas tierras bajo la mano del rey Guillermo de Escocia. No le sorprendió que sus propios parientes todavía lucharan por Moray. El asesino Murdoch había hablado de la muerte de Adam, pero Duncan había buscado más detalles.

En el otoño de 1186, se decía que el conde de Atholl había masacrado a una banda de forajidos en Coupar Angus, no tan al norte de Perth y el Firth of Tay. Unos sesenta hombres habían venido atacando desde el norte, liderados por uno conocido como Adam, y finalmente se refugiaron en una iglesia. El conde de Atholl no había respetado la ley del santuario, probablemente debido a la violencia de sus actos, y había incendiado la iglesia con los villanos encerrados en ella.

¿Había sido el hermano mayor de Duncan u otro rebelde? Duncan deseaba estar seguro. El hecho de que la redada hubiera tenido lugar tan al sur le indicaba a Duncan que su padre no había abandonado la idea de reclamar la corona escocesa para los suyos, o para uno de sus hijos.

Pero la realeza no debe ganarse con violencia y destrucción. Una corona ganada de esa manera no podía sostenerse. Duncan lo había visto una y otra vez. Su padre deseaba poder pero no responsabilidad. Su desprecio por todas las personas cuyas casas habían sido destruidas y cuyos parientes habían sido masacrados llenaba a Duncan de indignación.

Él había cabalgado hacia el norte con vigor, siguiendo los rumores de su padre hacia Inverness, la antigua sede de los pictos y más tarde de los Mormaer. Tan pronto como pasó junto a Urquhart en Great Glen, vio el daño. Cabalgó hacia el norte, siempre hacia el norte, necesitando saber la ubicación y la intención de su padre, necesitando encontrar un refugio para él y Radegunde.

Bien podría ser en Killairic.

O en Châmont-sur-Maine.

Él quería que estuviera aquí, en la tierra que él más amaba.

La luz se estaba apagando cuando Duncan escuchó a los depredadores acercarse, envalentonados por la oscuridad. Delante estaba la silueta del torreón en la colina de Inverness. El río Ness fluía a su lado, mejor que cualquier brújula para guiar su camino. Inmediatamente delante de él había un nuevo montículo de piedra, alto y largo.

Tenía la intención de viajar hacia el Pozo Precioso, Fuaran Priseag, en Clacknaharry, porque sentía la necesidad de la protección de Saint Kessock. Un centavo de plata era un pequeño precio a pagar para protegerse de las maldiciones y disipar el mal. Duncan no era supersticioso, pero sentía intensamente la presencia del mal en su tierra natal y anticipó un encuentro más cercano con él cuando encontrara a su padre. Pero su progreso había sido más lento de lo esperado. Nunca llegaría a ese pozo y buscaría refugio antes de que cayera la noche, no en este día.

Las puertas de la ciudad de Inverness se cerrarían pronto, si es que no lo estaban ya. Tocó con los talones los flancos de Caledon, decidido a llegar a los muros. En verdad, no estaba seguro de que encontraría una bienvenida allí, pero había pocas otras opciones.

Solo un tonto dormiría al aire libre en ese páramo.

Caledon galopaba junto al túmulo mientras Duncan lo inspeccionaba. Había algo en él que captó su atención. Quizás su tamaño. Qué recién construido estaba. Sí, no se encontraba una piedra ennegrecida en su construcción. Él tenía la sensación de que marcaba una gran batalla y que muchos guerreros dormían eternamente debajo de ella.

Entonces, un lobo aulló detrás de él, tan cerca que Caledon casi se encabritó.

Otro lobo añadió su voz al grito inquietante, luego otro y otro. Duncan podía ver sus siluetas, con la cabeza gacha mientras se movían rápidamente hacia los que aullaban. Podría haber sido una citación. El grito creció en volumen, incesante, haciendo que se le erizaran los pelos de la nuca. Caledon luchó contra su miedo, pero los lobos no apuntaban a Duncan.

No, convergían en un punto muy por delante y a la izquierda. Duncan instó a su caballo a seguir adelante, esperando ver qué los atraía. ¿Un animal caído? Si es así, era mejor dejarlos con su comida, y su concentración en ella podría darle tiempo para llegar a las puertas.

"¡Por el amor de Dios!" rugió un hombre en francés normando. "¡Dispérsense, demonios!"

Duncan escuchó al hombre gritar un grito de batalla. Montjoie. Sí, había escuchado esa invocación antes.

Los lobos ladraban frenéticamente y sabía que el hombre que tenía delante luchaba por sobrevivir. A Duncan no le importaba la alianza del hombre. No podía quedarse de brazos cruzados mientras un guerrero más encontraba su fin injustamente.

Duncan giró a Caledon con fuerza y galopó en dirección a la voz del hombre. Pronto vio al guerrero, a pie y rodeado de lobos que mordían, sus ojos brillando en la oscuridad. El caballero acorralado vestía una cota de malla y botas y guantes pesados. Tenía la cabeza descubierta y el cabello oscuro. Su tabardo estaba empantanado, pero Duncan podía ver la insignia de Guillermo II, la muralla del león rojo, en el frente. Tan pronto como el guerrero blandió su espada contra uno, ese lobo saltó hacia atrás, pero los demás se acercaron.

Lo rodeaban y lo desgastaban, luego caían sobre él cuando estaba demasiado exhausto para defenderse.

Lo comerían vivo.

No era posible que ese hombre muriera.

Duncan cargó la ballesta que le había dado el padre de Fergus, un regalo muy elegante que el hombre mayor creía que sería útil para el guerrero. Y así sería en ese día. Le disparó a un lobo en la parte posterior de la cabeza y la criatura cayó, para no moverse más.

A dos más los mató con flechas en el pecho, luego la manada se dividió, la mitad de ellos volviéndose hacia él con gruñidos. Habló con Caledon con poca insistencia, esperando que el miedo del caballo no lo hiciera impredecible.

Otro lobo fue derribado con una flecha de la ballesta, luego Duncan vio una sombra que se acercaba detrás de él. Aún no había recargado el arco, así que sacó su espada. Cuando el lobo saltó sobre las ancas de Caledon y le enseñó los dientes, Duncan enterró la hoja en la garganta de la bestia.

El lobo cayó al suelo, emitiendo un último gruñido antes de ser silenciado para siempre.

El caballero se había unido y había matado a dos lobos con su espada. Otro, quizás el más grande de la manada, intentó atacar al guerrero por detrás, pero Duncan derribó a la bestia con su ballesta. Varios de los lobos retrocedieron entonces, sus modales parecían cautelosos mientras se alejaban de los hombres.

El guerrero se dejó caer para sentarse en el suelo, como si sus piernas ya no lo pudieran sostener. Sostuvo su espada en alto y respiró pesadamente mientras observaba el acercamiento de Duncan.

Duncan cabalgó hasta el lado del otro guerrero e inmediatamente vio que su muslo estaba sangrando. La herida había sido vendada en algún momento anterior, pero el sangrado no se había detenido. El rastro de sangre fresca habría atraído a los lobos.

"Fuera de la grasa y en el fuego", dijo el hombre en francés normando con una mueca, mirando a Duncan de arriba abajo, su mirada se detuvo en el tabardo de Duncan. Escupió al suelo y luego miró a Duncan, tal vez pensando que no lo entenderían.

Duncan desmontó. "Deberías montar", dijo él, respondiendo en francés normando. "Me apetece un paseo".

El hombre se sorprendió, pero no se apresuró a aceptar la oferta de Duncan. "¿Porque preferirías matarme tú mismo?" preguntó con sospecha.

"Porque tenemos más posibilidades de llegar las puertas de la ciudad de esa manera".

"Perdona mis sospechas. No he visto mucha misericordia en los de tu especie."

"Acabo de regresar de Ultramar", dijo Duncan rotundamente. "Y he visto suficiente muerte para el resto de mis días y noches". El hombre no parecía convencido, por lo que Duncan recuperó su espada del lobo muerto, agarrándose con fuerza a las riendas de

Caledon. El caballo dio una patada, inquieto por el olor a sangre, y Duncan lo condujo rápidamente de regreso al caballero.

El hombre todavía lo miraba. Duncan notó ahora que su rostro estaba pálido. ¿Cuánta sangre había perdido? ¿Qué tan gravemente herido estaba? ¿Por qué estaba solo en las colinas? Sin embargo, su cautela hizo que Duncan estuviera seguro de que sus preguntas no serían bienvenidas.

"Y entonces te pediría que elijas. ¿Aceptarás mi ayuda o te quedarás a morir aquí esta noche? Preguntó Duncan. Él hizo un gesto hacia los ojos que brillaban en las sombras, porque los lobos no se habían retirado del todo. "Volverán a terminar lo que han comenzado. No lo olvidan".

"Sí. Bestias miserables. Buscan solo su propia ventaja". Los ojos del guerrero se entrecerraron. "¿Por qué estabas en Ultramar?"

"Para servir a un caballero que se unió a los Templarios". Duncan miró el cielo que se oscurecía y señaló la silla de montar. "¿Montarás o no? Te pido que elijas, porque no pretendo alimentar a los lobos por mí mismo esta noche".

El hombre casi sonrió. "Tosco y práctico, efectivo en la batalla. Me vendría bien un hombre como tú". Se puso de pie con esfuerzo y se acercó cojeando al lado de Caledon, acariciando al caballo antes de alcanzar la silla. Una vez más, le dio a Duncan una mirada evaluativa. "Un buen caballo para alguien tan humildemente ataviado".

Duncan rompió las riendas de la mano del hombre. "Hubo un tiempo en que los hombres de estos lugares compartían sus nombres fácilmente y creían lo mejor de los extraños que conocían, en particular los que les habían salvado la vida".

"Usted ha estado fuera, sin duda", replicó el hombre. "También hubo una época en la que los gaélicos no masacraban a los normandos". Hizo un gesto hacia el muro. "Hay trescientos guerreros allí, pero no fue suficiente para contener el odio. Todavía se levantan contra nosotros. No bromeé diciendo que podrías haberme salvado para acabar con mi vida tú mismo".

Y no bromeo diciendo que no tengo tal intención. No salvaría a un hombre para matarlo con mi propia espada. De hecho, preferiría no volver a quitarle la vida a nadie".

"¿Por qué estás aquí?"

"Pensé en volver a casa, ni más ni menos".

"¿Tienes un nombre?"

"Me llamaban Duncan cuando vivía aquí". Duncan eligió deliberadamente no confesar más.

Su compañero sonrió entonces. "Y yo soy Fitzpatrick, capitán de la guardia de la fortaleza del rey en Inverness".

Duncan arqueó una ceja. "Sin embargo, no tienes ni caballo ni compañía".

El caballero hizo una mueca, luego se subió a la silla con un esfuerzo. "Cabalgamos esta mañana para cazar a los forajidos que han estado acosando las fronteras de la ciudad. Son los últimos de esa chusma debajo del muro. En la pelea, mi caballo resultó herido y me caí. Me desperté solo, así que debieron pensar que estaba muerto".

Duncan podía pensar en otras posibilidades, pero decidió no hablarlas en voz alta. Tomó las riendas de Caledon y comenzó a caminar rápidamente hacia Inverness.

"Es más rápido si tomas ese camino de la derecha", le informó Fitzpatrick. "Las puertas están todavía bastante lejos, pero hay varias casas en esa ruta. Tienen perros y encienden hogueras para repeler a los lobos".

Como si se dieran cuenta de que se hablaba de ellos, los lobos aullaron una vez más. Duncan miró hacia atrás para ver sus formas oscuras y sus ojos acercándose una vez más. ¿Devorarían a los de su propia especie? Dependería de su hambre. Se atrevían a atacar directamente a un hombre, sin duda, y él apostaría a que tenían poco que comer en una tierra tan devastada.

Caledon soltó una risita y sacudió la cabeza, impaciente por continuar. Duncan comenzó a trotar junto al caballo porque deseaba llegar pronto al santuario. El caballo se alegró mucho de igualar su ritmo.

Pasaron junto a una cabaña, tal como Fitzpatrick había predicho, con un fuego ardiente delante y humo saliendo del tejado. Duncan pudo ver la hoguera antes de una segunda cabaña, no muy lejos. ¿Eran hogueras de Beltane después de todo? Él pensó que no, porque nadie celebraba con baile y risas. Los fuegos ardían mientras la gente se encerraba.

Odiaba que su tierra natal se hubiera convertido en un lugar de miedo.

Cuando pasaron por la cuarta cabaña, Duncan no podía oír ni ver a los lobos. Caledon parecía estar menos agitado, pero Duncan sabía que ninguno de los dos estaría tranquilo antes de que las puertas de Inverness se cerraran tras ellos.

¿Sería admitido? ¿O despedido? La actitud de su compañero hizo poco por alimentar sus expectativas.

Las puertas se alzaron ante ellos, la luz de sus antorchas iluminando el camino. "¿Quién viene aquí?" gritó un centinela, hablando de nuevo en francés normando. Duncan era muy consciente de que su atuendo le haría ganar pocos amigos en ese lugar.

"Por eso debo responder por ti, Duncan", dijo su compañero en voz baja.

"¿Quieres hacer eso?" Preguntó Duncan, notando que las ballestas estaban cargadas y apuntaban a él.

"Me has salvado la vida. ¿Qué más podría hacer un hombre de honor?

Duncan se volvió para mirar al caballero, sin saber cómo interpretar su tono.

Fitzpatrick sonrió levemente. "Procura no traicionar mi confianza".

Duncan examinó el muro, erizado de guerreros, y luego miró a su compañero. "Si me ofreces refugio, te aconsejo que tampoco traiciones la mía", dijo con calidez silenciosa.

"Hablado como un hombre cuya palabra es su vínculo", dijo Fitzpatrick. "Bienvenido a Inverness, Duncan". Levantó la voz. "Es Fitzpatrick, Capitán de la Guardia, que regresa. Exijo un pasaje seguro y refugio para este hombre, un tal Duncan, porque me ha salvado la vida".

Para alivio de Duncan, bajaron las ballestas y abrieron las puertas.

Sólo cuando pasó bajo la sombra de las puertas se preguntó si él era el que había saltado de la sartén al fuego.

~

~

LA NENA ERA PERFECTA.

Lavada y envuelta en un paño suave, la niña pateaba con tanta fuerza como tenía dentro del útero de su madre. Tenía una abundancia de cabello negro, un legado de su padre, y seguramente poseía más determinación que la mayoría de los bebés. Radegunde la abrazó, imaginando que mostraría su fuerza de voluntad en más formas que la velocidad de su llegada.

La dama Ysmaine estaba limpia y vestida con una camisola limpia, las sábanas cambiadas y todo listo en el solar. Radegunde pasó a la niña al abrazo de su padre, y le gustó cómo le sonreía complacido a su hija.

Su propia madre había dicho que nunca se podía anticipar la reacción de un hombre ante una hija, pero estaba claro que el señor Gaston estaba encantado con su primer bebé.

Se sentó en el lado de la gran cama donde se reclinaba la dama Ysmaine, y ambos admiraron la maravilla que había entrado en sus vidas con tanto entusiasmo.

Con su trabajo terminado para esa noche, Radegunde hizo por dejar el solar. Sin duda, el bebé se despertaría temprano y la dama Ysmaine podría dormir hasta tarde. Hasta que encontrara una nodriza, Radegunde se haría cargo de la mayor parte del cuidado de la pequeña.

"No has eludido la historia, Gaston", dijo la dama Ysmaine, tapándose la boca mientras bostezaba. "¿A dónde viajarías si no fuera a Ultramar?"

"Radegunde, te pido que te quedes un momento", dijo el señor Gaston. "Y cierra la puerta, por favor."

"Sí, mi señor." En verdad, Radegunde deseaba conocer ese detalle tan bien como su dama.

El señor Gaston hizo un gesto y Radegunde acercó un taburete junto a la cama. El bebé gorjeó un poco y pareció quedarse dormida mientras su padre la mecía.

"Hay preocupación en París por la seguridad de cierto artículo que hemos defendido", dijo el señor Gaston en voz baja. "Aunque me pareció prudente confiárselo a Fergus en Yule, me han pedido que lo oculte".

"¿Ocultes?" La dama Ysmaine repitió. "¿No guardarlo como un tesoro para adorar?"

"Es de gran valor y hay muchas dudas sobre el futuro. Las batallas de Ricardo han dejado a muchos incómodos con sus planes, y está claro que su padre se acerca al final de su propia vida. He escuchado rumores de que Philip tiene la intención de atacar algunas de las fortalezas de Henry en la frontera, mientras que Henry está en Inglaterra recolectando diezmos para la próxima cruzada. Sin duda, Ricardo le ayudará a crear problemas. Por lo tanto, se teme que cualquier refugio conocido se revele en los tiempos turbulentos que muchos ven en el futuro." Él frunció el ceño. "Se me ha ordenado que lo oculte, con la menor cantidad de gente que sepa la verdad como sea posible".

"Pero, ¿cuándo y cómo se recuperará?" Preguntó la dama Ysmaine.

"Puede que nunca lo sea", respondió su esposo. "Se considera preferible esconderlo para siempre a que caiga en manos de quienes no lo venerarían".

"Pero está en Killairic", dijo la dama Ysmaine.

"Así es. Y muchos registros documentan los nombres de los que dirigieron nuestro grupo desde Jerusalén. Sería sencillo buscar el premio en mi posesión, en Wulfe, Fergus o incluso en Bartolomé."

"Entonces, ¿dónde se guardará con seguridad?" Preguntó la dama Ysmaine.

"Tengo una idea." El señor Gaston trazó un mapa en la colcha con la yema del dedo. "Realizaremos un viaje corto este verano y dejaremos Châmont-sur-Maine bajo el cuidado vigilante de tu padre. Visitaremos a Fergus y conoceremos a su padre. Luego cabalgaremos hacia el este y el sur, hasta Northumberland, para que podamos ver la propiedad que Bartolomé ha reclamado. Él lanzó una mirada oblicua a Radegunde. "Y, por supuesto, nos llevaremos a Radegunde".

"Northumberland está en la frontera escocesa", dijo la dama Ysmaine.

El señor Gaston sonrió. "Por supuesto. A menos que me pierda la suposición, el nombre de un guerrero de nuestro grupo no fue notado por muchos, y verdaderamente, hay alguien en nuestra casa que está muy deseosa de volver a verlo."

Radegunde jadeó de alegría de que el señor Gaston la acomodara así. "Pero no sé dónde está Duncan".

"Yo tampoco, pero estoy seguro de que lo pueden encontrar", dijo el señor Gaston. "De hecho, me aseguraré de que lo encuentren, porque desde que te dejó embarazada, es solo honorable que se haya casado contigo de verdad ante un sacerdote". Él besó la mano de la dama Ysmaine. "Mi señora y yo discutiremos ruidosamente sobre el estado de su doncella, y me comprometeré a asegurarme de que el hombre responsable la trate con honor. Luego navegaremos hacia Inverness para comenzar nuestra búsqueda del culpable."

Radegunde juntó las manos con deleite.

La dama Ysmaine frunció el ceño, mirando entre su marido y su doncella. "Pero Radegunde no está embarazada".

"¿Y quién sabe de eso sino tú?" Preguntó el señor Gaston. "No, creo que Radegunde debe estar embarazada, como lo estaba usted, mi señora, desde el paso de San Bernardo".

"¡Oh!" las dos mujeres declararon al unísono, comprendiendo su plan.

"Lo que significa, ya que debiste haber concebido en diciembre, que cabalgaremos hacia el norte en agosto, cuando estés tan madura que no se pueda negar tu estado. En Killairic, tu carga puede volverse un poco más pesada".

"Debes empezar a redondearte", dijo la dama Ysmaine y Radegunde asintió.

Se volvió hacia el señor Gaston. ¿Le confiarías el tesoro a Duncan?

"Lo llevó la mayor parte del camino desde Ultramar. Sé que lo defenderá con todo su poder".

"Pero," protestó Radegunde. "Si me quedo con él, se hará evidente que no hay ningún niño. No puedo quedarme embarazada para siempre".

El señor Gaston sonrió. "Por supuesto que no." Sacudió a su hija, esperando que las mujeres se dieran cuenta de su estratagema. "Tuve la idea esta misma noche, cuando vi cuánto temías por la supervivencia de mi hija", agregó, dándoles una pista.

"Perderé al bebé", susurró Radegunde.

"Sin duda por la tensión del viaje", añadió la dama Ysmaine.

"Y será enterrado en un cementerio con una piedra para marcar el lugar", concluyó Radegunde.

—Escondido a la vista —convino Ysmaine, y luego echó un vistazo a Radegunde. "Lo que significa que necesitarás la buena voluntad de un sacerdote. Creo que, después de todo, tú y Duncan tendrán que intercambiar votos nupciales.

"Me encantaría hacerlo", dijo Radegunde.

"Y si Duncan ha ganado una casa para su novia, no dudo que estará de acuerdo", dijo el señor Gaston.

"Si no, tendré mucho que decir al respecto, sin duda". La dama Ysmaine sonrió. "Y ahora que Marie se ha enfrentado a la justicia del rey, podemos dejar Châmont-sur-Maine bajo la tutela de mi padre sin preocupaciones". Extendió la mano para besar a su esposo en la mejilla. "¡Tu plan es brillante, Gaston!"

Él sonrió, muy complacido con la recepción de su plan. "Y entonces tenemos un plan, así como una doncella que necesita un nombre". Miró a su hija dormida y luego a su esposa. "Creo que solo puede haber una opción, señora mía".

La dama Ysmaine le sonrió y luego acarició la mejilla de su hija. "Bienvenida, Eufemia", susurró y el bebé arrulló feliz.

Radegunde sonrió, porque de verdad, no podría haber habido una mejor opción.

¡Y ella se iba a Escocia!

Pronto, ella y Duncan volverían a estar juntos.

DUNCAN HABÍA ANTICIPADO un desafío y no tuvo que esperar mucho. Estaba cepillando a Caledon en el último puesto de los establos, muy consciente de que los caballeros y escuderos lo miraban con sospecha.

Sintió la presencia del hombre al final del establo antes de escuchar sus palabras. "¿Es esto una estratagema para ganar la admisión a la fortaleza?" —preguntó un hombre en francés normando, su voz era un gruñido bajo. "Si es así, es uno mal diseñado. Si te hubieras vestido como uno de nosotros, tu ardid no habría sido tan fácil de ver."

"No es una artimaña", respondió Duncan con calma. Se volvió para mirar al otro hombre. Ese caballero tenía casi la misma edad que Duncan, su rostro arrugado y sus ojos entrecerrados con sospecha. "Vi a un hombre en peligro y lo ayudé. Seguramente eso tiene algún mérito."

El caballero resopló, sus ojos brillantes. "Tienes un buen caballo y hablas bien francés. ¿Cómo puedes parecerte a los forajidos que asaltan nuestras fronteras y hablan como nosotros?

"Quizás yo también desafiaría tus expectativas de otras maneras".

"Sí, esa es la raíz de mi preocupación". El caballero entró en el establo. "¿De quién es el caballo que robaste?"

"Caledon ha estado conmigo todo el camino hasta Ultramar y de regreso".

"Así lo dices tú. ¿Cuál es su objetivo al venir a Inverness? "

"En esta noche, para encontrar refugio para que los lobos no ataquen a mi caballo ni a mí mismo".

"¿Y más allá de eso?"

"Busco a mi familia. Llevo muchos años en el extranjero".

"¿Esposa? ¿Niño?"

"Padre. Hermano."

La mandíbula del caballero se tensó. Hay cientos de personas de tu calaña debajo de ese túmulo de Torvean, así como demasiados de mis propios hombres. El río Ness se puso rojo de sangre durante días". Su tono era amargo. "Mi propio padre, gobernador de Inverness, se enfrentó a Donald MacWilliam, que lideraba esta chusma, y lo masacró antes de que él mismo lo matara".

Duncan se puso rígido, aunque realmente no podía lamentar la pérdida de su padre. Por supuesto, el caballero no usaría la versión gaélica del nombre de su padre. "¿Qué hay del hijo de Donald, Adam?" preguntó, curioso por saber si este hombre podía confirmar la historia de Murdoch de que Adam estaba muerto.

"Muerto en Coupar Angus, declinado santuario por sus crímenes y masacrado en una iglesia, con todos sus seguidores".

Entonces, había sido Adam.

Ambos estaban muertos.

Duncan sintió una oleada de alivio, luego recordó a su hermano menor.

La mirada del caballero se iluminó cuando Duncan no habló. "Padre. Hermano." reflexionó, y Duncan supo que lo entendía. Te pareces a él. Lo veo en tu perfil.". Escupió en la paja. "Le eché un buen vistazo a la cabeza de tu padre antes de enviarla a la corte del rey William. Si deseas verlo, te sugiero que vuelvas a Edimburgo.

Luego se volvió para alejarse. "Dejarás esta fortaleza por la mañana".

Duncan tuvo que preguntar. "¿Qué hay de Guthred?"

El caballero miró hacia atrás. "¿Hay otro hijo?"

—Tres hijos —afirmó Duncan. —El mayor muerto en Coupar Angus, como dices. El hijo del medio en el extranjero durante muchos años, alejado de su padre."

"Y ahora regresó," suplicó el caballero.

"El más joven preparado por su padre para continuar la batalla por recuperar la corona".

El caballero frunció el ceño con disgusto.

"¿Dónde está el broche?" Preguntó Duncan.

El caballero lo miró con incertidumbre. "¿Qué broche?"

"El broche, uno de los tres que se les dio a las hijas de Malcolm II, rey de Escocia, cuando las casó con barones vecinos. La posesión del alfiler marca al hijo de esa línea con un derecho legítimo al trono escocés."

La atención del caballero se agudizó.

Duncan continuó. "La de oro y granate fue otorgada a la hija que se casó con la familia del Rey de las Islas. Malcolm III fue coronado con ese alfiler en su capa".

El caballero dio un paso más cerca, su interés claro.

Duncan continuó. "El oro y el ámbar se le concedió a la hija que se casó con el conde de Orkney, y fue entregado al rey David de Escocia por el rey Eystein de Noruega hace unos treinta años".

El caballero cruzó los brazos sobre el pecho. "¿Y el tercero?"

"El broche de oro y amatista fue otorgado a la hija que se casó con la casa de Mormaer".

"Los amos de Moray".

Mi padre llevaba ese broche la última vez que lo vi. ¿No estaba sobre su capa?

El caballero negó con la cabeza. "Tampoco estaba en Coupar Angus".

"Entonces mi hermano Guthred lo reclamó, sin duda", dijo Duncan volviendo al cepillado de su caballo.

"¿Siguen a quien lleva el broche?"

"Por supuesto, porque ese es el hombre con el derecho al trono a través de la línea Mormaer".

"¿Es por eso que viniste? ¿Para reclamar el alfiler tú mismo?

"No. Vine porque mi padre envió a un hombre a matarme y lo desafiaría por esa elección".

"Llegas muy tarde."

"Así parece."

"¿Y ahora?"

"Y ahora, tengo una opción. O podría tener una opción, si lo consideras oportuno. Entiende que los escoceses que asolan tus fronteras del norte seguirán al guerrero que lleve ese broche, y que mi hermano menor ha bebido de la copa de amargura de mi padre toda su vida".

"¿Pero no tú?"

Duncan sonrió y negó con la cabeza. "Yo no. He visto suficiente derramamiento de sangre y devastación para saciarme. He pasado los últimos años en Ultramar".

"¿Es cierto que Jerusalén ha caído?"

Duncan asintió. "Los reyes cabalgarán a la cruzada".

"¿Y tú?"

"Viviría en paz. Buscaría un hogar para mi señora, juraría lealtad a un hombre de honor al que pudiera servir bien y moriría como un anciano ante mi propio hogar".

El caballero se acercó un paso más, con los ojos brillantes. "Si cazas a tu hermano Guthred y reclamas ese broche de amatista y oro, te lo concedería y más". Cambió al gaélico. "Fitzpatrick dijo que te llamabas Duncan, lo que según este cuento te convertiría en Donnchada meic Domnall meic Uilliem".

Duncan se enderezó, porque no había oído su nombre en gaélico durante mucho tiempo. "De hecho lo haría", reconoció y su garganta estaba apretada.

"Y yo soy Alexander Comyn, hijo del gobernador de Inverness y ahora gobernador por derecho propio". Ofreció su mano. "Reclama el broche y toma el liderazgo de tus parientes, promete lealtad al Rey William y te veré al mando de una posesión de la Marcha". Él sonrió levemente. "Quisiera paz, Donnchada meic Domnall meic Uilliem".

"Como yo", acordó Duncan y estrechó la mano de Alexander. No habría luchado por poseer la primogenitura de su linaje, pero lucharía por la paz, la prosperidad y un santuario para Radegunde.

VIERNES 13 DE AGOSTO DE 1188

DÍA DE SAN HIPÓLITO Y SANTA RADEGUNDE

Saludos a usted, Bartolomé, barón de Haynesdale, y también a su esposa, Anna.

Confío en que todo esté bien en su morada y que la fortaleza haya sido reconstruida a su entera satisfacción.

Aunque ha pasado mucho tiempo desde que hablamos o mantuvimos correspondencia, espero poder pedirte un favor. He viajado al sur este mes para jurar lealtad al rey Guillermo de Escocia en su corte de Edimburgo, y aquí he encontrado a un caballero con destino a Londres para llevarte mi misiva. La agitación en el norte se calma y me alegra confesar que he contribuido a ese feliz estado. He reclamado el legado de mi padre a mi hermano Guthred, pero me alié con la corona en lugar de rebelarme contra ella. Es hora de que los Mormaer se unan al reino y me complace guiar a mi pueblo en esta empresa.

Como recompensa por mi servicio y mi lealtad, el rey ha considerado oportuno concederme una propiedad en Great Glen, para que pueda ayudar mejor en la defensa de las fronteras del norte de su dominio. No me atrevo a dejarla indefensa, porque es clave para nuestro éxito que reclame a Morcreig y lo defienda pronto. Sí, ahora soy Señor de Morcreig y lo mantengo como mío.

La única decepción es que esta asignación del rey significa que no puedo viajar a Châmont-sur-Maine antes de que termine el año y un día de mi compromiso con Radegunde. Esto me irrita más allá de todo, porque ella es, creo que lo sabes, la sangre de mi corazón y la única razón por la que he asumido estas responsabilidades. Le construiría una casa, pero tardaría un poco más en asegurarse.

Espero que se mantenga en contacto con el señor Gaston o que considere oportuno hacerlo en un futuro próximo. Si es así, le pediría su ayuda para enviar un mensaje a Radegunde. Cabalgaré hacia el sur por el Yule para tomar su mano en la mía para siempre y le pediría que intercambie nuestros votos esta vez ante un sacerdote, como sin duda la dama Ysmaine consideraría aceptable.

Mi agradecimiento por anticiparme a esta cortesía.

Hasta que nos encontremos de nuevo,

DUNCAN MACDONALD
  Tambien conocido bajo Donnchada meic Domnall meic Uilliem
  Señor de Morcreig

MARTES 6 DE SEPTIEMBRE DE 1188

DÍA DE SAN BEGA Y SAN AGUSTÍN

CAPÍTULO 24

Un peso pendía sobre el corazón de Duncan.

Había pasado un año y un día desde que Radegunde, su alegre Radegunde, había puesto sus manos entre las de él y se había comprometido a ser suya.

Y sin embargo, estaban separados.

En este día sobre todos los demás, Duncan habría estado con ella, pero no lo estaba. Esperaba que Bartolomé hubiera podido comunicarle sus obligaciones al señor Gaston, y esperaba aún más que Radegunde comprendiera la magnitud de sus responsabilidades.

Aunque, tal era su anhelo por su compañía que agradecería tanto un regaño como un beso. Ella tenía que estar a su lado para dar a luz, después de todo.

Morcreig había sido un puesto de avanzada de Mormaer durante siglos, y Duncan se sentía honrado de comandar la fortaleza. Había sido arrasada por los recientes disturbios, pero las piedras de los cimientos aún estaban en su lugar. Se habían traído más rocas de Inverness una vez que se aseguró la carretera y la torre principal se había reconstruido a medias cuando Duncan regresó de Edimburgo. Estaba asombrado por lo que su aliado Alexander podía lograr cuando ponía recursos detrás de una tarea, y el gobernador de

Inverness estaba decidido a que esa frontera debería estar asegurada.

Los lobos se habían retirado a los bosques del norte, al igual que los pocos rebeldes que apreciaban la memoria de Guthred. Eran hombres de poco mérito en opinión de Duncan, peores que mercenarios. Luchaban por el gozo de la violencia y no por el deseo de ver una recompensa. No importaba dónde aterrizaran, causarían problemas, pero él los había obligado a abandonar el área. Había conducido a hombres en expediciones de ruta hacia el norte y el oeste y creía que esos hombres habían huido a Irlanda.

Los partidarios de la paz habían acudido en masa al estandarte de Duncan, y una aldea había crecido rápidamente alrededor de la torre de piedra. El propio Duncan había ayudado en la construcción de muros y cercas, en el techado de casas y en la delimitación de los campos. Alexander había enviado regalos de pollos y cabras desde Inverness y parecía que cada día atraía más gente a las puertas de Duncan.

Eran su gente, los que recordaba tan bien, la gente resistente con corazones leales y manos fuertes, sin miedo a trabajar para construir su deseo. Había traído escribas de la corte real para ayudar en la administración de la justicia del rey, y estaba contento de haber observado a Gaston con tanta frecuencia en tales asuntos de negociación. Ya había conseguido alianzas con tres jefes cuya gente vivía en las proximidades y había enviado un mensaje al rey de estos éxitos.

Un sacerdote también lo había acompañado desde Edimburgo y se había corrido la voz de eso. Más de una familia llegó a las puertas de Duncan en busca de los sacramentos. La capilla era pequeña y humilde, pero el sacerdote estaba atento en el cuidado de su rebaño. Todavía había pocos diezmos, pero el próximo año sería más próspero después de que se plantaran y cosecharan las cosechas.

Duncan supervisaba todo y se alegró de su progreso. Sabía que las habilidades de Radegunde serían muy bien recibidas, porque no había ninguna curandera. Ella estaría ocupada y decidida, una compañera perfecta para asegurar su futuro. Él anhelaba volver a verla, contarle todo lo ocurrido, mostrarle su hogar. Alexander había prometido enviar a un hombre a gobernar en ausencia de Duncan en octubre, no fuera a ser que todos sus logros se perdieran mientras él iba a buscar a su dama.

A Duncan no le sorprendería que Guthred aprovechara su ausencia para volver a ponerlo todo mal. Su hermano menor le había entregado el alfiler y había jurado que seguiría a Duncan, luego había huido en la noche, sin duda a un refugio en Irlanda. En verdad, Duncan se había anticipado a su truco y le había dejado hacerlo, porque no tenía ningún deseo de matar a sus propios parientes.

Aunque el broche de oro y amatista adornaba su propia capa, su hermano bien podría regresar para desafiarlo. Duncan no deseaba traicionar la confianza de quienes habían acudido a Morcreig en busca de protección. Construyó una fortaleza para mantenerlos a salvo.

El día del aniversario de su compromiso con Radegunde estuvo bien, un viento fresco del oeste presagiaba la llegada del invierno. Una vez más, Duncan deseaba que el hombre de Alexander llegara pronto, porque estaba impaciente por cabalgar hacia el sur, a Francia, y recoger a su amada.

¿Lo había esperado Radegunde? Sí, él sabía que ella mantendría su voto, a menos que se viera obligada a hacer lo contrario. ¿La obligaría la dama Ysmaine a casarse con otro una vez que pasara ese día?

Era un pensamiento inquietante. Duncan esperaba que su misiva hubiera llegado a Gaston y odiaba que hubiera poco más que pudiera hacer. Estaba impaciente como pocas veces.

Estaba descendiendo al patio cuando llegó un grito desde lo alto de la torre. "¡Llega un grupo del norte!" llamó el centinela.

Duncan subió a la torre para verlo por sí mismo, protegiéndose los ojos de la luz. No esperaba a Alexander Comyn y temía que algunas noticias no deseadas enviaran a ese hombre a sus puertas.

—Un buen grupo, señor —le informó el centinela.

Incluso a esa distancia, Duncan podía ver que los caballos que iban delante eran corceles. Era imposible confundir su tamaño y amplitud. El primero parecía ser el hermoso caballo castaño de Alexander, pero el caballo moteado que galopaba junto a él sorprendió a Duncan. Había pocos caballos de ese tono a nivel local.

¿Era una mujer montada en el caballo junto a ambos?

Seguramente no eran el señor Gaston y la dama Ysmaine quienes cabalgaban con Alexander.

Duncan se atrevió a tener esperanzas. De hecho, se agarró al parapeto, tratando de ver más detalles. El grupo no llevaba pancartas y se asombró de que Gaston abandonara sus colores.

Si era el señor Gaston.

Vio dos caballos más, ambos buenos animales, uno a cada lado del trío principal. ¿Era Michel el hermano de cabello oscuro de Radegunde? ¿Se atrevía él a esperar que la mujer de cabello oscuro fuera la misma Radegunde?

El hombre que tenía que ser Alexander hizo un gesto y los otros hombres del grupo se abrieron en abanico, formando un círculo protector alrededor de los demás.

Duncan no podía apartar la mirada de la mujer de cabello oscuro. Su corazón tronó. ¿Podría su deseo hacerse realidad ese día? No podía imaginar por qué el señor Gaston vendría a Escocia, pero cuanto más miraba, más convencido estaba de que el caballo moteado era un caballo tan bueno como Fantôme.

¡Radegunde había llegado!

Y Duncan sabía lo que debía hacerse.

"¡Una boda!" gritó a los hombres en el patio de abajo. ¡Llamen al sacerdote y toquen la campana! En este día, tendremos una boda y una fiesta. ¡Morcreig tendrá una dama!

Duncan vislumbró la expresión de asombro del centinela, luego bajó las escaleras de un salto, pidiendo arreglos incluso mientras se apresuraba hacia las puertas.

¡Su Radegunde había llegado!

RADEGUNDE HABÍA TENIDO muchas aventuras este verano.

Su grupo había cabalgado hasta La Rochelle y navegado a Inglaterra, a Plymouth y luego a Liverpool, y luego a Annan. Desde allí, habían cabalgado hacia el norte hasta la morada de Fergus. Radegunde se enamoró de inmediato de la tierra natal de Duncan con su belleza salvaje. Era fácil imaginarlo caminando por esas colinas.

Se había alegrado mucho de ver a Leila tan bien. El señor Fergus, al parecer, estaba más que feliz de entregar el relicario a la custodia del señor Gaston nuevamente.

Bartolomé y su esposa Anna los habían encontrado en Killairic y los acompañaron a su propiedad de Haynesdale. A Radegunde le gustaba Anna tanto como a ella cuando se conocieron en invierno, porque Anna se burlaba de Bartolomé y era muy audaz. También pudo ver que ser barón de Haynesdale le sentaba bien a Bartolomé. Estaba muy orgulloso de mostrar su dominio al señor Gaston, quien no hizo ningún esfuerzo por ocultar lo impresionado que estaba con los logros de su antiguo escudero.

La dama Ysmaine y el señor Gaston habían discutido poderosamente allí, como estaba planeado, y su grupo se había ido de Haynesdale con el señor Gaston evidentemente furioso y empeñado en que se hiciera justicia.

Habían viajado hacia el norte y el este desde allí hasta Newcastle, donde el señor Gaston les había encontrado un pasaje en un barco con destino a Inverness. Había mantenido un grupo pequeño para que no llamaran la atención, y aunque tanto Bartolomé como Fergus se habían ofrecido a ayudar en la finalización de la búsqueda, el señor Gaston se había negado. No eran más que cuatro: La dama Ysmaine y el señor Gaston, Radegunde, y su hermano Michel, que servía al señor Gaston como escudero en ese viaje.

Esa estrategia era para garantizar que se pudiera confiar en todos los miembros del grupo, pero Radegunde apreciaba la preocupación del señor Gaston por la tranquilidad de su madre. Con

Michel para dar testimonio de cómo y dónde se asentaría Radegunde, Mathilde estaría más a gusto. Ella y Radegunde habían pasado mucho tiempo juntas antes de la partida de Radegunde, porque no estaba claro cuándo volverían a cruzarse sus caminos.

El Mar del Norte había sido frío y gris, el viento hizo que Radegunde apreciara que la tierra que amaba Duncan era a la vez feroz y hermosa. Radegunde era muy consciente de que muchos lanzaban una mirada de desaprobación al grupo, porque no pensaban bien en una pareja noble que obligaba a una doncella a viajar tan lejos cuando estaba tan avanzada en el embarazo, al menos hasta que el señor Gaston explicaba que él se aseguraría de que el hombre responsable la tratara con honor.

El relicario era pesado y solía soportar el frío del viento, por lo que Radegunde estaba más que preparada para deshacerse de su carga.

Supuso que tenían un quinto miembro en su compañía, la santa misma, y tal vez por eso los vientos estaban a su favor, el clima era relativamente bueno y no sufrieron contratiempos en su viaje.

El gobernador de Inverness, un tal Alexander Comyn y un caballero muy apuesto, les dio la bienvenida a su llegada a su fortaleza. Él ya conocía el nombre de Radegunde y tenía muchas historias sobre el valor de Duncan para compartir en la junta, lo que la reconfortó. Su admiración por Duncan no conocía límites y ella se alegraba de que Duncan hubiera encontrado una alianza tan excelente.

Ella sonrió al escuchar que Duncan llevaba el broche de oro y amatista y había hecho alianzas para defender el futuro. Él había asumido su derecho de nacimiento para garantizar la paz, como solo él podía hacer.

Esa era la medida del hombre que ella amaba.

El día de su partida de Inverness amaneció nítido y claro. El cielo era de un azul intenso y el viento daba vigor al paso. Cabalgaron sin estandartes ni insignias, una compañía de guerreros custodiando sus flancos.

El gobernador escoltó a su grupo hasta Morcreig en persona, y le explicó mucho sobre la tierra al señor Gaston mientras cabalgaban. Radegunde sabía que Michel escuchaba con avidez, para compartir mejor los detalles con sus padres a su regreso.

El Great Glen era asombrosamente hermoso. Incluso a partir de las descripciones de Duncan, Radegunde nunca había imaginado que un lugar pudiera ser tan hermoso. Había algo en la extensión de la tierra, el vacío de la misma, la piedra y la vegetación y el cielo infinito, que hacía que su corazón cantara. Los cuentos que había escuchado junto a la chimenea en Inverness hicieron que se enamorara de la casa de Duncan, porque tenían una riqueza similar a los cuentos que conocía de su propio hogar. Ella quería hablar la lengua de los gaélicos, porque imaginaba que eso solo enriquecería su comprensión y su admiración.

Ellos harían un hogar juntos en Morcreig.

A medida que se acercaban cada vez más a la torre de piedra que se alzaba en medio del enorme valle, el corazón de Radegunde comenzó a acelerarse.

Apenas se dio cuenta del largo lago brillante junto al torreón, aunque el señor Gaston admiró cómo la torre se encaramaba en un promontorio.

"Desde allí se puede observar todo el valle", apuntó con satisfacción. "Es un sitio muy estratégico". Señaló el lago. "No importa cómo esté sitiada, habrá agua para los ocupantes". Hizo un gesto hacia la tierra al oeste, incluso cuando el gobernador ordenó a sus hombres que cabalgaran y se aseguraran de que todo estaba bien. "Y apostaría a que él tiene la intención de cultivar gran parte de esto. Esta será una propiedad próspera bajo la administración de Duncan, sin duda.'

"Me alegro de verlo", dijo la dama Ysmaine, dedicándole una sonrisa a Radegunde. "Porque el título de tu padre significa que debes casarte con un hombre de cierta riqueza. Me alegro de que Duncan haya ganado esta propiedad, por ahora puedo respaldar el matrimonio".

"¿Y no apoyarías un matrimonio que hiciera feliz a Radegunde?" el señor Gaston bromeó.

"Sabes que la alianza es más importante en un matrimonio que el amor", dijo la dama Ysmaine a la ligera. "Y nuestro matrimonio es la prueba de que el amor echará raíces en un terreno fértil".

"Como la de Radegunde es una prueba de que el orden puede revertirse", respondió el señor Gaston con suavidad. Le guiñó un ojo a Radegunde. "Tengo algunos años para convencer a mi señora del mérito de tal pensamiento antes de que Eufemia tome un marido".

Radegunde sonrió. Esa hija ya había demostrado que tenía una voluntad de hierro y una fuerte noción de sus propios deseos. El bebé permanecía con la dama Richildis mientras emprendían este viaje, y Radegunde sabía que era una medida del respeto de la dama Ysmaine por ella el hecho de que se hubiera separado de su primer hijo durante ese intervalo.

Sí, la dama Ysmaine vería por sí misma que el futuro de Radegunde sería feliz.

Radegunde inspeccionó la torre, sabiendo que varios hombres estaban en su cima, viendo cómo se acercaba su grupo. ¿Duncan le daría la bienvenida? Ella estaba segura de ello, pero la proximidad la hacía temer que algo pudiera haber cambiado.

Michel se acercó y le apretó la mano, como si adivinara sus pensamientos. "Te queda bien, este lugar", dijo él en voz baja. "Ambos impredecibles y hermosos. No es de extrañar que Duncan esté tan enamorado de ti." Ella le sonrió a su hermano, porque sus pensamientos habían tomado un giro romántico.

—No tienes por qué temer, Radegunde —le aconsejó la dama Ysmaine en voz baja—. "Si las cosas han cambiado y no deseas quedarte, sólo tienes que confiar en mí y te escoltaremos de regreso a Châmont-sur-Maine".

"Sí, mi señora."

"No digas esas tonterías, Ysmaine", reprendió el señor Gaston. "Nunca he conocido a un hombre tan firme y leal como Duncan".

—Yo misma sería testigo de su felicidad para estar segura de ello

—protestó la dama Ysmaine. "Radegunde y yo hemos soportado mucho juntas. No podría soportarlo si ella no estuviera tan felizmente casada como yo."

Entonces, la pareja se tomó de las manos un momento, pero Radegunde observó las puertas que había delante. Se abrieron cuando su grupo se acercó y un hombre a cuadros las atravesó, de pie en medio de la carretera con las manos en las caderas. Su postura era tan familiar, sin pensar sus finas piernas, que Radegunde lanzó un grito de alegría.

El gobernador de Inverness sonrió. "Te traemos una invitada que creo que será bienvenido, Duncan", gritó.

"¡Duncan!" Gritó Radegunde. La luz del sol brillaba sobre su capa, iluminando el broche de oro y amatista que significaba su rango y derecho de nacimiento.

"¡Sangre de mi corazón!" Duncan rugió con un placer tan manifiesto que Michel sonrió. "¡Debería haber sabido que idearías una manera para que renováramos nuestros votos este día!"

Él caminó hacia su caballo incluso cuando la campana de una capilla comenzaba a sonar alegremente.

"Nunca hubo una mujer más emprendedora que mi propia dama", le dijo Duncan al gobernador, incluso mientras colocaba su mano sobre la rodilla de Radegunde. "Y ahora tengo un hogar que ofrecer que es digno de ella". Sus ojos brillaban bastante cuando la miró y Radegunde pensó que su corazón podría estallar de alegría. Ella parpadeó para contener las lágrimas cuando él extendió la mano para ayudarla a bajar de la silla, sus manos fuertes se cerraron alrededor de su cintura, y ella vio la trenza de su cabello aún atada a su muñeca.

Ella la tocó con las yemas de los dedos y él le sonrió.

"Sí, y ella llega a tu lado en el último momento", bromeó el gobernador, señalando el vientre de Radegunde. "¿O fue ese tu plan para asegurarte de que ella pensara solo en casarse contigo?"

La mirada de Duncan se dirigió hacia abajo y luego de nuevo a sus ojos, una pregunta en los suyos.

Por supuesto, él sabía que no podía ser su hijo.

Pero él no la despreció ni la reprendió. No, Duncan no. Él esperó su explicación, confiando en ella.

Amándola.

Radegunde sonrió, consciente de quienes escuchaban y miraban. "Al igual que la dama Ysmaine en el paso de San Bernardo", dijo a la ligera. "Me temo que se ha convertido en un peligro para este grupo".

"Y uno muy bienvenido". Duncan se rió y la bajó, luego la besó profundamente. "Entonces has llegado a su debido tiempo", declaró. La forma en que la tomó del codo podría haber estado en consonancia con la artimaña, pero la calidez de su bienvenida fue absolutamente sincera. "¿El viaje fue demasiado para ti?"

"Por supuesto que no. No con la recompensa de verte".

"Sangre de mi corazón", murmuró él con voz ronca. Se besaron de nuevo y, como siempre, su beso envió un dulce calor por sus venas.

Cuando Duncan levantó la cabeza, Radegunde se apoyó en su pecho, más que contenta. Ella puso su mano sobre el trueno de su corazón, muy contenta de estar con él de nuevo. "Es tan hermoso", susurró. "Incluso tus descripciones no le hicieron justicia. ¿Me enseñarás gaélico?

"¡Por supuesto!" Duncan la abrazó cuando una campana empezó a sonar.

"¿Tienes una capilla?" Preguntó la dama Ysmaine.

"Y un sacerdote, más que preparado para presenciar el intercambio de nuestros votos". Duncan sonrió a Radegunde. "¿Debemos ir primero a la capilla y luego celebrar nuestro reencuentro en la mesa?" preguntó, dando un paso atrás. Sus manos se cerraron alrededor de las suyas. Había tal resolución en su mirada, que Radegunde se supo a sí misma como la mujer más afortunada del mundo. "Te lo prometo ante un sacerdote, Radegunde, porque ahora tengo más que ofrecer a mi esposa".

"Sí, porque te amo, Duncan".

"Y te amo, mi Radegunde". Él sonrió. "Un año y un día no son suficientes para jurarse el uno al otro. Te lo prometo por todos los días y todas las noches de mi vida".

Ella le sonrió. —Sí, Duncan. Que comience nuestra aventura". Ella se estiró hasta los dedos de los pies y lo besó profundamente, sonriendo mientras la compañía circundante estallaba en vítores.

Era ahí donde se aseguraría Santa Eufemia, y Radegunde no tenía ninguna duda de que la dama les traería buena fortuna para siempre.

NOTA DEL AUTOR

Aunque muchos de los eventos de esta serie y de este libro ocurrieron realmente, me tomé una libertad con la historia de Escocia en la historia de Duncan. Si bien es cierto que Malcolm II tuvo tres hijas y las casó estratégicamente, tal como lo describe aquí Duncan, no creó tres alfileres para regalar a esas hijas. Los broches son totalmente invención mía. La inspiración para ellos fue el broche Huntingdon, un broche penannular que puedes ver en la página de Pinterest de El compromiso del caballero de las cruzadas.

Donald MacWilliam fue una figura histórica que lideró las rebeliones de los Mormaer y era descendiente de una de las hijas de Malcolm II. El histórico Donald tuvo dos hijos, Adam y Guthred, quienes participaron en sus esfuerzos por reclamar la corona escocesa. Le di a Donald un tercer hijo, un hijo mediano llamado Duncan, que es completamente ficticio. Donald y Adam murieron como se describe en este libro, mientras que Guthred se retiró a Irlanda después de la muerte de su padre. Lideró un levantamiento fallido en 1204 y murió entonces, lo que puso fin a la línea MacWilliam de los Mormaer.

Algunos de ustedes pueden haber pensado que el nombre Mac

Bethad les sonaba familiar y tenían razón: la obra de Shakespeare *Macbeth* usa algunos de los detalles del desafío de Mac Bethad al hijo de Malcolm II, el rey Duncan, pero hay muchas discrepancias entre la obra y el registro histórico.

ACERCA DEL AUTOR

Claire Delacroix vendió su primer libro, un romance medieval, en 1992. Desde entonces, ha publicado más de setenta novelas en una amplia variedad de subgéneros, que incluyen romance histórico, romance contemporáneo, romance paranormal, romance de fantasía, romance de viaje en el tiempo, ficción femenina, paranormal adulto joveny fantasía con elementos románticos. Ha publicado bajo los nombres de Claire Delacroix, Claire Cross y Deborah Cooke. The Beauty, parte de su exitosa serie de romances históricos Bride Quest, fue su primer título en aparecer en la Lista de libros más vendidos del New York Times. Sus libros aparecen habitualmente en otras listas de bestsellers y han ganado numerosos premios. En 2009, fue escritora residente en la Biblioteca Pública de Toronto, la primera vez que la biblioteca organiza una residencia centrada en el género romántico. En 2012, tuvo el honor de recibir el premio Mentor del año de Romance Writers of America.

Actualmente, escribe romances contemporáneos y romances paranormales bajo el nombre de Deborah Cooke. También escribe romances medievales como Claire Delacroix. Vive en Canadá con su esposo y su familia, además de muchos proyectos de tejido sin terminar.

http://delacroix.net
http://deborahcooke.com

9 781989 367988